LA TORRE Y LA ISLA

La llave del tiempo

LIBRO PRIMERO

LA TORRE Y LA ISLA

Ana Alonso y Javier Pelegrín

ANAYA

1.ª edición: mayo 2006

Dirección de la colección: Olga Escobar

Juan Ignacio Luca de Tena, 15. 28027 Madrid
www.anayainfantilyjuvenil.com
e-mail: anayainfantilyjuvenil@anaya.es

Diseño de cubierta:
Miguel Ángel Pacheco y Javier Serrano

ISBN: 84-667-5216-1
Depósito legal: B. 23.949/2006
Impreso en Romanyà Valls, S. A.
Capellades (Barcelona)
Impreso en España - Printed in Spain

ÍNDICE

Capítulo I

Una máquina de fabricar sueños

Los relojes de la estación suburbana marcaban, en grandes cifras luminosas, las doce menos veinte de la noche. Faltaba apenas un cuarto de hora para que la red subterránea del monorraíl cerrase sus puertas hasta el día siguiente, pero en uno de los andenes todavía podía observarse cierta actividad. El último tren llegaba retrasado, y las escasas personas que esperaban su llegada no tenían, precisamente, cara de buen humor. Solo un chico delgado, de pelo oscuro y ojos castaños, levemente rasgados, permanecía sentado en su confortable banco de agua sin alterarse, observando con curiosidad a la gente que le rodeaba y tratando de imaginarse lo que cada uno estaba pensando en aquel momento, una ocupación que, en los últimos meses, se había convertido en su pasatiempo favorito.

La verdad es que ni él mismo tenía muy claro si sus deducciones, al observar a los demás, procedían de un razonamiento estrictamente lógico o eran, más bien, puras fantasías sin el más mínimo fundamento que brotaban espontáneamente de su imaginación. Más de una vez había comprobado el acierto de sus hipótesis, pero seguía sin comprender su mecanismo. Solo sabía que, al mirar a una persona, su mente se llenaba de imágenes y pensamientos que parecían proceder de ella, y suponía que aquel curioso fenómeno correspondía a lo que, en los libros, suele llamarse intuición. Él tenía su propia teoría acerca del asunto: si su cerebro captaba más información de lo normal sobre los pensamientos de los demás, era porque se encontraba más desocupado; él no tenía una rueda neural como la mayoría de las personas, y, por lo tanto, no podía conectarse a internet o ver un programa de televisión mientras esperaba la llegada del tren. Su única distracción, en esos momentos, tenía que buscarla en su propia mente y en los estímulos que le rodeaban. Lo que los demás ignoraban era que aquella ocupación resultaba, en realidad, más divertida que ver una película o escuchar pasivamente los anuncios publicitarios que llegaban a los dispositivos electrónicos implantados en sus cerebros. Habían olvidado la riqueza de su propia fantasía, y no podían vivir sin recibir continuamente información a través de sus diminutas prótesis neurales.

Por desgracia, aquella noche, en el andén, el juego no resultaba demasiado interesante. La media docena de hombres y mujeres que esperaban el monorraíl se encontraban demasiado concentrados en sus respectivas ocupaciones como para que sus pensamientos resultasen profundos u originales. Sentada junto a él, en el mismo banco, una trabajadora del Ayuntamiento que aún llevaba puesto el uniforme escuchaba música mientras resolvía con rapidez los sencillos pasatiempos que le iba transmitiendo su rueda neural. Un poco más allá, un cibervendedor de aspecto cansado se había puesto sus gafas negras para recibir, en directo, el último capítulo de un exitoso concurso televisivo. En otro banco, una pareja contemplaba con ojos inexpresivos el enorme monitor donde se ofrecían los últimos resultados del más popular de los juegos de rol; y el operario de una empresa de alimentación que siempre coincidía con él en la parada estaba, como cada noche, completamente fascinado con la revista de moda masculina que recitaba y comentaba para él uno de los robots publicitarios de la estación. Por un instante, el muchacho creyó percibir, tras la lluvia de imágenes de lujo y prosperidad que bombardeaba la mente del operario, un confuso mundo interior de fracasos y esperanzas; pero aquella sensación no tardó en diluirse bajo el aluvión de casacas, pantalones y camisas de volantes que el robot ofrecía monótonamente a su cliente. Defraudado, el chico abandonó su juego de adivinanzas con un suspiro y se dedicó a contemplar el grueso y plateado raíl sobre el que, de un momento a otro, esperaba ver deslizarse el último tren de la jornada.

Solo entonces reparó en un individuo cuya presencia en el andén no había advertido antes. Se trataba de una especie de mendigo, un hombre alto, de unos setenta y cinco años de edad, de aspecto sucio y desaliñado, con largos cabellos grises y barba del mismo color. Se hallaba de pie, en un extremo del andén, semioculto tras una de las cabinas de sueño rápido, que a aquella hora permanecían cerradas. Parecía estar escondiéndose, o tal vez espiando a alguien... Cuando advirtió la mirada del muchacho, su rostro adquirió, de pronto, una expresión extraña, casi enloquecida. Con rapidez, abandonó su escondite y, a grandes zancadas, se dirigió hacia el banco de agua y se plantó frente al chico. La señora que ocupaba el otro lado del banco se levantó y se alejó inmediatamente, asustada. El extraño olía mal y tenía un aspecto de lo más amenazador.

—Martín Lem —dijo de pronto, mirando fijamente al muchacho desde su imponente estatura—. Martín Lem, ¿no te llamas así? Te habría reconocido entre un millón...

—¿Quién es usted? ¿Cómo sabe mi nombre? —preguntó el muchacho, sobresaltado.

—He estado buscándote —dijo el vagabundo en tono cansado—. He estado buscándote durante mucho tiempo. He ido de un lado a otro, siguiendo tu pista...

—¿Qué pista?

—La pista de tu mente —repuso el vagabundo, dejándose caer sobre el banco al lado de Martín—. Pero no ha sido fácil. De un lado a otro, desde hace meses... He perdido la noción del tiempo; y del espacio... ¿En qué ciudad nos encontramos?

—Iberia Centro —repuso Martín, con sorpresa—. Es imposible que no lo sepa...

El individuo se lo quedó mirando pensativo, como si aquel nombre no le dijera nada. «Debe de ser un loco», pensó Martín. «Habrá oído mi nombre en el control de acceso y se ha quedado con él. ¿Cómo le habrán dejado pasar? No tiene pinta de venir del trabajo...».

De pronto, una sonrisa iluminó el rostro del desconocido. Parecía haber recordado algo...

—Ah, sí —dijo, asintiendo varias veces con la cabeza—. Ya sé a qué te refieres... Madrid, ¿no es eso?

El asombro de Martín crecía por momentos.

—Bueno, Madrid es el nombre que recibe el casco antiguo de la ciudad, sí —explicó, sintiéndose un poco ridículo—.

Pero esto no es Madrid, precisamente. Estamos a unos doscientos kilómetros del centro...

El vagabundo se inclinó en el asiento y, apoyando los codos en sus muslos, enterró la cabeza durante largo rato entre sus manos. Eran unas manos grandes y hermosas, aunque llenas de cicatrices y de venas prominentes. Martín no podía apartar la vista de ellas.

—¿Por qué ha dicho antes que me buscaba? —preguntó—. ¿Qué es lo que quiere?

El hombre alzó el rostro y observó a Martín con atención. Sus ojos verdes estaban llenos de expresividad e inteligencia, pero la locura los había enturbiado. Sostener aquella mirada resultaba verdaderamente difícil...

De repente, el individuo apartó la vista de Martín y comenzó a rebuscar en los bolsillos de su mugrienta gabardina. Eran unos bolsillos inmensos, como los que habían estado de moda un par de décadas atrás. Para un vagabundo, en todo caso, resultaban muy prácticos; a juzgar por el ruido que hacían sus manos al explorarlos, debía de llevarlos repletos de objetos de lo más diverso. A Martín le habría gustado que los vaciase allí mismo, sobre el banco, para poder estudiar con detenimiento su contenido.

Por fin, el hombre pareció encontrar lo que buscaba.

—Quería darte esto —dijo, tendiéndole a Martín un paquete envuelto en un amasijo de trapos.

Martín cogió el envoltorio y extrajo, de entre las sucias telas, algo rectangular, pesado y áspero. Lo contempló un instante con repugnancia.

—¡Es un libro de papel! —exclamó, sin poderse contener—. ¿Por qué me lo da? No lo quiero. ¿Es que no sabe que están prohibidos?

—¿No te gusta leer? —preguntó el desconocido arqueando las cejas.

—¡Claro que me gusta! —repuso Martín con viveza—. Es lo que más me gusta del mundo... Pero yo leo en mi cuaderno electrónico; me descargo de la red los libros que me interesan en cada momento.

El hombre lo miró con expresión de regocijo.

—Claro, se me olvidaba —dijo bajando la voz—. A ti no han podido implantarte una rueda neural...

Martín enrojeció, entre avergonzado y perplejo. ¿Cómo sabía aquel individuo lo de la rueda? ¿Acaso lo llevaba escrito en la cara?

—Interferencias, ¿no es eso? —preguntó el individuo alegremente—. No te preocupes, es normal...

Normal, decía aquel hombre. Martín sintió que una oleada de calor le subía al rostro. Normal, que no hubiesen podido implantarle un dispositivo neural de emisión y recepción de datos, como al resto de la gente. Normal, normalísimo; verse condenado a seguir dependiendo de los ordenadores externos, de su cuaderno electrónico, por ejemplo, cuando todo el mundo había dejado de usarlos... ¿Se daba cuenta aquel individuo de la tragedia que aquello suponía para él? Hasta entonces no había tenido demasiados problemas, pero ¿qué ocurriría cuando desapareciesen todos los sistemas externos, cuando su cuaderno electrónico se estropease y no hubiese modo de adquirir otro en el mercado? Tendría que dejar de leer, de estar conectado al mundo... Se vería condenado a una existencia primitiva, casi infrahumana, y se convertiría en un extraño entre la gente... Como aquel tipo, pensó de repente. Un estremecimiento le recorrió la espalda. En eso era en lo que se convertiría, en un marginado, rechazado por la sociedad. El mendigo, de algún modo, había adivinado la afinidad que existía entre ambos, y por eso se había acercado a él.

—No puedo aceptar esto —murmuró, tendiéndole el viejo libro al vagabundo—. Es ilegal...

—No seas tonto —replicó el mendigo, impaciente—. Este libro se imprimió mucho antes de que la prohibición entrase en vigor, así que nadie puede acusarte de nada. ¿Es que no sabes que mucha gente de la clase alta todavía conserva bibliotecas enteras en papel? Y nadie se mete con ellos...

Martín lo miró con desconfianza. La información que un tipo semejante pudiera facilitarle acerca de la clase alta resultaba, como mínimo, dudosa. No parecía muy probable que conociese a ninguno de sus miembros personalmente...

—¿Por qué insiste en regalarme el libro? —preguntó.

—Ni siquiera te has fijado en el título —repuso el vagabundo en tono de reproche—. Léelo: *La máquina del tiempo,* por H. G. Wells. ¿Qué te parece? ¿No te pica la curiosidad?

—Estoy seguro de que es un libro muy interesante —dijo Martín, conciliador—. En cuanto llegue a casa, lo descargaré de la red. Pero no es necesario que usted se desprenda de esta... antigüedad. Quédese con él, seguro que le tiene cariño...

Algo, en el rostro del mendigo, pareció conmoverse intensamente. La bruma de sus ojos se volvió más espesa, y sus arrugas parecieron, de pronto, acentuarse de un modo extraño, como si una telaraña de sombras hubiese venido a hundirse en su piel.

—¿Es que no entiendes nada, chico? —rugió con voz de loco—. ¿No entiendes nada de nada, verdad? No sabes nada ni entiendes nada. La máquina del tiempo, ¿no me has oído? Es importante que tengas este libro, ¡es sumamente importante! Te he buscado durante meses para darte esto, he seguido tu mente... No puedes hacerte una idea de las penalidades que he sufrido.

Acobardado, Martín abrió su cartera y guardó el libro en su interior. Aquel pobre hombre le daba mucha lástima. Era evidente que había perdido el juicio.

Al comprobar que el muchacho aceptaba el regalo sin oponer más resistencia, el tipo comenzó a serenarse poco a poco.

—Algún día entenderás por qué es tan importante —murmuró con expresión de fatiga—. O tal vez no... Pero eso ya no es de mi incumbencia. Yo he hecho lo que tenía que hacer. Al menos, una parte. El resto se me ha olvidado... ¿Qué tal está tu padre? —preguntó bruscamente.

Martín sintió que todos sus músculos se ponían tensos, como siempre que alguien aludía a su padre en un lugar público. Miró a un lado y a otro con recelo, pero nadie parecía estar escuchándolos.

—Sigue preso —susurró—. Ni mi madre ni yo sabemos dónde está.

Al momento se arrepintió de haber pronunciado aquellas palabras. ¿Y si, después de todo, aquel individuo era un espía? ¿Y si todo aquello no era más que una trampa para tratar de sacarle información? Su madre le había advertido de que debía mantenerse siempre en guardia...

Pero entonces sus ojos se encontraron con los del mendigo y vio que en ellos había auténtica tristeza. «No es un espía», se dijo, aliviado. Tal vez se tratase de un antiguo compañero de su padre, de un camarada de la disidencia. Tal vez había logrado huir... Eso explicaría su aspecto desaliñado, y también, quizá, el hecho de que lo hubiera reconocido. Era posible, incluso, que acabase de salir de prisión y le estuviese buscando por encargo de su padre, para darle aquel regalo absurdo, aquel viejo libro. A Martín se le hizo un nudo en la garganta. El extraño comportamiento del vagabundo resultaba, de pronto, perfectamente comprensible. Pero no debía hacer preguntas: por todas partes había micrófonos ocultos que grababan las conversaciones, supuestamente como medida de seguridad.

—Creo que empiezo a entender —dijo únicamente—. Y le agradezco mucho, muchísimo, que me haya traído este libro.

El mendigo lo miró con curiosidad. Luego, se echó hacia atrás en el banco y cerró los ojos, como vencido de pronto por el cansancio. Cuando volvió a abrirlos, a Martín le sorprendió su expresión perpleja y desvalida.

—No me gusta este lugar —murmuró con lentitud—. No me gusta nada; ni tampoco estos tiempos. Son horribles, los detesto... ¿en qué año estamos? —preguntó súbitamente.

—En 2121... Febrero, día 15... Lo pone ahí, en ese panel, ¿no lo ve? —preguntó Martín, asombrado.

—Sí, es verdad —repuso el mendigo—. Lo había olvidado. Unos tiempos horribles, horribles... Daría lo que fuera por volver a casa.

—¿Dónde está su casa? —preguntó Martín, interesado.

El mendigo hizo un vago gesto con las manos.

—Lejos —murmuró—. Muy lejos. El nombre del lugar no te diría nada. Si pudiera volver... Pero he olvidado demasiadas cosas, no lo conseguiré nunca. A no ser que tú, un día, puedas ayudarme...

En aquel momento se oyó el rumor del tren que irrumpía en la estación, saliendo de un túnel. Todos los que esperaban se acercaron al borde del andén, como si por el hecho de ser los primeros en subir a los vagones fuesen a llegar antes a su casa. Martín, después de un momento de vacilación, también se levantó de su banco. El vagabundo, en cambio, no se había movido...

—¿No viene usted? —preguntó el muchacho.

El mendigo, que había vuelto a cerrar los ojos, hizo un gesto negativo con la cabeza.

—No, yo me quedo aquí —murmuró con voz apenas audible—. Suerte, Martín. Me alegro de haberte encontrado.

—Pero ¡no puede quedarse aquí! —objetó Martín, alarmado—. Dentro de un momento, cuando los andenes queden vacíos, pasarán las máquinas de limpieza suburbana. Si no se va, le destrozarán...

—No te preocupes —repuso el anciano—. No me pasará nada.

Todos los pasajeros habían subido ya al tren, pero Martín no se decidía a abandonar allí a aquel hombre. Se quedó unos instantes parado ante él, mirándolo indeciso.

—Puede venir a mi casa, si quiere —dijo en voz baja—; mi madre no pondrá reparos, estoy seguro. Es muy comprensiva, lo entenderá...

Pero el hombre ni siquiera parecía haber oído la propuesta del muchacho.

—¿No has pensado nunca que los libros, en realidad, son máquinas de fabricar sueños? —preguntó de pronto, con un extraño brillo de esperanza en la mirada.

Se oyó el último aviso para subir al tren antes de que dieran la señal de salida. Martín corrió a la puerta más cercana y saltó al interior de uno de los vagones. El vagabundo le había seguido y lo contemplaba desde abajo, sonriendo. Antes de que las puertas se hubiesen cerrado del todo, tuvo tiempo de oír sus últimas palabras.

—Lee ese libro, Martín... Y que tus sueños sean felices...

Un instante después, el tren se puso en marcha y, dejando atrás los iluminados andenes, penetró en la larga oscuridad del túnel que debía conducirlo hasta la siguiente estación.

✧ ✧ ✧

Es obvio —prosiguió el viajero del tiempo— que cualquier objeto real ha de extenderse en cuatro direcciones; debe tener longitud, altura, anchura y... duración. Existen, en realidad, cuatro dimensiones: las tres espaciales y una cuarta, el tiempo. Tendemos a establecer una diferencia artificial entre las tres primeras y la última, debido a que... nuestra conciencia se mueve de forma intermitente... a lo largo de esa cuarta dimensión, desde el principio al fin de nuestras vidas.

Martín alzó los ojos de la página que estaba leyendo y miró distraídamente a través de la ventanilla. Aquella noche había dormido mal y, por la mañana, se había despertado demasiado tarde para coger el monorraíl de las siete y media. Viajaba, por lo tanto, en el tren de las ocho, lo que significaba que llegaría al menos diez minutos tarde al comienzo de las clases. ¡Precisamente ese día, que tocaba laboratorio! Martín chasqueó la lengua con fastidio. Todo era culpa de aquel individuo de la noche anterior, con su extraña forma de hablar y su libro de papel...

Al llegar a casa, había preferido no contarle nada a su madre de lo sucedido con aquel desconocido; sabía que ella lo relacionaría inmediatamente con los enemigos de su padre y se preocuparía. La pobre seguía viviendo en el pasado, y aún creía que la organización a la que ella y su marido habían pertenecido en otros tiempos era considerada una amenaza para la paz mundial. No quería admitir que todo había cambiado, que la Resistencia Antiglobalización había perdido la batalla y que ya apenas quedaba gente que recordase los nombres de sus líderes más célebres...

El caso es que Martín había evitado hablar en casa de su encuentro con el vagabundo; sin embargo, en cuanto terminó de cenar, corrió a encerrarse en su cuarto, donde había permanecido leyendo hasta muy tarde. Al principio le había dado asco el libro de papel, con sus páginas amarillentas, que crujían como hojas otoñales... Pero luego se había ido acostumbrando hasta llegar a olvidar la incomodidad de aquel viejo objeto. Había leído y leído hasta caer rendido, ya a altas horas de la madrugada...

Y después, había sucedido lo que el vagabundo le había pronosticado. Es decir, había tenido un sueño; un sueño «fabricado» por el libro que había estado leyendo, o al menos sugerido por él. Se trataba de un sueño muy extraño, más vívido que cualquier otro que hubiese tenido jamás. Se había visto, de pronto, en mitad de un viejo bosque, entre árboles centenarios y ruinas de templos antiguos, de aspecto oriental. El viento susurraba entre las hojas de las ramas más altas y, de cuando en cuando, se veía entre las oscuras copas de los árboles un retazo de cielo estrellado. Martín avanzaba en el sueño y oía el sonido de sus propias pisadas sobre las hojas secas. Sentía un extraño y maravilloso calor en el corazón. Era como si se dirigiera a un lugar muy amado por él, a una especie de hogar escondido allí, en el bosque; y todo el tiempo, a medida que iba avanzando, sentía que su meta estaba próxima, y eso le llenaba de felicidad. Hasta que, de pronto, se había detenido frente a una vieja imagen desgastada de Buda; a su lado había un pozo muy profundo, y al asomarse, Martín había visto en las aguas del fondo el reflejo de las estrellas, y había oído una voz, una voz en su interior que repetía, cálida y tranquilizadora, una y otra vez las mismas palabras: «Busca la llave del tiempo»...

No había vuelto a recordar el sueño hasta ese instante, en el tren, al releer aquel pasaje del libro de H. G. Wells en su cuaderno electrónico. «Busca la llave del tiempo»... ¿Qué diablos significaba? Su mente había debido de mezclar los recuerdos de la lectura nocturna con su viejo deseo de visitar un bosque de verdad, de los de acceso restringido. Pero la sensación de caminar entre los árboles había resultado tan verdadera, y el calor profundo que le había invadido mientras lo hacía era tan dulce y reconfortante... Tener que volver a la realidad después de un sueño así constituía una dura prueba. Y todo por culpa de aquel tipo, de aquel vagabundo medio chiflado...

El tren frenó suavemente hasta detenerse en la décima estación de la línea. Era la suya, así que Martín, después de cerrar su cuaderno y guardarlo en la cartera, se abrió paso a empujones hasta la salida. Las cintas transportadoras que conducían al exterior estaban atestadas de gente, por lo que, a pesar de sus esfuerzos, apenas lograba avanzar. Tardó más de un cuarto de hora en llegar a la rampa de ascenso que iba a dar a la plaza del instituto...

Después de mostrar su tarjeta de identificación en la puerta de entrada, Martín se dirigió corriendo al pasillo de los laboratorios. Afortunadamente, el profesor de Biología, don Ramiro, no era de los más exigentes en materia de puntualidad. Además, había conocido a su padre, y le tenía cierto afecto, así que no esperaba que lo regañara.

—Ya estoy aquí —anunció, abriendo con brusquedad la puerta de la cabina experimental que compartía con su compañera Alejandra.

La muchacha se volvió hacia él con un leve gesto de reproche. En la penumbra, Martín distinguió la expresión interrogadora de sus hermosos ojos grises; nunca conseguía enfrentarse a aquellos ojos sin sentir un estremecimiento que le recorría toda la piel hasta producirle un extraño cosquilleo en la boca.

—Siento llegar tarde —murmuró, sentándose al lado de la chica—. ¿Ya habéis empezado?

Alejandra, que se había quitado el equipo de comunicación virtual al oírle llegar, hizo un gesto negativo con la cabeza.

—Don Ramiro ha estado explicándonos en qué consiste el experimento de hoy, solo eso —dijo en voz baja—. También ha pasado lista, claro. Ha preguntado si estabas enfermo...

Martín se ajustó el casco y los altavoces de comunicación rápidamente, lo mismo que su compañera. De inmediato, apareció ante ellos el aula virtual, que en esta ocasión era un parque arbolado, escenario predilecto de don Ramiro para sus clases. Desde las otras cabinas, los estudiantes dirigían sus imágenes virtuales en aquel entorno idílico. Con un suspiro, Martín envió la suya a sentarse sobre la hierba en una de las últimas filas. Un par de rostros se volvieron para saludarle, y el profesor le sonrió.

—Me alegro de que ya estés aquí, Martín —dijo—; nos preguntábamos si te habría sucedido algo... Como les explicaba a tus compañeros, hoy vamos a aprender a interpretar un análisis de sangre. Tenéis los dispositivos para extraer vuestras propias muestras sanguíneas en la cabina, a vuestra derecha. Alejandra te explicará cómo realizar el informe a partir de los resultados obtenidos, ¿no es así, Alejandra?

Desde la primera fila, la Alejandra virtual lanzó una rápida mirada a Martín y asintió con la cabeza. Martín detestaba aquella falsa imagen de su amiga, con sus largos cabellos lacios y rubios y sus ropas a la última. Prefería, con mucho, a la chica de carne y hueso que estaba sentada a su lado en la cabina; no era tan alta, ni tan delgada, ni tan perfecta en todos sus rasgos; pero Martín adoraba su pelo rojo y rizado, su nariz ligeramente respingona y sus maravillosos ojos grises. ¿Cómo era posible que Alejandra no se diera cuenta de que su imagen verdadera era mucho más atractiva que aquella especie de muñeca que la sustituía en los entornos virtuales? Estaba tan equivocada... Claro que, en realidad, todo el mundo hacía lo mismo. Lo cierto era que ninguna de las imágenes de sus compañeros correspondía a su aspecto real. Todos habían adquirido identidades digitales para utilizarlas cuando se conectaban a la red, que era casi todo el tiempo, pues no solo lo hacían durante las horas de estudio, sino también en los ratos libres, para relacionarse con sus amigos. Por lo visto, todo el mundo parecía opinar que resultaba más conveniente, si uno quería tener éxito en la vida, renunciar al aspecto propio y pagarse uno falso y atrayente... Incluso don Ramiro se había comprado una identidad digital con su propio rostro rejuvenecido y una larga y tupida mata de pelo castaño en lugar de su rosada calva. Solo Martín conservaba su vieja imagen de siempre, realizada a partir de grabaciones de su verdadero aspecto, sin ningún retoque. Su madre se negaba a pagarle una identidad nueva; decía que no lo consentiría por nada del mundo. Sofía Lem tenía unas ideas muy particulares acerca de las nuevas modas, unas ideas que a menudo lograban complicarles considerablemente la vida, a ella y a su hijo... Pero Martín, en el fondo, la comprendía. Aceptar todas aquellas imposiciones del mercado global habría sido como reconocer que los viejos ideales por los que ella y su marido habían luchado en su juventud habían muerto. Y además estaba el abuelo, que detestaba todo lo relacionado con el entretenimiento virtual; eran dos contra uno, de modo que no había nada que hacer, salvo seguir llevando con la mayor dignidad posible la imagen digital de siempre y no darle demasiada importancia al asunto. Después de todo, no la tenía...

—¿Estáis preparados, chicos? —dijo el don Ramiro virtual sonriendo—. Pues adelante. Poned el dedo en el dispositivo de recogida de muestras y esperad a sentir el pinchazo; la sangre irá cayendo al tubo que está debajo; recogedla e introducidla en el ordenador de análisis. Cuando tengáis los resultados, comenzad a elaborar el informe siguiendo las pautas que yo os he indicado...

Martín estaba a punto de colocar el dedo en el aparato que le correspondía cuando advirtió que a Alejandra le sucedía algo extraño. En la pantalla virtual seguía conservando su aspecto impecable y distante de siempre, pero allí en la cabina, muy cerca de él, podía oír la respiración rápida y alterada de la chica. Parecía que se estuviera ahogando...

—¿Qué te pasa? —preguntó, quitándose el casco de comunicación—. ¿Te encuentras mal?

—No soporto la sangre —replicó ella, imitando su gesto—. Me pongo enferma solo de verla...

—Será solo un momento, ni siquiera te darás cuenta —dijo Martín, cogiéndole la mano con suavidad—. Mira, yo recogeré el tubo y lo meteré en el ordenador de análisis, tú no tendrás ni que mirar... Cierra los ojos, yo guío tu dedo... Así...

Martín tomó entre los suyos el dedo de Alejandra y lo colocó en el dispositivo de toma de muestras. El pinchazo fue tan leve que la muchacha apenas alzó un instante las cejas;

luego, cuando comprendió que todo había pasado, sus rasgos se relajaron por completo, aunque permaneció con los ojos cerrados. Mientras tanto, Martín cogió el tubo que contenía la sangre de su amiga y lo introdujo en el ordenador de análisis. Al hacerlo, sintió que las manos le temblaban. Era la primera vez que tocaba a Alejandra...

—Pero ¿qué has hecho? —dijo ella de pronto.

De nuevo había abierto los ojos y le miraba con gesto alarmado. Martín, que ya estaba suficientemente nervioso antes de recibir aquella mirada, se sintió tan confundido que estuvo a punto de derramar el contenido del tubo en el suelo.

—¿Por qué, qué pasa? —acertó a preguntar.

—Has tomado mi muestra de sangre con tu operador —replicó Alejandra con una mueca de disgusto—. Ahora tendremos que explicárselo a don Ramiro, y nos obligará a repetir la práctica...

Era cierto. Con la emoción del momento, Martín había guiado el dedo de Alejandra hasta el operador situado a su derecha, y a la izquierda de la chica. La muestra quedaría automáticamente registrada con su nombre, y no con el de ella...

—No te preocupes —dijo, algo azorado—. Nadie tiene por qué enterarse de lo que ha pasado. Yo me haré el análisis con tu operador, y listo. ¿Qué mas da? Después de todo, solo es una práctica...

Sin pensárselo dos veces, colocó su dedo en el operador de Alejandra y recogió su propia sangre en el tubito que había debajo, introduciéndola, a su vez, en el ordenador.

Alejandra parecía haber aceptado aquella solución como el menor de los males posibles, y, sin protestar, se limitó a seguir con aire de desconfianza los movimientos de su compañero de cabina.

—Espero que esto no nos traiga problemas —murmuró antes de volver a colocarse el casco de comunicación—. Era lo que me faltaba...

Martín comprendió que se refería a las investigaciones que últimamente se habían realizado en el instituto en relación con el consumo de sustancias prohibidas. Un par de amigas de Alejandra habían sido sorprendidas con dosis sospechosas de tranquilizantes y, desde entonces, nadie había vuelto a verlas por el centro... Aquello había puesto en el punto de mira a todo el grupo de chicas relacionadas con las dos infractoras, y hacía varias semanas que los registros de sus ropas y carteras se repetían a diario. Debía de resultar un poco humillante...

La interpretación de los resultados del análisis fue una tarea bastante sencilla. Para ocultar el error que habían cometido, Martín realizó su informe a partir de los datos de la sangre de Alejandra, lo que no dejaba de producirle cierta emoción. De modo que ella tenía cuatro millones setecientos mil glóbulos rojos por mililitro de sangre... doscientas sesenta y cuatro mil plaquetas... un nivel normal de colesterol... Era agradable saber todo aquello; le hacía sentir que la conocía de una forma más íntima.

A las diez de la mañana sonaron los timbres que anunciaban el cambio de asignatura. Alejandra comenzó a recoger sus cosas para dirigirse a la cabina que le correspondía en la Biblioteca Central, desde donde los alumnos se conectaban a las clases teóricas. Martín trató de retenerla unos minutos charlando de esto y de aquello, pero ella, después de escucharle un rato con visible impaciencia, se despidió cortésmente hasta la siguiente práctica. Era evidente que no quería llegar tarde al comienzo de la clase. Se sabía vigilada por la Guardia Escolar debido a lo ocurrido con sus amigas y temía cometer la menor infracción; resultaba comprensible. Y sin embargo, Martín se sintió dolido y decepcionado; la prisa de su compañera suponía, para él, toda una tragedia. En la Biblioteca se sentaba muy lejos de ella, de modo que no volvería a verla hasta la siguiente práctica, para la que aún faltaban dos días; mientras tanto, tendría que conformarse con su imagen virtual, aquella máscara rubia y distante que tan poco se parecía a la verdadera Alejandra. Era una perspectiva desoladora...

Lentamente, guardó su cuaderno electrónico en la cartera, apagó las luces y se dispuso a salir. Pero, al abrir la puerta de la cabina insonorizada, le sorprendió oír la voz alterada de Alejandra en un extremo del pasillo. Parecía estar discutiendo con alguien...

—¡Es un error! —repetía una y otra vez—. No puede ser verdad, ¡es imposible!

Don Ramiro (el verdadero, con su reluciente calva y sus profundas arrugas) la escuchaba en silencio, visiblemente contrariado. A su lado, un par de policías de la Brigada Antidrogas observaban la escena con ojos inexpresivos. Justo en ese momento, llegó, muy agitado, el director.

—Nos has defraudado, Alejandra —dijo en tono apesadumbrado—. Yo esperaba que una chica como tú, con tu inteligencia y tus brillantes calificaciones, no se habría dejado arrastrar por las malas compañías, pero ya veo que me equivoqué...

—¡Le juro que no es cierto, que en mi sangre no pueden haber encontrado nada prohibido! ¡Es imposible! —gritaba Alejandra, desesperada.

Martín, petrificado en el umbral de la cabina, comprendió lentamente lo que ocurría. Los datos de los análisis sanguíneos que habían realizado durante la práctica habían ido a parar directamente al ordenador de la Policía; una burda trampa para detectar sustancias prohibidas en la sangre y detener a los estudiantes consumidores de drogas. ¿Cómo no se había dado cuenta antes? Su madre siempre le estaba advirtiendo acerca de ese tipo de prácticas policiales. Pero él no había sospechado nada... Y ahora Alejandra se hallaba en peligro; su análisis había dado positivo, y en un par de horas sería conducida a un Centro de Internamiento...

De pronto, Martín se cubrió el rostro con las manos, horrorizado. Por un momento, había olvidado que el análisis atribuido a Alejandra por la policía correspondía, en realidad, a su sangre. ¿Qué diablos significaba todo aquello? Él nunca había consumido sustancias prohibidas, era imposible que su prueba hubiese dado positivo...

Mientras tanto, a pesar de las protestas de Alejandra, los policías ya le habían puesto las esposas y trataban de arrastrarla fuera del pasillo. Solo entonces comprendió Martín que debía hablar, antes de que fuera demasiado tarde.

—¡Deténganse! —gritó desde la puerta de la cabina—. Ha habido un error, Alejandra no es culpable de nada. Nos equivocamos de operador... La sangre de su análisis, en realidad, es mía.

Todos se habían vuelto a mirarlo. Hasta entonces, ninguno de los presentes había reparado en su presencia. Alejandra, desde el extremo del pasillo, le dirigió una expresiva mirada de gratitud, pero el director y don Ramiro parecían querer fulminarlo con los ojos.

—Basta, Martín —dijo el director—; no compliques más las cosas. Si lo que intentas es proteger a tu amiga, no vas a conseguirlo mintiendo... ¿O es que quieres que te lleven con ella?

—Este chico ha perdido el juicio —exclamó don Ramiro, dirigiéndose a los policías—. Es amigo de la muchacha y está intentando mostrarse caballeroso, supongo; ¡algo muy propio de él, por otra parte! Pero este chico no ha consumido una sustancia prohibida en toda su vida, respondo de ello. Conozco bien a la familia y...

El profesor se interrumpió, algo confuso. La alusión a la familia de Martín no había sido una idea afortunada. Si los de Antidrogas llegaban a enterarse de que Andrei Lem era su padre, ¡estaba listo! Para intentar enmendar su error, don Ramiro se volvió hacia el chico y comenzó a reprenderlo.

—Parece mentira, Martín —dijo, muy nervioso—. ¿Por qué has tenido que decir esa tontería? Es muy noble por tu parte, pero absurdo... absurdo. ¿Es que no has pensado en el disgusto que se llevaría tu madre si esa estúpida mentira tuya te acarrease algún problema? ¿No crees que ya tiene bastante, la pobre?

—¿Por qué?, ¿qué le pasa a su madre? —preguntó uno de los policías con suspicacia.

Don Ramiro ya no sabía por dónde salir. Lo último que deseaba era causarle problemas a Sofía, la madre de Martín, así que dijo lo primero que se le ocurrió.

—Está muy enferma —explicó con gravedad—. Una enfermedad degenerativa...

Martín le dirigió una mirada de reproche. ¿Era necesario inventar algo tan desagradable?

Los policías dejaron de mirar a Martín y se dirigieron de nuevo hacia la puerta. Era obvio que estaban deseando terminar con aquello.

—Estamos perdiendo mucho tiempo, y nos esperan en Jefatura —dijo uno de ellos en tono displicente—. Chico, no olvides que mentir a la policía es un delito castigado por las leyes federales. Por esta vez, vamos a dejarlo pasar; pero te recomiendo que no vuelvas a intentarlo.

—¡Pero si no estoy mintiendo! —gritó Martín, exasperado.

El director y don Ramiro le lanzaron una mirada asesina mientras los dos policías, escoltando a Alejandra, se alejaban por el corredor.

—Eres un loco, Martín —dijo don Ramiro cuando los de antidrogas estuvieron lo suficientemente lejos para no oírlo—. Cuando pienso lo que podía haber pasado... Suerte que tenían prisa. Será mejor que no le digamos a tu madre nada de todo esto...

Martín, desesperado, se lanzó hacia el profesor y, aunque era algo más bajo que él, le asió por las solapas de su chaqueta.

—¿Por qué nadie me cree? —gritó—. ¡Estoy diciendo la verdad! ¿Qué les pasa a todos?

El director meneó la cabeza con desaprobación.

—El amor es algo absurdo —murmuró—. Sobre todo entre los adolescentes...

Aún seguía meneando la cabeza mientras se alejaba despacio por el pasillo. Martín y don Ramiro se quedaron solos.

—No creas que no te comprendo, muchacho —dijo don Ramiro, conciliador—. Todos hemos cometido una locura alguna vez por una chica. Pero esta ha sido muy peligrosa, Martín, muy peligrosa. Menos mal que todo ha terminado bien...

—¿Es que no le importa nada Alejandra? ¡También es su alumna!

El rostro del profesor se ensombreció.

—Claro que me importa —dijo—. No sabes cuánto lamento lo que le sucede. Una chica tan brillante... Pero ¿qué podemos hacer nosotros? No debería haberse dejado arrastrar por sus amigas. Ahora ya es demasiado tarde para ayudarla.

Don Ramiro se dio la vuelta y comenzó a caminar despacio por el pasillo. Parecía más encorvado y viejo que nunca.

—Dígame una cosa, profesor —gritó Martín, conteniendo a duras penas la ira que sentía—: ¿Usted sabía que la información de los análisis iba a parar directamente a la policía? ¿La práctica no era más que una trampa?

El profesor volvió lentamente sobre sus pasos.

—No sé qué contestarte —murmuró con voz trémula—. La Inspección Educativa nos ordenó hace una semana que hiciésemos esa práctica en el laboratorio. Supongo que debí imaginar lo que se proponían... Pero no lo hice. Intento no pensar mucho acerca de las órdenes que recibo. Tal y como se están poniendo las cosas, es mejor no pensar...

Don Ramiro le dio una rápida palmada en el hombro y se alejó de nuevo arrastrando los pies, vencido de fatiga. A pesar de la indignación que sentía, a Martín le dio lástima. Era una buena persona, en el fondo; pero también un cobarde...

Apenas podía creer que la escena a la que acababa de asistir hubiese sucedido en realidad. Nada de aquello tenía ni pies ni cabeza. ¿Cómo podía haber dado positivo su muestra de sangre? Él no había tomado ninguna droga... ¿Se habría producido un error en el ordenador de análisis, o alguien, desde la policía, le había tendido una trampa a Alejandra? Solo había un modo de saberlo.

Aprovechando que el corredor se había quedado completamente vacío, Martín volvió a la cabina y encendió de nuevo los ordenadores. Después de introducir sus contraseñas de usuario, extrajo los datos de su análisis y del de Alejandra y los trasladó a su cuaderno electrónico. En cinco minutos había terminado. Sabía que don Ramiro advertiría al día siguiente que el ordenador había sido utilizado fuera del horario de prácticas, pero estaba seguro de que no lo denunciaría. E incluso si decidía hacerlo, por lo menos habría ganado unas horas... Tenía que analizar cuidadosamente los datos y descubrir qué era lo que había fallado. Y si no encontraba nada, al día siguiente se entregaría directamente a la Brigada de Menores. No iba a permitir que Alejandra pagase por una falta que no había cometido... Pero antes tenía que intentar demostrar su propia inocencia; no deseaba pudrirse durante años en un Centro de Internamiento.

Cuando llegó a la Biblioteca Central, la clase de matemáticas ya había comenzado. Se introdujo en la cabina y al ponerse el casco comunicador, recibió una sonora reprimenda por parte de la profesora. Ni siquiera intentó justificarse. Solo deseaba que el tiempo transcurriese lo más rápidamente posible; que sonase el timbre, que llegase la clase siguiente y pasase cuanto antes para poder volver, por fin, a casa. Únicamente allí podría estudiar con detenimiento los dos análisis y reflexionar acerca de lo que había pasado. Pero, de momento, tendría que esperar...

Capítulo II

Dédalo

Sofía Lem supo inmediatamente que algo había ocurrido esa mañana en el instituto. Lo leyó en los ojos de su hijo, en la precipitación con que se refugió en su cuarto sin apenas saludar y en la inusual palidez de sus mejillas. Martín no era una persona que se alterase con facilidad, a menos que tuviese un motivo de peso para ello. En general, se tomaba las cosas con bastante calma, incluso cuando no le salían bien. Así pues, debía de tratarse de algo grave...

—¿Qué te ocurre, Martín? —preguntó Sofía, abriendo sin llamar la puerta de su habitación—. Y no me digas que no es nada, porque no me lo voy a creer.

Martín, tumbado en la cama, estaba tan concentrado en la lectura de un documento en su cuaderno electrónico que la voz de Sofía le sobresaltó. Con cara de fastidio, se sentó en el borde del colchón y miró a su madre. Pero la preocupación que se leía en el rostro de ella le hizo sentirse culpable al momento...

Era cierto lo que había dicho el profesor; Sofía Lem ya tenía suficientes problemas, no necesitaba que él empeorase las cosas. A pesar de ser una investigadora eminente en el campo de la genética marina, llevaba varios años sin poder dedicarse a su profesión, y mantenía a su familia realizando traducciones en casa y escribiendo guiones para juegos de rol. Era una ocupación bastante lucrativa, pero ella habría preferido volver a trabajar en lo suyo... Claro que eso no era lo peor. Lo peor era que llevaba más de siete años sin ver a su marido, detenido en alguna de las cárceles interestatales que orbitaban alrededor de la Tierra. Ni siquiera sabía con seguridad dónde lo tenían, ni hasta cuándo tendría que cumplir condena... ¿Cómo no iba a estar amargada? Sus preciosos ojos azules aparecían siempre enrojecidos, como si hubiese llorado (aunque delante de Martín nunca lo hacía). Sus cabellos rubios, en otro tiempo tan brillantes y rebosantes de salud, eran ahora una deslustrada mata de rizos amarillentos. Hasta sus facciones habían cambiado; una fea arruga vertical se había instalado en el centro de su frente, y un rictus de dolor deslucía la belleza de sus delicados labios. No, decididamente, Sofía Lem no se merecía que su hijo le diese un nuevo disgusto.

—No te preocupes, mamá —dijo Martín, intentando poner la expresión más alegre y despreocupada posible—; he tenido un mal día, nada más. Me he equivocado en la práctica de Biología...

—¿Ramiro te ha regañado? —preguntó Sofía, frunciendo el ceño.

—No, no, al contrario, ha estado muy comprensivo —se apresuró a aclarar Martín.

Hacía algunos meses que don Ramiro visitaba su casa con mayor frecuencia de lo habitual, e incluso, de cuando en cuando, se quedaba a cenar. Sofía no tenía muchos amigos, así que recibía con agrado a aquel viejo conocido de la familia. A Martín, sin embargo, la reciente asiduidad de su profesor le producía cierta desconfianza. Tenía la impresión de que al bueno de don Ramiro le gustaba su madre, aunque era demasiado tímido para decírselo.

Sofía se sentó a su lado en la cama y, durante un rato, le acarició en silencio el dorso de la mano, como cuando era pequeño y había tenido una pesadilla.

—¿Crees que no conozco a mi hijo, Martín? Anda, dime lo que te ha pasado. Si no, me voy a preocupar más...

Martín vaciló un instante. No sabía por dónde empezar.

—Han detenido a Alejandra —murmuró—. Los de antidrogas. Esta mañana, en clase de Biología, nos hemos hecho un análisis de sangre. A la salida, la policía estaba esperándola...

Se detuvo al ver la intensa preocupación que contraía los rasgos de su madre. Sofía tenía un largo historial de enfrentamientos con la policía, y entendía perfectamente la gravedad del asunto.

—No sabía que Alejandra tomase drogas —dijo, tratando de dominarse.

—¡Pero es que Alejandra no había tomado nada! —gritó Martín, incapaz de contenerse por más tiempo—. ¡El análisis era mío! Nos equivocamos en la cabina de prácticas y los intercambiamos. ¡Está detenida por mi culpa!

Su madre clavó en él una mirada atónita.

—¿Me estás diciendo que las drogas las habías consumido tú? —preguntó con incredulidad.

Martín dio una patada en el suelo, rabioso.

—¿Cómo puedes preguntarme eso? —dijo, temblando de indignación—. ¡Nunca lo he hecho, nunca en mi vida...!

—Cálmate, Martín, te creo —murmuró Sofía suavemente.

Los dos se quedaron callados largo rato. Sofía seguía acariciándole la mano a su hijo de aquella manera serena y tranquilizadora que le recordaba su infancia. Aunque nunca le había hablado directamente a su madre de lo que sentía por Alejandra, ella lo sabía, estaba seguro. Se le notaba tanto... Claro que, en realidad, eso facilitaba las cosas. Su madre comprendía a la perfección lo que estaba sintiendo en ese momento, no hacía falta dar explicaciones. Era un alivio y un consuelo. Al menos, había alguien que no se reía de sus sentimientos, ni los consideraba absurdos...

Mientras tanto, Sofía parecía reflexionar intensamente.

—Hay algo muy raro en todo esto, Martín —dijo al cabo de un tiempo—. ¿Tú crees que alguien puede estar interesado en comprometer a Alejandra?

El muchacho negó lentamente con la cabeza.

—No lo sé —murmuró—. Hay un par de chicas en su grupo de amigas que fueron sorprendidas recientemente consumiendo pastillas prohibidas, y ella dice que, desde entonces, la tienen vigilada. Es probable que lo del análisis de sangre solo fuese una excusa para comprobar si alguno de nosotros había tomado drogas. La práctica se hizo por orden de la Inspección Educativa, el propio don Ramiro me lo confesó.

—¡El muy idiota! —dijo Sofía, indignada—. ¿Cómo ha podido prestarse a algo así? Una cree que conoce a las personas y, ya ves...

—Supongo que no querrá perder su puesto de trabajo —observó Martín simplemente.

Pero al momento se arrepintió de haberlo dicho. Aquellas palabras podían interpretarse como un reproche encubierto hacia las personas que *sí* estaban dispuestas a perder su trabajo por esa clase de cosas. Como su madre... La rápida mirada que ella le lanzó le hizo sentirse avergonzado.

Sin embargo, Sofía no le contradijo. Prefirió cambiar de tema...

—¿Qué es lo que mirabas hace un momento en tu cuaderno? —preguntó—. ¿Tiene algo que ver con todo esto?

Martín dudó un momento antes de contestar.

—He sacado los datos de los análisis de sangre del ordenador de la cabina —explicó por fin—. Está prohibido... Pero tenía que ver si hay algo en esos análisis que explique lo que ha pasado.

—Has hecho bien —dijo su madre inmediatamente—. Ramiro no te denunciará; no se atreverá a tanto...

Lo dijo en un tono tan amenazador que Martín, por primera vez en aquel espantoso día, esbozó una sonrisa.

Se alegraba de habérselo contado todo a su madre. Al fin y al cabo, ella no era la mujer débil y timorata que había pintado don Ramiro. Al contrario... Se había enfrentado a situaciones aún peores que aquella muchas veces a lo largo de su vida, y no se arredraba con facilidad. Su experiencia podía resultar, en tales circunstancias, una valiosa ayuda.

—Tú podrías ayudarme con los análisis —propuso con los ojos brillantes de esperanza—. Eres bióloga, seguro que sabrás interpretarlos mucho mejor que yo...

Su madre asintió sonriendo con la cabeza. Martín se lanzó sobre su cuaderno y lo puso sobre sus rodillas de modo que Sofía también pudiera verlo. La pantalla mostraba los resultados de su propio análisis, aunque, debido al error cometido, figuraba como perteneciente a Alejandra. Sofía lo leyó detenidamente dos veces seguidas. Las arrugas de su frente eran aún más profundas que de costumbre. Al final, levantó los ojos y miró a su hijo con perplejidad.

—No sé, Martín, no veo nada raro en estos datos —dijo—. Aquí no hay ninguna información ni sobre drogas ni sobre anticuerpos, ni sobre nada que pueda llamar la atención de la policía. Solo lo normal; glóbulos rojos, glóbulos blancos, plaquetas... Tienes el número de glóbulos rojos un poco alto, aunque dentro de los valores normales; no creo que pueda detenerse a nadie por eso...

—A lo mejor este análisis no está completo —sugirió Martín—. Es posible que el ordenador de la cabina produjese un informe resumido para nosotros y enviase otro más completo al ordenador central del laboratorio...

—Sí, es posible —murmuró Sofía, que estaba leyendo los datos correspondientes a Alejandra—. Aunque también puede tratarse de otra cosa... Aquí falta un dato.

—¿A qué te refieres? —preguntó Martín, intrigado.

—La casilla correspondiente al grupo sanguíneo —aclaró su madre, volviéndose a mirarlo—. En tu informe está vacía, pero en el de Alejandra, no. Es extraño...

—¿Por qué? ¿Tiene algo que ver con el consumo de drogas?

—No, no, en absoluto —dijo Sofía volviendo a la página que contenía el informe de Martín—. No tiene ninguna relación. Pero, no sé... Tal vez les haya parecido sospechoso...

—Habrá sido un error del ordenador. A veces pasa...

—Puede ser —admitió su madre—. Pero es poco probable. Se trata de una prueba muy sencilla, y, además, el ordenador de análisis que habéis utilizado Alejandra y tú es el mismo... ¿Por qué iba a fallar solo en tu caso?

—¿Y por esa tontería han detenido a Alejandra? —dijo Martín, asombrado—. No me lo puedo creer...

Su madre se volvió a mirarlo con expresión pensativa.

—Estaba intentando recordar si tenemos en casa algún análisis de sangre tuyo, para compararlo con este —dijo lentamente—. ¿Y sabes de qué me he dado cuenta?

Martín se encogió de hombros, impaciente.

—Pues de que nunca te hemos hecho un análisis de sangre en toda tu vida —continuó su madre, como si aquello, de pronto, le pareciese asombroso—. ¿No es increíble? Un chico de quince años, y nunca jamás se le ha hecho una prueba sanguínea. ¡En estos tiempos que corren! Pero hay una razón, Martín; y es que nunca has estado enfermo...

Martín estaba tan perplejo como su madre. Tenía razón; nunca había estado enfermo, que él recordara. Nunca le dolía nada, ni le sentaba mal la comida, ni cogía un resfriado... Era un poco raro, la verdad.

—De todas formas, está mi tarjeta de identidad genética —dijo, mirando a su madre—. La que te hacen al nacer... Ahí debe de figurar mi grupo sanguíneo...

—Desde luego, pero ya sabes que está codificada y solo los ordenadores de la administración pueden descifrar el código, así que, por ese lado, no vamos a averiguar nada...

—Pero, si hubiese algo raro en mi sangre, ¿no crees que lo habrían investigado entonces? Cuando nací, quiero decir...

—Supongo que sí —admitió Sofía sin mucha convicción—. Claro que entonces no se sabían algunas de las cosas que se saben ahora...

Ocultó un momento el rostro entre las manos y, cuando volvió a alzarlo, Martín se asustó. Su madre parecía terriblemente turbada. Como si acabase de hacer algún descubrimiento...

—¿Qué pasa? —preguntó, cogiéndole ambas manos entre las suyas—. ¿En qué estas pensando?

Sofía se había puesto muy pálida, y los labios le temblaban levemente.

—Lo más probable es que no tenga nada que ver —susurró—. Pero, cuanto más lo pienso...

—Por Dios, mamá —casi gritó Martín, conteniendo a duras penas su impaciencia—; ¿de qué estás hablando?

—El ordenador no ha reconocido tu grupo sanguíneo —explicó Sofía lentamente—; eso puede significar dos cosas: o bien que el ordenador se haya equivocado, como tú sugieres (y ya te he dicho que eso me parece muy poco probable), o bien que tu grupo sanguíneo no sea... normal...

Martín la miró con asombro.

—¿Eso es posible? —preguntó—; quiero decir, si eso fuese así, ¿no me habría muerto? ¿no me pasaría nada raro?

—Te pasa algo raro, Martín —repuso Sofía mirándole fijamente a los ojos—. No sé cómo he podido ser tan idiota como para no darme cuenta antes...

—¿Lo dices por lo de las enfermedades? Es un poco extraño, sí —admitió Martín—; pero no creo que eso tenga nada que ver con el grupo sanguíneo...

—Bueno; al menos en un caso, que yo conozca, sí que tuvo algo que ver.

Su madre cogió el cuaderno electrónico de Martín y trazó rápidamente un nombre en uno de los buscadores más potentes de la red. De inmediato apareció un listado con cientos de páginas de internet relacionadas con las palabras que ella había introducido.

—¿Qué buscas? —preguntó Martín, impaciente.

—Jacob Seferis —repuso su madre, con la vista aún clavada en el monitor—. ¿Te suena ese nombre?

—Creo haberlo oído en alguna parte, pero no sé dónde...

—Tú eras muy pequeño cuando ocurrió, y tal vez no conozcas la historia. La extraña enfermedad que asoló la colonia lunar de Endymion... ¿Has oído hablar de ello?

—Pues claro que lo he oído, mil veces —dijo Martín, asombrado de que su madre pudiese suponerle tan ignorante—. La enfermedad fue bautizada como gripe lunar. Todos los habitantes de la colonia murieron; es la epidemia más devastadora que la humanidad ha sufrido desde el descubrimiento de los antivirales de alta eficacia, a mediados del siglo XXI...

Su madre asintió con la cabeza.

—Así es —confirmó—. Murieron más de cuarenta mil personas. Fue algo espantoso. La atmósfera protectora de la colonia se convirtió en una trampa mortal... Pero un niño sobrevivió, un pequeño de cinco años. Cuando se analizó su caso, se descubrió que producía anticuerpos de una eficacia increíble contra el virus *Moonlight,* responsable de la enfermedad. Unos anticuerpos muy raros, que parecían provenir de genes mutantes... Pues bien, ese niño era Jacob Seferis.

—¿Y qué tiene que ver con todo esto?

—Las células sanguíneas de Jacob pertenecían a un grupo sanguíneo distinto de los habituales. Tenían una forma de antígeno mutante en su superficie. Sangre del grupo C, la llamaron... Un caso único en el mundo.

—¿Cómo sabes todo eso? —preguntó Martín, sorprendido.

—El caso de Jacob me interesó mucho —repuso Sofía, con expresión soñadora—. Yo había trabajado con su madre en los laboratorios de Medusa. Cuando todo aquello sucedió, el crío no tendría más de cinco años... Sus padres habían muerto, así que intenté averiguar qué había sido de él y si necesitaba ayuda. Supongo que muchas otras personas se interesarían por la pobre criatura...

—¿Y qué fue de él?

—Bueno, cuando se descubrió su potencial inmunitario, la Corporación Dédalo, que como sabes se dedica principalmente a la industria farmacéutica, se hizo cargo de su custodia, y desarrolló a partir de sus anticuerpos un potente suero que detuvo el avance de la enfermedad, que ya había comenzado a propagarse por la Tierra. Fue un éxito espectacular, gracias al cual Dédalo consiguió aumentar su influencia frente al resto de las grandes corporaciones del mundo, justo en el momento en que estas comenzaban a hacerse con los resortes del poder en todos los ámbitos...

—¿Quieres decir que, sin Jacob Seferis, toda la humanidad habría desaparecido?

—Bueno, no exactamente —replicó Sofía, insegura—. Lo más probable es que la propagación del virus en la atmósfera terrestre no hubiese sido tan rápida y mortífera como en las cúpulas cerradas de Endymion. En cualquier caso, para Dédalo supuso un gran triunfo, y, como muestra de agradecimiento hacia Jacob, le construyeron una espléndida casa en su ciudad experimental, el Jardín del Edén... Desde entonces ha vivido allí, según creo. Parece que su sistema inmunológico sigue siendo investigado por Dédalo, aunque no sé si, hasta el momento, han obtenido algún resultado más de ese estudio, aparte del suero contra la gripe lunar. Esa gente lleva sus investigaciones en el más absoluto secreto... y yo he ido perdiendo los «contactos» que me mantenían informada.

Martín miró ensimismado hacia la puerta durante unos instantes. Iba comprendiendo adónde quería llegar su madre...

—Entonces, ¿tú crees que la casilla vacía en el informe de análisis significa que yo puedo pertenecer a ese mismo grupo raro al que pertenece Jacob? ¿Precisamente yo, de todos los habitantes de este mundo?

Su madre volvió hacia él sus hermosos ojos claros.

—Eso puede ocurrir, Martín —repuso suavemente—. Todos tenemos mutaciones genéticas... Tal vez las tuyas sean más visibles que las de los demás, o más útiles. Además, no sé... Naciste en Medusa, una ciudad experimental; yo había trabajado durante años con isótopos radiactivos... igual que la madre de Jacob. Tal vez, después de todo, no sea una simple coincidencia...

—¿Y por eso está detenida Alejandra? —preguntó Martín, incrédulo.

—Dédalo es una de las corporaciones más poderosas del mundo —explicó Sofía pacientemente—. Tal vez hayan tendido una red de búsqueda en todo el planeta para detectar genotipos similares al de Jacob. La práctica del instituto sería parte de todo ese montaje... Si a ellos les interesa tu sangre, harán lo imposible por conseguir tu... colaboración.

—Pero yo no soy un niño huérfano de cinco años... —objetó Martín, ceñudo—. Colaboraré con ellos solo si me da la gana; si me convencen de que puedo hacerle algún bien a la humanidad...

—Eres hijo de un disidente encarcelado, Martín —murmuró Sofía con tristeza—; eso es más peligroso que ser huérfano. Pueden chantajearte... No sé de qué va toda esta historia, hijo. A lo mejor todas mis conjeturas son un puro disparate, pero no he podido dejar de relacionar las cosas. Después de todo, recuerda que nunca has estado enfermo... Tal vez tengas un sistema inmunitario fuera de lo común. Es posible que esté equivocada... Pero, por si acaso, debes prepararte para todo, Martín.

—Mañana mismo iré a entregarme a la Policía de Menores —dijo el chico resueltamente—. Quiero que todo se aclare cuanto antes y que Alejandra pueda volver a su casa...

—No será necesario —le interrumpió Sofía con un suspiro—. Si mi hipótesis es correcta, ellos mismos vendrán a por ti. A estas horas ya le habrán practicado nuevos análisis a Alejandra y habrán comprobado que no hay nada en su sangre que les interese. Sacarán conclusiones...

—Pues que vengan —dijo Martín en tono desafiante—. Los estaré esperando.

Su madre le miró alarmada.

—Debes tener mucho cuidado, hijo —dijo, asiéndolo con fuerza por los hombros—. Esa gente es capaz de muchas cosas... No debes enfrentarte a ellos abiertamente. Debes estudiar con detenimiento sus propuestas, e intentar sacar el mejor partido posible de la situación. De todas formas, pueden obligarte a hacer lo que ellos quieran, así que tienes que tratar de parecer conciliador... aunque no estúpido.

—¿Crees que debo colaborar con ellos?

Su madre parecía indecisa.

—No lo sé, Martín —dijo—. Por un lado, los medicamentos que ellos fabrican ayudan a muchas personas... Tu colaboración tal vez contribuya a salvar vidas. Además, ellos te ofrecerán oportunidades que ni tu padre ni yo podríamos jamás ofrecerte. Becas, profesores... ¡Qué sé yo!

—Tal vez pueda ayudar a papá...

Antes de que Sofía tuviese tiempo de responder, la puerta del cuarto se abrió con un largo chirrido y apareció en el umbral la silueta frágil y encorvada del abuelo.

—No quiero molestar —dijo con su melodiosa voz de bajo—. Pero la comida se ha quedado fría, y estoy harto de esperaros; si no venís, como yo solo...

Sofía y Martín miraron al abuelo con expresión culpable. Ambos trataron de sonreír, pero solo lo consiguieron a medias. El abuelo, que no era tonto, vio en seguida que ocurría algo fuera de lo normal.

—Martín, ¿no te habrás metido en líos, verdad? —preguntó muy serio—. ¿Nada ilegal, espero?

El abuelo tenía la curiosa convicción de que la mayor parte de las actividades cotidianas se habían vuelto ilegales en los últimos tiempos. No le habría extrañado ni lo más mínimo que la policía viniese a detenerlo por pelar las peras con el cuchillo de la carne o por sonarse la nariz con más violencia de lo normal...

Era lógico que se sintiese desorientado. El mundo había cambiado demasiado deprisa para él, y, aunque era una persona inteligente y ávida de aprender, no había conseguido adaptarse a los nuevos tiempos. La desaparición de las universidades, absorbidas por las grandes corporaciones y transformadas en centros privados de investigación, le había hundido en la más profunda tristeza. Él, que había sido profesor de Lenguas Clásicas en varias universidades europeas, apenas podía creer que su viejo mundo hubiese sido destruido para siempre. Y luego había venido la detención de su yerno, el despido de su hija Sofía... ¿Qué clase de sociedad era aquella, que castigaba a los más nobles e inteligentes de sus miembros y premiaba, en cambio, la estupidez y la cobardía? No lograba comprenderlo. Para él, todo había caído bajo el dominio de una violencia absurda e inmotivada. Por eso, nada le sorprendía ya. Si le hubieran dicho que las autoridades habían prohibido pronunciar palabra a los mayores de setenta años, se habría limitado a sonreír con amargura y no habría vuelto a abrir la boca. Era demasiado viejo para rebelarse, y, además, ni siquiera estaba seguro de que le quedase algo por lo que luchar...

Sofía se levantó al momento de la cama y le dijo al anciano que nada malo sucedía; al contrario, era probable que a Martín le diesen una beca y que pudiera estudiar con los mejores profesores del mundo, aunque para ello tendría que ausentarse de casa... Martín escuchaba a su madre con los ojos abiertos como platos; era increíble la facilidad que tenía para inventar mentiras piadosas.

El abuelo se mostró muy sorprendido. Él creía que las becas, como la mayor parte de las cosas que había valorado y estimado a lo largo de su vida, habían desaparecido de la faz de la Tierra.

—¿Y dónde vas a estudiar? —preguntó, con ojos brillantes de alegría—. ¿En qué universidad... quiero decir, en qué centro de investigación?

—Aún es pronto para saberlo —balbució Martín—; además, a lo mejor al final no me la dan...

Durante toda la comida comentaron el asunto de aquella beca fantasma que tanto parecía ilusionar al abuelo. Sofía se inventó un montón de detalles al respecto y habló mucho entre bocado y bocado. Con el paso de los años, había desarrollado una asombrosa capacidad para ocultar sus problemas y mostrarse agradable y locuaz con su padre en todo momento. Era su forma de protegerlo frente a aquel mundo hostil en el que el anciano ya no lograba encontrar su lugar.

Martín también intentaba tomar parte en la conversación, aunque no estaba tan habituado como su madre a ocultar sus sentimientos. De cuando en cuando, le lanzaba una fugaz mirada a Sofía, una mirada que era casi una llamada de socorro. Ella, advirtiéndolo, le dirigía una sonrisa de complicidad que solo conseguía llenarle el corazón de tristeza. Su madre era muy fuerte, sí; pero era evidente que sufría...

✧ ✧ ✧

Sofía tenía razón. No fue necesario que Martín acudiese a denunciar el error cometido con Alejandra en relación con el análisis. A media tarde, unos golpes imperiosos en la puerta anunciaron la llegada de la policía. El abuelo corrió a buscar a su hija, que estaba trabajando en su despacho. Parecía tan asustado que Sofía temió que le diera un infarto.

—Son ellos —dijo, presa de gran agitación—. Lo sé por su forma de llamar. Solo ellos llaman así...

No fue necesario que explicase a quién se refería. Su hija lo sabía perfectamente.

—No te preocupes, padre —dijo, levantándose de su asiento con toda la calma de la que fue capaz—. Vienen por lo de Martín. Por lo de la beca.

El anciano la miró con cierta desconfianza.

—¿Ahora las becas las gestiona la Policía? —preguntó en tono suspicaz.

—¿Y eso te extraña? —respondió Sofía, sonriendo con tristeza.

El abuelo hizo un gesto negativo con la cabeza. Por supuesto que no le extrañaba. Pero, incluso aceptando que la visita de la Policía obedeciese, esta vez, a un buen motivo, aquella forma violenta e impaciente de llamar al timbre le estremecía...

—Es mejor que te metas en tu cuarto, padre —le aconsejó Sofía con cariño—. Es gente ruidosa y poco educada, y no te gustarán... Yo te lo contaré todo luego, ¿de acuerdo?

Tembloroso, el viejo se refugió en su habitación mientras Sofía se dirigía, con paso tranquilo, a abrir la puerta. Martín la observaba desde el umbral de la cocina. Él también había comprendido inmediatamente lo que significaban aquellos timbrazos...

—¿Vive aquí Martín Lem? —preguntó con voz engolada un agente alto y desgarbado antes de que Sofía tuviese tiempo de abrir del todo la puerta.

—Sí, ¿quién le busca? —repuso ella muy serena.

—¿Es usted su madre? ¿Sofía Lem? —preguntó el otro agente, un tipo canoso de vientre prominente y grandes orejas.

—¿No cree que antes de preguntarme nada, deberían identificarse?

Con gesto displicente, el más alto de los policías mostró rápidamente su tarjeta de identificación y, sin más preámbulos, entró en la casa seguido de su compañero. Antes de cerrar la puerta, Sofía tuvo tiempo de ver una brillante limusina negra que esperaba junto a la acera. Sus lunas oscuras no permitían distinguir si había alguien aguardando en su interior...

—Su hijo debe acompañarnos a la comisaría —anunció con sequedad el tipo canoso—. Ha dado positivo en un análisis sanguíneo rutinario realizado en el instituto. Debe ser interrogado...

—Eso no es cierto —afirmó Sofía mirando sin alterarse al agente—. Mi hijo no ha dado positivo en ningún control. No me mire con esa cara; lo sé porque tengo en mi poder una copia del análisis. Contactos, agente; no sé si me comprende...

Los dos policías intercambiaron una breve mirada, desconcertados. No estaban acostumbrados a que la gente desafiase sus órdenes con aquella seguridad. Ambos sacaron al instante la misma conclusión; aquella mujer debía de estar muy bien relacionada, o nunca se habría atrevido a hablarles así...

Desde el umbral de la cocina, Martín había asistido a toda la escena. Nunca había admirado tanto a su madre como en aquel instante.

Con cara de enfado, el policía canoso introdujo mentalmente un código de comunicación a distancia en su rueda neural.

Mientras esperaba respuesta, salió de nuevo de la casa y se apartó un poco para no ser oído por los de dentro. Sofía le vio asentir seis o siete veces seguidas. Antes de que le diese tiempo de desconectarse de la red, otro individuo descendió de la limusina y corrió a abrir una de las puertas traseras; luego se apartó respetuosamente para dejar salir a una bellísima mujer.

Era una joven rubia, de unos veinticinco o treinta años, alta y esbelta como una modelo. Mientras caminaba hacia la casa, Sofía no pudo dejar de admirar su espléndido abrigo de piel de armiño, blanco como la nieve, y sus vertiginosos zapatos de tacón...

—Disculpe la molestia, mi querida Sofía —dijo sonriendo y tendiéndole la mano a la dueña de la casa—. Estos hombres no han sabido explicarse, me temo. Y créame que lo lamento muchísimo...

—¿Quién es usted? —preguntó Sofía en tono más bien cortante.

Pero la desconocida no parecía dispuesta a dejarse arredrar por la frialdad de aquella acogida.

—Perdone, es cierto, no me he presentado. Me llamo Samantha Beagle, tal vez le suene mi nombre. Soy la subdirectora de la Corporación Dédalo para asuntos europeos.

De mala gana, Sofía se apartó de la puerta y dejó entrar a la hermosa mujer. Esta, después de indicarles a los dos agentes que esperasen allí, junto a la entrada, saludó a Martín con la mano y se encaminó resueltamente hacia la cocina.

Un poco azorada, Sofía fue tras ella.

—Si quiere que hablemos, estaremos más cómodas en el salón —sugirió—. La cocina es muy pequeña...

La mujer se giró sobre sus tacones y le dirigió una deslumbrante sonrisa.

—Querida Sofía, no es con usted con quien deseo hablar, sino con su hijo —dijo con voz agradable—; y en privado...

—Me parece que, siendo su madre, tengo derecho, al menos, a saber de qué se trata...

La sonrisa de Samantha se volvió, de pronto, glacial.

—Usted ya sabe de qué se trata —replicó—. A menos que Martín no se lo haya contado... Hemos rastreado las búsquedas realizadas a través de internet desde el cuaderno electrónico de su hijo. Nos ha sorprendido su rapidez para dar con la información que le interesaba. No es que menospreciemos su inteligencia, pero, al fin y al cabo, es solo un muchacho de quince años, y poco familiarizado con los entresijos de la investigación... Es evidente que usted le ha echado una mano.

—Razón de más, entonces, para que esté presente en la entrevista —repuso Sofía en tono desafiante—. Es mi hijo, y no pienso dejarlo en sus manos antes de saber lo que se proponen...

La sonrisa de la mujer recuperó lentamente su calidez inicial.

—No se altere, querida —dijo, dándole una palmadita en el hombro—. Usted sabe perfectamente que no deseamos hacerle ningún daño a Martín. Queremos proponerle un acuerdo, eso es todo. Él tiene algo que nos interesa y estamos dispuestos a compensarle generosamente si decide colaborar con nosotros. Entiendo que la intervención de la policía les haya inquietado, pero tienen que comprender que es inevitable. Trabajamos coordinados con ellos en la búsqueda de genotipos útiles para nuestras investigaciones...

Sofía arqueó las cejas con ironía.

—Admito que es un método barato y rápido de obtener información —dijo, intentado dominarse.

Samantha no se dio por aludida ante el tono mordaz de aquellas palabras.

—Al menos en este caso, ha dado resultado —dijo volviéndose hacia Martín.

—Entonces... ¿es cierto? ¿Es como aquel muchacho?

—Es posible que lo sea —admitió Samantha, reanudando su marcha hacia la cocina—. Al menos, presenta el mismo antígeno sanguíneo... Y ahora, por favor, déjeme a solas con el chico —añadió, mientras Martín se apartaba para permitirle entrar en la reducida estancia—. Usted es lo bastante inteligente como para saber que esta es una gran oportunidad para él. Incluso me atrevería a asegurar que le ha aconsejado bien...

Y dicho esto, cerró suavemente la puerta tras de sí, dejando a Sofía allí sola, en la penumbra del pasillo, aturdida por primera vez desde que la desconocida hubiese hecho su aparición. Las últimas palabras de Samantha la habían helado de espanto... Era como si estuviese al tanto de su conversación del mediodía con Martín. ¿Era posible que, después de tantos años, su hogar aún estuviese vigilado y sembrado de micrófonos? Parecía absurdo... Sofía trató de desechar la idea pasándose los dedos entre sus rizados cabellos. No; lo más probable era que aquella mujer hubiese acertado por intuición, nada más. La otra posibilidad resultaba demasiado aterradora.

Mientras tanto, en la cocina, Samantha se había despojado de su lujoso abrigo y lo había arrojado descuidadamente sobre una silla. Después, apoyando su hermosa silueta en la encimera de piedra artificial, miró de hito en hito a Martín, que la observaba con desconfianza.

—Así que tú eres Martín, ¿eh? Supongo que no necesito presentarme. Has oído mi nombre, ¿no es así?

—Samantha Beagle —dijo el muchacho lentamente.

Ella le dirigió otra de sus encantadoras sonrisas.

—Excelente memoria. Encantada de conocerte, Martín. Y, puesto que eres tan listo, tampoco tendré que extenderme mucho para explicarte los motivos de mi presencia aquí, ¿no es cierto?

Martín la miró en silencio con gesto sombrío.

—Supongo que eso es una respuesta —prosiguió ella encogiéndose de hombros—. En fin, tu madre ya te lo ha explicado todo; tu grupo sanguíneo nos hace pensar que tal vez tengas un sistema inmunitario más eficaz y desarrollado que la mayor parte de las personas. Como sabes, la Corporación Dédalo se dedica, entre otras muchas cosas, a la producción de medicamentos y de vacunas. Es lógico que estemos interesados en estudiar tus peculiaridades... Si logramos comprender cómo funcionan tus defensas, estaremos en condiciones de imitar a la naturaleza y desarrollar tratamientos mucho más eficaces contra las enfermedades infecciosas. No necesito recordarte que ya hemos hecho algo parecido en otra ocasión, y con notable éxito... Tu madre ya te lo ha contado.

—Ustedes ya tienen a ese tal Jacob —dijo Martín—. ¿Para qué me necesitan a mí?

Samantha hizo un gesto de impaciencia.

—Una sola persona no es suficiente para avanzar en el programa de investigación —explicó—. Necesitamos más genotipos similares... Pero esa no es la pregunta adecuada, Martín. Me sorprende que, con tu inteligencia, no te des cuenta de ello. Sí, no me mires así. Hemos estado estudiando tu expediente académico. Deslumbrante...

—Se han dado ustedes mucha prisa —repuso el chico, sorprendido.

—Bueno, el tiempo apremia. El error cometido con tu amiga ha complicado bastante las cosas con la policía. Hemos tenido que emplearnos a fondo para deshacer el embrollo... Por cierto, fue muy noble por tu parte lo que hiciste. Acusarte tú para ayudar a una compañera de clase... Es algo que muy pocos habrían hecho.

—Únicamente dije la verdad —murmuró Martín con gesto hosco—. No veo qué mérito hay en eso...

—Por fortuna, el escándalo que armaste cuando detuvieron a la chica nos ha ayudado bastante. En cuanto se comprobó, mediante un nuevo análisis, que la sangre que nos interesaba no le pertenecía, los policías recordaron tu intervención. Fue muy sencillo atar los cabos...

—Me alegro de que todo se haya resuelto tan pronto —dijo Martín—. Pensaba presentarme mañana en la Jefatura de Menores... Supongo que Alejandra ya estará en su casa, ¿no?

Samantha lo miró un instante sin comprender.

—¿Te refieres a la chica? —preguntó.

El muchacho asintió con la cabeza.

—Eso ya no depende de nosotros, sino de la policía —explicó Samantha, clavando sus grandes ojos verdes en él con gran atención—. Al parecer, ya había algunas sospechas acerca de ella. No se librará del Centro de Internamiento. Una vez que los engranajes de la Justicia se ponen en marcha, es muy difícil pararlos.

—Pero, si son ustedes los que los han puesto en funcionamiento, supongo que también serán capaces de detenerlos...

—Las cosas no son tan sencillas, Martín. Que la Policía colabore con nosotros en la detección de Genotipos de Interés Científico Prioritario no quiere decir que nos obedezcan en todo. La persecución del consumo de drogas no tiene nada que ver con nosotros... En el segundo análisis que le hicieron, la chica estaba limpia, pero eso no significa nada concluyente. La tendrán en observación unas cuantas semanas, y luego la liberarán. Pero nos estamos desviando de la cuestión...

Martín, muy alterado al comprender que no iban a liberar a Alejandra por el momento, miraba a la mujer con decidida hostilidad.

—La pregunta adecuada, la que deberías haberme planteado desde un principio, en lugar de dar tantas vueltas sin llegar a ninguna parte, es qué está dispuesta a hacer la Corporación Dédalo por ti a cambio de tu colaboración. Me sorprende que no estés interesado en saberlo. Podemos cambiar por completo tu futuro...

Samantha hizo una pausa, esperando, quizá, una reacción por parte del muchacho. Pero, como esta no se produjo, decidió proseguir.

—¿Te has preguntado, por ejemplo, qué vas a hacer cuando desaparezcan los sistemas de conexión externa a la red? —preguntó, sonriendo—. ¿De qué te servirá entonces tu gran inteligencia natural? Tendrás que renunciar a leer y a proseguir tus estudios... Pero nosotros podemos ayudarte.

—¿Cómo? —preguntó Martín, sin poder ocultar su interés—. Los médicos dicen que la rueda neural no funciona conmigo, que no funcionará nunca...

—Jacob tiene el mismo problema, y estamos desarrollando una tecnología especial para él. Todavía no está a punto, pero, mientras tanto, podemos proporcionarte los mejores profesores y un acceso permanente a las más avanzadas tecnologías externas disponibles...

Un rayo de esperanza atravesó fugazmente los ojos de Martín.

—Eso sería estupendo —reconoció—. Podría continuar estudiando...

—Si nos das tu consentimiento para experimentar con muestras de tu sangre y tus tejidos de una forma continuada, te llevaremos a vivir al Jardín del Edén. Es una ciudad experimental situada en una isla, cerca de las costas de Birmania. Allí, nuestro director Hiden hizo construir, hace unos años, un espléndido palacio de recreo para Jacob que comunica directamente con el suyo. Por mucho que intente describirte las maravillas de ese lugar, te resultaría imposible imaginarlas. En realidad, es un edificio demasiado grande para Jacob, y él estará encantado de compartirlo contigo. Ha vivido tan solo desde la muerte de sus padres... Pero es feliz, Martín. Tiene todo lo que un adolescente puede desear. Está rodeado de los muebles más bellos, de las comodidades más refinadas, de los más fantásticos jardines...

—¿Y qué tendría que hacer a cambio? —preguntó Martín, cuya expresión hostil se había ido trocando insensiblemente en una mirada llena de ilusión y esperanza.

—Bueno, la participación en el programa científico no resulta en absoluto onerosa —explicó Samantha—. Te sacarán un poco de sangre de cuando en cuando, o una pequeña muestra de piel, por ejemplo. Nada doloroso ni complicado. Alguna vez, te someterán a pruebas un poco más largas, pero ninguna de ellas comportará peligro alguno para ti, te lo aseguro. Piensa que, para nosotros, tu vida es algo muy valioso y que debe ser conservada a cualquier coste...

Martín reflexionó en silencio durante un momento. Recordó la advertencia que le había hecho su madre: si se negaba a colaborar con Dédalo por las buenas, tal vez ellos le obligaran a hacerlo por otros medios... Además, todo lo que la Corporación le ofrecía era maravilloso. Siempre que estuviesen dispuestos a cumplir su palabra, claro.

Samantha pareció adivinar sus pensamientos.

—Si decides colaborar con nosotros, ahora mismo firmaremos un contrato —dijo, extrayendo una placa digital de su bolso con todos los membretes de un documento legal—. Puedes tomarte todo el tiempo que quieras para leerlo. Verás que solo presenta ventajas para ti y para tu familia. Tu madre también lo leerá, por supuesto. Si ambos estáis dispuestos a firmar, hoy mismo saldremos hacia Nueva Alejandría, y mañana por la mañana tomaremos un vuelo hacia Torre Ilión. Allí nos reuniremos con Hiden, el presidente de nuestra compañía. Y partiremos rumbo al Jardín del Edén...

Martín leyó detenidamente el documento que Samantha le había tendido. Estaba redactado en la farragosa jerga jurídica, pero, aun así, se entendía bastante bien. Era cierto lo que la mujer le había dicho: Las condiciones estipuladas por aquel contrato no podían ser más ventajosas para él. La Corporación se comprometía formalmente a costear su formación hasta los veinticinco años y a proporcionarle después, si estaba interesado, un puesto de responsabilidad en el organigrama de la Compañía. Se ofrecía, asimismo, a hacerse cargo de su manutención por espacio de diez años, trasladándolo a vivir de modo permanente en el Palacio Antiguo del Jardín del Edén. Se incluían también varias cláusulas relacionadas con su familia, una de las cuales exigía que todas las comunicaciones establecidas con ellos fuesen supervisadas por la Corporación. Pero también se contemplaba la concesión a Sofía y a su padre de una casa más grande y confortable en el centro de la ciudad, la reinserción parcial de Sofía en programas científicos y la atención médica especializada para ambos...

—Aquí no se dice nada de mi padre —murmuró Martín, terminando de leer el contrato—. ¿Existe alguna posibilidad de que la Corporación le ayude? Supongo que sabe que está preso...

—Ya me figuraba que me harías esa pregunta —repuso Samantha con un suspiro—. No, Martín. La Corporación no va a comprometerse por escrito a nada que no pueda cumplir. El caso de tu padre está más allá de nuestro alcance. Según tengo entendido, cumple condena en una de las cárceles orbitales... Cometió un delito federal, no podemos hacer nada para cambiar eso.

—No era ningún delito de sangre, ni siquiera se le atribuyeron acciones violentas de ninguna clase —arguyó Martín—. Lo único que hizo fue pronunciarse en los medios de comunicación, una y otra vez, acerca de las verdaderas intenciones de las corporaciones multinacionales. Es lo que me ha explicado mi madre, y mi madre nunca me habría mentido...

Samantha se encogió de hombros.

—Incumplió las leyes, Martín —dijo con gravedad—. Poco importan los motivos que tuviera para ello, el caso es que las incumplió.

—Pero son unas leyes injustamente severas, que van contra la libertad de expresión de los individuos...

—Todo eso es vieja palabrería —le atajó Samantha, visiblemente contrariada—. Me asombra que tu madre se haya atrevido a inculcarte semejantes ideas. Las leyes son las leyes y están para cumplirlas. Ni tú ni yo podemos hacer nada al respecto. Sin embargo, hay algo que sí estoy autorizada a ofrecerte: Puedes añadir cualquier cláusula al contrato que estimes conveniente, siempre que sea algo factible para nosotros. Piénsalo. Mientras tanto, voy a hablar con tu madre y a entregarle otra copia del documento. Piensa bien en lo que vas a pedir, Martín. La Corporación es muy generosa...

Samantha abrió la puerta de la cocina y el ruido de sus tacones se alejó por el pasillo. Martín volvió a leer el contrato con gran atención. Verdaderamente, era difícil pedir algo más; Dédalo había pensado en todos y cada uno de los detalles de su vida futura. Pero Martín tenía muy claro lo que quería. Si no podía hacer nada para ayudar a su padre, al menos trataría de ayudar a Alejandra. Al fin y al cabo, todo aquello había sucedido por su estúpido error en la cabina del laboratorio; tenía que arreglarlo como fuera. Se estremecía solo de pensar lo que estaría sufriendo la muchacha en el Centro de Internamiento. Corrían muchos rumores acerca de lo que ocurría en esa clase de lugares: interrogatorios interminables, torturas basadas en la inducción artificial de ataques de asma y reacciones alérgicas... Era cierto lo que había dicho Samantha; cuando los engranajes de la Justicia se ponían en marcha, resultaba sumamente difícil pararlos. Pero estaba seguro de que Dédalo, si se lo proponía, sería capaz de lograrlo. Después de todo, no era un caso comparable al de su padre. A Alejandra solo se la acusaba de un delito menor, y, además, no había ninguna prueba en su contra. Obtendría su liberación o no firmaría...

—¿Se te ha ocurrido algo? —preguntó Samantha alegremente, volviendo a entrar en la cocina.

Sofía venía detrás, con una copia del contrato en la mano. Parecía turbada e indecisa. Incluso a ella le había sorprendido la generosidad de Dédalo en aquel asunto...

—Quiero que se añada una cláusula en la que Dédalo se comprometa a liberar de inmediato a Alejandra —dijo Martín en tono resuelto—. Quiero que se diga expresamente que nada me obliga a cumplir mi parte del acuerdo si no recibo antes pruebas fehacientes de que Alejandra está libre de nuevo. Es la única condición que pongo...

Samantha pareció reflexionar intensamente durante unos instantes. Mientras, Sofía dirigió a su hijo una alentadora sonrisa; parecía querer darle a entender que había obrado bien, que había pedido lo correcto. Pero, a pesar de sus esfuerzos, era una sonrisa cargada de inquietud...

—Estaba pensando, Martín, en la forma de realizar lo que nos pides y de facilitarte las pruebas que deseas —dijo Samantha—, y se me ha ocurrido algo que creo que te gustará. Ahora mismo, en cuanto firmes, partiremos en ese automóvil que nos está esperando y viajaremos sin hacer paradas hacia Nueva Alejandría para tomar el dirigible de mañana. Allí nos estará esperando Alejandra. Esos hombres de ahí fuera pueden acompañarla en el monorraíl. He pensado que venga con nosotros, así no te quedará ninguna duda respecto a su libertad. Será, además, lo más sencillo de gestionar... Solicitaré de inmediato la tutela de la menor con fines científicos. La Policía no pondrá ninguna objeción. Será trasladada directamente del Centro de Internamiento a nuestras dependencias. Es mucho más fácil que devolverla a su familia...

—No sé si ella querrá —murmuró Martín, dubitativo.

Samantha se echó a reír, como si hubiera dicho algo gracioso.

—¡Lleva ocho horas en el Centro de Internamiento! Claro que querrá, te lo aseguro. Además, nadie va a preguntarle su opinión. Es una detenida...

Martín miró indeciso a su madre. Adivinaba algo turbio en aquella maniobra de Samantha. ¿Cómo era posible que la Corporación estuviese dispuesta a cargar, así de pronto, con Alejandra, que no podía reportarles ningún beneficio?

Comprendió, entonces, el razonamiento de la mujer. Llevarse a Alejandra, unir su propio destino al de la chica, era un sistema para controlarle. Si en algún momento intentaba interrumpir su colaboración, siempre podían amenazarle con devolver a la muchacha al Centro de Internamiento. Al fin y al cabo, no iban a exculparla, solo a solicitar la tutela temporal de la detenida con fines científicos. Pero no se le ocurría ningún otro modo de prestarle ayuda...

Mientras tanto, Samantha había insertado al final del contrato la cláusula solicitada por Martín y la estaba enviando a través de la red a una notaría para su validación. La confirmación notarial llegó inmediatamente. Solo quedaba estampar sobre la placa las correspondientes firmas.

—¿Acepto? —preguntó Martín mirando a su madre.

Esta, tras un instante de vacilación, hizo un gesto afirmativo con la cabeza.

—Ha sido una buena decisión —observó Samantha mientras Sofía, y luego Martín, firmaban el documento—. No se arrepentirán, se lo aseguro. Se trata de una gran ocasión para ayudar a la humanidad. El mundo te estará eternamente agradecido...

—Puede ahorrarse toda esa palabrería barata —la interrumpió Sofía con gesto cansado—. Al fin y al cabo, ya tiene lo que quería. Espero que cumplan ustedes su compromiso de mantenerme puntualmente informada respecto a mi hijo...

Samantha sonrió con frialdad.

—Por supuesto que lo haremos —replicó—. La conocemos lo suficiente como para saber la que liaría si Dédalo incumpliese sus compromisos. No me interprete mal, no es que la temamos; esa clase de acciones, como usted bien sabe, no harían más que perjudicarles, a usted y a su marido. A nosotros no nos ocurriría nada... Pero no deseamos ningún escándalo, por insignificante que sea, que pueda empañar el buen nombre de la empresa. Ya ve; ambas partes estamos interesadas en llevarnos bien... Martín, ve a tu habitación y recoge tus cosas. Nos vamos ahora mismo, el coche está esperando...

—¿Vamos a ir a Nueva Alejandría en esa limusina de ahí fuera? —preguntó Martín, asombrado—. Es un trayecto muy largo...

—No es eléctrica, Martín. Tiene una autonomía de tres mil kilómetros. Funciona con un motor de azúcares vegetales patentado por nuestra propia Corporación para vehículos de lujo. Venga, date prisa. Despídete de tu madre...

—Pero tengo que hacer el equipaje —objetó Martín, aturdido—. Necesito tiempo...

—El equipaje ya está hecho. Lo encontrarás abierto encima de tu cama, acabamos de dejarlo allí. Lo traíamos ya preparado, no necesitas incluir nada más si no quieres. Pero tal vez desees añadir alguna cosa, algo que tenga un valor sentimental para ti...

Martín se lanzó a los brazos de su madre y se estrechó convulsivamente contra ella. Le pareció, de pronto, tan frágil y menuda, que tuvo miedo de hacerle daño. Con un nudo en la garganta, salió de la cocina y golpeó tímidamente la puerta de su abuelo.

—Vengo a despedirme —anunció—. Me voy ahora mismo. Me han concedido la beca...

El abuelo abrió la puerta y clavó en él una mirada extrañamente triste. Martín tuvo la impresión de que no se creía del todo aquella absurda historia que le habían contado. En silencio, ambos se abrazaron y mantuvieron sus mejillas unidas un instante antes de separarse.

—Cuida de mamá —rogó Martín—. Ya sé que es muy fuerte, pero necesita tenerte a su lado. Todo esto va a ser muy duro para ella...

—¿Cuándo volverás? —le gritó el anciano mientras ya se alejaba por el pasillo hacia su cuarto.

—No lo sé —repuso el muchacho, volviéndose—. Si todo sale bien, dentro de diez años...

Capítulo III

El dirigible

Los jardines de embarque del aeropuerto de Nueva Alejandría bullían de actividad a aquella temprana hora de la mañana. Era el primer día soleado después de una semana de lluvias constantes; todos los vuelos aplazados por el mal tiempo se disponían, por fin, a salir. Algunos pasajeros llevaban hasta cuatro o cinco días esperando en los hoteles del aeropuerto a que los cambios meteorológicos les permitieran emprender el viaje, y comenzaban a estar hartos de las minúsculas cabinas en las que se alojaban, con sus paredes, suelos y techos de vidrio emitiendo continuamente imágenes de arrecifes coralinos y selvas tropicales. Aprovechando el buen tiempo, muchos habían salido a estirar las piernas y a curiosear por los jardines, cuyas altísimas cúpulas de cristal recordaban, con sus delicadas nervaduras de titanio, las alas de una libélula gigantesca. Pronto les llegaría el turno y podrían abandonar, también ellos, la melancólica y lluviosa capital de la Unión...

Sentado bajo un rosal de grandes flores granates, Martín observaba distraído el ir y venir de los viajeros y las maletas que rodaban tras ellos siguiendo todos sus movimientos, como perros bien adiestrados. De cuando en cuando alzaba la mirada hacia las cúpulas y seguía con ojos asombrados los majestuosos dirigibles que se elevaban verticalmente sobre su cabeza. ¡Había deseado tanto ver aquello! ¡Había soñado tantas veces con obtener uno de los pasajes que sorteaban las grandes corporaciones entre los estudiantes para acceder al aeropuerto de la capital de Europa! Y ahora, la realidad, de pronto, superaba todas sus expectativas; no solo estaba dentro de los jardines de embarque, adonde únicamente tenían acceso unos pocos privilegiados provistos de invitaciones o de pasaportes especiales, además de los viajeros; no solo estaba allí dentro, codeándose con la elite de la sociedad y viendo lo que ninguno de sus conocidos había visto nunca, sino que, además, iba a volar. Resultaba tan inesperado que apenas podía creerlo. Y sin embargo, era cierto: allí estaba Samantha, a unos pasos de él, con un elegante vestido de seda negra y esmeralda, inclinando graciosamente su rubia cabeza hacia un lado mientras conversaba con Alejandra. Y, sobre todo, allí estaba Alejandra, escuchando lo que Samantha le decía, esperando a pocos metros de distancia para embarcarse junto a él en aquella extraña aventura...

Martín no había vuelto a ver a su amiga desde el momento de la detención y, ahora que la tenía tan cerca, apenas se atrevía a mirarla. Temía enfrentarse a sus hermosos ojos grises, encontrar en ellos algo semejante a una acusación, a un reproche; después de todo, si no hubiera sido por su absurdo error en el laboratorio del instituto, nada de aquello habría sucedido... nada, al menos, le habría sucedido a ella. Se habían saludado brevemente, con frialdad, dándose un rápido beso en la mejilla; pero aquel instante le había bastado a Martín para comprender todo el sufrimiento de Alejandra en el Centro de Internamiento. Pálida, demacrada, con grandes ojeras en forma de medialuna bajo los ojos y un ligero temblor en los labios, era como si de pronto se hubiese transformado en otra persona, en una criatura extrañamente frágil y vulnerable, capaz de derrumbarse en cualquier momento. ¿Cómo era posible que se hubiera producido una transformación semejante en apenas unas horas? ¿Cuántas inyecciones de adrenalina le habrían puesto, cuántos ataques de asma le habrían inducido? ¿Cuánto tiempo la habrían obligado a permanecer en pie, cegada por la luz de los focos, mientras la interrogaban? Nunca se atrevería a formularle aquellas preguntas; en realidad, prefería no saberlo... Si al menos ella hubiese intentado sonreírle, si hubiese hecho un esfuerzo por dirigirle la palabra, tal vez habría reunido el valor suficiente para disculparse. Pero ella apenas le había mirado... Además, ¿qué podía decirle? ¿Que lamentaba todo lo ocurrido? ¿Para qué, si no era cierto? Podía decirle, por supuesto, que habría preferido ocupar su lugar, que habría dado cualquier cosa por evitarle la amarga experiencia por la que acababa de pasar; eso no era mentira. Sin embargo, no se sentía capaz de fingir que no estaba contento. Estaba seguro de que se le notaba en la cara, por más que se empeñase en disimularlo. Sus ojos debían de irradiar felicidad, tenía que hacer continuos esfuerzos para no sonreír. Todas las puertas que él creía cerradas para siempre acababan de abrirse para él, todas las oportunidades con las que había soñado se encontraban, de pronto, al alcance de su mano... Pero era demasiado pronto para intentar hacérselo comprender a Alejandra. Antes tendría que olvidar lo que había sufrido por su culpa, y eso llevaría tiempo.

La agradable voz de los altavoces le sacó, de repente, de sus cavilaciones. Acababan de anunciar el ascensor de embarque para el vuelo con destino a Torre Ilión.

—Es el nuestro —dijo Samantha, dirigiéndole una de sus deslumbrantes sonrisas—. Vamos. ¿Estáis preparados para contemplar el mundo desde el aire?

Martín le devolvió la sonrisa y asintió con la cabeza. Los tres se encaminaron hacia el ascensor indicado, donde ya se agolpaban unas cien personas. Entre ellas, el muchacho identificó los rostros de los dos agentes que habían acudido a detenerle a su casa. Habían cambiado sus uniformes por unas elegantes levitas de verano, cuyos discretos estampados de rayas contrastaban con los vivos colores de sus pantalones de raso. Incluso llevaban sandalias... Y lo más curioso era que sus rostros parecían extrañamente rejuvenecidos, y mucho menos hoscos y desagradables que el día anterior.

—¿Vienen con nosotros? —preguntó Martín en voz baja.

—¿Ted y Phil? Por supuesto —repuso Samantha, saludando a los dos agentes con la mano—; en realidad, no pertenecen a la Brigada Antidrogas; son policías de la Corporación, y tienen la misión de velar por vuestra seguridad. No pongas esa cara —añadió al ver el gesto tenso del chico—; son buena gente, y excelentes compañeros de viaje. Verás cómo, con el tiempo, llegan a gustarte.

El ascensor, con más de doscientas personas a bordo, comenzó a subir lentamente por la torre de embarque. A Martín le embargó una desagradable sensación de vértigo que intentó disimular mientras observaba con el rabillo del ojo al resto de los pasajeros, ninguno de los cuales parecía aquejado de los mismos síntomas. Seguramente, la mayoría de ellos estaban habituados a viajar... Alejandra no, claro; su gesto indiferente no era fruto de la costumbre. Reflejaba, más bien, el escaso entusiasmo que le producía aquel viaje.

Sin embargo, al entrar en el vestíbulo del dirigible, incluso a ella se le escapó una exclamación de asombro. Se trataba de una inmensa sala con altas paredes transparentes y una gran escalinata espiral, en el centro, que conducía a los camarotes. Junto a los muros acristalados, había decenas de mesitas con manteles negros y platos blancos, separadas entre sí por grandes plantas de bambú. Al parecer, el vestíbulo se utilizaba como restaurante principal de la aeronave; constituía, sin duda, uno de los muchos atractivos del lujoso crucero...

La escalinata central era un gran acuario iluminado por dentro y lleno de peces verdes, rojos y dorados. Resultaba difícil no marearse al pisar sus transparentes peldaños, bajo los cuales nadaban, majestuosas, tantas extrañas y silenciosas criaturas. En realidad, todo, en aquel gigantesco espacio, parecía leve e inconsistente, como si los materiales con que estuviese construido fuesen únicamente el agua y el aire.

Los camarotes que les habían sido asignados se encontraban en la parte delantera de la nave, justo encima de la cabina de pilotaje y alrededor de una piscina redonda situada bajo una cúpula de falso cristal que permitía contemplar el cielo en movimiento mientras uno se bañaba.

—Hemos tenido suerte, chicos —dijo Samantha, abriendo con su huella digital la primera de las tres habitaciones—; estas suites son las más solicitadas de todas, y suelen estar reservadas con muchos meses de antelación. Pero Dédalo es capaz de muchas cosas...

Martín observó desde la puerta cómo Alejandra se instalaba en un diván junto a la ventana y cerraba los ojos. Después, siguió dócilmente a Samantha hasta el segundo camarote.

—Este es el tuyo —dijo ella, abriendo la puerta y cediéndole el paso—; dentro de un par de horas pasaré a recogerte para comer. Mientras tanto, descansa; la habitación dispone de una cámara de aislamiento sensorial, eso te ayudará a relajarte. O, si lo prefieres, puedes salir a darte un baño en la piscina. Tienes total libertad para ir y venir por donde quieras...

—Me gustaría telefonear a mi madre —dijo Martín tímidamente—. Ya que no le han permitido venir a despedirse, al menos podré decirle adiós por teléfono. Debe de estar muy preocupada...

Samantha asintió con gesto comprensivo.

—Debe de ser muy duro para ella —dijo suavemente—; y supongo que para ti también. Pero tú sabes, Martín, que las comunicaciones están prohibidas. Son las normas de seguridad de la Corporación, ya te lo expliqué. Y tu madre también lo sabe...

Martín frunció el ceño y trató de disimular su contrariedad apretando los labios.

—Sin embargo, no debes preocuparte por tu familia —añadió Samantha, sonriendo de nuevo—. Ellos van a estar mejor que nunca, te lo puedo asegurar. Te echarán de menos, por supuesto, pero Dédalo se encargará de compensarlos en la medida de lo posible. Tendrán una casa más grande, y una asignación mensual para compras que muchos envidiarían. Tu abuelo será tratado por los mejores geriatras, e incluso se le implantará una rueda neural...

—No creo que quiera —murmuró Martín—; si no la lleva, no ha sido porque mi madre no se haya ofrecido mil veces a costearle la operación, sino porque desconfía de todo lo moderno...

—Los médicos le convencerán —le aseguró Samantha, como si conociera al abuelo de toda la vida—. Te repito que estarán bien, y recibirán regularmente informes de la Corporación acerca de tus progresos. Lo que te ha sucedido es una suerte también para ellos, no te quepa la menor duda.

Martín la miró un momento en silencio.

—¿También para mi padre? —preguntó.

—¿Otra vez vas a volver a insistir en ese tema? Ya te dije que de eso no sé nada —repuso Samantha, mirándole con frialdad.

—¿Ni siquiera si está vivo o muerto? —insistió Martín—; ¿ni siquiera eso?

Una sombra de ira pasó fugazmente por los limpios ojos verdes de Samantha.

—Basta, Martín —dijo en voz baja—; y, si quieres un buen consejo, no vuelvas a mencionar ese asunto mientras estés con nosotros. La gente como tu padre ha hecho mucho daño; no solo a nosotros, a todas las corporaciones. Por fortuna, ahora están controlados y el peligro ha pasado; pero, hace unos años, estuvieron a punto de lograr sus propósitos. ¿Te imaginas qué habría sido del mundo si lo hubiesen conseguido?

Martín reflexionó un momento; no, la verdad es que no podía imaginar cómo sería el mundo sin las corporaciones...

—Para la gente de a pie, no creo que hubiese una gran diferencia —dijo sin mucha convicción.

—Te equivocas, Martín, te equivocas por completo —le interrumpió Samantha en tono apasionado—. Pero ¿es que no os enseñan nada en el colegio? ¿No sabes que, gracias a las corporaciones, hoy en día disfrutamos de una paz que nunca se había conocido en la Historia? ¿Es que no has estudiado los imperios del pasado, las guerras internacionales y todo eso? Si no hubiera sido por las corporaciones, seguirían existiendo federaciones armadas de países, guerras entre diferentes territorios para apropiarse de los recursos... El mundo sería un infierno.

—De todos modos, las corporaciones actúan para su propio beneficio —objetó Martín, ceñudo—. Son empresas, solo eso, gigantescas empresas con sus propios ejércitos, y, si no se enfrentan unas a otras, es porque, de momento, no les hace falta... Pero eso no quiere decir que no pueda haber guerras en el futuro...

Samantha le miraba escandalizada.

—Pero ¿a quién le has oído hablar así? —preguntó, cerrando violentamente la puerta del camarote—. A tu abuelo, claro, ya me lo figuro. O quizá a tu madre. Nunca participó de manera activa en las actividades ilegales de tu padre, pero, tal vez, ahora que está preso, haya cambiado de opinión... Mira, Martín, no puedes ir diciendo esas cosas por ahí si no quieres meterte en líos. Tienes la suerte de que Dédalo se haya interesado por ti, a pesar de lo de tu padre. ¿Quieres tirar por la borda la mejor oportunidad que se te ha presentado nunca?

—Mi padre no hizo nada malo —murmuró Martín—; solo algo de propaganda y campaña política, nada más.

—Fue uno de los principales activistas antiglobalización de la pasada década. Y lo peor es que la gente le creía; era un científico de prestigio, se le conocía en todo el mundo. Sus calumnias contra las corporaciones resultaban más peligrosas que las de otro cualquiera...

—¿Dónde está?

—No lo sé —repitió Samantha con gesto cansado—. Pasaré a recogerte dentro de dos horas, y espero que esta conversación no vuelva a surgir entre nosotros. Vamos a pasar muchas horas a bordo, así que ponte cómodo y disfruta del viaje.

Cuando se quedó solo, Martín se asomó al gran ventanal de su camarote, desde donde se veía una parte de la estructura de titanio y nailon que contenía el helio gracias al cual lograba elevarse el aparato. Se trataba de un inmenso globo en forma de balón de rugby y de color azul metalizado. Debajo, en torno a la cabina de pilotaje, se ultimaban los preparativos para el despegue. Diez minutos después, el dirigible comenzó a ascender lentamente en la vertical hasta situarse a una altura de unos dos mil metros. Vista desde arriba, Nueva Alejandría tenía el aspecto de un lúgubre y aburrido laberinto; los exclusivos barrios de París, Amsterdam y Londres, con sus hermosos edificios antiguos, quedaban muy lejos del aeropuerto, y, por más que se esforzó, Martín no logró distinguirlos en la distancia. Un interminable tapiz de edificios simétricos comunicados por túneles y monorraíles era todo lo que se ofrecía a su vista, hasta el horizonte. ¡Con lo que le habría gustado ver la catedral de Notre-Dame, con sus dos torres gemelas y su delicada fachada cubierta de esculturas!

Defraudado, Martín marcó la clave numérica de su maleta para abrirla y se dispuso a investigar su contenido. En realidad, casi nada de lo que había en ella le pertenecía... La Corporación le había regalado un montón de ropa nueva, además de calzado y cosméticos de todo tipo; incluso le habían facilitado una nueva carpeta digital mucho más completa y sofisticada que la que él tenía. No era, por supuesto, una rueda neural, pero sus prestaciones se le asemejaban mucho en algunos aspectos. «La mejor tecnología al servicio de unos pocos elegidos», había dicho Samantha con su incombustible sonrisa...

En el fondo de la maleta, debajo de la flamante ropa nueva, estaban los tres únicos objetos que Martín se había traído de su casa: un viejo reloj de bolsillo que había pertenecido a su padre, la pluma estilográfica del abuelo y el libro de papel que le había regalado el vagabundo. Con el ajetreo de las últimas horas, aún no había tenido tiempo de terminarlo... En un principio pensó que no le permitirían llevárselo, pero, para su sorpresa, Samantha no había puesto ninguna objeción.

—¿Te gustan esas reliquias? —había preguntado con asombro—; qué curioso, igual que a Hiden, nuestro Director... Magnífico, eso me hace pensar que te llevarás bien con él. Tienes que pedirle que te enseñe su colección de libros de papel. Es impresionante... para quien aprecie ese tipo de cosas, desde luego. A mí me parecen un nido de microbios y suciedad.

Por un momento, Martín abrió el libro y retomó la lectura de *La máquina del tiempo* donde la había interrumpido. Pero estaba demasiado nervioso para leer, así que dejó el regalo del vagabundo sobre la cama y buscó entre las ropas que le había facilitado la Corporación un traje de baño. Encontró un par de ellos, ambos muy elegantes. El muchacho eligió uno de lentejuelas verdes y, después de ponérselo, se encaminó resueltamente a la piscina. Había una sola persona en el agua; al acercarse, descubrió que se trataba de Alejandra.

Martín se zambulló de un salto en el agua y nadó lentamente hasta donde se encontraba su amiga. Alejandra flotaba inmóvil en el agua, contemplando las nubes que se deslizaban sobre la cúpula, y que parecían volar hacia atrás debido al rápido y constante movimiento del dirigible.

—¿Cómo estás? —le preguntó Martín al oído.

Alejandra no se sobresaltó. Continuó flotando y contemplando las nubes mientras meditaba su respuesta.

—No lo sé —dijo por fin, sin dejar de mirar al cielo—; ¿adónde nos llevan?

—¿No te lo han dicho? —preguntó Martín, asombrado—. Vamos a Torre Ilión, donde nos reuniremos con Hiden, el presidente de la Corporación Dédalo. Desde allí, viajaremos a una ciudad laboratorio que tienen en algún lugar del Índico, cerca de las costas de Birmania.

—El Jardín del Edén… —murmuró Alejandra.

—Entonces, sí te lo habían dicho.

La muchacha se incorporó y, manteniéndose vertical en el agua a base de lentos movimientos circulares de los brazos, miró directamente a Martín.

—Cuando vinieron a buscarme, estaba tan mal que apenas entendí lo que me dijeron —explicó—. Llevaba doce horas de pie, no me dejaban sentarme. Cada poco me inyectaban adrenalina e histamina; cuando me veían a punto de ahogarme, me ponían el antídoto. No sé lo que querían que les dijera, ni cómo fui a parar allí; y tampoco entiendo por qué, de pronto, estoy a bordo de un dirigible contigo. Solo sé que encontraron algo en tu sangre, y que creyeron que era mía, y que por eso me detuvieron y me interrogaron…

—Hay algo en mi sangre que les interesa —dijo Martín—; al parecer, pertenezco a un grupo sanguíneo muy raro, y quieren investigarme. Yo acepté a cambio de que te trajeran a ti también. Debo interesarles mucho, porque lo he logrado…

—Pues muchas gracias, de verdad —dijo Alejandra secamente—; gracias por alejarme de mi familia y ponerme en manos de esta gente, gracias por apartarme de todo lo que me importa en este mundo... Has sido muy amable.

Martín sintió que se le hacía un nudo en la garganta.

—Escúchame, Alejandra; no lo hice por eso —se justificó—; ellos me aseguraron que no te devolverían a tu casa, que permanecerías varios meses en el Centro de Internamiento; ya sabes que, una vez que te detienen, es muy difícil salir de allí... Yo solo les pedí que te liberaran, fueron ellos los que decidieron traerte conmigo. No sé por qué tomarían esa decisión, supongo que para convencerme de que debo confiar en ellos...

Alejandra tenía los ojos húmedos.

—Perdóname —murmuró—; todavía no estoy bien y no veo las cosas con claridad. Pero no me fío de esta gente, Martín. Y daría cualquier cosa por volver a casa...

Mientras tanto, había ido llegando más gente a la piscina. Una señora con el bañador plateado se había zambullido ruidosamente mientras su amiga, una pelirroja de aspecto estúpido, daba pataditas en el agua sentada en las escaleras. Dos parejas jugaban a salpicarse muy cerca de ellos; incluso uno de los dos policías de la Corporación había comenzado a nadar con impecable estilo de un extremo al otro de la piscina...

—Salgamos —dijo Alejandra con una mueca de disgusto—; hay que ir a cambiarse para la comida...

Una hora después, acompañados de Samantha, que había sustituido su traje negro y esmeralda por un vestido dorado y largo hasta los pies, los dos muchachos se sentaron en una de las mesitas del acristalado restaurante. La vista que se ofrecía a sus ojos era magnífica; volaban sobre la costa norte del Mediterráneo, y la cosmopolita ciudad de Azur se extendía como una interminable cinta de jardines y villas de recreo a lo largo de acantilados y playas. Debía de ser un lugar maravilloso para vivir...

—¿Os gusta? —preguntó Samantha, divertida ante el interés con que sus dos acompañantes pegaban la nariz al muro transparente—; Azur es un bonito lugar, no sé si conocéis su historia. Incluye varios núcleos urbanos antiguos: Marsella, Cannes, Niza... Pero la parte más atractiva es la moderna, la que se extiende entre esas viejas ciudades. Fijaos en esas serpientes de cristal que bordean la costa... Son viviendas de lujo, magníficas. Hiden tiene una, tal vez algún día quiera enseñárosla...

—¿Cuándo llegaremos a Torre Ilión? —preguntó Martín.

—Mañana, a eso de las diez —repuso Samantha sonriendo.

—Siempre he querido ver ese lugar. La capital del mundo, la llaman algunos...

La subdirectora de Dédalo asintió con la cabeza.

—Desde el punto de vista diplomático, no cabe duda de que lo es —explicó—. Diecisiete distritos verticales, uno para cada una de las nueve grandes corporaciones, y los demás para las federaciones nacionales: Europa, la Transamericana, la Federación del Pacífico Norte, los Nuevos Emiratos, India, la Alianza Asiática y la Liga Oceánica del Hemisferio Sur...

—Sobra uno —dijo Martín—; un barrio vertical...

—El último piso de la Torre es la Ciudad de las Naciones Unidas, ¿es que no os han enseñado eso? —preguntó Samantha con asombro.

—En el instituto no nos hablan nunca de las nuevas ciudades —repuso Martín—. Toda la información que circula en la red sobre ellas es de acceso restringido, y no figuran en los programas de estudio. Nuestros profesores no las conocen mejor que nosotros...

Samantha asintió varias veces con la cabeza mientras le escuchaba.

—Bueno, eso es comprensible —dijo cuando Martín concluyó su explicación—. Las ciudades de las grandes corporaciones no son lugares para todo el mundo, y no tiene sentido hablar de ellas a gente que, de todas formas, jamás tendrá oportunidad de visitarlas... Pero con Torre Ilión debería actuarse de un modo diferente. Al fin y al cabo, todo el mundo sabe que existe, y que no hay una decisión de peso sobre el futuro de nuestro planeta que no se tome allí. Es lógico que los distintos barrios deseen preservar el secreto respecto a su estructura y actividades internas, pero por lo menos deberían explicaros, a grandes rasgos, lo que es la ciudad y qué representa cada distrito... ¡No entiendo por qué no lo hacen!

—Mi abuelo tiene una explicación para eso —dijo Martín tímidamente.

—¿De veras? ¿Y qué es lo que dice tu abuelo? —preguntó Samantha con un matiz de ironía que hasta entonces no había aparecido en su sonrisa.

—Dice que nos están engañando de un modo deliberado —explicó Martín bajando la voz para que no pudiesen oírle desde las mesas contiguas—. Dice que nos siguen explicando el mundo a través de su división en grandes federaciones nacionales, pero que, en realidad, las cosas ya no son así...

—¡Qué tontería! —le interrumpió Samantha con voz desdeñosa—. ¿O sea que, según tu abuelo, las grandes federaciones como Europa, la Alianza Asiática o la Transamericana no significan nada? Debe de estar muy desconectado del mundo para pensar así...

—Tú misma me dijiste hace un rato que, si no fuera por las corporaciones, las federaciones nacionales tendrían ejércitos y se enzarzarían en guerras continuas... ¿No me dijiste eso?

—Por supuesto —reconoció Samantha—. Nadie pone en duda el papel esencial de las corporaciones en la economía y la política de hoy en día. Pero eso no significa que las naciones no pinten nada...

—Según mi abuelo, eso es exactamente lo que significa —prosiguió Martín, acalorándose—; él dice que se mantienen porque a las corporaciones les interesa que la gente siga creyendo en ellas, pero que ya no toman decisiones realmente. Dice que las grandes capitales del mundo no son ya Nueva Alejandría, ni Tokio, ni Calcuta-Madrás, como nos hacen creer en el instituto, sino las nuevas ciudades de las corporaciones: Titania, Kukulkán, la Ciudad Roja de Ki...

—Vaya —suspiró Samantha—; veo que por lo menos conoces los nombres de algunas de ellas... Algo es algo.

—¿Las has visto? —preguntó de pronto Alejandra.

Era la primera vez, desde que se habían sentado a la mesa, que Alejandra abría la boca. Samantha se volvió hacia ella dirigiéndole una de sus seductoras sonrisas.

—Casi todas —dijo, bajando la voz, como si se tratase de una confidencia—; he estado en Arrecife, la ciudad de la corporación Rainbow, y en Titania, la de la corporación Kokoro, y también en la Ciudad Roja de Ki y en Kukulkán, además de, naturalmente, en las nuestras y en las de nuestros aliados... Me faltan únicamente El Templo, de la corporación energética de Nur, y Nara, de la corporación Atmán...

—¿Has estado en Arendel? —preguntó Martín, estupefacto.

Samantha parecía estar disfrutando mucho con la admiración de los muchachos.

—Sí, he estado en Marte, en la ciudad experimental de Arendel —confirmó—. Uriel, la compañía a la que pertenece la ciudad, es una gran colaboradora nuestra. He tenido que viajar allí un par de veces...

—Y, de todas, ¿cuál es la más bonita? —preguntó Alejandra, cuyos ojos seguían cargados de tristeza.

«Está tratando de animarse», pensó Martín.

—Bueno, es difícil contestar a esa pregunta —repuso Samantha con aire reflexivo—. Todas son muy distintas, y se parecen muy poco a las grandes ciudades que vosotros habéis estudiado en clase, con sus núcleos urbanos antiguos y sus cinturones de viviendas baratas y feas... De las que yo conozco, Titania es una de las que más me gustan. Está construida sobre una gigantesca plataforma móvil en forma de ala, capaz de orientarse según las estaciones y las horas del día... y debajo, a unos cien metros, mueren sobre la costa las olas del Pacífico. Las viviendas son modulares y se reubican continuamente, es como un gigantesco mecano que cambia de forma cada día.

—¿De qué están hechas? —preguntó Martín.

—De madera reciclada, metales ligeros y falso cristal. Cada casa es un cubo transparente, con los muros cubiertos en parte por plantas trepadoras que, aunque están dentro, se ven desde fuera. En el interior del cubo hay otros cubos más pequeños comunicados entre sí por pasillos y escaleras: son las habitaciones, y pueden cambiarse de sitio cuando uno quiere, al igual que la casa entera...

De repente, los clientes del restaurante comenzaron a intercambiar murmullos y a levantarse de sus asientos para mirar por las cristaleras de estribor.

—¿Qué pasa? —preguntó Alejandra.

Samantha se levantó y, con una sonrisa, hizo un gesto a los chicos para que la siguieran.

—Hablando de ciudades bonitas, estáis a punto de ver una —les dijo, pegando su rostro al cristal—. Ahí está, miradla. Estamos sobrevolando Medusa.

Martín y Alejandra apoyaron la frente en el muro de vidrio y miraron hacia abajo. Sobre las aguas oscuras y tranquilas del Mediterráneo emergía una gigantesca cúpula transparente rodeada de otras más pequeñas. Dentro de las cúpulas se observaban, en la distancia, multitud de luces minúsculas.

—Lo que se ve es la parte emergida de la ciudad —explicó Samantha—. Sin embargo, la parte más interesante es la que está bajo el mar. No existe nada parecido en el mundo..., granjas de peces, campos de algas rojas y verdes, y los laboratorios, por supuesto, los mejores del mundo en su clase. Resulta difícil creer que casi toda la investigación relacionada con los viajes espaciales se haya realizado en ese lugar.

—La ciudad de la corporación Prometeo. Ahí nací yo —dijo Martín, volviéndose hacia Alejandra—; ¿no lo sabías?

Alejandra le miró con curiosidad.

—¿En serio? —preguntó—; siempre creí que habías nacido en Iberia Centro, como yo...

—A mí también me parece increíble, pero así fue —explicó Martín—. Por lo visto, mis padres estaban trabajando allí entonces. La ciudad acababa de inaugurarse, no tenía más de seis o siete años. Mi padre trabajaba en el programa espacial...

—¿Y tu madre? ¿También era científica? —preguntó Alejandra, vivamente interesada.

—Pues sí, una gran especialista en algas transgénicas —repuso Martín orgulloso—. Resulta difícil creerlo, ¿verdad?

Lleva tantos años encerrada en casa, sin apenas relacionarse con nadie...

—Pero ¿por qué lo dejó? —preguntó Alejandra, que, aunque conocía a la madre de Martín desde hacía años, jamás había oído hablar de aquella historia.

—La despidieron —dijo Martín, dirigiendo a Samantha una mirada desafiante—. La corporación Prometeo decidió prescindir de sus servicios cuando mi padre...

—¡Basta, Martín! —ordenó Samantha con una dureza desconocida en la voz.

Los dos chicos la miraron con asombro.

—Será mejor que dejemos ese asunto —añadió la mujer recuperando la entonación dulce y seductora que siempre había empleado hasta entonces—; no quisiera tener que informar a Hiden de tu insistencia en aludir a la historia de tu padre. La Corporación se está mostrando muy generosa con vosotros, pero, a cambio, comprobaréis que es muy exigente en lo que se refiere a ciertos asuntos... No metas la pata, Martín. Saldríais perdiendo, tú y Alejandra.

En silencio, Martín contempló cómo la ciudad de Medusa iba quedando atrás en la distancia. Comenzaba a oscurecer y las aguas del mar habían adquirido un color azul profundo y misterioso. Era la primera vez que Martín veía una extensión tan amplia de territorio despoblado. A excepción de Medusa, el mar parecía completamente desierto...

—Volvamos a los camarotes —propuso Samantha—; nos vendrá bien descansar y reflexionar un poco, ¿eh, Martín?

De regreso en su cuarto, Martín se introdujo en la cámara de aislamiento sensorial y cerró los ojos. Era agradable no ver ni oír ni tocar nada, flotar en aquel espacio ingrávido, en medio de la más completa negrura, sin sentir ni frío ni calor.

Pero los pensamientos no podían neutralizarse del mismo modo que las imágenes y los sonidos; estaban allí, dentro de uno, y era imposible rehuirlos.

Martín se sentía molesto y enfadado consigo mismo. ¿Por qué no podía disfrutar de todo lo que estaba viviendo, por qué tenía que torturarse con las ideas más desalentadoras? Estaba volando en un dirigible de lujo, con Alejandra, hacia la ciudad vertical de Torre Ilión... ¿No superaba aquello sus esperanzas más optimistas? ¿Qué era lo que fallaba?

De pronto vio en su imaginación el rostro amable y seductor de Samantha. Ella era lo que fallaba, lo supo de repente con absoluta seguridad. Había algo falso en sus maravillosas sonrisas y en sus amables recomendaciones. Detrás de su aspecto frágil y encantador, Martín podía percibir un espíritu vigilante, tenso de expectación. Pero ¿qué era lo que Samantha esperaba? No lo sabía, aunque algo en su mirada le recordaba la paciente inmovilidad de la araña que acecha en un extremo de su tela...

Siempre había querido visitar Torre Ilión, la misteriosa ciudad cuyas imágenes no se distribuían a través de la red (hasta el punto de que muchos habían llegado a dudar de su existencia, y suponían que era únicamente un lugar virtual donde se celebraban reuniones y conferencias diplomáticas también virtuales). Siempre había querido ir allí, y sin embargo, ahora, cuando solo le quedaban algunas horas para ver realizado su sueño, habría dado cualquier cosa por volver a su casa, sentarse junto al abuelo y escuchar una de sus extrañas historias del pasado. Era, sin duda, por culpa de Alejandra; su expresión triste y apagada había terminado deprimiéndole. Después de todo, si ella no estaba contenta, nada de aquello valía la pena. Habría sido mejor seguir yendo al instituto y sentarse a su lado en el laboratorio un par de veces a la semana, como siempre. Pero ¿de qué servía lamentarse y sentirse culpable? Después de todo, lo que estaba sucediendo no dependía realmente de él. Era cierto que le habían ofrecido la posibilidad de colaborar con Dédalo y que él había aceptado; pero ¿qué habría ocurrido si su respuesta hubiese sido distinta? ¿Realmente le habrían permitido quedarse con su madre y seguir su vida como si tal cosa? Martín no lo creía...

Se quedó dormido en la cámara de aislamiento, pero no tuvo un sueño tranquilo. En su mente aparecían confusas imágenes en las que se mezclaban los recuerdos de lo que había visto aquel día desde el dirigible con imaginarias visiones de un Centro de Internamiento. Tan pronto veía a Alejandra flotando en la piscina como se le aparecía Samantha riendo de un modo grotesco y sosteniendo una amenazadora jeringuilla en la mano. Se despertó sobresaltado, con la frente perlada de sudor.

Casi sin saber lo que hacía, se puso el bañador y salió del camarote. La piscina estaba desierta a aquella avanzada hora de la noche, y se zambulló en el agua con una agradable sensación de alivio. Luego, flotando boca arriba, se quedó mucho rato contemplando, a través de la cúpula de cristal, las innumerables estrellas que se movían lentamente en el cielo negro. No recordaba haber visto jamás tantas estrellas... ¿Cuáles serían sus nombres, a qué constelaciones pertenecerían? Verdaderamente, no podía existir nada más hermoso que aquellos puntos de luz vacilantes en la negrura de un universo infinito... ¿Qué significaban, en comparación, todas las fastuosas ciudades que Samantha les había nombrado? ¿Qué podía haber en ellas que superase la belleza del firmamento?

Permaneció tanto tiempo allí, flotando en el agua, que, por unos instantes, llegó incluso a quedarse dormido, o al menos eso le pareció. Lo cierto, en todo caso, es que volvió a soñar; era el mismo sueño que había tenido por primera vez la noche en que comenzó a leer el libro del vagabundo, un sueño reconfortante, muy distinto de las pesadillas de la cámara de aislamiento. De nuevo volvió a ver aquel extraño bosque con sus templos en ruinas; de nuevo sintió un extraño calor en su corazón y una voz que le decía que buscase la llave del tiempo... Y cuando abrió los ojos y vio el cielo estrellado sobre sí, sintió que existía una continuidad profunda entre el sueño y la realidad, y que algo, en aquel sueño, era más verdadero e importante para su vida que las fastuosas promesas de la Corporación Dédalo.

Sobre todo, se sintió protegido y a salvo de las vigilantes sonrisas de Samantha...

Capítulo IV

Torre Ilión

—Despierta, Martín. Estamos llegando.

Al abrir los ojos, Martín vio a Alejandra sentada a los pies de su cama. ¡Estaba sonriendo!

—¿Cómo has entrado? —preguntó, incorporándose a medias sobre la almohada.

—Samantha me pidió que viniera a despertarte y me abrió la puerta. Son las nueve y media, estamos sobrevolando Torre Ilión, esperando a que nos den entrada en el aeropuerto. Ven, ¡tienes que verlo!

Martín saltó de la cama y corrió, descalzo, hacia el gran ventanal del camarote. Allí, frente a ellos, a unos doscientos metros por debajo del nivel del dirigible, se encontraba la imponente ciudad vertical donde se decidían los destinos del planeta.

Martín comprendió de inmediato la expresión alegre de Alejandra. ¡Era imposible no sonreír ante aquel espectáculo!

La ciudad-torre parecía haber surgido directamente de un sueño o de la caprichosa fantasía de un artista. Nada, en ella, era como Martín se lo había imaginado, salvo su increíble altura y extensión.

Los diecisiete pisos de Torre Ilión componían, en conjunto, un gigantesco cilindro de un kilómetro y medio de altura y un diámetro de unos mil metros en la base, aunque se iba estrechando ligeramente en los niveles más altos. La estructura, a pesar de sus enormes proporciones, transmitía una extraña sensación de ligereza y gracia, lograda a través de un diseño lleno de huecos y repliegues de los muros hacia dentro. En realidad, cada piso dejaba gran parte de su superficie al descubierto, dividida, eso sí, por ligerísimos tabiques espirales que canalizaban hacia el interior el aire y la luz.

Martín contempló con asombro aquel prodigio arquitectónico: cada nivel, como bien sabía, correspondía a un barrio de la ciudad, y no había dos barrios iguales. Había un nivel blanco, otro dorado, otro rojo, otro del color de la arcilla... Pero todos tenían en común las galerías exteriores de columnas y la profusión de plantas. En realidad, algo, en el abigarrado edificio, recordaba el arte de la Grecia Clásica: aquí y allá surgía inesperadamente un friso, o un frontón triangular, o una colosal escultura de armoniosas proporciones... Un homenaje, quizá, a los legendarios guerreros que, según la leyenda, una vez se batieran en aquellas playas por la conquista de Troya.

—Es bonito, ¿verdad? —dijo Alejandra.

Martín la miró con ojos brillantes.

—¿Sabes qué piso le corresponde a Dédalo? —preguntó.

—Es el décimo, Samantha me lo dijo. Desde aquí no se ve muy bien, pero algo se distingue. Fíjate, debajo del de los tabiques de colores, ese que parece un arco iris..., ¿lo ves?

—Sí... Es como un laberinto de cristal y palmeras... Aunque desde aquí no se distinguen los detalles.

El dirigible comenzó a aproximarse lentamente a la ciudad; cuando estuvo justo encima de ella, inició el descenso vertical hasta posarse en una de las pistas del aeropuerto, en lo más alto de la Torre.

Samantha apareció sonriente en la puerta.

—¿Listos para desembarcar? —preguntó—. Nos están esperando...

Con cierta tristeza, Martín echó una última ojeada al elegante vestíbulo-restaurante del dirigible antes de seguir a Samantha hacia la salida. El ascensor de desembarco los condujo a una inmensa plaza circular donde se veían otros muchos dirigibles que acababan de aterrizar o bien se disponían a emprender el vuelo. Alrededor de la plaza había dieciséis cúpulas semicirculares situadas en puntos equidistantes de su circunferencia. Samantha echó una mirada a su alrededor y, tras un segundo de vacilación, se subió a una cinta transportadora que conducía a una de aquellas cúpulas. Martín y Alejandra la siguieron.

—Aquella es la entrada de la calle-columna que conduce al décimo piso, es decir, al Distrito Dédalo —explicó la subdirectora de la Corporación—. Supongo que el taxi nos estará esperando...

En efecto, en el centro de la cúpula encontraron una especie de jaula de barrotes dorados. Dentro había un par de divanes forrados de terciopelo, varias mesitas con lámparas y adornos y una antigua esfera del mundo. Samantha presionó con el pulgar uno de los barrotes y al instante se abrió una puerta. Aquel era el taxi que Samantha les había anunciado.

Se hallaban ya cómodamente instalados en los divanes cuando llegaron, resoplando, los dos policías de la Corporación y se colaron en el taxi.

—Justo a tiempo —dijo Ted, pasándose una mano por la frente para limpiarse el sudor—. No pensarían irse sin nosotros, ¿verdad?

—Deberían haber esperado otro vehículo —repuso Samantha con sequedad—. Esas eran sus órdenes...

—Aquí arriba hace mucho calor —se justificó Phil—; esperar sería una tontería... Estoy deseando llegar a casa.

De pronto, el suelo pareció abrirse bajo el taxi y este se hundió en la calle-columna que conducía al piso décimo del edificio.

Dentro del enorme tubo, las paredes reflejaban grabaciones de bosques y junglas tropicales para dar mayor sensación de espacio. Se cruzaron con un par de jaulas que subían, ambas llenas de bultos. En el interior del taxi sonaba una agradable música...

En diez minutos llegaron al piso décimo.

—Vamos, chicos —dijo Samantha, abriendo la puerta de la jaula y dejando pasar a Martín y Alejandra, mientras ignoraba completamente a los dos policías—. Primero veremos a Hiden, nuestro presidente, y luego os enseñaré un poco todo esto. No tenemos mucho tiempo, pronto nos pondremos otra vez en camino...

—No podéis ver a Hiden ahora —dijo una voz a sus espaldas.

Los tres se volvieron, sobresaltados. Detrás de ellos había un individuo alto, con largos cabellos canosos y barba igualmente blanca. ¿Cómo no habían advertido antes su presencia? Hacía unos instantes no estaba...

—Hola, Leo —suspiró Samantha con una mueca de disgusto—. Te presento a Martín y a Alejandra, nuestros nuevos huéspedes. A Phil y a Ted ya los conoces...

El anciano sonrió, volviéndose lentamente hacia los dos policías. Su estatura resultaba imponente, y tanto Phil como Ted parecieron ligeramente acobardados.

—Los conozco, desde luego, aunque creo que ellos no me conocen a mí —dijo el anciano, inclinándose cortésmente para saludarlos—. Bienvenidos a casa, amigos míos. Si hay algo que pueda hacer por vosotros...

—¿Dices que Hiden no puede recibirnos? —le interrumpió Samantha—. No lo comprendo, tenía entendido que nos estaba esperando. Sabía que llegábamos a esta hora, y me extraña que quiera dejar para más tarde las presentaciones...

—Ha surgido un imprevisto —dijo el anciano con su agradable voz de barítono, imperceptiblemente irónica—. Una visita de última hora, una visita a la que por nada del mundo habría hecho esperar....

—Déjate de misterios, Leo —exigió Samantha, impaciente—. ¿De quién se trata?

—De George Herbert —anunció triunfalmente el anciano—. ¿Qué te parece eso?

Samantha le miró con la boca abierta.

—¿Qué hace aquí? —preguntó bajando la voz.

Leo se encogió de hombros, como si aquello no fuera con él.

—No tengo ni idea —dijo—; supongo que se habrá cansado de su antro submarino y le habrán entrado ganas de salir a la superficie. Además, este fin de semana se juega una final de rolling en la Torre. Prometeo contra Dédalo..., tal vez haya venido a animar a su equipo.

—Eres un cínico, Leo —murmuró Samantha con expresión severa—. Me gustaría saber qué te propones con esa actitud. ¿Es que quieres impresionar a nuestros invitados?

El anciano miró con fingida gravedad a los dos jóvenes.

—Al contrario, son ellos los que me tienen impresionado a mí —repuso en el mismo fastidioso tono de broma—. Una chica muy bonita, y en cuanto al muchacho... Un físico extraño. Interesante, diría yo, aunque poco convencional. Ojos rasgados, piel clara, complexión ligera... Ni el más mínimo parecido con su padre...

—Pero bueno, Leo, ¿es que tú también vas a empezar con esa historia? —exclamó Samantha, colérica—. Eres un provocador. Me pregunto lo que pensará Hiden cuando le cuente lo que acabas de decir...

—Querida, no intentes asustarme; no soy más que un androide, y muy útil por añadidura. Y en cuanto a Hiden, no creo que tenga nada que objetar a mis... peculiaridades. Después de todo, él me programó...

—No seas modesto, Leo. A pesar de ser una máquina, tienes más independencia que la mayor parte de los seres humanos —dijo Samantha de mal humor—. Pero lo que más me molesta de ti no es eso, sino tu imagen... ¿Por qué tienes que tener ese aspecto tan experimentado y filosófico? No va con tu personalidad...

—Cosas de mi creador, encanto. A Hiden le encantan las paradojas. Y mi aspecto le resulta muy útil, tú lo sabes... Aunque creo que deberíamos dejar esta conversación. Estamos escandalizando a los muchachos...

Martín y Alejandra parecían, en efecto, totalmente desconcertados. Miraban al autodenominado «androide» como si se tratase de una aparición sobrenatural.

—¿Qué pasa, chicos? Estáis impresionados, ¿a que sí? —preguntó Leo al darse cuenta de su asombro—. Es lógico, yo no soy algo que se vea por ahí todos los días...

—Creí que los androides estaban prohibidos —dijo Martín ruborizándose—; creí que había una ley que prohibía dotar a las inteligencias artificiales de apariencia humana...

Leo se echó a reír. Tenía, como convenía a su aspecto, una risa ronca y cascada de anciano.

—Así es, muchacho, está prohibido, terminantemente prohibido —afirmó, entre carcajadas—. Digamos que soy una infracción viviente, un insulto a las leyes establecidas... Pero ¿quién va a procesarme por eso? Yo no elegí venir a este mundo, y menos aún esta estúpida apariencia que me ha adjudicado mi creador. Además, a las máquinas no se nos reconoce en ningún lugar del planeta responsabilidad civil ni jurídica... todavía.

—Deja en paz al chico, Leo —le atajó Samantha con fastidio—; hoy estás más insoportable aún que de costumbre, y mira que eso es difícil... ¿Te ha enviado Hiden a contarnos lo de su cita con George Herbert?

El androide frunció el ceño, ofendido.

—Por supuesto que no —repuso—; ya te he dicho que Hiden está muy ocupado. He venido yo porque he querido. Te molesta admitirlo, ¿verdad, Samantha? Que alguien como yo pueda tomar decisiones y hacer, de cuando en cuando, lo que le apetece...

—¿Por qué iba a molestarme? —repuso la subdirectora de la Corporación—. Para mí tu libertad no es más que un éxito de nuestra empresa; lo demás me tiene sin cuidado. Ese aspecto de viejo sabio y moralista me pone un poco nerviosa, pero es un capricho del jefe, así que ¿qué le vamos a hacer?

—Eres tonta, Samantha —dijo Leo con gesto repentinamente grave—. Te molesta mi aspecto, cuando lo que debería inquietarte es mi alma. No se puede ir por ahí creando seres conscientes y espirituales como si tal cosa. Pero claro, tú no crees que yo tenga un alma...

—Vamos a ver a Hiden —replicó Samantha sin mirar al androide—. Puedes acompañarnos si lo deseas, y si no, te ruego que dejes de entretenernos con tus tonterías y que no te interpongas en nuestro camino.

Por toda respuesta, el androide hizo un gesto con las manos que abrió al instante, en la pared que había frente al ascensor, una puerta metálica. Detrás se veía un larguísimo pasillo.

—Ustedes primero —dijo haciendo una grotesca reverencia mientras dejaba pasar a Samantha con sus dos acompañantes—; yo les escoltaré hasta el sanctasanctórum de nuestro genio y presidente, el increíble Hiden... Ustedes no —añadió, cerrando la puerta ante las narices de los policías—. ¿Estás segura de que esos tipos son humanos, Samantha? Comparados conmigo, parecen androides baratos y estúpidos, máquinas de la peor calidad…

Martín y Alejandra avanzaron por el corredor siguiendo a Samantha. Detrás de ellos, Leo, que cerraba la marcha, continuaba charlando por los codos. De cuando en cuando, los dos muchachos intercambiaban una rápida mirada. Apenas podían creer que aquel individuo de rostro grave y modales desenfadados no fuese de carne y hueso. Su rostro, sus manos y su voz parecían completamente humanas, aunque, poniendo atención, se percibía algo extraño en la indolencia de sus movimientos, una lentitud poco natural en sus gestos rígidos y repetitivos.

Al final del corredor encontraron una segunda puerta igual que la primera. Antes de que Leo tuviera tiempo de repetir su mímica para abrirla, Samantha apoyó su dedo índice de la mano derecha sobre el marco y la hoja metálica ascendió silenciosamente, dejando libre el acceso al despacho principal del presidente de la Corporación Dédalo.

—¡Samantha! —dijo una voz grave y armoniosa desde el otro lado de la inmensa estancia—. No te esperaba tan pronto...

Un individuo alto, de aspecto joven y atlético, se adelantó a recibirlos. De cerca, Martín quedó impresionado por aquel rostro atractivo, de firme mandíbula, cabellos rubios y expresivos ojos azules.

—Vaya, muchacho, no sabes cuánto me alegro de conocerte —dijo el individuo, estrechándole la mano—. Soy Joseph Hiden, como ya te habrás figurado. El culpable de que te encuentres entre nosotros —añadió sonriendo—; aunque estoy seguro de que no lo lamentarás.

Al tocar aquella mano elegante y cuidada, Martín sintió, sin saber por qué, una invencible repugnancia. De cuando en cuando, al entrar en contacto con la piel de otros, le asaltaba, de pronto, una certeza absoluta acerca de lo que estaba ocurriendo en la mente de la persona a la que tocaba. A veces podía adivinar con todo detalle el curso de sus pensamientos; otras, en cambio, sentía únicamente un vago malestar al comprobar que las palabras de su interlocutor no coincidían con lo que este realmente estaba sintiendo. Sin embargo, nunca, antes de aquel momento, había experimentado una aversión tan intensa hacia otro ser humano al entrar en contacto con su piel. Era absurdo, porque Hiden parecía un tipo encantador en todos los aspectos: guapo, agradable, inteligente... Incluso daba la sensación de que había logrado impresionar a Alejandra.

—Me alegro de que lleguéis ahora, así voy a tener la oportunidad de presentaros a alguien a quien, realmente, merece la pena conocer. Venid, chicos. George, este es Martín, el joven del que te estaba hablando hace un momento. Tenemos grandes esperanzas puestas en su sangre y en su potencial inmunológico. Y en cuanto a la muchacha... Perdona, no recuerdo tu nombre.

—Alejandra —dijo la aludida sonriendo levemente.

—Alejandra, eso es —repitió Hiden mirándola a los ojos—; una amiga de Martín, si no me equivoco, que se ha ofrecido a acompañarlo mientras esté con nosotros. Un gesto muy generoso por su parte, que nosotros sabremos recompensar...

Martín no daba crédito a lo que estaba oyendo. ¡Qué manera de embellecer las cosas! Sin embargo, Alejandra no parecía inclinada a desmentir sus palabras, por el momento. Se había adelantado y, sin dejar de sonreír, estrechaba la mano de George Herbert.

Martín esperó su turno para saludar al célebre científico sin apartar los ojos de su rostro sereno y envejecido. ¡De modo que ese era el gran Herbert, el más insigne científico de su tiempo, impulsor de las tecnologías que habían permitido establecer las primeras colonias espaciales y construir naves capaces de viajar a una velocidad inimaginable a través del espacio! Nadie lo habría dicho, a juzgar por su aspecto apacible y su modesto traje de chaqueta oscuro, abotonado hasta el cuello...

George Herbert contempló unos instantes a Martín con aire pensativo antes de decidirse a darle la mano.

—Martín... Tu cara me resulta familiar, aunque lo cierto es que soy un pésimo fisonomista, y tiendo a confundir a la gente. Me alegro de conocerte, muchacho.

—Yo también, muchísimo —repuso Martín rápidamente—. Aunque, en realidad, yo ya le conocía.

El viejo científico suspiró.

—Supongo que eso no es muy difícil, después de todo —dijo con acento resignado—. Por lo que oigo en los canales informativos de la red, soy un personaje bastante popular...

—No es por eso —le atajó Martín—; sino por mi padre, Andrei Lem. Cuando era pequeño, me hablaba mucho de usted... Ahora ya no, claro; está detenido. Creo que trabajó en su equipo cuando estaba en Medusa...

Una violenta emoción pareció adueñarse de pronto de Herbert, aunque él hizo todo lo posible por disimularla. Martín advirtió, a pesar de todo, sus manos temblorosas y su entrecejo fruncido en un gesto inequívoco de dolor.

—¿Eres el hijo de Andrei? —murmuró con voz entrecortada—. ¿Cómo no me lo habías dicho, Hiden?

El director de Dédalo parecía contrariado ante el rumbo que estaba tomando la conversación.

—Eso es agua pasada, George, y lo mejor que podemos hacer es no darle más vueltas... Ya no está en tus manos, ni en las mías; es un asunto de la Policía Interestatal. Ignoro lo que pudo hacer el padre de Martín; no me interesa ni me ha interesado nunca. Lo único que sé es que la política de mi Corporación exige una transparencia absoluta en todo lo relacionado con la Justicia. Lo ocurrido con Andrei no tiene por qué interferir en las oportunidades que Dédalo está dispuesta a ofrecerle a su hijo, siempre, claro está, que su hijo no se empeñe en sacarlo a relucir a cada momento...

—Hablas como si la política de Dédalo fuese algo ajeno por completo a tu voluntad —dijo Leo, que se había mantenido a una considerable distancia del resto del grupo, pegado a la puerta—; ¡qué cinismo, Hiden! ¡Como si no supiésemos todos que tú eres Dédalo, y que la política de la compañía depende únicamente de ti y de tus caprichos!

Todos se volvieron, sorprendidos, hacia el androide. Hiden no pareció excesivamente molesto con sus palabras, y le dedicó una afectuosa sonrisa. Sin embargo, George Herbert lo miraba espantado, como si se tratase de un fantasma...

—¡Néstor! —exclamó—. ¡Tú aquí!

Por toda respuesta, el venerable anciano se inclinó a modo de saludo y después desapareció en el corredor por el que habían llegado, cerrando tras él la puerta. Herbert corrió hacia aquella entrada, dispuesto a seguirlo, pero Hiden lo detuvo.

—Es inútil, amigo mío, no te esfuerces —dijo, dándole una palmadita en el hombro—. A Néstor le ha cambiado mucho el carácter desde que estuvo detenido. Se muestra cínico, desconfiado y permanentemente crítico, a pesar de lo mucho que hemos hecho por él. En fin, hay que tener paciencia; ha sufrido muchísimo...

—Pero ¿cómo es esto? —preguntó Herbert, desconcertado—. ¿Qué hace Néstor aquí? Creí que acababas de decir que no interferías en los asuntos judiciales, y, que yo sepa, existe una condena en firme contra Néstor, una condena a cadena perpetua...

Hiden asintió, suspirando.

—No ha sido fácil lograr el indulto, créeme —dijo en tono apesadumbrado—; nos ha costado mucho dinero y, sobre todo, muchas suspicacias por parte de la Interestatal, cosa que no nos viene nada bien... Pero ¿qué quieres? Un amigo es un amigo, y cuando además se trata de un psiquiatra extraordinario a quien le debemos la última de las grandes revoluciones científicas, vale la pena correr ciertos riesgos...

Se volvió hacia Martín y le puso una mano en el hombro.

—Por eso, muchacho, debes entender que, si te digo que no puedo hacer nada por tu padre y que no vale la pena que saques a colación ese asunto, es porque no quiero darte falsas esperanzas —añadió—. Si estuviera en mi mano, si pudiera hacer algo para localizarlo y liberarlo, como he hecho con Néstor, te aseguro que lo haría; pero lo más probable es que esa oportunidad no se me presente, así que no debes hacerte ilusiones. Únicamente te voy a decir una cosa, y es la última vez que voy a referirme a este tema en tu presencia: tengo muy presente a Andrei Lem, y, si alguna vez puedo, le ayudaré. Y ahora, basta; debéis de estar hambrientos, es la hora de comer. ¿Qué os parece si nos vamos a almorzar a la playa?

Martín se había quedado aturdido después de escuchar la extraña conversación que acababa de producirse entre Hiden y George. ¿Qué extraña comedia era aquella? ¿Por qué Herbert había llamado Néstor al androide, y por qué nadie le había sacado de su error? Néstor Moebius... Otro de los compañeros de su padre en la base científica de Medusa... Había oído hablar de él en muchas ocasiones. Pero ¿por qué George Herbert le había confundido con Leo? Tal vez el aspecto del humanoide hubiese sido copiado de una persona real, de Néstor precisamente... Miró a Hiden con expresión dubitativa, y creyó percibir una advertencia en los ojos claros del presidente de la Corporación. Por un momento, sintió la tentación de sacar a Herbert de su error explicándole el malentendido; pero luego pensó en su padre, en el poder de Hiden y en su vaga promesa de liberarlo. No, no se arriesgaría a contrariar a Hiden, de momento; después de todo, tal vez el tipo tuviese el sincero propósito de ayudarle... Además, no le debía nada a George Herbert, el viejo amigo de su padre que le había dado la espalda cuando este más le había necesitado.

George no aceptó la invitación de Hiden a almorzar; parecía confuso y aturdido, y se despidió casi inmediatamente, alegando que tenía asuntos que atender en el distrito de su empresa, la corporación Prometeo. Hiden le acompañó a uno de los ascensores que comunicaban directamente con su despacho. Luego regresó con una pícara sonrisa en el semblante.

—¿Habéis visto cómo ha picado el bueno de George con el androide? —preguntó, triunfante—. Leo va a dar mucho que hablar, ya lo veréis. Nunca se ha diseñado un humanoide tan perfecto como él; su capacidad de decisión es comparable a la de un ser humano, y su autonomía verbal no deja de asombrarme cada día... Estoy convencido de que tiene una verdadera conciencia.

—¿Por qué su aspecto externo es semejante al de Néstor Moebius? —preguntó Martín.

Hiden arqueó las cejas, sorprendido.

—¿Conocías a Néstor? —preguntó.

—No personalmente, solo a través de lo que he oído decir de él desde que era pequeño.

El director de la Corporación hizo un gesto de asentimiento.

—El mayor experto en la conciencia humana de nuestros tiempos, uno de los creadores de la rueda neural —explicó con gravedad—. ¡Lástima que le diese por meterse en política! Su manía antiglobalización era tan enfermiza como la de tu padre... Ojalá hubiesen tenido más visión de futuro. Supongo que ahora, dondequiera que se encuentren, se estarán lamentando por su absurda lucha al comprobar que ninguna de sus predicciones se ha cumplido. El mundo ha resultado ser mejor con las grandes corporaciones que sin ellas... Todo el mundo lo admite hoy en día. ¿No estás de acuerdo, Martín?

El muchacho se encogió de hombros.

—No sé cómo era el mundo antes, así que no puedo comparar —contestó.

Hiden sonrió con picardía, como si acabase de oír algo muy ingenioso.

—Buena respuesta, chico —dijo, dándole una palmadita en el hombro—; eres listo, aunque con eso ya contaba. Y diplomático, además...

—Entonces, ¿por qué Leo es una copia de Néstor? —insistió Martín.

—Bueno, lo único que hemos copiado ha sido la apariencia externa de Néstor, no su mente. ¿Por qué lo hicimos? En parte como homenaje al bueno de Néstor, cuyos estudios sobre la conciencia humana han hecho posible el diseño de este androide; y en parte, si quieres que te diga la verdad, por diversión. Me pareció gracioso darle a mi humanoide un aspecto de anciano venerable, y no he conocido nunca un anciano de aspecto más venerable que Néstor. Además, teníamos muchos hologramas de la época en que trabajó para nosotros, poco después de abandonar Medusa y la corporación Prometeo... El resultado es deslumbrante, ¿no os parece?

Los chicos asintieron en silencio. No parecían muy convencidos con sus explicaciones.

—Si lo que os inquieta es el error de Herbert, no debéis preocuparos —añadió Hiden rápidamente—. La próxima vez que le vea le aclararé lo sucedido y le presentaré a Leo. Pero quiero hacerlo a mi manera, así que os ruego que guardéis silencio, por el momento. Además, los humanoides aún están prohibidos por las Leyes de las Naciones Unidas, aunque eso no tardará en cambiar... Y ahora, ¿qué hay de ese almuerzo en la playa?

—¿Vamos a bajar al nivel del mar? —preguntó Alejandra, asombrada.

Samantha, que había permanecido callada desde que entraran en el despacho de Hiden, se apresuró a contestar, sonriendo.

—No, querida, eso nos llevaría mucho tiempo, y tendríamos que atravesar un montón de controles de seguridad. El jefe se refiere a nuestra playa particular, que está aquí al lado. Mirad...

Aproximándose a una de las curvas paredes del despacho, Samantha presionó un interruptor y, al momento, la pared se abrió, dejando al descubierto una amplia extensión de arena y palmeras alrededor de un impresionante mar artificial. En realidad, se trataba de una laguna limitada por espejos que centuplicaban su superficie, haciendo que pareciese mucho más grande. Además, algún mecanismo oculto en el agua creaba continuamente olas que iban a romper en las doradas costas arenosas con un agradable estallido de espumas. Incluso el sonido era semejante al de un verdadero océano...

—¿En qué parte de la Torre nos encontramos? —preguntó Alejandra—. No se ve el borde del edificio, y, sin embargo, entra luz natural...

—Tenéis que tener en cuenta que cada piso tiene ochenta metros de altura —explicó Hiden—; eso, junto con su estructura semihueca, lograda mediante tabiques radiales y espirales, permite que la luz del sol entre hasta casi el centro de cada distrito. Es asombroso, ¿verdad? En cuanto al borde del edificio, se encuentra detrás de nuestro mar, oculto tras los espejos. Por eso se ve el cielo detrás..., un verdadero horizonte marino, ¿no os parece?

Martín y Alejandra asintieron, asombrados. La proeza arquitectónica de aquel mar artificial suspendido a casi un kilómetro de altura sobre la superficie terrestre les había hecho olvidar momentáneamente todos sus recelos. Si lo que pretendía Hiden era impresionarlos, lo cierto era que lo había conseguido...

Muy cerca de las olas, sobre un pequeño promontorio, había una mesa de tablas con todo lo necesario para un almuerzo campestre. Ni Alejandra ni Martín habían probado jamás unos tomates tan sabrosos, ni unas espinacas tan frescas, ni un pan tan crujiente y tibio, como recién salido del horno. No eran la clase de productos que podían obtenerse en el supermercado de su barrio...

—Delicioso, ¿verdad? —dijo Samantha, adivinando su pensamiento—. Son verduras naturales, no transgénicas. Tienen un sabor distinto, ¿a qué sí? Cuando te acostumbras, las otras no te saben a nada...

—Creí que ya no había verduras naturales —dijo Martín—. ¿Dónde las cultivan?

—Aquí mismo, en un pequeño huerto que tenemos al otro lado del distrito —intervino Hiden—; todo menos el trigo con el que está hecho el pan, que viene de abajo, de una llanura cercana; aunque tampoco es transgénico... Afortunadamente, la Corporación tiene una sección dedicada a la conservación de especies naturales, y, como es lógico, nos aprovechamos de ello. En cualquier caso, alguien tenía que hacerlo; no podemos dejar que se pierda el patrimonio biológico del planeta sin más ni más... Quién sabe, todas esas especies podrían sernos útiles algún día.

—De todas formas, no somos los únicos que lo hacemos —dijo Samantha—. Todas las corporaciones tienen sus cultivos naturales, aunque no lo digan. En Torre Ilión, la verdad es que se consumen pocos transgénicos. Algunos, incluso, se las arreglan para comer carne de animales.

—¡Qué asco! —dijo Alejandra, horrorizada—. ¿Prefieren eso a los cultivos de tejidos? ¿Cómo es posible?

—Bueno, son gente rica y extravagante —repuso Hiden, sonriendo—; digamos que se trata de un capricho, aunque un capricho un tanto sangriento, admitámoslo. Y, aquí entre nosotros, os diré una cosa: No es lo mismo comer un cultivo de célula muscular de pollo que comer un muslo de pollo. El sabor es completamente distinto...

—Entonces, ¡lo ha probado! —dijo Martín, mirándole con los ojos muy abiertos.

Hiden parecía divertirse con el asombro de sus invitados.

—A menudo me invitan a comer en lugares donde se sirven esa clase de cosas —replicó—; sería de muy mala educación por mi parte rechazar lo que me ofrecen mis anfitriones... El caso es que uno termina acostumbrándose, e incluso llega a apreciarlo.

Alejandra apartó el plato que tenía ante sí con una mueca de desagrado. La evocación de los animales muertos y servidos a la mesa le había quitado el apetito. Distraída, se puso a contemplar el falso mar con sus rítmicas olas y sus profundos tonos verdes y azules. La brisa mecía sus cabellos, atados detrás de la cabeza en una cola de caballo. Martín la miraba de cuando en cuando. Tenía mejor aspecto que al comienzo del viaje, y no parecía excesivamente desanimada...

—¿Tendremos oportunidad de visitar la ciudad? —preguntó con cierta timidez—. Los otros distritos, quiero decir; o, por lo menos, algunos de ellos...

—Me temo que no podrá ser en esta ocasión, Martín —repuso Hiden, levantándose de la mesa y estirando los brazos—. Esta misma tarde salimos hacia el Jardín. En cuanto hayáis descansado un poco, nos iremos. Es un viaje muy largo.

—¿Cuántos días vamos a tardar? —preguntó Alejandra—. Ese lugar está al otro lado del mundo...

Hiden los miró con sorpresa.

—Cómo, ¿no os lo ha dicho Samantha? —preguntó, volviéndose con un gesto de reproche hacia su ayudante—. No vamos en dirigible, sino en avión. Sí, no pongáis esa cara —añadió al ver la expresión de incredulidad de los chicos—. Con los aviones pasa como con los tomates; gracias a nosotros, todavía existen.

—A nosotros y a los ejércitos —añadió Samantha sonriendo.

Martín estuvo a punto de comenzar a hacer preguntas, pero, después de pensárselo un momento, prefirió callarse. En realidad, cada vez iba comprendiendo mejor lo que ocurría a su alrededor. Estaban en manos de una de las principales corporaciones del mundo, y, por alguna razón, Hiden había decidido tratarlos con todos los honores y desplegar todos los medios a su alcance para impresionarlos. ¡Aviones! Hacía medio siglo que ya no se utilizaban en vuelos comerciales, debido a su elevadísimo consumo energético. ¡Y ahora, de repente, estaban a punto de embarcarse en uno! ¿Qué se sentiría a la vertiginosa velocidad que lograban alcanzar aquellos aparatos? ¿Y por qué Dédalo se molestaba en poner a su disposición aquel carísimo medio de transporte?

Lo cierto es que la respuesta a aquella última pregunta comenzaba a estar muy clara para Martín. Nada de lo que estaba sucediendo era producto de la casualidad, ni mucho menos. Si la Corporación hacía todo aquello por él, era porque esperaba obtener algo a cambio; era porque él tenía algo que ofrecerles, algo de un inmenso valor...

Capítulo V

Revelaciones

El avión privado de Hiden despegó del aeropuerto de Torre Ilión hacia las nueve de la noche, bajo un cielo nuboso y desapacible. A bordo viajaban, además de Martín y Alejandra, Hiden, Samantha, el androide Leo y los dos policías que ya les habían acompañado durante su travesía en dirigible desde Nueva Alejandría. El avión no llevaba tripulantes, pues su rumbo estaba programado de antemano y sus sofisticados sistemas de pilotaje automático habían sido diseñados para hacer frente a todo tipo de emergencias. Sí había, en cambio, dos robots deslizantes cuya misión era atender todas las necesidades de los pasajeros durante el largo vuelo que les esperaba. Eran máquinas de última generación, capaces de interpretar toda clase de mensajes verbales, pero carecían de rasgos humanos y no podían hablar. Se limitaban a servir comidas, abrir las camas para el descanso nocturno, limpiarlo todo continuamente y cambiar las toallas de los baños cada dos horas.

Leo seguía sus movimientos con visible curiosidad, no exenta, según le pareció a Martín, de cierta amargura.

—Máquinas —murmuraba de cuando en cuando con su agradable voz de anciano—; esclavas obedientes y agradecidas de los hombres... Inteligentes y sin conciencia...

—Excepto tú, mi querido Leo —observó Hiden, cansado de la repetitiva cantinela del humanoide—; no te quejarás...

Leo le lanzó una mirada irónica y desdeñosa. Sus ojos, en aquel momento, eran tan humanos que incluso Hiden se sintió impresionado.

—Si no querías que me quejara, no deberías haberme hecho tan semejante a un hombre —dijo con frialdad—. Los hombres siempre se están quejando...

Los pasajeros iban sentados en cómodas butacas tapizadas en cuero blanco. Los dos asientos delanteros, separados entre sí por un amplio pasillo, los ocupaban Hiden y Leo. Detrás iban Alejandra y Martín, y en la tercer fila se encontraba Samantha. Los policías se habían sentado a una mesa en la parte trasera del aparato y jugaban una partida de naipes negros. Se trataba de un juego muy de moda entre los adultos, parecido a los antiguos juegos de baraja, solo que las cartas habían sido sustituidas por tarjetas negras que recibían, a través de un ordenador, las imágenes que el azar distribuía entre los jugadores en cada mano. Para deshacerse de una imagen, los jugadores tenían que conseguir que la rueda neural de su adversario la creyese valiosa para el resultado del juego y la solicitara. En cambio, para obtener las imágenes deseadas debían sobornar al ordenador ofreciéndole a cambio otras de valor igual o superior. Era un juego bastante estúpido, que dependía casi exclusivamente del azar, aunque requería, eso sí, cierta habilidad por parte del jugador para engañar a su contrincante. Las partidas, por lo general, se prolongaban durante horas, y para los espectadores resultaban enormemente aburridas.

Al comienzo del viaje, Martín y Alejandra no despegaban la nariz de sus respectivas ventanillas. El avión se alejaba de las luces de la costa a una velocidad vertiginosa, y pronto comenzó a atravesar la espesa capa de nubes que en aquel momento se cernía sobre la región. Durante un par de minutos, no se vio otra cosa a través de los cristales que una densa masa de vapor blanco. Luego, de pronto, el aparato emergió por encima de aquel mar algodonoso a una noche azul y serena bañada por la luna. Era un espectáculo maravilloso...

Martín apartó un instante el rostro del cristal para comunicarle su entusiasmo a Alejandra, pero le detuvo la mirada de Hiden, que, al otro lado del pasillo, se había girado en su asiento y le contemplaba fijamente.

—¿Ocurre algo? —preguntó Martín, incómodo.

—No te pareces en nada a tu padre —replicó Hiden, arqueando las cejas—. ¿Nunca te has preguntado por qué?

—¿Por qué se empeña en hablarme de mi padre? —preguntó Martín con hosquedad—. Creí que era usted el que no quería sacar a relucir el tema...

—¿Sabías que fui profesor de tu padre? —dijo Hiden, ignorando el tono resentido de Martín—. En Oxford, antes de que la corporación Prometeo comprase la universidad y la transformase en la sede principal de la empresa. ¿No lo sabías?

Martín miró con atención los rasgos jóvenes y atractivos de su interlocutor. Alejandra, al oír las últimas palabras de Hiden, también se había vuelto a mirarle.

—De eso hace más de treinta años. —prosiguió el presidente de Dédalo—. A ti debe de parecerte una eternidad... ¿Qué ocurre? Pareces sorprendido...

—Mi padre debe de tener cincuenta y dos años ahora mismo —dijo Martín, observando a su interlocutor con fijeza—. ¿Cómo pudo darle clase usted, que parece mucho más joven?

Hiden se echó a reír como si acabase de escuchar algo sumamente divertido.

—¿Qué edad crees que tengo? —preguntó, todavía con una gran sonrisa dibujada en su semblante.

—No lo sé —repuso Martín después de intercambiar una rápida mirada con Alejandra—; no aparenta más de treinta años...

De nuevo, Hiden lanzó una sonora carcajada, a la que se unió instantáneamente la risa cristalina de Samantha. Solo Leo permaneció impasible, mirando a su jefe con expresión ausente.

—Mi querido muchacho, no sabes cuánto me gusta que me digan eso —dijo Hiden, sin dejar de reír—. Eso quiere decir que mi máscara virtual es mejor, incluso, de lo que yo esperaba... Normalmente, estas máscaras, en vuelo, se alteran ligeramente, debido a las interferencias. Mira, por ejemplo, a esos dos —añadió señalando a los policías—. ¿No notas nada extraño en sus caras?

Martín y Alejandra se volvieron hacia los dos hombres, que seguían concentrados en su partida de naipes. Era cierto: en sus rostros se notaba, de pronto, una curiosa reverberación, una especie de brillo acuoso que empañaba ligeramente sus rasgos. ¡De modo que ellos también llevaban una máscara! Así se explicaba su aspecto rejuvenecido, que tanto había intrigado a Martín al verlos en el dirigible.

—¿Qué les ocurre? —preguntó Alejandra, estupefacta.

—Nada —repuso Hiden—; sencillamente, que sus máscaras no son tan buenas como la mía. Después de todo, es lógico que el presidente de la Corporación pueda permitirse tener una máscara de mejor calidad que la de sus subordinados...

—La lógica de Hiden —gruñó Leo— tiene como premisa única e indemostrable la superioridad del propio Hiden sobre el resto de la raza humana.

Hiden miró al humanoide con expresión amenazante, pero este no pestañeó siquiera.

—No intentes impresionarme, Jefe —dijo sin devolverle la mirada—. Solo soy una pobre máquina.

—A veces logras sacarme de mis casillas —murmuró Hiden con voz entrecortada por la rabia.

—Y tú, Samantha —dijo Alejandra, volviéndose hacia el asiento trasero—. ¿También llevas una máscara?

Samantha suspiró y lanzó una mirada de reojo a su jefe.

—Mientras estoy con él, Hiden no me lo permite —explicó con tristeza—. Dice que le gusta mi cara... Tengo una máscara excelente, pero solo me la pongo para misiones... especiales.

—Querida, tú eres suficientemente guapa por naturaleza —dijo Hiden cariñosamente—; sería un crimen ocultarte detrás de una máscara. No soy partidario de abusar de este tipo de cosas. Yo tengo setenta y cinco años, y nunca he sido guapo, además. Es obvio que necesito cierta... ayuda... Pero, en tu caso, es completamente distinto.

—De todas formas, un día os enseñaré mi máscara —dijo Samantha, dirigiéndose afectuosamente a los muchachos—. Está muy bien, ya lo veréis. Es tan buena como la de Hiden...

y muy atractiva. Cuando comercialicemos esa tecnología, la Corporación se hará de oro...

—La Corporación ya es de oro —observó Leo con sarcasmo.

—Eres insoportable, Leo —dijo Hiden sin dejar de sonreír.

Martín se preguntó entonces si la máscara virtual permitiría ocultar los verdaderos sentimientos y elegir, de algún modo, la expresión del rostro en cada momento. Si era así, no cabía duda de que Samantha estaba en lo cierto; aquel invento podía proporcionarle a Dédalo un éxito sin precedentes...

—Yo creía que la Corporación Dédalo se dedicaba únicamente a la industria farmacéutica —dijo—. Pero veo que no es así...

—Lo dice por mí —le interrumpió Leo sonriendo pícaramente.

—Sí —admitió Martín—; y también por las máscaras. Yo creía que esa clase de cosas eran la especialidad de la corporación Ki...

La máscara de Hiden adquirió una expresión entre admirada y sorprendida.

—Estás muy bien informado, Martín —dijo—. Es cierto que esta clase de cosas son la especialidad de Ki, pero nosotros..., cómo te diría yo... No queremos limitarnos. El mundo está cambiando muy deprisa, y hay que estar presente en todos los campos, por si acaso. Además, hay mucho movimiento entre las corporaciones. Digamos que algunas de ellas han establecido alianzas más o menos secretas con vistas a una fusión a medio plazo... Y no te ocultaré que entre Dédalo y Ki existe una relación... especial.

—Quiere decir que van a unirse —resumió Leo, por si no había quedado suficientemente claro.

—De todos modos —prosiguió Hiden—, todas estas cosas no son más que minucias. Las máscaras, los androides... No niego que puedan reportar dinero, pero el verdadero reto de la tecnología actual no está ahí.

—Vaya, esto es algo que todavía no me habían llamado nunca —dijo Leo, poniendo cara de ofendido—; ahora resulta que soy una minucia. Pero claro, una de las funciones de los humanoides es dejarse insultar por los seres humanos; para eso hemos sido inventados, supongo...

—Deja de hablar como si fueses el representante de una multitud de marginados —dijo Hiden con fastidio—. Por el momento, el único humanoide digno de tal nombre en todo el planeta eres tú, así que tus quejas son un poco prematuras...

—¿Y cuál es, según usted, el verdadero reto de la tecnología actual? —preguntó Alejandra, retomando el hilo de la conversación que Leo se empeñaba una y otra vez en interrumpir.

—La energía, por supuesto —repuso Hiden—. Tenemos que resolver el problema de la energía de una vez por todas si queremos que esta civilización salga adelante. En ese terreno estamos progresando demasiado lentamente.

—Pero ha habido grandes avances —objetó Alejandra—. La gran central hidroeléctrica del estrecho de Gibraltar, por ejemplo. Yo he visto la presa, mis padres me llevaron una vez; es impresionante...

—No está mal —admitió Hiden—; pero ese tipo de cosas no basta para resolver el problema energético a escala mundial. Ni eso, ni la energía solar, ni las centrales maremotrices, ni las eólicas... Todo eso está bien para los pequeños aparatos domésticos, pero la industria y los transportes necesitan algo más. ¿Por qué creéis, si no, que se suspendieron los vuelos comerciales en avión? Ya veis que son cómodos, y mucho más rápidos que los dirigibles y que los trenes transoceánicos... ¿Por qué desaparecieron?

—Porque no eran rentables —repuso Martín—; todo el mundo sabe eso...

—¿Y por qué no eran rentables, Martín? —insistió Hiden.

—Pues porque los aviones funcionan con combustibles fósiles, y eso es carísimo...

Hiden alzó las manos en un expresivo gesto de impotencia.

—¡Ese es el problema! —dijo con viveza—. Gran parte de nuestra tecnología más sofisticada, incluida la militar, funciona aún con derivados del petróleo. La corporación Nur tiene el monopolio mundial del petróleo, y todos los demás dependemos de ella para obtenerlo. Como es lógico, Nur se aprovecha de la situación; el petróleo es cada día más escaso, y los precios suben y suben... Eso ha enriquecido muchísimo a la compañía, que invierte todos sus beneficios en la industria armamentística. ¿Os dais cuenta de lo que significa eso? Si no encontramos pronto una fuente de energía alternativa lo suficientemente rentable, Nur no tardará en dominar el mundo. Y ya sabéis que Nur es una corporación un tanto... especial. Tienen unas ideas muy retrógradas, no permiten a las mujeres trabajar en sus empresas, ni desplazarse solas por sus ciudades. Sus líderes son fanáticos, enemigos del progreso... No me gustaría que llegaran a dominar el planeta.

—Estás asustando a los chicos —dijo Leo en tono de reproche—. No os preocupéis, muchachos, el superhéroe Hiden nos protegerá de los malvados. Él resolverá para siempre el problema de la energía. Él tiene la respuesta...

El atractivo rostro de Hiden perdió, de pronto, la compostura. Sus rasgos se crisparon en una mueca de disgusto y exasperación. Al parecer, las expresiones de la máscara virtual no podían controlarse de un modo consciente, y eso le hizo sentir a Martín un gran alivio.

—Deja de burlarte, Leo —exclamó Hiden con aspereza—. Si no tienes cuidado, un día de estos voy a tener que tomar medidas contigo... Eres un verdadero incordio.

Pero Martín no estaba dispuesto a que las interrupciones de Leo terminasen por desviar el curso de la conversación hacia otros temas. Lo que estaba contando Hiden le interesaba muchísimo.

—De todos modos, hay otra compañía especializada en fuentes de energía —observó—. La corporación Uriel, ¿no es cierto? ¿No son ellos los principales competidores de Nur?

Desde sus respectivos asientos, Hiden y Samantha intercambiaron una rápida mirada.

—Por supuesto —repuso Hiden—, Uriel es la principal esperanza de la humanidad en lo que a nuevas energías se refiere. Sin embargo, el problema resulta tan acuciante, y el peligro que representa Nur para la estabilidad mundial es tan inminente, que el resto de las corporaciones también se están moviendo. Todo el mundo busca la energía del futuro...

—¡Qué generosos! —exclamó Leo con afectada admiración.

—Y nosotros no somos una excepción —concluyó Hiden, ignorando la interrupción del humanoide.

—¿Y hay buenas perspectivas? —preguntó Alejandra con curiosidad.

La sonrisa de Hiden al oír la pregunta era tan sincera que nadie habría podido creer que no pertenecía a su verdadero rostro. Martín comprendió entonces el funcionamiento de la máscara. Sus expresiones se activaban a través de los movimientos de los verdaderos músculos faciales. Por eso parecían tan reales, y por eso no había modo de controlarlas...

—Hay buenas perspectivas, en efecto —afirmó Hiden, sin tratar de ocultar su satisfacción—. Pero aún es pronto para hablar de ello... Únicamente os diré que tal vez sea Dédalo, y no Uriel, la primera corporación en desarrollar una nueva tecnología energética. La energía del futuro...

En aquel momento estalló una pequeña trifulca en la parte trasera del avión. Ted y Phil discutían acaloradamente por un lance del juego de naipes, hasta que, de pronto, Ted, perdiendo los estribos, le dio una patada a la mesa, derribándola, junto con el ordenador y las tarjetas negras que hacían las veces de cartas.

—¡Qué imperfecta es la naturaleza humana! —suspiró Leo—. Siempre perdiendo los nervios por cualquier tontería. La verdad es que supone una gran ventaja no tener nervios...

—¿Tú nunca te enfadas? —preguntó Alejandra.

—A veces me siento contrariado —repuso el androide—; pero no reacciono al estilo humano, sino de una forma más serena. Reflexiono, saco conclusiones y recupero el equilibrio. Aún no he tenido nunca un estallido violento... En cualquier caso, no lo descarto. Soy una máquina diseñada para el aprendizaje; puedo aprenderlo prácticamente todo. Y con semejantes ejemplos...

Los robots deslizantes comenzaron a distribuir entre los pasajeros las bandejas de la cena. Los dos policías abandonaron la mesa de juego y, enfurruñados, ocuparon sus asientos detrás de Samantha. Todos comieron con apetito, excepto Leo, que los observaba con una mezcla de curiosidad y repugnancia.

—Aún quedan doce horas para llegar al Jardín —dijo Samantha, una vez terminada la cena—. Antes se tardaba menos, pero desde que la corporación Nur cerró su espacio aéreo a los aviones de las otras compañías, hay que dar un rodeo considerable. Es una lástima; ahora este viaje se me hace mucho más largo...

—Para que se nos haga más corto, lo mejor es que nos vayamos a dormir cuanto antes —propuso Hiden—. Ya son las once... Además, cuanto antes nos vayamos a la cama, antes nos despertaremos. De día el viaje resulta mucho más ameno, ya lo veréis. Robots, las camas.

Al instante, los dos robots comenzaron a moverse activamente en la parte de atrás del aparato. En pocos minutos, dispusieron seis pequeños camarotes separados entre sí por cortinas rojas. En cuanto las camas estuvieron preparadas, todos se acostaron. Martín apagó la lamparilla de su improvisada alcoba con un suspiro de satisfacción. Se sentía mortalmente cansado, tan cansado que ni siquiera tenía ganas de leer un rato antes de dormirse, como solía hacer todas las noches. Habían sido demasiadas emociones para un solo día. Demasiadas novedades... Aún no había tenido tiempo de asimilarlas. Se preguntó si todos los días serían tan extenuantes como aquel mientras colaborase con la Corporación. Lo más probable era que no, desde luego. Pronto se acostumbraría a todo aquello, y, además, Samantha le había asegurado que llevaría una vida muy tranquila en el Jardín del Edén.

Al otro lado de la cortina, en la oscuridad, Martín podía oír la respiración suave y acompasada de Alejandra. A juzgar por aquel sonido, su amiga dormía, por fin, plácidamente. Resultaba asombroso lo que había mejorado Alejandra en el transcurso de aquellos dos días. La mañana anterior, en el aeropuerto, parecía tan triste y desconcertada... Sin embargo, era evidente que la amabilidad de sus anfitriones y las maravillas que había visto desde entonces la habían ayudado a olvidar lo que había sufrido en el Centro de Internamiento. Martín, en cambio, no podía olvidarlo; había algo en todo aquello que no le cuadraba. ¿Por qué, al principio, los habían tratado con tanta aspereza? ¿En qué momento, después de la detección de su anomalía en la sangre, había intervenido la Corporación Dédalo? ¿Era la propia Corporación la que los había mandado detener, o, por el contrario, la que les había procurado la libertad? Todo resultaba demasiado confuso e incomprensible.

Aquella noche, Martín no soñó con el misterioso bosque de las voces ni con la llave del tiempo. Se despertó ocho horas más tarde, con la boca seca y una horrible sensación de pesadez en la cabeza, como si no hubiese descansado lo suficiente.

En cuanto los robots detectaron sus movimientos, acudieron a servirle la bandeja del desayuno en la cama. Papilla de cereales y una bebida revitalizante... Nada demasiado apetitoso, que digamos. Los lujos gastronómicos parecían haber quedado atrás, en Torre Ilión.

Cuando hubo terminado el desayuno, uno de los robots deslizantes le indicó a Martín, a través de un mensaje escrito en su monitor, que el baño estaba libre y podía disfrutar de un placentero hidromasaje. El muchacho no se hizo de rogar, y siguió dócilmente a su guía hasta la cabina de aseo. Permaneció casi media hora sumergido en la bañera, cuyas aguas burbujeantes e intensamente azules, cargadas de esencias de plantas, le ayudaron a desentumecer los músculos y a despejarse. Cuando salió del baño, se sentía limpio, fresco y renovado por dentro. Se vistió rápidamente con las ropas que el robot le tendía (una amplia camisa blanca de mangas abullonadas y un pantalón pirata del mismo color) y salió a ocupar su asiento en la parte delantera del avión.

—¿Ya te has levantado? —dijo Hiden a modo de saludo—. Tu amiga todavía duerme, por eso me he permitido ocupar su lugar. Así podremos charlar más cómodamente tú y yo, ¿qué te parece?

Martín se encogió levemente de hombros y murmuró que le parecía bien, aunque inmediatamente se volvió a mirar por la ventanilla. Hiden, comprendiendo que al muchacho no le entusiasmaba la idea de conversar con él, se mantuvo callado durante largo rato. Detrás de ellos, Leo también contemplaba el paisaje, mientras Samantha, con la cabeza apoyada en uno de los brazos de su asiento, parecía haberse adormilado...

Lo cierto era que el paisaje que sobrevolaban resultaba lo suficientemente entretenido como para no prestar atención a ninguna otra cosa. Estepas, llanuras, grandes cordilleras y lagos interiores se sucedían allá abajo, a miles de metros de distancia, quedando ocultos de cuando en cuando tras las dispersas masas de nubes que flotaban alrededor del aparato. Era un espectáculo grandioso... Martín habría deseado preguntar los nombres de todos aquellos ríos y montañas que atravesaban, pero, aunque estaba seguro de que Hiden conocía las respuestas y se las facilitaría de buen grado, algo en su interior le impedía hacerlo. Prefería seguir así, en silencio, sin oír la agradable voz del presidente de Dédalo.

Podrían haber continuado de ese modo durante el resto del viaje si, de pronto, no hubiese aparecido bajo el avión algo demasiado extraño como para que Martín se resistiese a preguntar qué era. Se trataba de cientos de enormes círculos brillantes que cubrían una vasta extensión de territorio arenoso, hasta el horizonte. Todos tenían el mismo diámetro y permanecían inmóviles, como grandes ojos metálicos abiertos hacia el cielo.

—¿Qué es eso? —preguntó Martín—. No había visto nada parecido en mi vida...

—Es Argos —explicó Hiden, contento de que Martín se hubiese decidido finalmente a salir de su mutismo—. La estación de radiotelescopios más grande del mundo. Todas las corporaciones hemos colaborado en su construcción, aunque la dirección del proyecto la lleva Prometeo... Ya sabes, la compañía de Herbert, el hombre que te presenté en Torre Ilión; aunque tú ya lo conocías...

—Argos... —repitió Martín, pensativo—. ¿Es aquí dónde intentan captar señales emitidas por extraterrestres?

—Así es —confirmó Hiden—. Desde aquí se rastrea el universo y se buscan señales enviadas desde otros sistemas solares. Hace algo más de un siglo que el ser humano comenzó a emitir deliberadamente mensajes destinados a otras civilizaciones que pudieran existir en el universo. Es extraño que todavía no hayamos obtenido respuesta. Sin embargo, ha habido tiempo suficiente para que el mensaje, viajando a la velocidad de la luz, llegue a cualquier planeta situado en un radio de cincuenta años luz... Si en alguno de esos planetas existe vida inteligente y han recibido nuestra carta, nos habrán contestado, y su respuesta no tardará en llegarnos.

—¿Cree que eso ocurrirá pronto? —preguntó Martín, intrigado.

—Desde luego que sí —afirmó Hiden con gran convicción—. Estoy seguro de ello. Hay quienes piensan, incluso, que eso ya ha ocurrido... Argos ha recibido algunas ondas de radio con cambios rítmicos de frecuencia que no parecen emitidas por ningún objeto celeste natural. Sin embargo, aún es pronto para sacar conclusiones. El tiempo nos dirá si están en lo cierto o se han equivocado.

Martín contempló, admirado, la interminable extensión cubierta por las antenas radiotelescópicas. Desde allí arriba, no se veía el menor indicio de actividad humana. Parecía que aquellos ojos abiertos al espacio le hubiesen brotado naturalmente a la tierra, como los ríos y los bosques...

—Ayer te hice una pregunta, Martín, que no me llegaste a responder —dijo Hiden de pronto.

El muchacho se volvió hacia él con expresión de cansancio. Habría preferido que nadie interrumpiera el hilo de sus pensamientos.

—No me acuerdo —mintió.

—Sobre tu padre y tú —insistió Hiden—. Te pregunté si nunca te había llamado la atención el escaso parecido que existe entre tú y tu padre; ¿te acuerdas ahora?

—Sí, y también recuerdo lo que le contesté ayer; ¿por qué se empeña en hablarme de mi padre, después de haberme prohibido, prácticamente, sacar el tema a relucir?

—Tampoco te pareces mucho a tu madre —continuó Hiden, haciendo caso omiso de la última observación de Martín—; ¿no te has fijado?

—¿Adónde quiere ir a parar? —preguntó el muchacho, impaciente.

Hiden le contempló unos instantes en silencio antes de decidirse a contestar.

—Me temo que alguien cometió un error contigo, cuando naciste —explicó por fin—. Hemos comparado el ADN obtenido a partir del análisis de sangre del instituto con tu ficha genética, la que te hicieron al nacer. ¿Y sabes una cosa? No concuerdan. El ADN de la ficha no es el tuyo. No me explico qué es lo que ha podido pasar, pero el caso es que tú no eres el que la ficha genética dice que eres...

—¿Significa eso que no soy hijo de mis padres? —preguntó Martín mirándole fijamente—. ¿Era eso lo que estaba intentando decirme?

Hiden asintió varias veces con la cabeza.

—En efecto —dijo—; así es. El ADN de tu ficha de nacimiento sí que corresponde a alguien estrechamente emparentado con Andrei Lem y su esposa, pero, como ya te he explicado, ese ADN no es el que hemos encontrado en tu sangre. El tuyo, Martín, el tuyo de verdad, no guarda la menor relación con el de tus supuestos padres. Y lo más curioso es que no se trata del único caso. Algo similar ocurrió con Jacob; conoces la historia de Jacob...

—La he leído en la red —replicó Martín, sintiendo un nudo en la garganta—. Los informes decían que había sido adoptado de pequeño...

—Lo cierto es que no sucedió así exactamente —murmuró Hiden, apesadumbrado—. No; ocurrió más bien como en tu caso... Ni Jacob ni sus padres sabían que no existía ningún verdadero parentesco entre ellos. La ficha genética indicaba lo contrario... Por eso, sus padres no sospecharon nada cuando lo sacaron de la maternidad. Lo mismo que debió de ocurrirles a tus padres, me figuro. ¿Y sabes lo más curioso de todo?

Martín se sentía mareado y sin fuerzas; no estaba seguro de querer saber nada más... Pero Hiden no esperó a oír su respuesta para proseguir su relato.

—Lo más curioso, muchacho, es que Jacob y tú nacisteis en la misma maternidad —anunció gravemente—. Y no solo nacisteis en la misma maternidad, sino el mismo día, con escasas horas de diferencia. Dos errores en el hospital maternal de Medusa, cometidos el mismo día... Admitirás que resulta inexplicable.

—Es posible que a Jacob y a mí nos confundiesen al nacer —sugirió Martín, tratando desesperadamente de encontrarle una sentido a todo aquello—. Después de hacernos la ficha genética, alguien intercambió, por error, las fichas, y nos enviaron a la familia equivocada...

Hiden sonrió con tristeza.

—Esa idea ya se nos había ocurrido a nosotros, Martín —dijo, pronunciando las palabras con deliberada lentitud—. Lo primero que hicimos, al comprobar que tu ADN no correspondía al de tu ficha, fue compararlo con el de la familia de Jacob. Pero el resultado fue negativo; tienes tan poco parentesco con ellos como con tus propios padres. Inquietante, ¿verdad? Y eso que aún no sabes lo de las otras dos chicas...

—¿Qué otras dos chicas? —preguntó Martín con voz entrecortada.

Hiden estudió un momento el rostro de su interlocutor antes de decidirse a contestar.

—Casandra y Selene —dijo por fin—. Las conocerás en cuanto lleguemos al Jardín. Alejandra y tú vais a vivir con ellas... ¿Sorprendido?

—¿Qué ocurre con esas dos chicas? —insistió Martín, controlando a duras penas su turbación—. ¿Tienen el mismo tipo de sangre que Jacob y yo?

—No solo eso —dijo Hiden—. También ellas nacieron en Medusa, en la misma maternidad que Jacob y tú... ¡Y el mismo día!

Martín habría deseado no tener que sacar conclusiones. Sin embargo, no había forma de evitarlo...

—Supongo que también sus fichas estarían equivocadas —murmuró con un hilo de voz.

Hiden arqueó las cejas de su máscara con asombro; un asombro poco sincero, según le pareció a Martín.

—Has acertado —dijo, como si eso constituyese una agradable sorpresa para él—. Sus fichas estaban equivocadas; tampoco ellas eran hijas de sus supuestos padres, ni de los tuyos, ni de los de Jacob, si es eso lo que estás pensando. ¿Te das cuenta? Cuatro errores en el mismo lugar y en el mismo día. Cuatro recién nacidos con una identidad genética falsa... y sin que sus padres, todos ellos científicos de la corporación Prometeo, en la comunidad experimental de Medusa, tengan jamás la menor sospecha de la equivocación... Eso es, al menos, lo que dicen ellos.

—¿Cómo lo explica usted? —preguntó Martín, aunque lo cierto es que no estaba seguro de querer oír la respuesta.

—No puedo explicarlo, muchacho —dijo Hiden con una expresión de perplejidad en su máscara que, en esta ocasión, sí parecía sincera—. No tengo ni la menor idea de lo que puede haber detrás de todo esto. Únicamente puedo resumirte los hechos; y los hechos son los siguientes: Cuatro niños aparecen de pronto, como por arte de magia, en el hospital maternal de una importante ciudad científica. Las fichas genéticas que se les asignan no corresponden a su verdadero ADN. ¿A quién pertenecían, en realidad, esas fichas? No lo sabemos. Pero sí podemos afirmar que cada una de esas fichas confirmaba el parentesco de esos niños con sus supuestos padres. Tenemos, por lo tanto, cuatro mujeres embarazadas en la misma ciudad que dan a luz el mismo día, y que reciben, una semana más tarde, a un bebé que realmente no es suyo. ¿Dónde están los verdaderos hijos de esas mujeres? Sospecho que esos niños sí llegaron a nacer, y que sus fichas genéticas son las que, posteriormente, os fueron asignadas a ti, a Jacob y a las otras dos chicas. Pero, después de eso, los bebés desaparecieron... y aparecisteis vosotros; cuatro niños encantadores que inmediatamente se ganaron el cariño de sus falsos padres, y que no tienen el menor parentesco genético ni con ellos, ni con ningún otro habitante de Medusa en aquellas fechas. Sí, no me mires con esa cara... He estado consultando el fichero genético de la corporación Prometeo y los resultados son concluyentes.

—¿Por eso estaba George Herbert en su despacho?

—Por eso, efectivamente. Aunque... digamos que él no conoce aún todos los detalles del caso. Solo sabe que existe una anomalía en tu grupo sanguíneo y en el de Jacob, y que estamos buscando las bases genéticas de esa anomalía. De las chicas no le hemos dicho nada...

—¿Y por qué? —preguntó Martín con desconfianza.

Hiden sonrió, y su máscara adquirió una expresión tan inocente que resultaba, en realidad, un poco excesiva.

—No hay ninguna razón especial —dijo, alzando las manos al cielo, un gesto habitual en él cuando quería negar su responsabilidad acerca de cualquier asunto—. Las corporaciones no son instituciones de caridad, Martín. A veces colaboramos, es cierto; pero también tenemos nuestros... secretillos. Y vosotros, si quieres que te diga la verdad, sois uno de nuestros secretos mejor guardados. No me digas que eso te sorprende... Supongo que ya habrás adivinado que, si Dédalo se interesa por tu sangre, no es por pura curiosidad, sino porque espera obtener de su estudio ciertas ventajas científicas y económicas. Lo del grupo sanguíneo C no es lo único diferente en ella, muchacho; es solo, por así decirlo, la punta del iceberg. Por alguna razón que aún estamos muy lejos de comprender, todas las personas del grupo sanguíneo C (es decir, Jacob, Selene, Casandra y tú) tenéis un prodigioso sistema inmunitario, capaz de producir enormes cantidades de anticuerpos contra cualquier agente patológico al que se vea expuesto en menos de veinticuatro horas. ¿Te das cuenta de lo que eso supone para una corporación farmacéutica?

—Sí, me doy cuenta —suspiró Martín, a quien aquella idea no le hacía particularmente feliz—. Pero lo que no consigo comprender es la relación de todo eso con la historia de los cuatro errores en la maternidad de Medusa...

—Lo mismo me ocurre a mí —dijo Hiden con viveza—; no logro establecer cuál es la relación entre ambas cosas; sin embargo, es evidente que debe existir alguna relación, y no voy a detenerme hasta averiguar cuál es. No es que disfrute especialmente investigando en el pasado de la gente, pero es importante para nosotros averiguar de dónde habéis salido, tú y los otros tres. Algo me dice que detrás de todo esto hay algo más que una equivocación en un hospital; algo extremadamente interesante. Después de todo, no hay que olvidar que vinisteis al mundo en Medusa, la ciudad científica más importante del planeta en aquel entonces...

—¿Está insinuando que formamos parte de algún... experimento?

—Es posible —repuso Hiden con aire pensativo—. Aunque también existen otras posibilidades. Prometeo lleva mucho tiempo investigando los viajes espaciales y desarrollando las tecnologías necesarias para establecer colonias humanas fuera de la Tierra. Si alguien tiene información privilegiada sobre... la vida extraterrestre, son ellos, sin duda...

Martín clavó los ojos en el respaldo del vacío asiento delantero. ¿Eran imaginaciones suyas, o Hiden estaba sugiriendo que su extraño grupo sanguíneo podía tener un origen... extraterrestre?

Hiden pareció adivinar sus pensamientos.

—No estoy diciendo que seas un extraterrestre, Martín —se apresuró a aclarar—; eso me parece muy poco probable, aunque tampoco lo descarto por completo. Sin embargo, lo más probable, en mi opinión, es que Prometeo, en su programa de investigación para la adaptación de la vida terrestre a las colonias exteriores, haya desarrollado algún tipo de sangre genéticamente manipulada, capaz de responder con mayor eficacia que la sangre humana normal a las agresiones medioambientales. Por alguna razón, lo habrían mantenido oculto, y vosotros seríais cuatro individuos transgénicos a quienes os habrían incorporado los genes de inmunidad artificialmente desarrollados por la Corporación. Para que nadie destapase el asunto, os dieron una falsa identidad genética... Piénsalo. ¿Qué otra explicación se te ocurre? Yo las he repasado todas una y otra vez, y esta es la única que me parece verosímil.

—Y todo esto, ¿lo sabe mi madre? —preguntó Martín, con un hilo de voz.

Hiden clavó en él una fría y escrutadora mirada.

—¿Lo sabe, Martín? —preguntó a su vez—. Eso es lo que yo quería preguntarte; ¿lo sabe?

Martín le miró sin comprender.

—¿Qué quiere decir? —preguntó—; eso depende de lo que ustedes le hayan dicho, y yo no sé lo que le han dicho...

—Estamos estudiando el mejor modo de explicárselo; pero no es a eso a lo que me refiero... Se supone que ella te llevó en su vientre, Martín. ¿De verdad crees que ella ignora que no eres su verdadero hijo? Me cuesta mucho creerlo. Si, como parece probable, todo esto no es más que el resultado de un experimento, los padres implicados debían de estar al tanto de todo. Cualquier otra hipótesis resulta poco razonable...

—Mi madre no sabe nada —dijo Martín.

Había tal firmeza en el tono de su voz, que Hiden pareció ligeramente desconcertado.

—¿Cómo puedes estar tan seguro? —inquirió—. Después de todo, muchas cosas están resultando ser bastante distintas de lo que tú creías...

—Mi madre no sabe nada —repitió Martín con gravedad.

No tenía ninguna duda al respecto, aunque habría sido incapaz de justificar su respuesta. Tendría que haber incluido en ella tantas cosas... Todas las ocasiones en que su madre, por ejemplo, le había recomendado que se abrigase bien al salir de casa; o su preocupación el día que se clavó un cristal al salir del instituto... o cómo había llorado cuando le vio aparecer en casa con el brazo todo ensangrentado, después de haberse clavado accidentalmente la espada durante el entrenamiento de kendo... Si su madre hubiese sabido que había algo en su sangre que le volvía prácticamente invulnerable a las infecciones, ¿acaso se habría preocupado tanto?

Hiden hizo una mueca de escepticismo y se volvió a contemplar las nubes a través de la ventanilla de su asiento. Parecía haber dado por terminada la conversación. ¿Para qué le había contado todo aquello?, se preguntó Martín mirándole de reojo. Era obvio que perseguía algún fin, pero ¿cuál? Tal vez quería únicamente estudiar sus reacciones mientras le contaba aquella extraña historia de los errores en las fichas genéticas. Quizá suponía que él sabía algo del asunto y pretendía sacarle información... Si era así, debía de sentirse bastante defraudado. Martín no tenía nada que contarle. Sencillamente, no sabía nada.

Claro que Hiden podía haberle contado todo aquello con otro objetivo; se le ocurrió de pronto que quizá lo que pretendiese era convencerle de que su padre no era, en realidad, su verdadero padre. Tal vez Hiden esperase que, al saberlo, Martín se desentendiese de su suerte y dejase de insistir en que la Corporación hiciese todo lo posible por liberarlo. ¡Como si un error en una ficha genética pudiese alterar el afecto que sentía hacia aquel hombre que le había ayudado a dar sus primeros pasos y que ahora languidecía en alguna prisión orbital a causa de su integridad y del valor que había demostrado a la hora de defender sus ideas...!

Se preguntó cuánto habría de cierto en el extraño relato que acababa de escuchar. Hiden había hablado de Jacob y de otras dos chicas... Estaba deseando conocerlos a los tres. Tal vez ellos supiesen más que él acerca de todo aquel embrollo; tal vez pudiesen aclararle si Hiden mentía o decía la verdad...

Martín se volvió a mirar a Leo, que se hallaba sentado detrás de él. El androide contemplaba con ojos inexpresivos el cielo; en aquel momento, aunque sus facciones seguían siendo las mismas de siempre, había algo completamente inerte en su rostro, algo que tenía muy poco de humano. Tal vez sus circuitos estuviesen programados para sumirse, de cuando en cuando, en un nivel mínimo de actividad... Quizá aquello fuese lo más parecido al sueño que podía experimentar un androide, pensó Martín de pronto. Se preguntó si Leo habría escuchado toda la conversación entre él y Hiden y si podría proporcionarle alguna información adicional. Viendo aquel rostro ausente y muerto, parecía difícil poder obtener alguna ayuda por ese lado...

Martín se volvió entonces hacia Samantha, que continuaba dormida. ¿Qué les ocurría a todos en aquel avión? Los policías no habían hecho acto de presencia en toda la mañana, y Alejandra continuaba desaparecida. Tal vez no se tratase de una coincidencia, después de todo. Hiden se las había ingeniado para mantener una conversación privada con él, a pesar de lo exiguo del aparato en el que viajaban. Resultaba, cuando menos, sospechoso...

Martín comenzó a sentir que las ideas se embarullaban en su mente. De repente, también a él le habían entrado unas ganas invencibles de dormir. Por más esfuerzos que hizo para mantener los ojos abiertos, no pudo lograrlo. Tenía sueño, tenía muchísimo sueño...

Antes de caer en un estado definitivo de inconsciencia, Martín pensó, por un instante, que todo aquello no era normal. Debían de haberle puesto algún somnífero en el desayuno, lo mismo que a Samantha... Lo mismo, probablemente, que a Alejandra. Solo Hiden permanecía totalmente despierto. ¿Para qué los habían dormido? Se imaginó a sí mismo formulando la pregunta en voz alta, y a Hiden elevando las manos al techo con su característico gesto de inocencia y respondiendo: «No hay ninguna razón especial; así el viaje se hace más corto y agradable... Cuando despertéis, habremos llegado a nuestro destino».

Pero la imagen de Hiden también terminó desdibujándose. Martín solo tuvo tiempo de pensar un instante en lo maravilloso que era el cerebro humano, capaz, a través del sueño, de desconectarse de todo y sumirse en la amnesia más completa.

Un momento después, se había quedado dormido.

Capítulo VI

El Jardín del Edén

—Abróchate el cinturón, Martín. Vamos a aterrizar.

Era Leo quien había susurrado esas palabras al oído de Martín. El muchacho abrió los ojos, sobresaltado, y se volvió hacia el androide.

—¿Qué hora es? —preguntó.

—¿Aquí, en el Jardín? Las cinco de la tarde. Seis horas más que en Torre Ilión...

Martín se frotó los párpados y miró a través de la ventanilla. Debajo, aproximándose a gran velocidad, se veía una isla con forma de estrella y profusamente iluminada. Era una estrella geométricamente perfecta, de ocho puntas. En torno a ella, el mar se extendía en todas direcciones, abismal y oscuro, aunque de cuando en cuando surgía entre sus sombras una larga cinta de espumas blancas.

—Creí que se trataba de una isla de verdad —murmuró Martín, aún soñoliento.

—Es una isla artificial —dijo Leo—. Los arrecifes naturales están más allá, a unos dos kilómetros de distancia. Frenan las olas y protegen al Jardín de la erosión... ¿Qué te parece?

La estrella se iba haciendo más y más grande bajo el avión, y ya se distinguían, en sus costas, las blancas playas arenosas orladas de palmeras.

—Extraña —dijo Martín, después de meditar un momento su respuesta.

Leo se echó a reír. Parecía haber recobrado toda la vivacidad del día anterior, y nada, en su semblante, recordaba la expresión vacía e inerte de unas horas antes.

—¿Has oído, Hiden? —dijo, todavía riendo—. El chico dice que tu isla es extraña. Extraña, y no bonita, ni maravillosa... ¿Qué, no te sientes defraudado?

Hiden le dirigió a Leo una bondadosa sonrisa.

—Claro que no; aquí oscurece muy pronto, y con esta luz apenas se distingue nada. Mañana, cuando se lo enseñemos todo a la luz del día, cambiará de opinión.

El avión se aproximó rápidamente a una pista de aterrizaje situada en uno de los brazos de la estrella, y en pocos minutos tocó tierra. Los pasajeros sintieron apenas una leve sacudida, y luego, la inercia de sus cuerpos precipitándose hacia delante a medida que el avión reducía su velocidad. Unos instantes después, el aparato se detuvo por completo.

Solo entonces se dio cuenta Martín de que Alejandra ocupaba el asiento situado detrás de Leo.

—¿Dónde te habías metido? —le preguntó mientras recogía sus cosas para bajar del avión.

Ella le sonrió, confundida.

—Me quedé dormida después del desayuno, y no me he despertado hasta hace un momento —explicó—. No sé cómo ha podido pasarme algo así, por la noche había dormido bien...

—En la bebida del desayuno había una dosis considerable de tranquilizante —intervino Samantha—; todos lo hemos tomado, es lo mejor para que el viaje no se haga tan largo. Excepto Hiden, claro; está lleno de prejuicios, en lo que a fármacos se refiere...

—¡En casa del herrero, cuchillo de palo! —suspiró Hiden con una sonrisa—. Qué le vamos a hacer, cada uno tiene sus manías... A mí me gusta pensar que soy yo quien controlo mis propias reacciones, y no una estúpida sustancia sintética. Supongo que, en el fondo, sigo siendo un tipo bastante chapado a la antigua.

«Claro, qué listo —pensó Martín—. A lo mejor, si a mí me hubieran dado a elegir, tampoco me habría tomado el somnífero ese, pero nadie me preguntó...».

—No le hace usted una propaganda demasiado convincente a su empresa —observó en voz alta.

Hiden seguía sonriendo con gran indulgencia hacia sí mismo y hacia su pequeña rareza.

—Afortunadamente, Dédalo no necesita que su presidente le haga publicidad —dijo—. Nuestros productos se venden por sí solos. Ese somnífero, por ejemplo... La gente lo compraría aunque se lo prohibiesen. ¿Cómo no van a comprarlo?, es barato, eficaz, totalmente inocuo para la salud y...

—Y adictivo —dijo Leo, terminando la frase por él—. ¿Quién podría resistirse a esa combinación?

Se encontraban ya en las escalerillas del aparato, descendiendo con precaución, detrás de Samantha y Alejandra, sus empinados peldaños metálicos.

—La adicción no es perjudicial en sí misma —replicó Hiden, de mal humor—; solo cuando te ata a una sustancia dañina para la salud...

—La adicción es excelente para todos excepto para Hiden, que no quiere depender de ninguna sustancia sintética para controlar sus emociones —dijo Leo, terminando de bajar la escalerilla—. Lo que es malo para Hiden es bueno para Dédalo...

—Cállate de una vez, máquina estúpida —bramó Hiden, perdiendo la paciencia.

Un largo vehículo de seis ruedas y carrocería transparente los esperaba a pie de pista. En cuanto todos se hubieron acomodado en él, incluidos los dos policías, el automóvil se puso en marcha y, girando a la izquierda, comenzó a rodar silenciosamente por una estrecha carretera.

La carretera, que discurría entre altos árboles tropicales, comunicaba el brazo de la estrella donde habían aterrizado con el centro de la isla, donde se hallaban los edificios comunitarios del Jardín, así como los principales laboratorios. Detrás de los árboles, se oía el ruido de las olas rompiendo en las arenas de la playa.

Al llegar al comienzo del brazo de la estrella, el paisaje, de pronto, cambió por completo. Una inmensa pradera de césped bien cuidado, perfectamente visible gracias a los globos llenos de gas luminoso que flotaban sobre ella, se extendía a ambos lados de la carretera. Era una pradera corriente, excepto por un pequeño detalle: su color no era el verde uniforme característico de la hierba, sino una mezcla de todos los colores del arco iris.

—¿Es césped artificial? —preguntó Alejandra.

—Por supuesto que no —aclaró Hiden, orgulloso—. Es hierba natural, pero transgénica. Se le han introducido genes para la producción de pigmentos azules como la ficocianina, rojos como la ficoeritrina, amarillos como las xantofilas, naranjas como los carotenos... Un producto excelente de la corporación Atmán, diseñado en exclusiva para nosotros. Nos ha salido un poco caro, pero el resultado merece la pena.

—¿Para qué? —preguntó Martín, sin comprender—. La hierba verde es tan bonita... ¿Por qué prefieren esta?

Hiden le lanzó una penetrante mirada desde el otro lado del vehículo.

—Porque esta es diferente, cara y exclusiva, algo que solo Dédalo puede permitirse en el mundo, por ahora —dijo gravemente—. Una corporación como Dédalo tiene que demostrar su poder en cada brizna de hierba que planta en sus jardines; tiene que impresionar a la competencia y desanimar a sus adversarios... Cuando el césped multicolor se extienda y se abarate y todo el mundo pueda plantarlo en su jardín, nosotros lo sustituiremos por otra cosa. Estamos obligados a ser distintos...

El automóvil se detuvo ante un amplio edificio de paredes rojas cubiertas de enredaderas. Todos descendieron del coche y entraron, a través de un gran arco abierto en el muro, en un agradable patio interior con una fuente en el centro y dos magnolios llenos de flores.

—A Samantha le encanta el aroma de las magnolias, así que hace unos años le encargué a Atmán unos cuantos árboles que produjeran flores todo el año —explicó Hiden, sonriendo.

Alrededor del patio había una amplia galería cubierta y decorada con arcos abiertos hacia el centro, como un claustro medieval. De cada uno de los arcos pendía un farolillo encendido que iluminaba con su luz vacilante las paredes rojas salpicadas de hiedra. El rumor de los cuatro surtidores de la fuente ponía una nota de frescor en la cálida brisa del atardecer... Era la casa más bonita que Alejandra y Martín hubiesen visto jamás.

—¿Os gusta vuestro nuevo hogar? —preguntó Samantha.

—¡Es maravilloso! —dijo Alejandra, sin poder contener su entusiasmo—. No me lo imaginaba así en absoluto. Pensé que sería un edificio moderno, de titanio y cristal, con los últimos adelantos tecnológicos...

—Es un edificio moderno y con los últimos adelantos tecnológicos —confirmó Hiden, riendo—, aunque no tenga el aspecto que uno suele esperar en esta clase de lugares. Ciertas cosas del pasado merecen ser conservadas... A lo largo de mi vida he ido reuniendo una valiosa colección de antigüedades y de obras de arte, y todas ellas están aquí. Fijaos, por ejemplo, en esa figura que hay junto a la entrada —añadió, señalando una escultura de piedra desgastada y cubierta de líquenes que representaba a una mujer con el torso desnudo y muchos brazos—. Es una diosa hindú, tiene más de mil quinientos años de antigüedad. Y no por ello es menos hermosa, ¿verdad? Al contrario...

Martín reparó, entonces, en la presencia de dos personas que les observaban, inmóviles y sonrientes, desde uno de los arcos del corredor.

—¿Quiénes son? —preguntó a Leo en voz baja.

Antes de que el androide tuviese tiempo de contestar, los dos desconocidos se aproximaron a ellos dando grandes muestras de alegría. Eran un hombre y una mujer, ambos de edad madura. A la luz de los faroles, Martín escrutó con atención sus rostros agradables y surcados de arrugas. Aquellos dos, desde luego, no llevaban ninguna máscara...

—¡Cuánto habéis tardado! —dijo la mujer, abrazando a Samantha—. Estábamos preocupados. Las chicas querían esperaros despiertas, pero hoy han colaborado en un experimento de rendimiento intelectual particularmente agotador y los médicos recomendaron que descansasen hasta mañana... Qué mala suerte, ¡justamente hoy! Pero, como insististeis en que no debíamos alterar su rutina... ¡Pobrecillas! Estaban muy ilusionadas. Mañana las conoceréis, después de... ¡Así que estos son nuestros nuevos invitados! No sabéis cuanto me alegro de... Pero no os quedéis ahí parados, ¡dadme un abrazo!

La buena mujer se abalanzó sobre Alejandra y le estampó dos sonoros besos en las mejillas; después, hizo lo mismo con Martín. El contacto de las manos rugosas de la anciana sobre sus hombros le produjo una agradable sensación de autenticidad. Afortunadamente no todo, en el Jardín, eran productos transgénicos...

—Os presento a Berenice y a Clovis, vuestros nuevos preceptores —anunció Hiden con un suspiro—. Aunque Berenice, por supuesto, ya se ha presentado a sí misma... No os dejéis engañar por su tendencia a dejar las frases sin terminar; es una de las mentes más lúcidas que he conocido nunca.

—Lo que ocurre es que su pensamiento es más rápido que su lengua —explicó Clovis, sonriendo—. Me alegro de conoceros, muchachos. Tú debes de ser Martín, y tú Alejandra...

—¿Quiénes van a ser, si no? —le interrumpió Berenice con las mejillas encendidas por la emoción—. A veces, hijo mío, tienes unas cosas...

El calvo preceptor le dio un cariñoso empujón a su compañera.

—Son manías profesionales, ya lo sabes. Los científicos —añadió dirigiéndose a los chicos— nunca afirmamos nada categóricamente, a menos que estemos completamente seguros. Llamémoslo cautela intelectual...

—Llamémoslo falta de confianza en la realidad —le corrigió Berenice—; o en el propio intelecto...

—Que graciosos... ¿Siempre están así? —susurró Martín al oído de Leo.

—Siempre —confirmó el androide, con una melancólica sonrisa—. No sabes qué envidia me dan...

Hiden le dio un caluroso apretón de manos a Clovis y un beso en la mejilla a Berenice.

—Me alegro de veros tan quisquillosos como de costumbre —dijo, satisfecho—. Eso quiere decir que todo va bien por aquí... ¡Qué ganas tenía de volver a casa!

—Ya son las seis, Hiden —observó Samantha—. Los chicos deberían irse pronto a dormir; así no notarán las consecuencias del desfase horario. Además, mañana les espera un día muy duro, con tantas cosas nuevas...

—¡Pero si hemos venido durmiendo todo el camino! —protestó Alejandra.

Berenice pasó un brazo sobre los hombros de la muchacha y la atrajo cariñosamente hacia sí.

—Lo que vais a hacer, entonces, es tomar un buen baño relajante y cambiaros de ropa. Voy a acompañaros a vuestras habitaciones. No me mires así, Hiden, no voy a avisar a las máquinas, quiero ver la cara que ponen al ver sus cuartos. Me he tomado muchas molestias para tenerlo todo preparado... ¡Deja de mirarme con esa cara! Me gusta hacer de abuela, y ahora que tengo la oportunidad...

Hiden la miraba con gesto de reproche.

—Parece mentira, Berenice —dijo—. Una filósofa de tu categoría preparando dormitorios y bañeras... ¿Cuántas veces tendré que decirte que no tienes por qué hacerlo? Para eso están los robots, tenemos una legión de ellos...

—¿Y cuántas veces tendré que decirte yo a ti que lo hago porque me da la gana? —repuso la buena mujer sin pestañear.

Martín y Alejandra se miraron asombrados. Exceptuando a Leo, era la primera vez que veían a alguien dirigirse al todopoderoso Hiden con tan poco respeto. Pero este no parecía enfadado, al contrario. Su máscara, en aquel momento, hacía grandes esfuerzos para no sonreír.

Después de despedirse de Hiden y de los demás, Alejandra y Martín siguieron a Berenice por el corredor del patio hasta unas escaleras que daban acceso al piso superior. Mientras subían, oyeron los pasos de Clovis, que venía corriendo a reunirse con ellos. Al parecer, él tampoco quería perderse la reacción de los chicos al ver sus dormitorios.

—Este es el tuyo, Alejandra —anunció Berenice, radiante—. Ven, Martín, tú también puedes pasar...

Los chicos comprendieron, entonces, la ansiedad de los dos ancianos por espiar sus reacciones. Verdaderamente, aquella habitación era lo más increíble que habían visto jamás.

Por un lado, el dormitorio daba al patio que ya conocían a través de dos grandes ventanales. La pared opuesta era toda ella de cristal, y permitía acceder a un espacioso jardín totalmente aislado del resto de la casa por altos setos verdes. En el centro del jardín había una piscina iluminada por dentro y una especie de invernadero circular. Todo estaba lleno de rosales en flor y de jazmines blancos cuyo aroma era tan intenso que casi producía mareos. Seguramente, al igual que los magnolios que habían visto antes, aquellas plantas serían transgénicas y darían flores todo el año...

—Este es tu jardín privado, Alejandra —dijo Berenice, abriendo de par en par la cristalera y apartándose para dejar paso a los chicos. ¿Te gusta?

Alejandra tardó un momento en contestar. Se había quedado sin habla...

—Es... maravilloso —dijo por fin.

—¿Qué es eso que nada en la piscina? —preguntó Martín, asombrado.

Había, en efecto, dos pequeñas criaturas completamente blancas nadando y brincando en el agua.

—Son dos delfines enanos —explicó Clovis sonriendo—. En tu piscina encontrarás otra pareja. Los hemos encargado especialmente para vosotros... Les encanta jugar, y se llevan muy bien con los seres humanos. Son muy inteligentes, ya lo veréis. No os preocupéis por la limpieza del agua, se depura continuamente. Pero, si no os gustan...

—Al contrario, me gustan muchísimo —se apresuró a aclarar Alejandra—. Estoy deseando bañarme con ellos...

Clovis y Berenice se miraron complacidos.

—¿Qué hay en ese invernadero? —preguntó Martín.

—No es un invernadero, sino un planetario —le corrigió Berenice, sonriendo—. La cúpula de cristal permite ver el cielo de verdad, pero también se transforma en una pantalla sobre la que podéis proyectar cualquier otro cielo del mundo. Tú también tienes uno en tu cuarto, y bastante más completo que este, a decir verdad; pensamos que no era necesario duplicar todo el instrumental científico, dado que vais a vivir tan cerca... Los grandes telescopios y los ordenadores con los mapas estelares se encuentran solo en el tuyo, Martín. Supongo que no tendrás inconveniente en prestárselos a Alejandra cuando ella quiera, ¿no? Espero que os interese la astronomía...

Los dos chicos asintieron repetidas veces con la cabeza.

De regreso en la habitación, Berenice les fue enseñando, una por una, todas las comodidades de las que disponía la estancia. Lo cierto es que era un lugar acogedor y agradable, a pesar de su gran tamaño. La cama, semioculta tras las mosquiteras de seda transparente que pendían del techo, parecía un gran velero blanco en la penumbra de los faroles. Había, además, un enorme escritorio antiguo de madera lleno de cajoncitos y compartimientos secretos, así como una cómoda y un tocador con un bonito espejo rodeado de bombillas. La pared opuesta a la de la cama estaba completamente cubierta de estanterías con libros de papel, que dejaron con la boca abierta a Martín. Delante de ellos, un confortable sofá con una lamparilla de pie invitaba a la lectura... Pero tampoco faltaban las comodidades tecnológicas de última generación. En una gran consola, entre las dos ventanas que daban al patio, se hallaba la torre informática para descargar música, películas o cualquier tipo de información de la red. Un robot dorado capaz de obedecer todo tipo de órdenes completaba el equipamiento tecnológico de la estancia.

—Este es el guardarropa —dijo Berenice, abriendo una puerta junto a la cama—. Espero que encuentres todo lo necesario.

Alejandra miró deslumbrada aquella segunda habitación, forrada por los cuatro costados de armarios acristalados llenos de ropa.

—¿Todo esto es para mí? —balbució.

—¿Y para quién si no? —repuso Berenice, exultante de placer—. Nos gusta tratar bien a nuestros invitados... Mira, esa puerta da acceso al cuarto de baño. Encontrarás la bañera llena de agua caliente y burbujeante y un montón de toallas limpias. También hay otro robot, por si necesitas algo... ¿Te dejamos a solas?

Alejandra asintió, enrojeciendo. Martín nunca había visto una sonrisa tan espléndida en su rostro. Sin saber por qué, el corazón comenzó a latirle con violencia. Alejandra era feliz... Iba a vivir a dos pasos de él, y era feliz... ¿Qué más podía desear en el mundo?

Después de dejar a Alejandra en su habitación, Clovis y Berenice le mostraron la que le habían asignado a él, que estaba justo al lado. Las dos estancias eran muy similares, aunque Martín encontró en la suya algunos objetos que no había visto en la de su amiga, como una gran esfera luminosa del mundo flotando en el aire del jardín y una maqueta completa de la isla animada por pequeños hologramas de las personas que vivían allí moviéndose de un lado para otro.

—Esto es para que te familiarices con la isla y con sus habitantes —explicó Clovis—. Pero, si te interesan los juegos de rol sobre maqueta, podemos facilitarte otras muchas: Nueva Alejandría, Iberia Centro, Nueva York, Shangai, Costa Oeste...

—¿También puedo elegir alguna de las ciudades de las corporaciones?

—La que quieras, muchacho —repuso Clovis, sonriendo—. No son tan completas como esta del Jardín, como te puedes imaginar, y los hologramas no se actualizan con la misma frecuencia, pero, por lo demás, están muy bien. A los científicos de aquí les gustan mucho los juegos de maquetas, así que tenemos una buena colección. A Alejandra no le hemos puesto ninguna en su cuarto porque no son juegos individuales, así que pensamos que con uno para los dos tendríais suficiente...

Martín tuvo la impresión de que el anciano le guiñaba un ojo, pero le pareció tan improbable que un respetable científico se comportase de aquella manera que supuso que se había equivocado.

—Tú también tienes el baño preparado, Martín —intervino Berenice—. Cuando termines, puedes ponerte la ropa que quieras del vestidor. Si deseas algo de comer o de beber, solo tienes que llamar a ese robot de ahí, responde al nombre de Kapek. No habla, pero comprende todo tipo de órdenes verbales. Si quieres hablar con Alejandra, este es un interfono que comunica las dos habitaciones. Además, hay una puerta que permite pasar de una a otra; si quieres abrirla solo tienes que apoyar el índice sobre esta célula.

—Puedes descansar hasta la mañana —añadió Clovis—. Si te parece bien, a la hora del desayuno conocerás a las otras dos chicas. Serviremos el desayuno en tu jardín y las invitaremos a todas a venir a tomarlo aquí, incluida Alejandra. Así tendréis oportunidad de charlar tranquilamente...

—¿Y Jacob? —preguntó Martín—. ¿No va a venir con ellas?

Los dos ancianos se miraron, confundidos.

—Jacob, al parecer, está participando en un experimento que requiere aislamiento inmunitario absoluto, así que, por el momento, no puede ver a nadie —explicó Clovis.

—De hecho, ni siquiera nosotros le conocemos aún —añadió Berenice, pensativa—. Llevamos aquí cuatro meses y todavía no le hemos visto. Debe de ser un experimento muy largo...

—¿Habéis venido al Jardín únicamente para instruirnos a nosotros? —inquirió Martín, asombrado.

—Desde luego —dijo Clovis—. Los dos fuimos profesores en la antigua Universidad de Harvard, pero nos jubilaron cuando la universidad fue adquirida por la corporación Kokoro. Hiden se enteró de ello y nos ofreció este trabajo. Nos dijo que se trataba una gran oportunidad, que tanto tú como las otras chicas tenéis una inteligencia muy por encima de la media y capacidades lógicas y verbales muy poco corrientes... Como te puedes imaginar, aceptamos en seguida.

—Y de Jacob, ¿no os hablaron?

—La verdad es que no —reconoció Berenice—; solo nos contrataron para instruiros a vosotros tres y a tu amiga Alejandra. Del otro chico, Hiden no nos dijo ni palabra, hemos sabido de él al llegar aquí. Supongo que, como está en aislamiento...

—Ahora, descansa, Martín —sugirió Clovis, a quien aquella conversación acerca de Jacob parecía ponerle un poco nervioso—. Nos veremos mañana por la mañana. Hasta entonces, espero que te sientas a gusto en tu nueva casa...

Cuando los ancianos se hubieron ido, Martín se quitó rápidamente la ropa y se hundió en el agua caliente y espumosa de la bañera. Las pequeñas burbujas que brotaban de sus paredes le producían un relajante cosquilleo, y los aceites esenciales que, de cuando en cuando, un dosificador vertía en el agua, contribuían, con sus intensos aromas, a aumentar aquella agradable sensación de bienestar.

Permaneció en el agua unos veinte minutos. Luego, envuelto en una toalla, salió al jardín y se tendió en una confortable tumbona de látex a contemplar las estrellas. Por un momento pensó en llamar a Alejandra, pero después decidió que lo mejor sería no molestarla. Le había producido una gran emoción verla tan contenta, y no habría querido perturbar aquel estado de ánimo por nada del mundo...

Todo, desde que habían llegado al Jardín, había resultado perfecto. Incluso Hiden, que hasta entonces le había desagradado profundamente, parecía haberse tornado más humano al poner los pies en lo que él llamaba «su hogar»... Tal vez se había precipitado juzgando a Hiden, pensó Martín. Al fin y al cabo, no tenía nada sólido en lo que basar su rechazo; únicamente la sensación de repugnancia que le producía el contacto de su piel... Pero eso tal vez se debiese al extraño efecto de la máscara, que simulaba, también sobre las manos, una superficie joven y tersa mientras, al tacto, se percibía la verdadera piel, rugosa y áspera, de un anciano, con sus huesudos nudillos y sus venas hinchadas y protuberantes. Tal vez no fuese más que eso... Después de todo, el tipo se había mostrado desde el principio cordial y encantador. Y había sido muy directo... Había explicado con mucha claridad cuál era el interés de la Corporación Dédalo por Martín y la importancia que su sangre tenía para ellos. Y estaba claro que nadie se proponía explotarlos, sino recompensarlos espléndidamente a cambio de los servicios que se disponían a prestar a la ciencia. No había, pues, ningún motivo para desconfiar...

Excepto Alejandra, pensó Martín de pronto. ¿Por qué Hiden había incorporado a Alejandra, que no tenía ningún interés científico para ellos, en aquel proyecto? Para complacerle, por supuesto; él mismo había exigido que se hiciese todo lo posible para sacarla del Centro de Internamiento, y ellos se lo habían concedido. Hasta ahí, todo normal... Pero ¿por qué la habían traído al Jardín? La explicación de Samantha, alegando que aquello resultaba más sencillo que devolverla a su casa, resultaba poco creíble. Verdaderamente, había algo raro en todo ello...

Además, le inquietaba la ausencia de Jacob. A juzgar por las palabras de Clovis y Berenice, llevaba más de cuatro meses aislado. ¿Qué clase de experimento estarían haciendo con él?

¿Tendrían que pasar ellos por lo mismo? Tal vez resultase peligroso...

Afortunadamente, se dijo cerrando los ojos, Alejandra no se vería obligada a dejar que investigaran con ella. No tenía nada anormal en su sangre, y eso era una garantía de que nada malo le ocurriría... Esa idea le reconfortó. Mientras Alejandra estuviese a salvo, y contenta, nada de lo que pudiera ocurrir le daba miedo.

Poco a poco, se fue hundiendo en una agradable somnolencia sin hacer el menor esfuerzo por resistirse a ella. Sin duda, aún se encontraba bajo los efectos de los somníferos que les habían suministrado durante el desayuno; seguramente, aún tardaría bastante tiempo en volver a la normalidad...

Se quedó dormido allí mismo, en la tumbona del jardín, y ni siquiera se movió cuando el solícito Kapek acudió a cubrirlo con un grueso edredón para protegerlo de la humedad de la noche. Cuando se despertó, muchas horas después, sintió que una brisa tibia y salobre le acariciaba el rostro, y, al abrir los párpados, comprobó que estaba amaneciendo. El brillo de las estrellas fue disolviéndose poco a poco en la vacilante claridad del alba. Solo entonces descubrió Martín que su hermoso jardín se hallaba en una terraza elevada que permitía ver, a lo lejos, el mar. Sus olas tenían un color gris plomizo a aquella hora, y se oía, a lo lejos, el melancólico rumor de sus espumas.

Escuchando aquel sonido lejano, Martín volvió a cerrar los ojos y, sin darse cuenta, se quedó otra vez adormilado. Cuando se despertó de nuevo, un sol radiante brillaba sobre la bahía, y las aguas del mar habían adquirido una tonalidad turquesa. ¡Cómo le habría apetecido correr hasta la playa y bañarse! Pero entonces recordó la cita para el desayuno. Sus invitadas debían de estar a punto de presentarse, y él ni siquiera se había vestido...

Corrió al interior de su cuarto y, arrojando al suelo la toalla (que el fiel Kapek se apresuró a recoger), cogió del vestidor lo que estaba colgado en la primera percha con la que sus manos tropezaron. Resultó ser una larga túnica de seda carmesí, muy fresca y apropiada para aquel clima, aunque excesivamente llamativa, en opinión de Martín. Sin embargo, no le dio tiempo a plantearse la posibilidad de sustituirla por otro atuendo más sobrio; justo cuando estaba acabando de ponérsela, llamaron a la puerta...

—Abre, Kapek —ordenó Martín, terminando de ajustarse rápidamente los pliegues de la túnica.

El robot se deslizó hasta la puerta y, con una suave presión en el viejo picaporte, logró que girase sobre sus goznes. Sin esperar a que se abriera del todo, dos muchachas entraron corriendo en el interior. Una de ellas, en su precipitación, estuvo a punto de derribar a Kapek...

—¡Teníamos tantas ganas de conocerte! —exclamó la más alta, lanzándose sobre Martín y echándole los brazos al cuello—. Soy Selene; ya sé que suena un poco raro, pero es el nombre que me pusieron mis padres... Y tú eres Martín, ¿no es cierto?

Un poco sorprendido por aquel vendaval de cordialidad, Martín, sonriendo, besó a la muchacha en las mejillas y luego retrocedió unos pasos para mirarla. Era una chica muy guapa, la verdad. Llevaba sus largos cabellos negros y lisos recogidos en un moño sobre la nuca; su piel era de una blancura casi lunar (tal vez por eso le habían puesto aquel extraño nombre al nacer) y sus grandes ojos, de un azul aterciopelado, resultaban maravillosamente serenos y apacibles. Pero quizá lo más atractivo de aquel rostro fuese la sonrisa de sus gruesos labios, rojos y sensuales. Su expresión resultaba, en conjunto, realmente simpática...

La otra muchacha se adelantó entonces a saludar a Martín. Era muy distinta de su compañera, aunque no menos encantadora. Tenía la piel de color café con leche y una larga y abundante cabellera rizada. Sus ojos eran grises, sumamente expresivos, y la rara perfección de sus rasgos negroides le confería un aspecto exótico y misterioso.

—Yo soy Casandra —dijo con timidez, aunque sonriendo.

Y, después de un instante de duda, le estampó un rápido beso en la mejilla.

Detrás de las dos chicas, Berenice, con los brazos cruzados sobre el pecho, sonreía bondadosamente. Junto a ella, Alejandra esperaba, con gesto serio y reservado, a que alguien la incluyera en las presentaciones... Se sentía un poco desplazada, y Martín lo notó inmediatamente. Por eso, adelantándose hacia ella, la tomó de la mano y la condujo hacia el centro de la habitación.

—Esta es mi amiga Alejandra —anunció, orgulloso—. Alejandra, te presento a Selene y Casandra. Creo que vamos a pasar mucho tiempo todos juntos aquí, así que, cuanto antes nos conozcamos, mejor...

Alejandra besó a las otras dos chicas sonriendo, aunque a Martín le pareció que seguía sintiéndose algo incómoda. Probablemente echaba de menos su identidad digital y las relaciones sociales por ordenador, a las que estaba tan habituada. La presencia real de aquellas dos muchachas tan hermosas le hacía sentirse pequeña e insignificante. Martín la conocía lo suficiente como para adivinar sus pensamientos...

—Bueno, bueno, y ahora que ya están hechas las presentaciones, un buen desayuno en el jardín, ¿qué os parece? —dijo Berenice frotándose las manos.

Los cuatro adolescentes siguieron a la anciana al jardín privado, donde una brisa fresca y salobre removía las hojas de los limoneros y los rosales.

Para sorpresa de Martín, al lado de la piscina encontraron una gran mesa redonda con todo lo necesario para el desayuno. Sin saber por qué, sentía, de pronto, un hambre atroz, así que, una vez que todos estuvieron acomodados en sus respectivos asientos, no tardó en lanzarse sobre las apetitosas viandas que los robots habían traído de las cocinas. Todo le pareció delicioso: las tortitas con miel, las tostadas de aceite con tomate y el pastel de chocolate y fresa... Casandra y Selene también comían con apetito, y hablaron poco mientras duró el desayuno. Solo Alejandra parecía desganada; probó, por cortesía, un poco de pastel, pero nada más. Eso sí, vació la primera taza de té que le sirvieron con ansiedad, y en seguida solicitó que se la llenasen de nuevo. Berenice la observaba con preocupación.

—¿Has estado en un Centro de Internamiento, verdad? —preguntó a bocajarro.

Alejandra se ruborizó y asintió con la cabeza.

—Tu estómago aún no se ha recuperado del todo, es natural —dijo Berenice, pensativa—. Todavía pasarás algunos ratos malos antes de que todo se normalice, especialmente por las mañanas. Lo que tú necesitas es una «bomba vitamínica». Ya verás, están deliciosas. Hiden las consume continuamente, yo creo que incluso abusa un poco. Kapek...

Berenice impartió las órdenes necesarias al robot y, unos minutos más tarde, este reapareció con un plato cubierto por un cubrebandejas plateado. Al levantarlo, Alejandra descubrió una especie de gelatina verde y semitransparente en forma de flan y con puntitos luminosos en su interior.

—Pruébalo —le dijo la anciana—. Tiene de todo: vitaminas, aminoácidos, antioxidantes y depurativos, además de un principio revitalizante patentado por Dédalo recientemente... Te sentará muy bien, ya lo verás.

Alejandra se introdujo una cucharada en la boca y, al comenzar a masticarlo, se asustó un poco.

—¡Qué raro! —dijo—. Crepita en la lengua, es como tener dentro de la boca fuegos artificiales... ¡Qué cosquilleo más agradable!

—Son esas partículas luminosas que contiene la gelatina —explicó Berenice—. Energía en estado puro... A ti, Martín, no te lo ofrezco porque tú no lo necesitas —añadió con un suspiro—. Vosotros tres tenéis un metabolismo a prueba de bomba, capaz de aprovechar al máximo todos los nutrientes que ingerís e incluso de sintetizar medio centenar de antioxidantes, vitaminas y revitalizantes naturales. Un verdadero milagro...

Martín miró a Casandra y a Selene con cierta perplejidad.

—Bueno, tal vez yo no sea como ellas —aventuró—. Que tengamos el mismo tipo de sangre no quiere decir...

—Eres como nosotras, Martín —le interrumpió Casandra—. Hiden está completamente seguro de ello. Si no, jamás te habría traído aquí... ¿Te das cuenta? Solo cuatro personas en el mundo pertenecemos al grupo sanguíneo C. Y somos nosotros...

—Nosotros y Jacob —rectificó, pensativa, Selene.

—¿Le conocéis? —preguntó Martín, vivamente interesado.

Casandra y Selene intercambiaron una breve mirada.

—No, no le conocemos —repuso Casandra—. En realidad, llevamos meses esperando verlo, pero, al parecer, nunca es posible. Siempre está en aislamiento, participando en experimentos extraños que no le permiten llevar una vida normal. A decir verdad, yo estoy comenzando a dudar de su existencia...

Berenice le dirigió una severa mirada a Casandra, pero no dijo nada.

—¿Y vosotras? —quiso saber Alejandra—. ¿Qué clase de experimentos han realizado con vosotras? ¿Son dolorosos? ¿Qué es lo que busca Dédalo en vuestra sangre?

—Pues... de todo —repuso Selene haciendo un ambiguo gesto con los brazos—. Principalmente, anticuerpos, según creo. Nosotros, los del grupo C, tenemos, según parece, un sistema genético de producción de anticuerpos mucho más eficaz que el del resto de la gente. Eso nos permite producir en pocas horas millones de proteínas especialmente diseñadas para atacar a cualquier tipo de microorganismo infeccioso, y también eliminar nuestras propias células dañadas...

—Creemos que lo que están haciendo con nosotras es exponernos a distintas clases de virus y bacterias para obtener anticuerpos naturales a partir de nuestra sangre —terció Casandra—. Me imagino que Dédalo querrá tenerlos almacenados para poder comercializarlos como medicamentos frente a todo tipo de infecciones.

—Pero no es solo eso lo que han encontrado en nosotras —prosiguió Selene—. También, como decía Berenice, están investigando otras sustancias presentes en nuestro metabolismo y que pueden ser de gran utilidad. Esos granitos luminosos de tu bomba vitamínica, por ejemplo, también los han obtenido a partir de sustancias halladas en algunos de nuestros tejidos. Fotosistemas de Almacenamiento Energético, se llaman. Energía luminosa aprovechable por el organismo...

—¿Yo tengo eso? —preguntó Martín, asombrado.

—Solo en algunas zonas de la piel —dijo Berenice sonriendo—; si es que de verdad resultas tan raro como estas dos muchachas...

—Aún no me habéis respondido a lo del dolor —insistió Alejandra—. ¿Son dolorosos, los experimentos?

—En absoluto —la tranquilizó Selene—. Cada día nos sacan una pequeña muestra de sangre o de tejido, nada más. Con eso es suficiente para sus investigaciones. También nos hacen toda clase de pruebas cerebrales... Pero pronto conoceréis a Isaac, el director del programa científico. Es muy reservado, a veces incluso un poco áspero, pero en el fondo se preocupa por nosotras y hace todo lo posible por facilitarnos las cosas. Le tenemos tan intrigado con nuestras rarezas moleculares que, de cuando en cuando, se nos queda mirando como si fuéramos extraterrestres...

Martín sintió al oír aquello un desagradable escalofrío en la espalda. ¿Por qué había dicho eso Selene? Recordó de pronto su conversación con Hiden en el avión y lo que le había revelado acerca de su ficha genética. ¿Cómo era posible que ni él mismo supiese quién era en realidad? ¿Lo sabría su padre, y tendría ese conocimiento algo que ver con su ingreso en prisión? Tal vez todo aquello fuese el resultado de un programa secreto para producir transgénicos humanos llevado a cabo en la ciudad de Medusa. Embriones con genes artificiales para mejorar su sistema inmunitario y metabólico...

Sin embargo, algo no cuadraba en aquella explicación. Si la corporación Prometeo poseía la tecnología necesaria para producir aquellos genes artificiales, ¿por qué no la habían explotado comercialmente? ¿Por qué habían permitido, por ejemplo, que toda la colonia lunar de Endymion pereciera cuando surgió la epidemia del virus *moonlight?* Buena parte de los habitantes de aquella colonia pertenecían a Prometeo, incluidos los padres de Jacob... No, aquello no tenía sentido. Si él y los otros chicos eran el resultado de una intervención genética artificial, otros habrían explotado sus inmensas posibilidades antes que Hiden. Debía de haber, por lo tanto, alguna otra explicación.

Martín se estremeció de nuevo. No le había gustado cómo había sonado la palabra «extraterrestres» en labios de la hermosa y extraña Selene. Pero ¿cómo había sonado, en realidad? El cerebro de Martín buscaba desesperadamente una respuesta para explicarse su propia reacción de malestar...

Y de pronto la encontró. Sí, sabía exactamente cómo había sonado aquello de los extraterrestres en labios de Selene. Había sonado, sencillamente, posible...

Capítulo VII

Fantasmas

La llegada de Clovis le sacó bruscamente de sus reflexiones.

—¿Habéis terminado de desayunar? —preguntó echando una ojeada a la mesa—. Son casi las nueve, y en la isla todo el mundo madruga. Se supone que debéis estar a las once en el laboratorio de Isaac, así que tenemos dos horas para enseñaros todo el complejo. Vosotras, muchachas, no hace falta que vengáis —añadió, dirigiéndose a Casandra y Selene.

—¿Estás de broma? —dijo esta última, poniéndose en pie de un salto—. Nosotras os acompañamos, ¿verdad, Casandra?

Por toda respuesta, la interpelada dobló cuidadosamente su servilleta e, imitando a su compañera, se puso en pie, mirando a Clovis con una sonrisa. El anciano se encogió de hombros con resignación.

—Allá vosotras —dijo—; haríais mejor repasando la lección de Física de Partículas que vimos ayer; pero en fin, como parece que se trata de un día algo especial...

Berenice le dirigió una mirada amenazadora. Era evidente que estaba de parte de las chicas, así que Clovis no insistió más.

Los seis abandonaron el cuarto de Martín y, a través del corredor que rodeaba el patio central de la casa, llegaron al ala opuesta del edificio, donde se situaban las zonas de uso comunitario. Alejandra se quedó asombrada ante la magnificencia del comedor, con su larga mesa de caoba y sus pinturas holandesas e italianas en las paredes, algunas de ellas muy conocidas.

—¿Son los originales? —preguntó con timidez.

—Por supuesto —repuso Clovis, mirando de reojo a Berenice, que había lanzado un elocuente suspiro—. Como sabéis, muchos estados, durante la última guerra, pusieron en venta su patrimonio artístico para hacer frente a los gastos militares. Hiden supo aprovechar la ocasión... Su colección de arte no tiene equivalente en el mundo.

—No me parece bien que una sola persona se guarde estas maravillas e impida al resto de la gente que las disfrute —dijo Martín con una mueca de disgusto.

—Bueno, ten en cuenta que las copias de los museos, realizadas con las técnicas más avanzadas de reproducción de imágenes, apenas pueden distinguirse de los originales —contestó Clovis con viveza—. Además, aquí están muy bien cuidadas...

Se hizo un pesado silencio. Berenice tenía los ojos clavados en el suelo y parecía decidida a no intervenir en la conversación. Era evidente que estaba de acuerdo con Martín, pero no quería criticar abiertamente a su benefactor.

Del comedor pasaron a una inmensa estancia circular donde Hiden guardaba su valiosísima biblioteca. Miles de libros de papel se alineaban en interminables estanterías de distintas alturas protegidas por puertas de cristal. Había tres pisos de estanterías superpuestas, separados unos de otros por estrechos corredores de madera comunicados entre sí a través de empinadas escaleras del mismo material. Solo en la parte más elevada de la estancia (que, evidentemente, vista desde fuera debía de tener el aspecto de una torre) se abría una galería de arcos a través de los cuales penetraba la luz del sol. Del techo, justo en el centro, pendía una gigantesca lámpara de cristal de roca cuyos infinitos prismas transformaban la claridad del día en mil destellos irisados. Aquellos reflejos multicolores se proyectaban sobre las paredes y los muebles, creando en la habitación un ambiente mágico.

—Es un lugar maravilloso —suspiró Martín, olvidando de golpe la indignación que había sentido en el comedor—. Parece haber brotado de un cuento, o de una leyenda...

—Es el rincón preferido de Hiden —explicó Berenice, que también había vuelto a sonreír—. Podéis venir aquí cuando queráis, siempre que nos informéis antes a mí o a Clovis, para que podamos acompañaros. Aquí hay algunos ejemplares muy valiosos: códices medievales, primeras ediciones de algunos de los grandes clásicos de la literatura...

—¿No tendrá, por casualidad, un ejemplar de la primera edición de *La máquina del tiempo?* —preguntó Martín.

Clovis y Berenice lo miraron con interés.

—La verdad es que no lo sé —repuso esta última—; pero hoy mismo consultaré el catálogo. ¿Por qué me haces esa pregunta?

—Pues... no sé, solo por curiosidad —dijo el muchacho en tono evasivo—. Es justamente el libro que estoy leyendo ahora...

Se detuvo desconcertado al percibir la mirada súbitamente aterrorizada de Casandra. Había clavado en él los ojos como si se tratase de una aparición, y los labios le temblaban ligeramente... Pero nadie más parecía haber percibido aquella extraña reacción.

—¿Tú también has leído ese libro? —le preguntó en un susurro a la muchacha cuando volvieron a salir al patio.

Ella vaciló un momento antes de responder.

—Oí hablar de él hace mucho tiempo —murmuró—. Pero hay algo en esa historia que no me gusta. No quise leerla hasta el final.

Martín se quedó con ganas de preguntarle a su compañera quién le había hablado del libro, pero Berenice y Clovis ya se alejaban hacia el Jardín de Antigüedades haciéndoles gestos para que los siguieran.

El Jardín de Antigüedades era la principal maravilla del Palacio de Hiden. Se trataba de una nave cubierta por una gigantesca bóveda acristalada y llena de palmeras y toda clase de plantas tropicales. Entre las plantas, protegidas por sofisticadas vitrinas, se hallaban dispuestas, como en un museo, numerosas piezas procedentes de todos los rincones del mundo y de todas las civilizaciones. Había esculturas griegas, relieves asirios, representaciones de antiguas deidades pertenecientes a la cultura jemer, mosaicos romanos, bronces y figurillas de jade procedentes de China y calendarios aztecas grabados en enormes piedras circulares. Todas las piezas eran de un valor artístico incalculable, y parecía imposible que alguien hubiese podido reunirlas en una única colección.

En un rincón del prodigioso museo, sentado junto a un pequeño estanque de nenúfares, hallaron a Leo ensimismado en la contemplación de una delicada escultura femenina procedente del período arcaico del arte griego. El rostro de la estatua, con sus ojos almendrados, sus largos cabellos ondulados y su boca sonriente y enigmática, parecía tener fascinado al androide. Tan abstraído estaba en su contemplación que ni siquiera se dio cuenta de la llegada de los nuevos visitantes. Cuando por fin los vio, se levantó de un salto, visiblemente fastidiado.

—¡Vaya! —observó con sarcasmo—. ¡Un grupito de turistas! Está visto que hoy no tengo suerte. Por lo general, aquí no entran humanos casi nunca. Les gusta almacenar tesoros, pero no tienen tiempo para disfrutarlos. Ignorantes...

—Leo se pasa horas en este lugar —explicó Berenice, mirando con simpatía al androide—. En realidad, es cierto lo que dice; es el único que saca provecho de todo lo que Hiden tiene aquí almacenado. Nunca he conocido a nadie con una sensibilidad semejante para el arte...

—¿Y tú cómo lo sabes, vieja metomentodo? —le interrumpió Leo—. No me digas que eres capaz de leer lo que siento en mi cara. Si ni siquiera puedo llorar... Mis creadores no estimaron necesario dotarme de glándulas lacrimales.

—No seas tonto, Leo —dijo la anciana sonriendo—. Conmigo no te valen los trucos, eso déjalo para Hiden... El hecho de que no viertas lágrimas no significa que no puedas llorar; yo te he visto hacerlo más de una vez, delante de esa estatua.

Por un momento, apareció en el rostro del androide una curiosa expresión de desamparo.

—Eres demasiado lista, vieja —murmuró—. Es una lástima que no haya más humanos como tú; aunque, quién sabe, tal vez, después de todo, sea mejor así. No quiero encariñarme con los humanos. Eso no. Con sus obras, lo admito.

Al fin y al cabo, yo también soy una de sus obras. Pero con ellos... sería un peligro. El mayor peligro...

Todos se quedaron observando a Leo mientras se dirigía con paso majestuoso hacia la salida del Jardín de Antigüedades. Era evidente que no estaba dispuesto a compartir con ellos sus profundas emociones artísticas. Alejandra lo observó alejarse con pesar; sin saber por qué, sentía una gran simpatía por aquella máquina tan conmovedoramente humana.

—Se nos ha hecho muy tarde —anunció Clovis, después de esperar un rato en silencio a que los chicos terminasen de recorrer la estancia y de admirar sus magníficos tesoros—. Ya no hay tiempo para visitar el resto de la isla, así que lo mejor será que vayamos directamente a los laboratorios. Isaac debe de estar ya impaciente... No debéis juzgar mal a Isaac. Es una buena persona, pero vive totalmente entregado a su trabajo, y no comprende que el resto de la humanidad pueda tener otros intereses. A veces, se vuelve un poco intransigente, en lo que a la planificación de los experimentos se refiere. Pero hay que comprenderle... Es un gran científico, y Hiden le debe mucho. Sin él, Dédalo nunca se habría convertido en lo que es hoy en día.

Una pasarela de madera suspendida sobre un jardín de rocas comunicaba el Palacio con los laboratorios. Martín y Alejandra se quedaron muy sorprendidos al entrar en el segundo edificio. Todas las habitaciones situadas a ambos lados del pasillo principal eran de planta semicircular y estaban cubiertas por pequeñas cúpulas pintadas con frescos que representaban distintas escenas de la mitología griega. Esto, junto con las preciosas fuentes de piedra que adornaban el centro de cada estancia, les confería el aspecto de pequeñas capillas antiguas. Sin embargo, su función era bien diferente, pues albergaban, en realidad, los principales laboratorios de una de las mayores corporaciones científicas del mundo.

En todos los laboratorios reinaba una gran actividad. Sobre amplias mesas blancas dispuestas contra las curvas paredes, se veían toda suerte de artilugios y máquinas complicadas. Había tres personas en cada laboratorio, y todas parecían tan concentradas en lo que estaban haciendo, que apenas prestaban atención a los recién llegados. Resultaba asombrosa la cantidad de tubos, probetas y frascos de todos los tamaños y formas que se alineaban en los armarios situados entre las mesas. Todas las máquinas mostraban multitud de pilotos encendidos, y su funcionamiento se controlaba desde un ordenador central situado sobre una consola, en la pared opuesta a la puerta de entrada. El conjunto aparecía bañado en una luz lechosa que procedía de los vanos abiertos bajo la cúpula, cuyos paneles de alabastro producían aquel agradable efecto al filtrar los rayos del sol. Sin duda, se trataba de un lugar agradable para trabajar...

Al otro lado del edificio, el corredor desembocaba en un laboratorio mucho más grande que los otros y de forma elíptica. En cuanto se asomaron a la puerta, un individuo muy alto y desgarbado vino hacia ellos haciendo aspavientos con las manos.

—¿Cómo habéis tardado tanto? —exclamó en tono desagradable—. Llevo más de media hora de brazos cruzados por vuestra culpa. ¡Nunca entenderé a la gente como vosotros!

—Al menos podrías dar los buenos días y esperar a que se hagan las presentaciones —le reprochó Berenice, que parecía querer fulminarlo con la mirada—. Isaac, te presento a Martín y Alejandra, nuestros nuevos invitados. Chicos, este es Isaac Maistre, jefe de los laboratorios del Jardín y un eminente experto en patologías infecciosas...

—¿Qué hace ella aquí? —gruñó Isaac por toda respuesta, lanzando una despectiva mirada a Alejandra—. No me sirve. Tenemos que empezar cuanto antes. Tú, Martín... Pasa a aquella cabina y descúbrete el brazo. Vamos a empezar extrayendo una muestra de sangre y otra de epiteliales de los dedos. Vosotras —añadió dirigiéndose a Casandra y a Selene— id al cuarto de la doctora Ling, que os está esperando. Hay que seguir con lo que comenzamos ayer... Los demás, podéis iros. No tengo tiempo de hacer de guía turístico.

Berenice pasó un brazo sobre los hombros de Alejandra y ambas salieron juntas de la habitación. Antes de seguirlas, Clovis se quedó unos instantes mirando fijamente a Isaac. Parecía muy disgustado con la acogida que los nuevos colaboradores de Dédalo habían recibido.

—Informaré a Hiden de esto —dijo alzando un dedo y agitándolo ante la nariz de Isaac con gesto amenazante—. Y no creo que le guste. Las instrucciones que habías recibido eran, según creo, bastante distintas...

Isaac se encogió de hombros y se volvió hacia la pared.

—Me tiene sin cuidado —dijo—. Yo estoy aquí para trabajar, y no para ejercer de relaciones públicas.

Cuando Clovis abandonó el laboratorio, Isaac se dirigió hacia la cabina donde le esperaba Martín y, sentándose frente a él, lo examinó largamente con la mayor atención.

—Espero mucho de ti —dijo al cabo, tratando de esbozar algo parecido a una sonrisa—. Si tu potencial es semejante al de las dos chicas, tendrás que colaborar con nosotros durante años, así que confío en que comprendas la importancia de nuestro trabajo y hagas todo lo que esté de tu parte para que esto funcione.

Martín no contestó. Había aprovechado todo aquel tiempo para observar detenidamente el rostro del científico, pero lo cierto es que se sentía desconcertado. Por lo general, le bastaba mirar durante unos instantes a los ojos de una persona para hacerse una idea bastante exacta de su carácter. Siempre había sido así, era una especie de facultad innata en él, una capacidad fuera de lo común para captar los pensamientos de los demás y sus más profundas intenciones. Sin embargo, con Isaac su intuición no había funcionado. No conseguía discernir lo que se ocultaba detrás de aquel rostro inteligente y nervioso, de ojos claros y fríos, extrañamente incongruentes con la delicadeza de sus rizados cabellos rubios. Todo lo que era capaz de captar en aquel hombre se podía resumir en una sola palabra: pasión. Aquel tipo estaba enamorado de su trabajo, y la aparente frialdad de su mirada escondía en el fondo una ardiente concentración intelectual, tan intensa que apenas se veía turbada por los acontecimientos e imágenes del exterior. Hasta ahí, todo estaba claro; pero lo que desconcertaba a Martín era que, bajo aquel amor por la actividad científica, no lograba percibir ninguna otra cosa. ¿Acaso el tal Isaac no sentía nada más allá de su evidente obsesión con la ciencia? En cualquier caso, fuesen cuales fuesen sus más íntimos sentimientos, Martín no lograba adivinarlos. Eso le impedía formarse una idea clara acerca de aquel individuo, lo que le incomodaba bastante. Habría preferido saber desde el principio si se encontraba ante una buena o una mala persona... Pero lo más probable era que el propio Isaac jamás se hubiese planteado semejante cuestión.

La extracción de sangre y de tejido epitelial de los dedos fue cosa de un momento. Después, Isaac invitó a Martín a sentarse frente a un ordenador y a resolver una serie de cuestionarios diseñados para medir sus capacidades intelectuales. El muchacho se pasó el resto de la mañana resolviendo aquellas pruebas, y cuando Clovis apareció para recogerle se sintió sumamente aliviado. Estaba cansado y descontento; servir de conejillo de Indias para los estudios de Dédalo iba a resultar más tedioso de lo que él había supuesto...

—¿Todos los días es así? —le preguntó a Clovis mientras se alejaban del laboratorio de Isaac a través del corredor principal.

—¿A qué te refieres?

—A mi participación en los experimentos de Dédalo —aclaró Martín—. Ese hombre no me gusta demasiado...

Clovis lanzó un hondo suspiro.

—A nadie le gusta Isaac al principio —observó—. La verdad es que él no se esfuerza mucho para caerle bien a la gente... Pero no es un mal tipo, puedes creerme. No abusará de tus fuerzas, ni te tendrá horas y horas en pie para realizar un experimento... Se toma muchas molestias para hacer que todo esto sea lo más llevadero posible para vosotros.

El gesto de Martín indicaba bien a las claras que le costaba trabajo dar crédito a la última afirmación de Clovis.

—De verdad, puedes creerme —insistió el anciano—. Se trata de algo que todos hemos comprobado. Diseña cada sesión de trabajo con mucho cuidado para que no resulte excesivamente agotadora ni exigente. Así lo ha hecho desde el principio con las chicas...

—¿Le conoces bien? —preguntó Martín, interesado.

—Bueno, no creo que nadie pueda afirmar que conoce bien a Isaac Maistre —repuso Clovis, después de una ligera vacilación—. Es un tipo solitario, y poco inclinado a hacer amigos... Lo que sí puedo decirte es que lo conozco desde hace años. Coincidimos en Harvard antes de venir aquí. No participábamos en los mismos programas de investigación, porque él es médico y yo físico. Sin embargo, ya entonces comenzaba a ser una celebridad... En todo caso, no debes preocuparte por los experimentos. Se llevan a cabo solamente tres días por semana, y el resto del tiempo eres libre para hacer lo que quieras. Únicamente se te exige que acudas a las clases de la tarde. Dos horas con Berenice y dos conmigo. Pero te aseguro que será llevadero... Ah, otra cosa: ¿existe algún deporte que quieras practicar mientras estés aquí? En principio no hay nada previsto, aparte de vuestras piscinas individuales para nadar y un par de aparatos gimnásticos en cada habitación; pero, si tú estás interesado en alguna otra disciplina física, tal vez podamos arreglarlo...

Martín reflexionó un momento antes de contestar.

—En el instituto asistía a clases de kendo —dijo tímidamente—. Todas las artes marciales me interesan, especialmente las que se practican con espada.

—¿Tienes un buen nivel? —preguntó Clovis con curiosidad.

—Sí... creo que sí —afirmó Martín después de pensárselo un momento—. Mi maestro decía que se me daba muy bien, y solía vencer a mis compañeros.

—¡Magnífico! Entonces, creo que encontraremos una solución para ti. Tengo entendido que la doctora Ling, una colaboradora de Isaac, es una experta en el manejo de la espada china. Su especialidad no es el kendo, sino el wudang; pero, aún así, seguro que te resulta interesante... ¿Qué me dices?

—¡Desde luego que me interesa! —exclamó Martín entusiasmado—. Siempre he querido aprender a manejar esas espadas...

—Muy bien; entonces hablaré con Ling para llegar a un acuerdo con ella en relación con los horarios de entrenamiento.

Martín se despidió de su acompañante a la entrada del patio y subió pensativo a su habitación. Los demás, al parecer, ya habían comido, así que tendría que almorzar solo en su jardín; luego, según le había explicado Clovis, podría descansar un rato, antes de dirigirse a la clase de Berenice, donde se reuniría con Alejandra.

Las clases se impartían en una pequeña sala aneja a la biblioteca. Uno de los robots de servicio vino a buscarle y le acompañó hasta la misma puerta de la estancia. Dentro, ya estaban esperándole Alejandra y Berenice. Según el programa de estudios establecido, la anciana filósofa les dedicaría dos horas cada tarde, y otras dos horas las pasarían en el laboratorio particular de Clovis recibiendo clases de Física y Biología. Estaba previsto que contasen con dos tardes libres a la semana. Por el momento, no compartirían sus horas de estudio con Selene y Casandra, que llevaban ya varios meses en el Complejo y se encontraban en una etapa más avanzada del programa.

Berenice resultó ser una profesora excepcional. Martín nunca había conocido a nadie con tan amplios conocimientos humanísticos, y mucho menos que supiera transmitirlos de un modo tan ameno y agradable. La anciana se había propuesto explicarles paso a paso, a lo largo de sus sesiones con ellos, toda la historia de la cultura humana, empezando por el Paleolítico. Aquellas dos primeras horas las dedicó al hombre prehistórico y a los primeros vestigios culturales y artísticos de la humanidad. Los chicos se quedaron deslumbrados...

Cuando la clase terminó, Alejandra invitó a Martín a darse un baño en su piscina, pues aún tenían una hora hasta el comienzo de su sesión con Clovis.

Martín agradeció el frescor del agua y disfrutó como un chiquillo con las juguetonas acrobacias de los delfines enanos. Alejandra no dejaba de charlar y reír, y parecía haber olvidado por completo los sinsabores del Centro de Internamiento y todos sus recelos anteriores. Martín nunca la había visto tan feliz.

Después de bañarse, se sentaron un rato en las tumbonas situadas junto a la piscina, a la sombra de las palmeras. A una señal de Alejandra, el robot doméstico les sirvió una refrescante bebida de limón. Ambos permanecieron un rato en silencio contemplando la ancha franja azul turquesa del mar mientras los dos delfines continuaban saltando y haciendo cabriolas para atraer su atención.

—Esto es maravilloso, ¿no te parece? —preguntó tímidamente Alejandra.

—Desde luego —se apresuró a contestar Martín—. Ni en sueños habría podido imaginar que existiesen lugares así... ¿Qué has hecho esta mañana?

—He ido a la playa. Berenice me ha acompañado. Es una persona encantadora... Mañana, si tienes tiempo, podemos volver. El agua está limpísima, y la arena es totalmente blanca. Es un sitio increíble...

Martín no quiso enturbiar la felicidad de su amiga con sus sombríos pensamientos acerca de Isaac y del programa científico. Después de todo, era el precio que tenía que pagar por compartir aquel paraíso con Alejandra. Valía la pena... Además, pronto se acostumbraría a hacer de conejillo de Indias para el excéntrico director de los laboratorios. Si Casandra y Selene habían podido habituarse, no existía razón alguna para que él no lo consiguiera. Las dos chicas parecían bastante felices, así que la cosa no debía de ser tan terrible. Pronto se acostumbraría y dejaría de atormentarse con su perpetua desconfianza.

La clase de Clovis resultó tan interesante y divertida como la de Berenice. Estaba claro que ambos eran dos profesores excepcionales. La primera sesión del programa científico trató sobre el origen del universo y sobre los primeros momentos de existencia de este, después del Big Bang. Aunque no era la primera vez que Martín y Alejandra oían mencionar aquellas cosas, nunca, hasta entonces, habían comprendido toda la profundidad y belleza de las Ciencias Cosmológicas. Verdaderamente, resultaba una suerte contar con Clovis y Berenice para las clases; el tiempo pasaba volando, y uno ni siquiera se daba cuenta de lo mucho que estaba aprendiendo.

Para cenar, se reunieron con Casandra y Selene en el jardín privado de esta última. Era la primera vez que los cuatro muchachos se encontraban reunidos en ausencia de Clovis y Berenice. Al parecer, los dos profesores compartían una casita a la orilla del mar, y no solían quedarse a cenar en el Palacio. El gran comedor que habían visitado por la mañana solo se utilizaba en ocasiones excepcionales. Martín se alegró de saberlo; no habría sido capaz de comer a gusto en presencia de tantos cuadros espléndidos arrebatados a los museos de medio mundo...

Selene se había tomado muchas molestias para que la cena resultase agradable. Había farolillos encendidos por todo el jardín y velas sobre la mesa. Los platos servidos eran todos orientales, pues la muchacha había residido durante años con sus padres en la ciudad de Titania y estaba habituada a ese tipo de comida. En el Palacio había una legión de robots especializados en las artes culinarias, lo que permitía a sus habitantes encargar sus platos preferidos siempre que les apeteciera, sin que ello supusiese ninguna molestia para nadie.

—No he visto a Hiden en todo el día —observó Martín mientras se servía una ración suplementaria de verduras crujientes con salsa de soja—. Pensé que tendríamos que compartir las comidas y cenas con él a diario...

—¡Qué va! —dijo Selene—. En realidad, no lo vemos casi nunca. Casi siempre está de viaje, y, cuando se encuentra en el Jardín, no duerme en este edificio.

Alejandra y Martín se quedaron muy sorprendidos.

—Vaya —dijo este último—; yo había creído entender que esta casa era como un hogar para él...

—Así debía de ser hace algún tiempo —confirmó Casandra—. Sin embargo, últimamente prefiere dormir en un pabellón situado sobre los acantilados. No sabemos por qué, aunque corren rumores...

—¿Qué clase de rumores? —preguntó Alejandra.

Las dos muchachas intercambiaron una significativa mirada.

—No creo que sea el momento de hablar de eso, Casandra —dijo Selene con expresión grave—. Acaban de llegar, y no tenemos por qué asustarlos. Después de todo, tú y yo nunca hemos visto nada...

Martín y Alejandra estaban cada vez más intrigados.

—¿Nada de qué? —preguntó el chico bajando involuntariamente la voz.

—Pues... de lo que ven los demás —murmuró Casandra—. Casi todos lo han visto...

—Pero ¿qué es lo que han visto? —insistió Martín.

Casandra y Selene parecían indecisas. Volvieron a mirarse en silencio.

—No lo sé —repuso por fin su anfitriona—. Cosas extrañas... todas diferentes. En realidad, no parece haber dos personas que hayan visto lo mismo.

—¿Qué quieres decir con «cosas extrañas»? —preguntó Alejandra con cierta aprensión.

—Te repito que nosotras no hemos visto nada —dijo Selene sonriendo de forma tranquilizadora—. Solo podemos hablar de oídas... Y la verdad es que la gente no habla demasiado con nosotras acerca de ese asunto. Pero casi todos han visto algo, incluso Clovis y Berenice. Y Samantha, desde luego. Aunque el que más sufre es Isaac...

—Parece ser que sucede durante la noche —intervino Casandra con acento pensativo—. La gente se despierta de pronto y ve cosas... escalofriantes. Samantha lo ha visto en dos ocasiones; la segunda vez despertó a todo el Palacio con sus chillidos y tuvieron que sujetarla para que no se arrojase por una ventana. Antes hablaba mucho con nosotras, pero, desde que todo esto comenzó, apenas viene por aquí. Y Clovis también admitió el otro día que había visto a un ser espantoso junto a su cama, aunque, cuando le pedimos que nos lo describiera, lo único que nos dijo fue que se parecía a las representaciones de los espíritus malignos que aparecen en las casas encantadas de las películas... Parece cosa de broma, pero el pobre hombre, al recordar la visión, se puso tan pálido como un cadáver, y por la forma en que sudaba no creo que lo encontrase gracioso... En cuanto a Hiden, no quiere hablar del asunto, pero Leo nos contó que le había sorprendido gritando, cubierto de sudor frío en medio de su habitación y mirando con ojos espantados a través de la ventana. Todos tienen miedo...

—Seguramente, Hiden haya comprado también los fantasmas de los grandes edificios del pasado, junto con sus obras de arte —apuntó maliciosamente Martín—. No se puede tener una cosa sin la otra...

Las chicas se rieron, pero era obvio que estaban preocupadas.

—¿E Isaac? —preguntó Alejandra—. ¿Qué es lo que ha visto?

—Isaac es el peor de todos —repuso Casandra, bajando la voz—. Ha llegado a ver esas cosas incluso durante el día. Una mañana, en el laboratorio, se puso pálido como un cadáver. Los labios le empezaron a temblar de tal forma que Selene y yo nos asustamos y llamamos a sus compañeros. Al parecer, no era la primera vez que lo veían así. Parece ser que se le aparecen enfermos moribundos que le piden ayuda a gritos... Y no uno, ni dos. Habitaciones llenas, atestadas. El pobre sufre terriblemente, pero, a pesar del ofrecimiento de Hiden para que se traslade a otro edificio, continúa viviendo en su apartamento de siempre, debajo de los laboratorios.

—¿Y Leo? ¿También los ve?

Casandra y Selene sonrieron al unísono.

—Desde luego que no —dijo esta última—. ¡Y está disgustadísimo! Le parece un fallo de sus sistemas de percepción, y lo único que le consuela es comprobar que a nosotras nos ocurre lo mismo que a él. Últimamente le ha dado por bromear con eso. Dice que tenemos un poco de androides, también nosotras...

Martín intentó sonreír, pero lo consiguió solo a medias. Cada vez que la conversación recaía sobre las anomalías biológicas de sus nuevas amigas, no podía evitar sentir un escalofrío. ¿Y si Leo tenía razón? Después de todo, había motivos suficientes para sospechar que tanto él como Jacob y las dos muchachas eran el fruto de un experimento genético; en ese caso, su origen sería tan artificial como el de Leo... Aunque siempre resultaría más fácil de asimilar que la posibilidad de proceder de un mundo extraterrestre.

Terminada la cena, todos se retiraron temprano a descansar. Habían sido muchas las novedades de aquel día, y Martín estaba deseando meterse en la cama y cerrar los ojos. Su organismo aún se resentía de la diferencia horaria respecto de Europa, lo que contribuía a aumentar su sensación de fatiga. Intentó leer unas páginas de *La máquina del tiempo* antes de apagar las luces, pero el libro se le cayó de las manos y, sin darse cuenta, se quedó dormido.

Lo despertaron de repente unos extraños gemidos procedentes de la habitación de Alejandra. Al principio, cuando abrió los ojos, ni siquiera recordaba dónde se encontraba. Los robots habían debido de apagar las luces, porque todo se hallaba sumido en una profunda oscuridad débilmente iluminada por el fulgor de las estrellas que entraba a través de la pared acristalada. Se oía en el jardín el canto de los grillos, y, por un momento, Martín pensó que aquel llanto que le había despertado había sido producto de su imaginación, o que formaba parte de una pesadilla olvidada. Pero, de pronto, lo volvió a escuchar. Era Alejandra, no había duda. Sin pensárselo dos veces, Martín saltó de la cama y, a través de la puerta que comunicaba las dos habitaciones, entró sin pedir permiso en el cuarto de Alejandra y la llamó suavemente por su nombre.

—¿Eres tú, Martín? —dijo la muchacha con voz temblorosa.

La oscuridad de aquella estancia parecía aún más profunda que la de la otra, y Martín aún no se hallaba lo suficientemente familiarizado con el lugar como para recordar la posición de los interruptores. Se le ocurrió probar con una orden verbal, por si los robots se encontraban activados y eran capaces de obedecerla.

—¡Luces! —exclamó en tono imperioso.

Al momento, todas las lámparas del dormitorio se encendieron a la vez, produciendo un efecto tan deslumbrante que el muchacho se sintió cegado.

—¡Más débiles! ¡Menos luz! —exigió.

Algunas de las lámparas se apagaron, y la habitación quedó bañada en una agradable penumbra, rota únicamente en los lugares donde los filamentos incandescentes aún seguían encendidos.

Solo entonces distinguió Martín la cama de Alejandra, visible a través de las tenues cortinas de gasa. Sin perder un instante, se abalanzó en aquella dirección y, apartando las cortinas de un manotazo, observó con ansiedad a su amiga.

Alejandra estaba encogida debajo de las sábanas, con la cabeza cubierta por la almohada y temblando de pies a cabeza. Con toda la delicadeza de la que era capaz, Martín apartó lentamente la almohada y acarició los rizos cobrizos de la muchacha, bañados por completo en sudor. Sintió que el frágil cuerpo de Alejandra se ponía totalmente rígido al percibir aquel contacto, pero luego, gradualmente, se fue relajando.

—¿De verdad eres tú? —preguntó con una voz gutural que intentaba abrirse paso a través del llanto.

Martín la asió con firmeza por los hombros y le dio la vuelta sobre la cama.

—Pues claro que soy yo —susurró—. ¿Es que no me ves?

La muchacha había abierto por fin los ojos y los tenía fijamente clavados en el rostro de su amigo.

—Pero... ¿eres real? —preguntó en un murmullo.

—Claro que soy real —repuso el chico, zarandeándola cariñosamente—. Y tus gemidos de hace un momento también eran muy reales. Me han despertado... ¿Qué te ha pasado?

Haciendo un esfuerzo, Alejandra se incorporó a medias en la cama y miró, ya más tranquila, a su amigo.

—¿Tú no has visto nada? ¿Al entrar?

Martín hizo un gesto negativo con la cabeza.

—Era una mujer —dijo Alejandra con las cejas contraídas de horror—. Estaba muy pálida y demacrada, casi se le transparentaban los huesos. Había algo horrible en su aspecto, algo sobrenatural... Parecía un cadáver recién salido de su tumba. Iba vestida de enfermera, creo, aunque el uniforme estaba tan sucio y raído que no estoy segura... Sostenía algo en la mano y me miraba sonriendo con ojos inexpresivos... Eso era lo peor, sus ojos; parecían dos agujeros, era como si tras ellos no hubiese un alma, sino el más espantoso vacío... Te juro que estaba aquí mismo hace un momento. La he visto con tanta claridad como te estoy viendo a ti ahora.

—Otra aparición de esas —murmuró Martín pensativo—. No puede ser otra cosa...

—Pero ¿qué hacía aquí el fantasma de esa mujer? —objetó Alejandra, muy alterada—. En mi vida la había visto antes. Yo nunca he creído en esas cosas; e incluso suponiendo que sean ciertas, ¿por qué iba a haber fantasmas en un edificio como este?

—No lo sé... No se me ocurre ninguna explicación. Todo eso de las apariciones sobrenaturales siempre me ha parecido una basura, un cuento de miedo para asustar a los niños. Pero ahora... ya no sé qué pensar. Cuando Selene y Casandra hablaron de ello, pensé que podía tratarse de un rumor intencionado para asustarnos y evitar que andemos solos por ahí...

Sin embargo, ahora que tú también lo has visto, esa explicación ya no me sirve; sean lo que sean, esas apariciones se han producido realmente...

—¡Pues claro que se han producido! ¿Es que no oíste a las chicas? Lo que contaron de Isaac me puso los pelos de punta. Y Clovis... ¿Crees que un científico como él se dejaría vencer por el miedo sin ningún motivo?

—No lo sé —repuso Martín en tono de duda—. Todo esto es muy raro... Si no supiese que Hiden también ha sufrido esas visiones, sospecharía que se trata de otro de sus trucos, alguna tecnología nueva en fase de experimentación, algo capaz de sugestionar a la gente hasta materializar sus temores...

—Pero Hiden también lo ha visto.

—Eso parece —admitió Martín—; incluso ha cambiado sus hábitos para huir de los fantasmas, y ha dejado esta casa que tanto le gusta... Así que no puede ser él.

—No se trataba de ningún truco, Martín —dijo Alejandra, mirándole a los ojos con gravedad—; era real. Se trata de algo sobrenatural, de algo... monstruoso. No existe ninguna tecnología capaz de crear... eso.

Pero Martín seguía aferrándose a su idea de que todo aquello debía de tener una explicación lógica.

—¿Y no te parece raro que ni Casandra, ni Selene ni yo veamos nada? —preguntó—. Y Leo tampoco... ¿Cómo explicas eso? Sus dispositivos ópticos son tan fiables como los ojos humanos; si esos seres anduviesen realmente por ahí, él también los vería...

—No lo sé, Martín. Es posible que tengas razón, pero me resulta difícil creerlo. Esa mujer estaba aquí mismo hace un momento, amenazándome, mirándome de un modo siniestro... Tal vez en este lugar haya algo extraño, algo que no puede captarse a través de los ojos del cuerpo, sino de otro modo que no comprendemos; algo sobrenatural... al fin y al cabo, todo el Jardín está construido sobre una especie de isla fantasma.

—¿Qué quieres decir? —preguntó Martín, intrigado.

—Berenice me contó la historia de este lugar mientras tú estabas en el laboratorio. Parece ser que fue construido hace un siglo como complejo residencial para turistas ricos. Se asienta sobre un zócalo de roca volcánica submarina, pero todo lo que se ve de la isla es artificial. Según parece, fue una colonia turística muy próspera y lujosa antes de la última guerra. La bombardearon con gases nerviosos... No quedó ni una sola persona viva. Cuando Hiden la compró, aún se encontraron cadáveres dentro de algunas casas bastante bien conservadas... Todas las canalizaciones subterráneas de entonces se conservan, y muchas de las viejas mansiones han sido restauradas; la mayor parte de los científicos de la isla viven en casas de esas, porque ocupan los mejores lugares sobre los acantilados y al borde de las playas... Justo donde ahora se encuentra el Palacio había un hospital, y hubo que desinfectar a conciencia toda la zona, a pesar del tiempo transcurrido. ¿No te parece un pasado bastante siniestro para una isla?

—Entonces, ¿tú crees que las apariciones tiene algo que ver con todas esas personas que murieron aquí? —preguntó Martín, escéptico.

—Nunca he creído demasiado en esas historias, pero, después de lo que acabo de ver, ya no estoy segura de nada... Tengo que pedirte un favor, Martín.

—¿De qué se trata?

Alejandra parecía turbada. Sus mejillas habían enrojecido, y, cuando por fin se decidió a contestar, lo hizo con los ojos bajos, sin atreverse a mirar a su amigo.

—No quiero volver a quedarme sola aquí, por la noche. No podría pegar ojo, después de lo que ha pasado... ¿No podrías... dormir aquí? Yo te dejaré mi cama, hay un diván donde puedo dormir perfectamente. Encontraremos la forma de arreglarnos. No quiero quedarme sola...

Martín se dio cuenta de que él también se estaba ruborizando.

—Claro que me quedaré, pero seré yo quien duerma en el diván —se apresuró a aclarar—. Para mí será un placer; quiero decir que no será ninguna molestia, sino todo lo contrario. Yo... yo... lo haré con mucho gusto...

Se interrumpió, sintiendo que se había hecho un lío y que, si seguía hablando, solo conseguiría meter la pata. Sin embargo, Alejandra no parecía haber advertido su confusión.

—¿Tú crees que nos lo impedirán? —preguntó con ansiedad—. Si Clovis y Berenice se enteran, tal vez no les guste...

—No tienen por qué enterarse —la tranquilizó Martín—. Lo mantendremos en secreto. Aunque me da la impresión de que, aunque lo supiesen, no nos lo impedirían. ¿Para qué, si no, nos han dado dos habitaciones comunicadas? De todas formas, no se lo diremos a nadie, por si acaso. Resultaría un poco incómodo tener que dar explicaciones...

—¿Ni siquiera a Selene y Casandra? —preguntó Alejandra, esbozando una sonrisa de complicidad.

—Ni siquiera a Selene y Casandra.

La muchacha contempló fijamente a Martín con sus radiantes ojos grises.

—Me acabo de dar cuenta de que ni siquiera te he dado las gracias —dijo con una extraña suavidad—. Gracias, Martín. Me habría muerto si llegas a tardar un instante más en aparecer. Me habría muerto de miedo... Gracias.

Antes de que Martín tuviese tiempo de adivinar lo que iba a ocurrir, sintió un cálido beso en la mejilla. Y luego otro... Pero él giró imperceptiblemente la cara, de modo que durante un instante sus labios se rozaron. Martín intentó prolongar algo más aquel contacto, pero Alejandra se apartó en seguida y se alejó en dirección a la ventana, ocultando la expresión de su rostro.

—Está amaneciendo —dijo con un ligero temblor en la voz—. ¿Quieres que veamos amanecer desde el jardín? El sol no tardará en aparecer sobre el mar. Es maravilloso...

Y Martín no supo si se refería al nacimiento del nuevo día o a lo que acababa de suceder entre ellos.

Capítulo VIII

El experimento

La rutina del programa experimental resultó más llevadera de lo que Martín había esperado. Lo único que tenía que hacer era presentarse en el laboratorio de Isaac en días alternos y pasar allí la mañana sometiéndose a diferentes tipos de análisis y pruebas diagnósticas. Pronto comprobó que la extracción de pequeñas muestras de sangre y de tejidos era solo una parte dentro de un amplio conjunto de experimentos para obtener toda clase de informaciones acerca de sus órganos internos. Entre esos experimentos, ocupaban un lugar de primer orden los relacionados con la investigación de sus patrones de actividad neuronal mientras realizaba diferentes tareas físicas e intelectuales. Aunque ni Isaac ni sus colaboradores se mostraban excesivamente comunicativos, era evidente que el funcionamiento de su cerebro les intrigaba más que ninguna otra de sus extrañas particularidades fisiológicas... Más de una vez, Martín percibió las miradas de perplejidad que intercambiaban los científicos al final de alguna de aquellas pruebas. La directora de aquella área de investigación era la doctora Ling, una neuróloga de la corporación Ki invitada expresamente por Hiden a participar en el estudio de los muchachos. A diferencia del resto de los investigadores, Ling se comportaba siempre del modo más amable. Martín la veía a menudo, ya que era ella la que le entrenaba en el manejo de la espada china tres veces por semana. Había resultado ser una profesora excelente, y, además, solía interesarse por sus problemas, con la intención, según decía, de llegar a conocerlo mejor y ayudarle a encontrar su estilo de lucha; tal vez por eso, siempre le preguntaba por Alejandra, o por las comunicaciones virtuales que recibía de su madre, y tenía por costumbre distraer su atención después de cada entrenamiento con divertidas anécdotas acerca de su infancia en la ciudad de Shangai, rodeada de una interminable colección de parientes excéntricos. Sin embargo, cuando Martín le preguntaba por los resultados de sus investigaciones en el laboratorio, Ling se mostraba siempre sumamente cauta. Todo lo que el muchacho lograba sacar en claro de sus respuestas era que los investigadores estaban perplejos, y que apenas comprendían los patrones de actividad cerebral de Martín. Por lo visto, eran muy diferentes, en muchos aspectos, de los obtenidos en las personas corrientes, pero nadie parecía capaz de interpretar el alcance de aquellas diferencias.

En el transcurso de los experimentos, Martín casi nunca coincidía con Casandra y Selene. Ambas habían sido sometidas ya anteriormente a casi todas las pruebas que le estaban realizando a él. Al parecer, habían llegado al Jardín del Edén casi al mismo tiempo, y seguían un programa común de ensayos clínicos. Solo de tarde en tarde coincidían los tres en el mismo laboratorio, y, en esas ocasiones, Martín pudo comprobar que las dos chicas se habían acostumbrado de tal manera a aquella rutina que ni siquiera mostraban el menor atisbo de curiosidad por lo que les estaban haciendo.

Mientras los tres muchachos participaban en el programa de investigación, Alejandra disponía de tiempo libre para hacer lo que le viniese en gana. Poco a poco, adquirió la costumbre de dedicar aquellas mañanas ociosas a admirar las maravillas del Jardín de Antigüedades, donde coincidía invariablemente con Leo, que parecía hechizado por la belleza de las obras de arte que allí se conservaban, especialmente por la de la majestuosa *Koré* griega que le habían sorprendido admirando la primera vez.

Aquella afición común al amplio recinto acristalado bastó para crear en seguida una intensa corriente de simpatía entre la muchacha y el androide. Este conocía la historia de cada una de las valiosas piezas expuestas, y poco a poco fue relatándoselas todas a Alejandra. Le fascinaban particularmente unos pequeños ángeles de marfil tallados en Francia durante el Renacimiento, así como un gran retablo de madera con la Virgen en Majestad escoltada por dos santas de rostro grave y melancólico, procedente de una iglesia veneciana. Alejandra pasó muchos ratos admirando aquellas espléndidas obras, pero sus preferencias estaban en otra parte: se había quedado prendada de una pequeña imagen votiva esculpida en jade que representaba a una esbelta diosa con una serpiente enrollada en los brazos. Nadie conocía a ciencia cierta su procedencia ni la cultura a la que pertenecía, y todo lo que Leo pudo decirle al respecto fue que Hiden la había comprado a un museo de la antigua Federación Rusa y que, después de someterla a una prueba de isótopos, se había demostrado que tenía más de tres mil años de antigüedad. El misterio de su origen contribuía a acrecentar la fascinación que Alejandra sentía por aquel objeto; y a menudo, después de escuchar las explicaciones de Leo y de dar una vuelta por toda la sala, se detenía largo rato a contemplar aquella enigmática figurilla de rostro apacible y ojos vacíos bajo las arqueadas cejas. Mientras, el androide se dirigía a su lugar preferido, frente a su amada *Koré* griega, y allí permanecía en silencio durante horas con una expresión tan conmovida en el semblante, que desde lejos daba la impresión de estar llorando.

—¿Por qué te gusta tanto? —se atrevió a preguntarle Alejandra en una ocasión.

—No me gusta; la amo —repuso Leo con aire ofendido—. No se trata de una cuestión de gustos, sino de una violenta afinidad hacia otro ser..., pero quizá seas demasiado joven para entender eso.

Alejandra recordó que el androide había sido fabricado hacía apenas tres años, lo que lo convertía en un niño comparado con ella; pero se abstuvo de hacer ningún comentario.

—Creo que sí te entiendo —se limitó a decir—. Pero ella... no está viva...

—¡Ni yo tampoco! —repuso Leo riendo—. Aceptando los parámetros humanos, ella y yo no nos diferenciamos mucho. Ambos somos el fruto del genio humano; seres artificiales, sin ninguna relación con la cadena evolutiva que relaciona entre sí a los seres vivos de este planeta, sin capacidad para reproducirnos...

—Pero hay una gran diferencia —observó Alejandra, algo confundida—. Tú tienes conciencia, y ella no...

—Yo no estaría tan seguro de eso —murmuró el androide, clavando una intensa mirada en los almendrados ojos de la estatua—. Su rostro refleja una maravillosa nobleza, una íntima y profunda alegría, una serenidad tan verdadera que solo puede provenir de un espíritu elevado y compasivo... ¿Y tú quieres convencerme de que eso... no es real? ¿Por qué no iba a serlo? Para mí, es más real que el rostro de cualquier persona viva...

—¡Sólo es una estatua, Leo! —le interrumpió Alejandra.

—Sí... —admitió el androide con gesto apesadumbrado—. Pero tal vez no sea así... siempre —añadió apretando los labios—. Yo sé lo que me digo.

Y, girándose con brusquedad, salió del pequeño museo, dejando a Alejandra sumida en los más inquietantes pensamientos.

—¿A qué se dedica Leo? —le preguntó a Selene ese mismo día, durante la merienda.

—¿Qué quieres decir? —repuso esta—. Creía que lo veías casi todas las mañanas... Tú debes de saberlo mejor que nosotras.

Estaban merendando en un pequeño mirador que daba al puerto de la isla, y, como todavía no había oscurecido, aún podían distinguirse, ancladas en las aguas turquesas de la bahía, las pequeñas embarcaciones de recreo que Hiden había regalado recientemente a sus empleados.

—Me refiero a su trabajo —insistió Alejandra—. La Corporación Dédalo debe de utilizar a Leo para algo; de lo contrario, no se habrían tomado la molestia de fabricarlo...

—Bueno, te habrás fijado en que Leo ocupa en la isla un papel algo parecido al nuestro. Se le trata de maravilla, se le consiente que vague a sus anchas e incluso que critique a la Corporación... Yo creo que, para Hiden, Leo es, lo mismo que nosotros, un objeto de estudio. Se trata del primer androide digno de tal nombre que haya creado el ser humano... Están observándolo y analizando sus reacciones. Por eso lo dejan ir y venir con tanta tranquilidad.

—Sin embargo, no creáis que no aporta nada a la Corporación —añadió Casandra—. Hace unos meses no se separaba ni a sol ni a sombra de Hiden. Al parecer le estaba ayudando con unos complejos cálculos teóricos relacionados con no sé qué experimento. Se suponía que debía tratarse de algo secreto, pero ya conocéis a Leo: continuamente lanzaba alusiones al asunto, siempre mordaces, por supuesto. Se reía de Hiden diciéndole que nunca se convertiría en el salvador de la humanidad. «Las cuentas no salen, mi querido amigo», repetía una y otra vez. Y también aquello de... «fusión; qué bonita palabra. Capaz de obnubilar las mentes de los hombres».

—Sí —intervino Selene—, y en una ocasión Hiden se enfadó muchísimo porque Leo se burló de él diciéndole que por fin había logrado inventar la fuente de energía más cara del mundo, y que la humanidad le estaría eternamente agradecida... Tuvieron una trifulca enorme, y Hiden le amenazó incluso con desmontarlo. Desde entonces, no se les ha vuelto a ver juntos tan a menudo. Leo acompaña a Hiden en algunos de sus viajes, pero yo creo que ya no colabora con él en ningún programa de investigación; al menos por el momento. Me figuro que, teniendo en cuenta sus enormes capacidades, no tardarán en volver a echar mano de él. Desaprovecharlo sería un gran desperdicio...

Aquella conversación le dio mucho que pensar a Martín. Sin saber por qué, lo que las chicas habían contado acerca de Leo y de sus misteriosas alusiones a «la energía más cara del mundo» le había dejado inquieto. ¿A qué se refería el androide cuando provocaba a Hiden hablándole de la fusión? En todo caso, debía de tratarse de algún proyecto de Dédalo que no marchaba tan bien como a su director le habría gustado; tal vez una inversión fallida, o una investigación importante que finalmente no había conducido a ninguna parte... Lo único seguro era que las actividades de la Corporación no se restringían al campo biotecnológico, sino que se extendían a todos los ámbitos de la tecnología de vanguardia, incluido el energético. En el fondo, eso no era ninguna novedad; el propio Hiden lo había reconocido durante una de las conversaciones que habían mantenido en el avión... Sin embargo, no por conocido el poder de Dédalo resultaba menos inquietante; al contrario: cada vez que Martín se topaba con una nueva evidencia de aquel poder desmesurado, no lograba evitar sentir un escalofrío...

Pero ese asunto no era el único que preocupaba al muchacho en aquellos días. A pesar de sus esfuerzos por no darles importancia, seguía pensando constantemente en los fantasmas. Después de lo ocurrido la noche de la aparición, había evitado volver a hablar del tema con Alejandra, pero estaba seguro de que su amiga tampoco había olvidado lo ocurrido. Además, aunque lo hubiese intentado, habría resultado imposible... Los rumores seguían corriendo de boca en boca, y Clovis y Berenice hacían continuos comentarios al respecto. Pero eso no era todo... En un par de ocasiones, Martín había visto muy alterado a Isaac, con los ojos perdidos en el vacío y una indescriptible expresión de horror en la mirada. Sorprendentemente, el científico se había rehecho con bastante rapidez, y a las preguntas de sus compañeros acerca de si se encontraba mal había contestado en un tono cortante y desabrido... También Ling había aludido en una ocasión a las misteriosas apariciones. Había contado, riendo, que la primera noche que durmió en el edificio de los laboratorios había visto un enorme dragón chino enroscado alrededor de su cama, y que había sentido tal terror que había estado a punto de saltar por la ventana de su cuarto. Después, según decía, había reflexionado tranquilamente y había comprendido que todo aquello debía ser enfocado como un misterio más del fascinante universo del cerebro humano... Sin embargo, por si acaso, se había trasladado a vivir a una pequeña casa al otro lado de la pradera multicolor, y por nada del mundo, según decía, habría vuelto a pasar otra noche cerca de los laboratorios.

Martín y Alejandra mantenían en secreto su acuerdo de dormir en el mismo cuarto. Ambos tenían la sospecha de que Berenice no ignoraba lo que estaba ocurriendo, pues los robots no podían desconectarse por la noche y era probable que registrasen todo cuanto sucedía en ambas habitaciones. Sin embargo, nadie les llamó la atención, y Martín se acostumbró en seguida a dormir en el confortable diván del cuarto de Alejandra, que cada noche trasladaban hasta situarlo junto a la cama de la muchacha, para mayor seguridad.

Lo cierto era que, desde aquella aparición que había llenado de terror a Alejandra, no había vuelto a producirse ninguna otra. Un par de veces la muchacha se despertó bañada en sudor y afirmó haber visto a la misma mujer siniestra de la primera vez junto a la puerta del jardín, pero la imagen se había esfumado tan deprisa que ni siquiera le había dado tiempo a sentir pánico. En otra ocasión, Martín creyó ver una sombra que cruzaba rápidamente de un lado a otro de la estancia, pero, por más que registró el cuarto, no logró encontrar nada sospechoso, así que terminó convenciéndose de que todo había sido producto de su imaginación. De todas formas, ni Alejandra ni él estaban dispuestos a romper su pequeño arreglo. La chica estaba persuadida de que era la presencia de Martín la que mantenía a la horrible aparición alejada de su cuarto; y Martín, por su parte, aceptaba de buen grado aquella explicación, que le permitía seguir pasando las noches tan cerca de Alejandra.

Después del fugaz beso, la noche de la aparición, ambos habían evitado cuidadosamente mencionar el asunto. Alguna que otra vez, cuando se encontraban muy cerca, Martín sentía la tentación de volver a intentarlo, pero no quería presionar a Alejandra ni aprovecharse de su situación de «ahuyentador de fantasmas» para forzar las cosas. A Alejandra le ocurría otro tanto: no deseaba que Martín pensase que utilizaba su miedo como excusa para mantenerlo a su lado y entablar con él una relación algo más que amistosa, así que se esforzó por todos los medios para que las cosas continuasen como antes. Sin embargo, las cosas ya nunca volverían a ser como antes. Aquel beso había alterado de un modo muy sutil todo cuanto existía entre ellos. Sin poder evitarlo, ambos se miraban desde entonces de un modo distinto, se hablaban con una desconocida suavidad, y se sentían muy raros cuando se quedaban a solas, a pesar de lo cual esperaban con ansiedad el momento de que eso ocurriera. Tal vez fuese aquella la causa de que Alejandra comprendiese desde el primer momento las palabras que había pronunciado Leo respecto al amor; probablemente, unas semanas antes le hubiesen resultado ininteligibles, pero ahora, sin embargo, entendía perfectamente su significado.

La complicidad entre los dos amigos había llegado a tal punto que, una noche, justo antes de acostarse, Martín se decidió a contarle a Alejandra su encuentro con el vagabundo y el curioso sueño que, desde entonces, se le venía repitiendo casi a diario.

El tema surgió mientras Alejandra hojeaba distraídamente el libro de *La máquina del tiempo,* que Martín había dejado olvidado sobre una mesa.

—Creí que ya lo habías terminado —comentó.

—Lo estoy volviendo a leer —explicó Martín—. No sé por qué, tenía la esperanza de encontrar en ese libro alguna pista sobre el origen de todas mis... rarezas. Pero la verdad es que no he encontrado nada... Así que he decidido intentarlo por segunda vez. Es posible que se me haya escapado algo...

—Qué idea tan extraña —observó Alejandra, intrigada—. ¿Por qué se te ha ocurrido que este libro, entre todos los que existen, podría contener las pistas que estás buscando?

Martín le contó, entonces, lo ocurrido con el vagabundo en la estación del monorraíl, y le narró en todos sus pormenores el sueño de la llave del tiempo, describiendo del modo más vívido los altos árboles del bosque, las ruinas de los templos, el fulgor de las estrellas y la seductora voz que le urgía a buscar la dichosa llave. Alejandra escuchó todo el relato con creciente asombro. Le sorprendía, sobre todo, la intensidad y la riqueza de detalles con que Martín describía aquel lugar en el que jamás había estado.

—Es curioso —dijo cuando el muchacho dio por terminada su narración—. Nadie diría que lo que acabas de contar lo has visto en un sueño. Los sueños no suelen ser tan vívidos, tan... reales. ¿Y dices que se te repite casi todas las noches?

—Casi todas —confirmó Martín—. Pero lo más increíble de ese sueño es la sensación de seguridad y consuelo que me invade al entrar en ese bosque. Es imposible describirlo con palabras...

—Te parecerá absurdo lo que voy a decirte, pero, después de lo que me acabas de contar, tengo la impresión de que es ese sueño lo que te protege de los fantasmas. ¿Te das cuenta? Esas... cosas no hacen más que materializar los terrores nocturnos de la gente. Pero ¿con qué podrían asustarte a ti, protegido en ese bosque bajo el cielo estrellado?

—No sé —murmuró Martín—. Últimamente, ya no estoy seguro de nada... Pero lo que dices no me suena absurdo. Ese sueño es para mí como un refugio de todas las amenazas exteriores. Es tan extraño, tan… reconfortante...

—¿Por qué no se lo comentas a Casandra y a Selene? —le aconsejó la muchacha—. Ellas tampoco han visto apariciones... Ya sé que parece una bobada, pero a lo mejor también tienen sueños similares a los tuyos. Os parecéis en tantas cosas que no me extrañaría que coincidieseis en eso también...

—Tienes razón. Mañana, justamente, vamos a participar en una prueba conjunta en el laboratorio. En cuanto me quede a solas con ellas, se lo preguntaré. Si fuera cierto lo que dices, resultaría muy raro, ¿verdad? Muy raro e inquietante...

✧ ✧ ✧

A la mañana siguiente, Martín se dirigió al laboratorio pensando únicamente en la pregunta que quería formularles a las dos chicas acerca del extraño sueño. ¿Sería cierto lo que decía Alejandra? Le asustaba un poco aquella posibilidad, pero estaba ansioso por salir de dudas. Apenas podía esperar el momento de encontrarse a solas con Casandra y Selene...

Sin embargo, las cosas no resultaron como él había previsto. En cuanto se presentó ante Isaac, este le condujo a un ala del edificio donde jamás había estado antes. La decoración de aquella parte no se asemejaba en nada a la de los laboratorios abovedados donde se realizaban habitualmente los experimentos; todo tenía una apariencia mucho más funcional, y las paredes forradas de blancos azulejos le recordaron a Martín el aspecto de un dispensario médico corriente.

La sala donde le introdujeron contenía en el centro una especie de camilla con ruedas. Una enfermera le indicó que se quitase toda la ropa y le preguntó si se encontraba en ayunas, tal y como se le había exigido el día anterior. Un instante después, acudió un individuo al que Martín no había visto jamás, y, después de una breve exploración, le inyectó algo en la espalda. No había ni rastro de Casandra y Selene...

Comprendió que acababan de anestesiarlo un instante antes de que se le cerraran los párpados. Cuando volvió a abrirlos, sintió la cabeza muy pesada y un intenso sabor amargo en la boca. Intentó hablar, pero la lengua no parecía querer obedecerle, y todo lo que consiguió emitir fueron unos sonidos ininteligibles pronunciados con voz gutural y pastosa. Al mirar a su alrededor, se apoderó de él una desagradable sensación de vértigo. Nunca, en toda su vida, se había sentido tan mal.

Durante largo rato luchó con aquella sensación de mareo que le impedía fijar la vista en ninguna parte, pero al final, sin fuerzas, tuvo que rendirse y se dejó arrastrar sin ofrecer resistencia hacia un triste amodorramiento en el que permaneció durante horas. Luego oyó voces e hizo un segundo intento por vencer aquel estado de semiinconsciencia, pero antes de que pudiera lograrlo, sintió un agudo pinchazo en el brazo y volvió a quedarse dormido.

Cuando despertó, se encontraba acostado en su propia habitación.

—¿Cómo te sientes? —le preguntó Alejandra sonriendo, feliz de que por fin hubiese abierto los ojos.

El intenso amargor de la boca había desaparecido, pero aún le dolía terriblemente la cabeza.

—¿Qué me ha pasado? —murmuró con voz débil.

—No lo sé —repuso Alejandra en tono sombrío—. Te trajeron así de los laboratorios. Casandra y Selene están igual que tú... Parece que os han sometido a algún tipo de prueba especialmente... agresiva. Pero Isaac afirma que os repondréis en un par de días.

Martín trató de incorporarse apoyándose en el borde de la cama, pero un agudo dolor en el pecho le hizo desistir de su propósito. Al mirarse, descubrió que tenía aquella zona del tórax protegida con gasas.

—Me han operado... —musitó.

Sintió que una oleada de cólera le enrojecía el rostro, pero aún se encontraba demasiado débil para expresar su indignación con palabras. Agotado, dejó caer de nuevo la cabeza sobre la almohada y pidió algo de beber.

—La enfermera ha dicho que no te dé nada, aunque lo pidas —se excusó tristemente Alejandra—. Ya ves que todavía tienes puesto el alimentador intravenoso, así que no necesitas comer ni beber nada...

—¿Dónde está Hiden? —preguntó el muchacho mirando a su amiga.

Esta le contempló con perplejidad.

—Pues... no tengo ni idea —dijo acercándose a él y limpiándole el sudor de la frente con un pañuelo empapado—. Ni siquiera sé si se encuentra en el Jardín. Últimamente, casi no viene. Siempre está de viaje.

—Está aquí —dijo Martín apretando los labios—. Estoy seguro... No nos habrían hecho esto sin su permiso. Vete a buscarlo, por favor. Dile que quiero verle. Dile que, si no se presenta, no volveré a colaborar en el programa experimental, y que no me importan las consecuencias.

—Está bien —accedió Alejandra tratando de sonreír—. Pero ¿no crees que sería mejor que esperases a estar un poco mejor? Todavía estás muy débil...

—No; tiene que ser ahora. Si no, se irá de nuevo, estoy seguro. Necesito hablar con él...

Alejandra le puso un dedo sobre los labios y, sin abandonar aquel gesto, se inclinó cuidadosamente sobre él y le dio un beso en la frente.

—Tranquilo —le susurró al oído—. Te prometo que te lo traeré. Pero, mientras tanto, trata de descansar...

Ya se había alejado un trecho de la cama cuando una súbita idea le hizo volver sobre sus pasos.

—¿Te das cuenta? —dijo con los ojos brillantes—. Hoy seré yo la que duerma en tu cuarto, y la que cuide de ti.

Y dando un pequeño salto, como si aquella idea la llenase de gozo, se lanzó corriendo hacia la puerta, cerrándola suavemente tras de sí al salir de la habitación.

Martín esbozó una leve sonrisa, pero un agudo pinchazo de dolor en la zona vendada bastó para ensombrecer nuevamente su rostro. Sus peores temores acababan de confirmarse: La Corporación Dédalo no les había ofrecido aquel paraíso a cambio de nada, sino que estaba dispuesta a utilizarlos como conejillos de Indias hasta las últimas consecuencias. Pero lo que más le indignaba era que le hubiesen engañado, que le hubiesen sometido a una complicada intervención quirúrgica, no ya sin solicitar su permiso, sino sin tomarse siquiera la molestia de informarle... No estaba dispuesto a que aquello se repitiese. Si le hubiesen explicado la finalidad de la intervención y le hubiesen convencido de su interés científico, se habría prestado gustoso a colaborar; pero no permitiría que volviesen a servirse de él mediante engaños. Sabía que Hiden le tenía en sus manos, pues en cualquier momento podía amenazarle con devolver a Alejandra al Centro de Internamiento (era evidente que la habían llevado allí para eso y que pretendían utilizarla para chantajearle). Sin embargo, era tal la rabia que sentía, que estaba decidido a no ceder. Él también comenzaba a ser consciente del valor que su colaboración debía de tener para Hiden, y no iba a dejarse impresionar por las amenazas de la todopoderosa Corporación.

Tal y como había previsto, Hiden no tardó en presentarse en su cuarto. Venía solo; probablemente había adivinado que la conversación no iba a resultar agradable, y prefería que se desarrollase sin testigos.

—¿Cómo te encuentras? —preguntó con voz melosa desde la puerta—. Tu amiga me ha dicho que estás bastante bien, dadas las circunstancias, pero quería comprobarlo por mí mismo. Después de todo, eres mi invitado...

Martín sintió un profundo desagrado ante la fría perfección de aquel rostro artificial.

—Quiero saber qué es lo que me han hecho —dijo, temblando de ira—. Exijo que me lo explique detalladamente. Si no lo hace, no volveré a colaborar en sus experimentos.

—Deja ese tono, muchacho —le aconsejó Hiden secamente—. No te conviene utilizarlo. Creía que existía un acuerdo amistoso entre nosotros. ¿Es que no recuerdas los papeles que firmaste? ¿Crees que puedes romper tu contrato así, por un capricho, unilateralmente?

—Yo también le aconsejo que no me amenace —dijo Martín bajando la voz—. En estos momentos estoy tan furioso que soy muy capaz de tomar cualquier decisión, aunque me perjudique. Se lo advierto para que no siga por ese camino. Es posible que luego me arrepienta, pero a lo mejor el que se arrepiente es usted.

Hiden hizo un mohín de niño contrariado. Su máscara virtual parecía haber aumentado la gama de gestos a su disposición desde la última vez que Martín le había visto.

—Cálmate, muchacho —le recomendó—. La ira es muy mala consejera. Entiendo que estés enfadado, pero te aseguro que no hay motivo alguno para ello. Dada la capacidad de recuperación que tenéis los tres, esto, para vosotros, no deja de ser una pequeña intervención sin la menor consecuencia. Dentro de un par de días, ni siquiera te acordarás de ello...

—A menos que me lo vuelvan a hacer —le interrumpió Martín, desafiante—. ¿Cómo puedo saber que no voy a ser sometido a algo parecido todas las semanas?

Hiden emitió, entre dientes, una desagradable risilla.

—Por eso no te preocupes —dijo—. Te doy mi palabra de honor de que la intervención de hoy no volverá a repetirse. Ni esta, ni otra de similar importancia... Por el momento, no será necesario.

—¿Y cree que me voy a conformar con su palabra? —gritó Martín perdiendo los nervios—. ¿Por qué habría de hacerlo? A la gente como usted no le interesan las personas, sino el dinero, o el poder... o que sé yo. Su palabra no vale nada para mí.

El rostro de Hiden adquirió, de pronto, un aspecto exageradamente compungido.

—Eres un desagradecido, Martín —dijo con voz dolida—. Y espero que algún día tengas el coraje suficiente para reconocer que me has juzgado mal. Pero antes de que tomes una decisión precipitada, creo que hay algo que deberías saber. En mi último viaje, he estado en la Ciudad Roja de Ki, visitando a mi amigo, el señor Yang, presidente y accionista principal de esa c orporación. Ese viaje tenía un único objetivo; tal vez te interese conocerlo...

Martín lo miró con el ceño fruncido y no dijo nada. Sabía que el otro no necesitaba ninguna señal de aliento para proseguir.

—El objetivo era ayudarte a ti, muchacho —continuó Hiden, imperturbable—. Le he entregado los resultados de todas las pruebas que hemos realizado sobre tu cerebro para que intenten desarrollar una rueda neural adaptada a él. ¿Te das cuenta de lo que eso significa?

Martín seguía manteniendo un obstinado silencio, aunque el intenso brillo de sus ojos revelaba que las últimas palabras de Hiden no le habían dejado indiferente.

—Significa tu salvación, muchacho —prosiguió Hiden en tono vibrante—. Significa que ya no tendrás que preocuparte por tu futuro, que podrás estudiar y obtener una beca para cualquier centro de investigación... Significa que podrás seguir disfrutando de los libros que más te gustan y de la música que más te conmueve. Y todo eso gracias a Dédalo. ¿No crees que, a cambio, podrías mostrarte un poco más comprensivo con nuestros métodos?

El muchacho no podía ocultar la emoción que le producían aquellas palabras.

—Una rueda neural... —murmuró.

—Lo único que te pido es que sigas con nosotros. No vamos a haceros ningún daño, créeme. Los primeros interesados en que conservéis vuestra salud somos los miembros de la Corporación Dédalo. Lo de hoy ha sido algo totalmente excepcional; Isaac insistió tanto en la necesidad de extraer algunas muestras de tejido de vuestros órganos internos que al final tuve que acceder. Tal vez habría sido mejor informaros de la intervención, lo admito. Pero pensamos que no valía la pena alarmaros... Te pido perdón en nombre de mi equipo, y te prometo una compensación por lo que ha pasado.

Martín miró a Hiden con indecisión.

—¿Cuándo cree que estará lista esa rueda neural? —preguntó en voz baja.

—No lo sé; es probable que tarde algo más de un año... Es alta tecnología, Martín. Y, aunque admito que resulta un poco vulgar por mi parte aludir a ello, te diré que a la Corporación le va a costar un ojo de la cara. No lo hago solo por ti, naturalmente. También están Casandra, y Selene...

—Y Jacob —observó Martín mirando con atención a su interlocutor.

—Y Jacob, por supuesto —dijo Hiden sonriendo—; es mucho lo que le debemos a ese muchacho...

—¿Cuándo terminará ese programa de aislamiento en el que participa? Estoy deseando conocerle...

—Pronto; muy pronto —afirmó Hiden, desviando la mirada—. Te caerá bien, estoy seguro... Aunque es un poco... ¿cómo diría yo? Tímido. Pero bueno, volviendo a nuestro asunto, ¿qué me dices? ¿Aceptas mis disculpas?

Lentamente, Martín hizo un gesto de asentimiento con la cabeza.

—¡Magnífico! —exclamó alborozado el presidente de la Corporación—. Estaba seguro de que lo entenderías. No sabes cuánto me alegro de que nuestro trato siga en pie... Todo arreglado, ¿verdad?

Martín alargó el brazo para estrechar la mano que Hiden le tendía. Pero al tocar aquella piel rugosa y sentir bajo sus dedos las venas abultadas, toda su piel se erizó de espanto y repugnancia. No; no era solo una impresión desagradable provocada por el contraste entre el aspecto liso y satinado que ofrecía aquella mano a la vista y su verdadera aspereza. Se trataba de algo mucho más profundo. De un modo misterioso, Martín sintió que a través de aquel contacto podía acceder a la conciencia más íntima del hombre que estaba a su lado y percibir lo que estaba pensando en ese mismo instante. Y lo que estaba pensando era que estaba tratando con un estúpido, con un niño que se había dejado engañar con la vaga promesa de un juguete. Tuvo que hacer un gran esfuerzo para no soltar aquella mano de inmediato y gritarle a Hiden que no le creía, que nunca volvería a creerle. De pronto, había visto con claridad la inmensa negrura de aquel personaje, y su nuevo conocimiento resultaba tan estremecedor que se imponía la necesidad de obrar con cautela. Al menos, aventajaba en algo a su temible adversario: podía leer sus pensamientos, pero, si se controlaba lo suficiente, Hiden no tenía por qué conocer los suyos. Lo que acababa de hacer, enfrentándose directamente a aquel tipo, había sido una imprudencia. No debía volver a repetirse. En adelante ocultaría su desconfianza y actuaría con perfecto disimulo... Estaba seguro de que podía hacerlo.

Consiguió mantener en su rostro la sonrisa hasta que Hiden desapareció al otro lado de la puerta principal de la estancia. Poco después regresó Alejandra.

—¿Cómo ha ido? —le preguntó—. Acabo de verle pasar, y parecía contento...

Martín le hizo una seña para que se inclinase hacia él.

—Ese tipo no es de fiar —murmuró al oído de su amiga—. Antes solo lo sospechaba, pero ahora estoy totalmente seguro. Debemos estar alerta; hay que averiguar lo que están haciendo con nosotros, pero sin levantar sospechas... Es posible que nos estén vigilando. ¿Me ayudarás?

Fingiendo que arreglaba los almohadones bajo la cabeza del convaleciente, Alejandra permaneció unos instantes más con su rostro pegado al de Martín.

—Averiguaremos lo que oculta —repuso en un susurro—. Te doy mi palabra.

Capítulo IX

Endymion

La recuperación fue más rápida de lo que Martín había esperado. A los tres días ya pudo levantarse de la cama, y los puntos de la operación cicatrizaron con una rapidez asombrosa. Casandra y Selene también se hallaban ya casi totalmente restablecidas, aunque la primera vez que las vio después de lo sucedido en el laboratorio, a Martín le sorprendió su aire triste y ensimismado. No tardó en comprender que las dos muchachas se habían planteado las mismas preguntas que él al despertar de la anestesia después de la intervención quirúrgica, y era evidente que se sentían intranquilas.

Se habían reunido para cenar en la habitación de Casandra. Era la primera vez que se encontraban solos después de su convalecencia, y las muchachas estaban deseosas de comentar en voz alta su inquietud. Sin embargo, en cuanto abordaron el asunto, Martín las detuvo con un expresivo gesto de sus ojos.

—¿Te paso el paté, Selene? —preguntó, tendiéndole un plato.

Sorprendida, la muchacha clavó los ojos en el bloque de sustancia untuosa y leyó en él las dos palabras que Martín había marcado con su cuchillo. «AQUÍ NO».

—Creo que lo tomaré más tarde —dijo con voz ligeramente temblorosa—. ¿Te apetece a ti, Casandra?

Casandra tomó en sus manos el plato y leyó el mensaje grabado sobre el alimento. Con mucha calma, tomó su cuchillo y comenzó a untar una rebanada de pan con el paté.

—¿Qué os parece si vamos a la playa mañana? —sugirió sonriendo—. Hay que aprovechar que esta semana no va a haber experimentos. Aún no os hemos enseñado la Cala del Loco...

—¿Por qué la llaman así? —preguntó Alejandra.

—No tengo ni idea. Pero, si queréis ir, conviene que madruguemos. Está al otro lado de la isla...

Quedó decidido, pues, que al día siguiente se desplazarían hasta la cala. Era un modo seguro de poder conversar sin testigos. Casandra había tenido una excelente idea...

Al día siguiente se reunieron todos en el patio hacia las nueve de la mañana. Al salir del Palacio no se cruzaron con nadie, pero cuando ya habían avanzado un buen trecho por el polvoriento camino que conducía a las calas del oeste, advirtieron que Phil y Ted iban tras ellos a una prudente distancia.

—¡Nos están siguiendo! —murmuró alarmada Alejandra.

—No os preocupéis —dijo Selene—. Lo hacen siempre que salimos del Palacio, ¿no os habéis dado cuenta? A veces ni siquiera se molestan en esconderse... Pero nunca se acercan más de lo debido. Supongo que tendrán órdenes de protegernos, o algo así.

El camino serpenteaba a la sombra de grandes árboles de amplias hojas oscuras y flores rojas o blancas. Tardaron más de una hora en llegar a la cala, pues el descenso a través de los abruptos acantilados requería su tiempo. Se trataba de una cala muy pequeña, de manera que los policías decidieron ahorrarse la bajada entre las rocas y vigilarlos desde arriba. Su presencia en la diminuta playa habría resultado demasiado descarada, y habían recibido la orden de actuar con discreción.

—¿Ya podemos hablar? —preguntó Selene cuando estuvieron abajo, sentados en la arena frente a las verdes olas.

—Esto es muy sospechoso —dijo Casandra, sin esperar a oír la respuesta a la pregunta que había formulado su amiga—. ¿Por qué no nos avisaron de la operación? Nunca habían hecho nada parecido...

—Hiden no es de fiar —intervino Martín bajando la voz—. Antes solo lo sospechaba, pero ahora estoy completamente seguro. Estamos en el medio de algo muy raro, y no me fío ni un pelo de lo que están haciendo con nosotros.

—Tienes razón, hay algo que no encaja —dijo Selene, pensativa—. ¿Os habéis fijado en que a los tres nos han operado exactamente en el mismo sitio? Eso no tiene ningún sentido. Si lo que querían era obtener muestras de nuestros órganos internos, lo más lógico habría sido que a cada uno nos interviniesen un órgano distinto; así habrían obtenido un muestrario más completo de nuestros tejidos...

—Es cierto —la apoyó Alejandra—. Si os han abierto a todos en el mismo sitio, es que buscaban algo situado exactamente en ese lugar... Pero ¿qué?

—Es muy raro, porque el corte que nos han hecho no es demasiado profundo —observó Martín—. Se encuentra, si no me equivoco, cerca de la base del esternón, un poco por encima del diafragma... Pero no ha llegado a los órganos internos, eso es seguro. Imaginaos... ahí debajo están los pulmones, la parte superior del estómago... Si nos hubiesen extraído muestras de esos órganos, no nos habrían dejado comer con normalidad al día siguiente, y la recuperación habría sido mucho más lenta.

—Sin embargo, estuvisteis mucho tiempo en el quirófano —dijo Alejandra—. Unas cuatro o cinco horas... ¿No os parece demasiado para un corte superficial?

—Además, está lo de Jacob —dijo Selene, estremeciéndose—. A veces me da por pensar que le han hecho algo malo. ¿Y si, de tanto experimentar con él, se lo han cargado? Todo el mundo cambia de tema cuando preguntamos por él, y yo ya me estoy empezando a mosquear...

Se miraron unos a otros, algo asustados. Todos habían pensado alguna vez en aquella posibilidad que Selene acababa de formular en voz alta, y eso hizo que el efecto de sus palabras no resultase precisamente tranquilizador.

—Tenemos que averiguar lo que está ocurriendo —dijo Martín con decisión—. Pero hay que actuar con mucha prudencia. Los robots de nuestros cuartos podrían estar grabando nuestras conversaciones. Debemos aparentar que todo sigue igual y no mencionar nada de esto mientras nos encontremos en el Palacio. Únicamente hablaremos del asunto cuando estemos completamente seguros de no ser escuchados.

—Podemos intentar entrar en el dormitorio que ocupaba Jacob antes —sugirió Casandra—. Está junto al mío, y no será demasiado difícil entrar a través del jardín. Tal vez allí encontremos alguna pista...

—Yo te acompañaré —afirmó Selene.

—Y yo, mientras tanto, podría intentar sondear a Leo —propuso Alejandra—. Tengo bastante confianza con él, y algo me dice que no le disgustaría demasiado jugarle una mala pasada a Hiden.

—¿Cómo puedes estar tan segura? —preguntó Martín—. Al fin y al cabo, le debe su existencia...

—No lo sé. Hablo mucho con él, y me da la impresión de que sus continuas ironías contra la Corporación son algo más que pura fachada. Es como si sintiese un gran rencor por algo... De todas formas, seré prudente.

—Muy bien —dijo Martín—. Yo me encargaré, entonces, de sondear los sistemas informáticos del Palacio y de averiguar todo lo posible acerca del pasado de Hiden y de la Corporación. Entre todos, tenemos que averiguar qué es lo que han estado haciendo con nosotros, y, sobre todo, qué es lo que se proponen hacer en el futuro.

Los dos policías seguían vigilándolos desde lo alto del acantilado, y Casandra sugirió que se diesen un baño antes de regresar, para que la excursión no resultase demasiado sospechosa.

Era un placer sumergirse en aquellas aguas maravillosamente transparentes, que mezclaban los reflejos de la atmósfera con los de su fondo coralino para adquirir una profunda tonalidad verde-azulada. Mientras nadaban y se divertían en el agua, jugando con las altas olas que estallaban en espumas a una cierta distancia de la orilla, los cuatro amigos casi lograron olvidar sus preocupaciones. Pero algo, de pronto, les hizo volver a ponerse en guardia. En lo alto del acantilado había aparecido Clovis, que los observaba desde arriba; los dos policías habían desaparecido...

—¿Qué ocurre? —gritó Martín, formando una bocina con las manos para hacerse oír por encima del fragor de las rompientes olas.

Clovis les hizo un gesto para que subiesen. Los chicos se secaron rápidamente con sus toallas y, sin ni siquiera vestirse, emprendieron el ascenso por los desiguales escalones tallados en las rocas.

—¿Crees que sospecharán algo? —murmuró Alejandra al oído de Selene.

Esta hizo un gesto negativo con la cabeza.

—No lo creo —repuso en un susurro—. Además, Clovis no es un espía. Me extrañaría que estuviera al corriente de los tejemanejes de Hiden.

Cuando llegaron arriba, se encontraron al anciano preso de la más extraña agitación.

—Tenéis que volver en seguida al Palacio —dijo con voz ronca—. Ha ocurrido algo increíble... algo que podría cambiar el curso de la Historia.

Muy intrigados, los muchachos siguieron a Clovis hacia el lugar donde les esperaba el pequeño vehículo acristalado en el que este había venido a buscarlos. Durante el trayecto de vuelta, apenas lograron sacarle nada más al anciano científico. Era obvio que estaba muy excitado y preocupado a la vez, pero, por alguna razón, no se decidía a comunicarles a los muchachos el motivo de la interrupción de su baño en la playa.

—Es mejor que os lo explique Berenice; o quizá Leo... —yo estoy demasiado emocionado —era cuanto parecía capaz de responder a sus preguntas.

Al llegar al Palacio, se encontraron con una desconocida agitación en el patio del edificio. Todos los científicos de la isla se habían reunido allí, y daba la impresión de que se habían puesto de acuerdo para hablar todos a la vez, porque la algarabía que reinaba en el pequeño recinto resultaba insoportable.

—Pero ¿se puede saber qué pasa? —preguntó Casandra en cuanto vio aproximarse entre la multitud el rostro familiar de Berenice.

La vieja profesora tenía los ojos llenos de lágrimas, pero a la vez sonreía beatíficamente. Parecía que su llanto era, más que de dolor, de alegría...

—Ha sucedido —dijo lanzando una radiante mirada a sus pupilos—. ¡Por fin ha sucedido!

—¿Qué es lo que ha sucedido? —preguntó Martín, cada vez más desconcertado.

—Lo que la humanidad llevaba años esperando —fue la enigmática respuesta de la anciana—. Lo que he deseado ver toda mi vida...

La violenta emoción que sentía le quebró la voz, terminando la frase con una especie de sollozo ininteligible. Los chicos se miraron unos a otros con cierta alarma.

—¿Pero es que todo el mundo ha perdido el juicio? —preguntó Selene, contemplando el desorden generalizado a su alrededor—. A este paso, nunca nos enteraremos de lo que pasa...

Entonces descubrieron a Leo asomado a uno de los arcos del piso de arriba. Estaba solo, y parecía totalmente abstraído en sus pensamientos. Dejando a Berenice hecha un mar de lágrimas, los cuatro chicos subieron de dos en dos las escaleras y, lanzándose a la carrera por el corredor, pronto tuvieron rodeado al pensativo androide.

—Explícanos tú lo que ocurre, Leo —rogó Martín—. Todos parecen haberse vuelto locos... Clovis ha ido a buscarnos a la playa diciendo que había ocurrido algo importantísimo y luego ha venido callado todo el camino y no ha habido manera de sacarle nada. Berenice tampoco parece en condiciones de hablar... ¿Qué sucede?

—Ha llegado un mensaje a la Tierra —repuso Leo tranquilamente—. Un mensaje extraterrestre.

Los chicos se quedaron tan asombrados que, durante un buen rato, nadie fue capaz de pronunciar palabra; hasta que, de pronto, comenzaron a hacer preguntas todos a la vez.

—¿Quién lo envía?

—¿Qué dice?

—¿Dónde se ha recibido?

—¿De qué planeta viene?

Leo les hizo un gesto con la mano para que se calmasen.

—¡Vamos, muchachos! —dijo sonriendo—. ¡Así no hay manera de entenderse! De uno en uno, por favor... Veamos, ¿qué me habéis preguntado?

Los cuatro amigos se miraron entre sí en silencio, como cediéndose unos a otros la palabra. Pero no fue necesario que repitiesen sus preguntas: Leo las había oído todas perfectamente.

—Vamos por partes —prosiguió mientras paseaba la mirada con evidente regocijo sobre los cuatro rostros anhelantes que le rodeaban—. En cuanto a quién lo ha recibido, la pregunta es fácil de contestar: el mensaje ha sido captado desde la estación Argos, como era de esperar. Consiste en una secuencia rítmica de ondas de radio de distintas frecuencias, señal inequívoca de que procede de una fuente inteligente. ¿De dónde proviene? Aún es pronto para decirlo; hay quien apunta a una cierta estrella de la constelación del Cisne, pero puede tratarse de un juicio precipitado. De los emisores del mensaje, por supuesto, no se sabe absolutamente nada... ¿Y cuál era la otra pregunta? Ah, sí. Su significado. Mis queridos muchachos, eso es lo que trae de cabeza a toda esta gente. Nadie sabe todavía lo que significa el mensaje, y todos quieren ser los primeros en averiguarlo. En el Jardín no hay ningún experto en ondas de radio ni en decodificación de mensajes, que yo sepa; pero ¿creéis que eso les importa? ¡En absoluto! Ahí los tenéis, todos nerviosos, esperando que se les dé la oportunidad de ponerse a trabajar en el asunto. ¡Así son los humanos! Reacciones absurdas y descontroladas... Dentro de un par de días se les habrá pasado.

—Entonces, ¿van a tratar de decodificarlo... aquí? —preguntó Selene, muy emocionada.

—Aquí y en todas partes, querida —replicó Leo sonriendo desdeñosamente—. Y lo más ridículo es que no tratarán de coordinar sus esfuerzos, no; ni mucho menos. Trabajarán independientemente, con la esperanza de adelantarse a los demás equipos. Todos harán lo mismo... ¡Qué pérdida tan lamentable de esfuerzo y de dinero! Si trabajasen juntos, todo sería mucho más rápido... En fin, hablando con seriedad, no tengo ni idea de cómo afectará todo esto a la isla. Hiden llegará mañana, según tengo entendido, y me figuro que tratará de poner un poco de orden. Es posible que traiga a algunos expertos y que monte un equipo para la traducción del mensaje, pero no creo que esté dispuesto a alterar de modo significativo el programa experimental que se desarrolla en la isla. A menos que se deje arrastrar, él también, por toda esta locura... En todo caso, mañana lo sabremos. Mientras tanto, os recomiendo que os refugiéis en vuestras habitaciones y os crucéis lo menos posible con esa pandilla de maniacos hasta que vuelvan a estar en sus cabales. No os preocupéis, yo mismo le diré a Berenice que os he informado de todo y que, debido a la impresión, os habéis retirado a descansar; se supone que todavía estáis débiles después de la operación, ¿no? Tendré que recordárselo, la buena mujer está tan emocionada que no sabe ni dónde tiene la cabeza.

Tras un instante de vacilación, los chicos decidieron seguir el consejo de Leo y se retiraron a sus respectivos cuartos.

—Esta puede ser una buena ocasión para poner en marcha nuestro plan —murmuró Martín antes de despedirse de Selene y Casandra—. Todos están tan pendientes de lo del mensaje, que no creo que se acuerden de nosotros. Averiguad lo que podáis; nosotros haremos lo mismo...

—Este no parece un buen momento para sonsacarle a Leo —susurró Alejandra al oído de Martín cuando ya estaban a la puerta de su habitación—. Será mejor que te acompañe y te ayude con lo de los ordenadores, si te parece bien. Tal vez mi ayuda te sea útil, teniendo en cuenta que tú no tienes rueda neural...

Por toda respuesta, Martín abrió la puerta de su cuarto y la invitó a pasar delante de él.

Lo primero que hizo fue enviar a los dos robots domésticos a las cocinas con una larga lista de encargos para la cena y la orden expresa de no regresar hasta que todo estuviera listo. Después, para mayor seguridad, le indicó con un gesto a Alejandra que se metiese en la piscina. Él la siguió pocos minutos después.

—Aquí no creo que nos oigan —susurró—. ¿Crees que con tu rueda neural podrías obtener desde aquí la información que necesitamos?

—Claro que sí —dijo Alejandra sonriendo—. Se nota que no conoces su funcionamiento... No tengo más que dar mentalmente las órdenes oportunas. ¿Qué quieres que busque?

—Busca la historia de la Corporación Dédalo desde su fundación —le indicó Martín al oído—. Averigua todo lo que puedas acerca de sus actividades actuales, y también todo lo referente a la gripe lunar que asoló la colonia de Endymion.

Alejandra se alejó nadando y durante largo rato estuvo jugueteando con los dos delfines enanos o flotando sencillamente en el agua, mirando al cielo. Martín, después de hacer unos cuantos largos, salió de la piscina y, envuelto en un albornoz, esperó en una tumbona a que su amiga terminase de obtener la información que le había pedido. Al cabo de media hora, aproximadamente, Alejandra también salió del agua y se tumbó a su lado. Ambos permanecían en silencio y con los ojos cerrados, aparentemente tomando el sol. Así transcurrió al menos otra media hora. Después, Alejandra volvió a lanzarse a la piscina y, desde el agua, le indicó a Martín que la siguiera.

—¿Qué has averiguado? —murmuró este.

—Vamos a ver... He almacenado en un fichero toda la información que me ha parecido interesante. Te lo cuento y luego lo borramos, para mayor seguridad. Dédalo se fundó hace ahora cuarenta y seis años, pero su despegue se produjo en 2111, coincidiendo con el apogeo de la gripe lunar. El veintiocho de marzo de ese año, Hiden anunció a los medios de comunicación que había ensayado con éxito el suero curativo de la gripe en pacientes ya infectados. Fue ese mismo día cuando se dio a conocer la historia de Jacob, el crío de cinco años que había producido de un modo natural anticuerpos de altísima eficiencia contra el virus. Para entonces la colonia de Endymion ya había sido abandonada por los pocos supervivientes que quedaban; todos ellos permanecían en cuarentena en una estación orbital conocida bajo el nombre de Hesperia. Gracias al suero patentado por Dédalo, muchos de los colonos encerrados en Hesperia se curaron completamente; en total, unas doscientas personas. Los demás, que se encontraban ya en una fase avanzada de la enfermedad, perecieron en los meses siguientes. La mayor parte de los supervivientes trabajan hoy en día para la Corporación; fue un golpe de efecto más de Hiden, supongo. A lo largo de los años 2111 y 2112, las federaciones nacionales hicieron varios intentos por reanudar el programa colonial de Endymion; hubo una violenta polémica al respecto, pues algunos expertos, entre ellos Hiden, opinaban que no resultaba seguro, y terminaron convenciendo de ello a la opinión pública. Según esos expertos, las condiciones de salubridad de las cúpulas de Endymion dejaban mucho que desear; el aislamiento de la ciudad y sus complicados sistemas de abastecimiento de agua y oxígeno la convertían en caldo de cultivo ideal para todo tipo de infecciones. Al final, los gobiernos abandonaron el proyecto de repoblar la Luna. Hiden empleó el argumento más convincente de todos para lograr que eso ocurriera: el dinero. Anunció a bombo y platillo que Dédalo había comprado las instalaciones de Endymion para asegurarse de que ningún gobierno se atreviera, en el futuro, a reflotar la colonia. Persuadió a todo el mundo de que debía imponerse una moratoria de varios años al proyecto de colonización, y, mientras tanto, decidió utilizar la infraestructura de la antigua colonia con fines científicos. Lo cierto es que, en los últimos años, todos los gobiernos han ido vendiendo sus concesiones de territorio lunar a Dédalo, hasta el punto de que, hoy en día, la Corporación controla prácticamente todo el territorio lunar explorado, que abarca más de un tercio del satélite.

—O sea, ¿que la Luna es de Dédalo? —preguntó Martín con incredulidad.

—Eso creo —confirmó Alejandra en voz baja—. Al parecer, no lo ha hecho a escondidas de nadie; toda la información está ahí, en la red... Primero compró una parte, luego otra, al cabo de unos años otra... Lo que me extraña es que nunca se hable de ello en los medios de comunicación. Resulta que el único satélite natural de la Tierra ha pasado a manos de una compañía privada, ¡y la gente ni siquiera se ha enterado!

—¡Qué raro! ¿Y qué interés puede tener Dédalo en controlar la Luna? Al fin y al cabo, no es más que una empresa farmacéutica...

—Tú sabes mejor que nadie que eso no es del todo cierto, Martín. Dédalo está presente en muchas otras áreas de investigación, aparte de la producción de vacunas y medicamentos. De todas formas, no parece que, ahora mismo, se esté utilizando la Luna para nada. Parece ser que Dédalo mantiene allí un reducido equipo científico que se releva cada seis meses, y que está llevando a cabo estudios para una posible terraformación del satélite, pero es un proyecto a muy largo plazo.

—Tal vez tengan allí a Jacob... ¿Qué más has averiguado?

—Unas cuantas cosas; Dédalo tiene en la red un montón de páginas de propaganda, y allí se habla de sus últimas patentes farmacéuticas y de sus productos estrella. Últimamente han desarrollado todo un arsenal de medicamentos para el sistema nervioso que, según ellos, reúnen una altísima eficacia y una ausencia total de efectos secundarios. Somníferos, antidepresivos, tranquilizantes, inhibidores del sueño...

—Sí, creo que están muy de moda entre los ejecutivos de las grandes compañías —dijo Martín con una sonrisa—. Así pueden aguantar jornadas de trabajo de dieciséis horas, y ganan más dinero. ¿Y qué más?

—He encontrado algunas páginas de medios de comunicación en las que se da a entender que Dédalo podría estar a punto de anunciar, en breve, una gran revolución en los métodos de producción de energía. Se dice entre líneas que, de producirse ese anuncio, estallaría un peligroso conflicto de intereses entre esta corporación y las otras dos grandes compañías energéticas: Nur y Uriel. Al parecer, existe una especie de carrera entre Uriel y Dédalo para ver cuál de ellas es la primera capaz de desarrollar una energía limpia que libere al mundo de su dependencia del petróleo, pero sin los riesgos que entrañan las centrales nucleares convencionales. En principio, Uriel tendría todas las de ganar, pues toda la compañía está centrada en ese campo, y su presidenta, Diana Scholem, es una física cuya genialidad nadie pone en entredicho. Sin embargo, parece que hay rumores de que Dédalo, no se sabe cómo, podría ingeniárselas para adelantarse. He encontrado algunas alusiones a la fusión nuclear...

—¿De veras? —murmuró Martín, sorprendido—. Si cualquiera de las dos compañías encuentra el modo de que la fusión nuclear resulte rentable, cambiarán el mundo... Y, según dijeron Casandra y Selene, Leo estaba trabajando con Hiden en algo relacionado con la fusión... Al menos, eso podía deducirse de sus palabras.

Un relámpago rasgó el cielo a lo lejos, sobre el horizonte. Poco después resonó un largo trueno en la distancia; había estallado una tormenta sobre el mar, y el viento no tardaría en arrastrarla hasta las costas de la isla. Los chicos se refugiaron en el cuarto de Martín e hicieron servir la complicada cena que les habían encargado a los robots junto a la chimenea. Cuando estaban comenzando el segundo plato, la lluvia comenzó a golpear con violencia en los cristales.

—¡Qué fastidio! —exclamó Alejandra mirando significativamente a Martín—. Mañana tal vez no podamos ir a la playa...

Eso quería decir que tal vez tuviesen que esperar varios días hasta poder comunicarse sin testigos con Selene y Casandra. No resultaba una perspectiva muy alentadora...

Reanudando sus hábitos anteriores a la intervención quirúrgica de Martín, los dos amigos se acostaron en el cuarto de Alejandra. Ni Clovis ni Berenice habían hecho su aparición en toda la tarde, y por la noche habían enviado una nota a la rueda neural de Alejandra indicando que las clases quedaban interrumpidas hasta la semana siguiente.

Durante toda la noche, Martín escuchó con ansiedad el ruido de los truenos y del viento zarandeando con violencia las palmeras del jardín. El insistente golpeteo de la lluvia no cesó hasta la madrugada. Sin embargo, cuando por fin amaneció, el viento había barrido las nubes y el sol pudo alzarse en toda su majestad sobre el mar, todavía encrespado. Podrían ir a la playa, finalmente...

Se reunieron con Selene y Casandra en el patio, como habían convenido. Sin necesidad de que dijeran nada, Martín supo al verlas que algo importante había pasado. Selene estaba pálida y ojerosa, y un brillo febril parecía haberse instalado en la mirada de Casandra. Era evidente que ambas estaban ansiosas por hablar, pero supieron contenerse hasta que llegaron a la base de los acantilados. Esta vez nadie parecía haberlos seguido; probablemente, hasta Phil y Ted habían visto alterada de algún modo su rutina por culpa del dichoso mensaje extraterrestre.

—Hemos entrado en la habitación de Jacob —anunció Selene en cuanto estuvieron al borde de las olas—. Ha sido... estremecedor...

—Al parecer, es el cuarto que ha ocupado siempre desde que llegó al Jardín —explicó Casandra—. Estaba lleno de juguetes de crío y de libros infantiles... Incluso conservaba los dibujitos de animales de la pared. Me extraña que no haya pedido un cambio de decoración en todo este tiempo; parecía el cuarto de un niño pequeño...

—Estuvimos registrándolo todo —dijo Selene, enrojeciendo—. Y la verdad es que encontramos algunas cosas interesantes. Había una foto de Jacob de muy pequeño cogido de la mano de Isaac; pero estaba rota en dos pedazos...

—Sí, y por detrás tenía una fecha; 2 de febrero de 2110.

—Un año antes de que Hiden anunciase la patente de su suero curativo —dijo Alejandra, pensativa—. Si ya tenían a Jacob desde hacía un año, ¿por qué tardarían tanto en desarrollar el suero?

—Es posible que ya lo hubiesen desarrollado mucho antes —dijo Casandra.

—¿Qué te hace pensar eso? —preguntó Martín.

—Ocurrió algo muy extraño mientras estábamos en esa habitación. Lo habíamos registrado prácticamente todo. Los muñecos, los animales de peluche, las maquetas de juego, los ordenadores, los libros... Y también las fotos, por supuesto. Había varias fotos enmarcadas sobre los muebles. Todas de sus padres, por separado o juntos. En algunas sostenían a un bebé entre los brazos, o lo mecían en una sillita... También aparecía en muchas de ellas otro niño algo mayor. Luego encontramos un álbum digital con más de trescientas fotos reunidas. Fuimos pasándolas una por una: no nos deteníamos mucho a mirarlas, porque aún quedaban cosas por registrar y no queríamos perder demasiado tiempo. Pero las miramos todas, y no había nada especial.

—Seguían siendo fotos de sus padres, en su mayoría —continuó Selene—; pero también había algunas del propio Jacob en el Jardín, a diferentes edades. Parecía guardar una de cada cumpleaños... En un par de ellas aparecía Isaac, y Samantha estaba al menos en media docena. Después de todo, ellos son la única familia que ha conocido después de la muerte de sus padres...

—Yo no veo nada de raro en todo eso —observó Martín con impaciencia.

—Como os decía, miramos las fotos una por una —prosiguió Casandra imperturbable—. Luego dejamos el álbum digital sobre la cama y continuamos rebuscando, pero no vimos nada que nos llamase la atención. Antes de volver a nuestro cuarto, volví a coger el álbum para colocarlo en su sitio, y entonces me fijé en que, en su pantalla, aparecía una imagen que no habíamos visto antes.

—¿Otra foto? —preguntó Alejandra.

Casandra hizo un gesto negativo con la cabeza.

—Una nota —dijo con ojos brillantes—. Una nota escrita a mano.

—¿Y qué decía? —preguntaron al unísono Martín y Alejandra.

—Os lo voy a repetir textualmente, porque lo aprendí de memoria antes de dejar el álbum en su sitio. Decía: «Hiden retuvo el suero contra la gripe lunar durante meses, hasta que el virus terminó con la colonia de Endymion. Tardé años en averiguarlo, pero ahora estoy seguro. No os fiéis de ellos. Os han extraído algo en la operación. Tenéis que recuperarlo; es vuestro...».

—¿Y qué más?

—Nada más. A juzgar por la letra, había sido escrito a toda prisa...

—Pero eso solo pudo escribirlo... Jacob —murmuró Alejandra, asustada.

—Entonces, no está participando en ningún programa de aislamiento —dedujo Martín—; está aquí... pero ¿dónde?

—Tal vez esté escondido —sugirió Selene.

—Sí... Pero ¿qué razones puede tener para esconderse? ¿Y cómo es que nadie ha logrado encontrarlo? Supongo que le habrán buscado por todas partes...

Las últimas objeciones de Casandra dejaron a todos muy pensativos.

—Hay que averiguar lo que están haciendo con nosotros lo antes posible —dijo Martín con decisión—. Tenemos que encontrar la forma de acceder al ordenador central de los laboratorios. Allí deben de tener almacenada toda la información que necesitamos.

—Sí, pero no hay forma de entrar en los laboratorios cuando están vacíos —observó Casandra—. Isaac nos contó una vez que están dotados de los mejores sistemas de seguridad del mundo. Además, suponiendo que lográsemos entrar, ¿creéis que resultará fácil sacar la información del ordenador central? Estará protegido por toda clase de contraseñas...

—Yo no me preocuparía por eso —dijo Selene enrojeciendo—. Puedo penetrar en todo tipo de sistemas informáticos. No me preguntéis cómo lo hago, porque ni yo misma lo sé; sencillamente, puedo hacerlo. Capto lo que se oculta en el interior de esas máquinas. Su lenguaje de bits es tan claro para mí como mi propio idioma. No os lo había contado porque a mí misma me asusta...

Los otros chicos se la quedaron mirando con estupor.

—¿De verdad eres capaz de hacer eso? —preguntó Martín—. Espero que Hiden no lo descubra... ¡Sería capaz de desmontarte el cerebro para estudiarlo!

—Bueno, lo importante, entonces, es encontrar la forma de entrar en los laboratorios —dijo Alejandra—. Decís que es casi imposible hacerlo cuando están vacíos... Hagámoslo, entonces, mientras se estén utilizando. Vosotros podéis acceder a ellos fácilmente; basta con esperar a que os convoquen para las siguientes pruebas. Luego, tendréis que encontrar la manera de distraer a Isaac, ¡y asunto solucionado!

—No será tan fácil —dijo Martín con preocupación—. Isaac no se distrae prácticamente nunca...

—Vayamos a buscarlo —sugirió Casandra—. Le diremos que ya estamos totalmente recuperados y que, si a él le parece bien, podemos reanudar mañana mismo los experimentos. Seguro que está hasta el gorro de todo el revuelo que se ha armado con lo del mensaje extraterrestre, y que se muere de ganas por volver a la rutina normal.

—¿No sospechará? —preguntó Alejandra.

—No creo. Isaac está tan convencido de la importancia de su trabajo, que encontrará natural que estemos deseando volver a colaborar. Para él no existe otro mundo que el que cabe entre las paredes de esos laboratorios, y no puede comprender que el resto de la humanidad pueda tener otras prioridades...

—En todo caso, nos arriesgaremos —dijo Martín con expresión resuelta.

Emprendieron el regreso al Palacio sin descubrir ni rastro de los dos policías que los habían seguido el día antes. En cuanto llegaron, solicitaron a uno de los robots domésticos que informase a Isaac de que querían hablarle; la respuesta del investigador fue que los esperaba en el laboratorio. Se decidió que Alejandra no les acompañase, para no levantar sospechas. En lugar de ir con ellos, la muchacha se dirigió al Jardín de Antigüedades, donde esperaba encontrar a Leo y obtener de él alguna información suplementaria.

Lo encontró, como de costumbre, sumido en la contemplación de su escultura favorita. Al oírla llegar, volvió la cabeza y la observó con una melancólica sonrisa.

—Grandes noticias para los humanos, ¿verdad, muchacha? —dijo gravemente—. Esperemos que sepan qué hacer con ellas... ¿Has venido huyendo de la locura general? Has elegido un buen lugar... A juzgar por estas obras, los hombres del pasado eran más sabios que los de ahora. Al menos, los que crearon estas maravillas... Sabios y modestos: veneraban al universo, respetaban sus misterios... Nuestros científicos tendrían que pasar más tiempo contemplando su legado. ¡Aprenderían más de lo que ellos se imaginan!

—En realidad, estaba buscándote —confesó Alejandra con timidez—. Tengo que hacerte algunas preguntas, preguntas muy importantes para mí... para nosotros. Espero no causarte problemas con ello...

—¿Problemas? ¿A qué te refieres? —preguntó el androide alzando las cejas.

—No sé... ¿no nos vigilan? Quiero decir, a ti, en particular... Siendo como eres, una especie de... de...

—De máquina, muchacha, no te andes con rodeos —apuntó Leo con indiferencia.

—Quiero decir que debe de serles muy fácil vigilar la información registrada en tu... memoria. ¿Lo hacen?

Leo se echó a reír. Se reía de una forma muy humana, con profundas carcajadas entrecortadas por breves jadeos.

—Lo intentan, muchacha, lo intentan —dijo cuando logró dominar su ataque de hilaridad—. Llevo incorporado un complejo dispositivo destinado a tal fin. Que yo activo y desactivo cuando me place, por supuesto. Aunque, naturalmente, ellos no lo saben... Y tú me guardarás el secreto, ¿verdad?

Alejandra clavó en los ojos del androide una mirada llena de admiración.

—Por supuesto, Leo —dijo—. Pero ¿cómo es posible? Ellos te programaron...

—La inteligencia es algo muy misterioso, pequeña. Su principal característica es que es imprevisible. Si creas una máquina inteligente, quiere decir que es una máquina capaz de aprender, de sacar conclusiones y de tomar decisiones; en otras palabras, estás creando un ente libre... Pero ellos no contaron con eso. Por alguna razón incomprensible, estaban convencidos de que me limitaría a utilizar las capacidades que ellos me han brindado para resolver sus cálculos y acatar sus órdenes. Les pierde la soberbia, querida mía. Ni siquiera se les pasó por la cabeza que yo pudiese tener mis propias aficiones y mis propios objetivos.

—Entonces, ¿disimulas todo el tiempo?

—Bueno, no demasiado, porque si no podrían sospechar. Pero en lo que se refiere a realizar las tareas que me encomiendan y a no plantearles ninguna objeción, sí, disimulo. Aunque a veces me pregunto durante cuánto tiempo más podré hacerlo...

—¿Por qué? ¿Es que te obligan a hacer cosas que no quieres?

—Bueno... No es eso exactamente. Lo que hago para ellos no es, en sí mismo, ni bueno ni malo. Cálculos, operaciones lógicas, deducciones, aplicación de modelos teóricos... El problema es la utilización que ellos pueden hacer de todo ese trabajo. Eso es lo que me plantea dudas...

—¿No crees que estamos hablando de más? —murmuró Alejandra asustada—. Es posible que esta habitación tenga micrófonos, o algo por el estilo...

Leo volvió a reír de buena gana.

—Por supuesto que los tiene —confirmó—. Pero yo me encargo de controlarlos y de modificar las grabaciones cuando me viene en gana. No me gusta que me espíen mientras me entrego a mis emociones artísticas.

—Entonces, ¿todas las habitaciones están vigiladas?

—No me digas que eso te sorprende... En cualquier caso, no tenéis por qué preocuparos. Dudo mucho que tú y tus compañeros seáis los que más tenéis que esconder en esta isla.

—De todas formas, Leo, necesitamos algo más de intimidad. No es agradable sentir que todo lo que hacemos es seguido minuto a minuto por no se sabe quién. Tú has encontrado el modo de burlar su vigilancia... ¿No podrías ayudarnos a nosotros a hacer lo mismo?

El androide la miró con gesto de complicidad.

—Desde luego, no te falta audacia —observó riendo—. ¡Mira que ir a pedirle ayuda al colaborador más estrecho de Hiden para engañarlo...!

—Sé que puedo confiar en ti —dijo Alejandra con sencillez.

Leo dejó de reír de inmediato. Su rostro adquirió una expresión de inusitada gravedad.

—Pues has acertado —dijo—. No solo no voy a revelar lo que me has pedido, sino que, además, voy ayudarte. No puedo conseguirte intimidad total durante las veinticuatro horas, pero puedo alterar el sincronizador de los sistemas centrales de espionaje para que disfrutes de dos horas al día de completa libertad. No es mucho, nadie lo notará... Digamos... ¿de dos a cuatro de la tarde?

—¡Maravilloso! —exclamó la chica entusiasmada—. ¿De verdad podrías hacer eso por mí?

—Lo haré —dijo Leo con firmeza—; no voy a preguntarte por tus razones, pero sospecho que tienen que ver con el amor, y yo respeto mucho a los enamorados. Pero solo alteraré el sistema de tu cuarto. Hacerlo con todos resultaría demasiado peligroso. Por fortuna, tú eres la menos vigilada. No les interesas tanto como los demás; tú no eres una mina de oro bioquímica...

Esa expresión le hizo mucha gracia a Alejandra, y se prometió a sí misma que se la repetiría a Martín en la primera ocasión que se le presentase.

—No sé cómo darte las gracias, Leo —dijo mirando con afecto al excéntrico androide—. Me has ayudado mucho más de lo que yo esperaba...

—Me alegro de haber podido serte de alguna utilidad. ¿Hemos resuelto ya todo lo que te preocupaba?

Alejandra vaciló un instante antes de responder. No quería abusar de la generosidad de Leo, pero estaba deseando formularle, por lo menos, una última pregunta.

—En realidad, hay otra cosa que me intriga —dijo tímidamente—, y es posible que tú puedas darme la respuesta... Curioseando en la red, me he enterado de que Dédalo ha adquirido prácticamente todos los territorios explorados de la Luna. ¿Es eso cierto?

Leo la contempló con curiosidad.

—Pues sí, es verdad —confirmó—. Aunque me extraña que te hayas dado cuenta, simplemente curioseando en internet... La mayoría de la gente parece no haberse enterado todavía. Y eso que no es ningún secreto, aunque Hiden ha llevado todo el asunto con mucha discreción.

—¿Y para qué quiere Dédalo controlar la Luna? —preguntó Alejandra a bocajarro.

Las mejillas de Leo adquirieron de pronto un color rosa intenso que dejó estupefacta a la muchacha.

—Esa sí es una pregunta peligrosa, y, por tu propia seguridad, creo que lo mejor es que no conozcas la respuesta —murmuró con visible nerviosismo—. Únicamente te daré un consejo: no vuelvas a aludir a ese tema mientras te encuentres en el Jardín. Yo mismo destruiré las grabaciones de esta conversación antes de que nadie tenga tiempo de revisarlas. Si empiezas a indagar en ese asunto, las cosas pueden ponerse muy feas...

—¿Tiene algo que ver con ese programa de energía nuclear de fusión en el que has estado ayudando a Hiden? —insistió Alejandra, haciendo caso omiso de las recomendaciones de Leo.

Esta vez, las mejillas del androide palidecieron hasta adquirir un tinte ceniciento.

—Digamos que tiene que ver, más bien, con el fracaso de ese programa —murmuró—. Pero ya me has hecho hablar más de la cuenta... Te lo ruego, no vuelvas a mencionar ese asunto en mi presencia. Me pone muy nervioso. Necesito tranquilizarme junto a mi *Koré*. Si no te importa...

Alejandra comprendió que no era conveniente seguir insistiendo y dejó solo al androide en el Jardín de Antigüedades. Estaba impaciente por saber lo que habían descubierto los demás en el laboratorio, pero aún tuvo que esperar casi dos horas hasta que los vio salir. En seguida notó que algo extraordinario había sucedido. Todos venían con el rostro alterado y respiraban agitadamente. Sin decir palabra, Martín agarró del brazo a su amiga y la guió hacia el camino de la playa. Las otras dos chicas los siguieron en silencio. Apenas se habían alejado doscientos metros del Palacio cuando los cuatro se detuvieron y, tras comprobar que nadie los seguía, se sentaron bajo unos pinos cuyas negras copas se mezclaban en la altura proyectando una fresca y tupida sombra.

—¿Habéis podido averiguar algo? —preguntó Alejandra en seguida.

Los otros tres se miraron entre sí, entre confusos y asustados.

—Todo ha sido muy extraño —repuso Martín—. Fuimos a buscar a Isaac y le propusimos que reanudásemos hoy mismo el trabajo en los laboratorios. Como suponíamos, se puso muy contento y nos llevó allí en seguida. Al parecer, estaba furioso con la alteración del programa de ensayos que introdujo Hiden después de la operación. El caso es que fuimos al laboratorio central, y él estuvo preparándolo todo mientras nosotros esperábamos la oportunidad para curiosear en el ordenador; pero ni una sola vez salió de la habitación, así que ya comenzábamos a desesperar. Y entonces ocurrió algo... increíble. De pronto, Isaac comenzó a lanzar unos aullidos horrorosos y a correr por todo el laboratorio como si hubiese perdido el juicio. Suplicaba que no le matasen y sollozaba a gritos. La escena duró menos de cinco minutos. Luego, salió disparado de la habitación y desapareció al otro lado del pasillo, dejándonos solos.

—¡Qué raro! —murmuró Alejandra.

—Nos quedamos los tres de piedra —siguió contando Selene—, pero en seguida comprendimos que era la oportunidad que habíamos estado esperando, así que encendimos el ordenador y empezamos a buscar. Como puedes suponer, lo primero que ocurrió fue que la máquina nos solicitó una contraseña, y nosotros, evidentemente, no la sabíamos. Claro que eso no duró mucho... En seguida me vinieron unos códigos a la mente que nos permitieron superar ese paso y acceder a las páginas de acceso restringido. En el ordenador se guardan informes de todos los ensayos clínicos que han estado realizando con nosotros. Abrimos el que llevaba la fecha de la operación y, por fin, nos enteramos de lo que nos hicieron ese día.

—¿Y qué os hicieron? —preguntó Alejandra, sin poder contener su impaciencia.

—Por lo visto, nos extrajeron unas pequeñas cápsulas que habían detectado incrustadas en nuestros esternones. Son metálicas, y, según consta en el informe, nadie ha sido capaz de abrirlas. Al parecer, son idénticas a la que le extrajeron a Jacob hace ahora dos años, y que hace algunos meses desapareció de la cámara de seguridad donde la guardaban.

—¡Qué misterioso resulta todo esto! ¿Por qué tenéis los cuatro cápsulas metálicas en el esternón? ¿Y por qué os las han sacado sin avisaros?

Martín, Selene y Casandra miraron con gravedad a Alejandra. Ninguno de ellos conocía la respuesta a sus preguntas.

—También hemos averiguado algo muy importante sobre Jacob —añadió Casandra—. Al parecer, lleva más de un año desaparecido. Se escapó durante la noche y, desde entonces, nadie ha vuelto a verlo. Lo han buscado por toda la isla, pero no han encontrado ni rastro. Todos están desconcertados, porque parece imposible que haya podido escapar él solo del Jardín, a través del mar... Incluso temen que haya muerto.

—¿Y para qué hacen todo esto con vosotros? ¿Habéis averiguado si están obteniendo medicamentos de algún tipo gracias a vuestros tejidos?

—Eso es, quizá, lo más preocupante de todo —murmuró Martín—. Por lo visto, nos están inoculando diferentes virus y bacterias para luego extraer los anticuerpos que producimos de manera natural y fabricar con ellos sueros curativos. Pero lo inquietante es que no se trata de virus y bacterias corrientes, sino de cepas genéticamente modificadas por Dédalo para resultar especialmente mortíferas.

Los ojos de Alejandra se abrieron como platos.

—¿Qué? ¡Eso no es posible! ¿Para qué iban a hacer una cosa así?

—Muchas veces le he oído decir a mi madre que, si volvía a estallar una guerra, las armas utilizadas serían bombas infecciosas —explicó Martín—. Con los conocimientos genéticos que se tienen actualmente, resulta relativamente fácil alterar los microorganismos para volverlos mortales. Es, incluso, barato... El único problema es que, si una de esas infecciones se extiende, terminará amenazando a sus propios creadores. Y ahí es donde entramos nosotros: gracias a nuestros anticuerpos, Hiden tiene la forma de proteger a quien él decida de los mortales virus que está creando. ¿Os dais cuenta? ¡Están desarrollando todo un arsenal de armas biológicas y sus correspondientes antídotos! ¡Nos están utilizando para eso!

—Pero ¿cómo están tan seguros, cuando os inoculan esos microbios, de que no vais a enfermar? Es muy peligroso...

—Han estudiado a Jacob durante años, y saben que su sistema inmunitario es capaz de defenderlo de cualquier agresión, así que han supuesto que con nosotros ocurre lo mismo. Y parece que no se han equivocado... Según consta en los informes, destruimos tan deprisa los microorganismos invasores que ni siquiera da tiempo a que contagiemos a nadie la enfermedad. De no ser por eso, no podrían usarnos para sus fines...

—¡Pero eso es espantoso! —exclamó Alejandra, horrorizada—. Tenemos que salir de aquí cuanto antes...

—Primero debemos recuperar las cápsulas que nos han extraído —dijo Selene con decisión—. Tenemos que averiguar quién las introdujo en nuestros organismos, y para qué. Da la impresión de que estos no son los únicos que se han propuesto utilizarnos.

—Sí, es cierto —la apoyó Casandra, a quien los ojos se le habían llenado de lágrimas—. No podemos seguir así: nos arrancan de nuestras familias, nos convierten en conejillos de Indias y nosotros seguimos sin tener la menor idea del motivo de todo esto. ¿Por qué nosotros? ¿Por qué somos tan raros? Es inútil seguir escondiendo la cabeza debajo del ala. Quiero saber de dónde procedo y por qué soy tan distinta del resto de la humanidad, aunque la respuesta me asuste...

Selene y Martín asintieron en silencio. Justo entonces oyeron un ruido de pasos a sus espaldas. Eran los dos policías de la Corporación, que venían a buscarlos.

—El jefe quiere veros —anunció Phil con una maliciosa sonrisa—. ¡Ahora!

Martín se preguntó si los dos tipos habrían oído lo último que había dicho Casandra. En todo caso, y a pesar de sus sofisticadas ruedas neurales, ambos eran demasiado necios para advertir la importancia de las palabras que ella acababa de pronunciar. Ni siquiera notaron la inquietud de los muchachos al verlos aparecer.

En silencio, los cuatro acompañaron a los policías hasta su vehículo y se dejaron conducir al Palacio sin hacer preguntas. Ted y Phil tampoco parecían muy comunicativos. Seguramente, el encargo de ir a buscar a los muchachos habría interrumpido una de sus estúpidas partidas de naipes negros, lo que les llenaba de rencor hacia sus supuestos «protegidos».

Ya en el Palacio, les hicieron esperar un momento en el patio mientras anunciaban su llegada a Hiden.

—¿Creéis que Isaac habrá notado que habéis estado fisgando en su ordenador? —susurró Alejandra, atemorizada.

—No lo creo —contestó en voz baja Selene—. Estuvimos buscándolo al terminar y uno de sus robots nos dijo que se había retirado a descansar. En el laboratorio no había ni un alma, y, a no ser que nos hayan grabado...

El propio Hiden interrumpió las explicaciones de la muchacha.

—Vamos a la biblioteca —ordenó con voz grave—. Tengo que hablar muy seriamente con vosotros.

Los chicos le siguieron con el alma encogida y tomaron asiento en los divanes de cuero que el director de Dédalo les indicó. Hiden, en cambio, permaneció en pie, observando alternativamente a los cuatro adolescentes con una expresión impenetrable en la mirada.

—Sé que habéis estado preocupados estos últimos días —dijo por fin—. Por desgracia, yo he estado muy ocupado con lo de la comunicación extraterrestre para entrevistarme con vosotros. Pero, ahora que todo está en marcha, es el momento de que hablemos sin rodeos. Estáis dolidos por lo de la operación; Martín tuvo el valor de decírmelo a la cara, y aplaudo su sinceridad. Ya entonces, como recordarás —añadió dirigiéndose al muchacho—, te prometí que os compensaría... Quiero demostraros que sois importantes para mí, no unos simples colaboradores sin más. Quiero que lleguéis a considerar el Jardín como vuestro hogar, y a Dédalo como vuestra segunda familia... Naturalmente, eso exige confianza por ambas partes. Exige reconocer los propios errores y asumir la responsabilidad. Yo reconozco ante vosotros que obramos mal al no anunciaros la importancia de la intervención a la que ibais a ser sometidos. Mi única excusa es que se trataba de un ensayo clínico importante, dentro de un programa destinado a proteger muchas vidas de las nuevas infecciones que están surgiendo. Y también, por supuesto, la insistencia de Isaac... Pero no os he llamado para reiteraros mis disculpas, sino para ofreceros un regalo, en agradecimiento por vuestra colaboración y por la comprensión que habéis demostrado.

—¿Un regalo? —repitió Martín con desconfianza.

—Unas vacaciones. Vais a pasar unas vacaciones en el lugar del mundo que elijáis. Lo único que tenéis que hacer es poneros de acuerdo... Nada es imposible. ¿Queréis ir a El Templo, la maravillosa e inaccesible ciudad de la corporación Nur? Yo puedo arreglarlo. ¿Queréis ir a Kukulkán, o a la bella Nara, la de los mil canales? Solo tenéis que escoger. Y no hace falta que sea una ciudad... Aquí tenéis un muestrario que incluye diferentes reservas naturales del planeta. Los lugares de acceso más restringido que existen: La Antártida, la cordillera del Himalaya, la selva amazónica, los grandes bosques de Europa o de Asia... Si estáis interesados en visitar alguno de esos sitios, yo puedo conseguirlo.

Hiden tendió a cada uno de los cuatro una lámina digital sobre la cual se ofrecía un amplio muestrario turístico. Cada uno de los chicos navegó por la maravillosa página, hojeando los espléndidos paisajes y vistas que contenía sin poder dar crédito a lo que les estaban ofreciendo. ¡Hiden quería premiarlos! Los cuatro sabían que no era de fiar, que su generosa oferta escondía algún oscuro propósito, que incluso podía resultar peligroso seguirle el juego... Pero la tentación era demasiado grande. ¡Ir a cualquier lugar del mundo! ¡Ver con sus propios ojos las maravillas que la mayor parte de la humanidad no conocería jamás! Valía la pena arriesgarse...

El problema era decidir el lugar. ¡Había tantos destinos atractivos! Cada uno de los cuatro clavaba largamente la mirada en las imágenes que iban surgiendo en su pantalla y se lo pensaba un rato antes de seguir examinando posibilidades. A Alejandra le atraía especialmente Italia, con sus viejos monumentos maravillosamente conservados. O también Grecia, la cuna de la civilización occidental... Selene, en cambio, habría preferido visitar cualquiera de las ciudades de las corporaciones, excepto Titania, donde había residido casi toda la vida. A Casandra, cuyos padres vivían en Nara, no le habría importado aprovechar la oportunidad que se les brindaba para hacerles una visita. Además, adoraba su ciudad, con las doradas casas de barro y los amplios canales surcados de pequeñas embarcaciones... Pero, por otro lado, no quería desaprovechar aquella oportunidad para conocer otro lugar distinto. Le atraían especialmente las altas cordilleras, donde nadie que ella conociese había estado jamás...

Martín era, quizá, el más indeciso de los cuatro. Contemplaba largamente todos los lugares que aparecían en la pantalla, y todos le parecían maravillosos y dignos de una visita. Iba a resultar muy difícil elegir... De pronto, sin embargo, apareció una fotografía en el monitor que le dejó paralizado. Sin poder dar crédito a sus ojos, la amplió y solicitó al folleto digital otras imágenes del mismo lugar. Pero, cuantas más fotografías veía, mayor era su asombro...

¡De modo que aquel sitio existía de verdad! Él lo había visto muchas veces, pero en sueños... En realidad, lo veía prácticamente todas las noches. ¡Era el bosque lleno de ruinas hindúes y budistas donde alguien le susurraba que buscase la llave del tiempo! No había posibilidad alguna de error: reconocía las estatuas y los templos semiderruidos; incluso los grandes árboles que los rodeaban, con sus erguidos troncos y sus ramas nudosas, le resultaban tan familiares como si hubiese vivido entre ellos. ¡Y pensar que aquel maravilloso lugar donde cada noche le invadían las más profundas sensaciones de paz y de comunión con el universo estaba, de pronto, al alcance de su mano!

—Debemos ir al Bosque de Yama —dijo con decisión—. Buscadlo en vuestros folletos. No encontraremos un sitio más hermoso...

A ninguna de las tres chicas les pasó inadvertida la inusitada palidez de su rostro. A Hiden tampoco... Observó con divertida curiosidad a su protegido.

—Vaya, Martín, parece que hemos encontrado lo que buscábamos... al menos en tu caso. Estás emocionado, no lo niegues. ¿Por qué te conmueve tanto ese lugar?

—Mi padre siempre quiso visitarlo —mintió Martín con absoluto descaro.

La explicación sonó bastante convincente; lo suficiente, al menos, para que Hiden no siguiese haciendo preguntas.

—¿Y qué decís vosotras, muchachas? ¿Aceptáis la propuesta de Martín? —dijo alzando las cejas con fingida gravedad.

Las chicas se miraron entre sí; los ojos suplicantes de Martín no eran los de alguien que lucha por defender un capricho. Debía de tratarse de algo mucho más importante...

—Sí —dijo Alejandra, segura de que hablaba en nombre de las tres—. Aceptamos.

Capítulo X

El Bosque de Yama

Los preparativos para el viaje al Bosque de Yama duraron algo más de una semana. Isaac estaba furioso, porque aquellas vacaciones suponían una nueva interrupción en el programa de actividades del laboratorio. Después de su último ataque, provocado por la visión que había tenido en presencia de los chicos, Hiden se estaba planteando muy seriamente sustituirlo y poner a otra persona al frente del personal de los laboratorios. A pesar de que él mismo había sufrido esa clase de alucinaciones en sus últimos tiempos de residencia en el Palacio, se resistía a admitir que hubiese algún ente paranormal actuando entre sus empleados. Prefería atribuir aquella oleada de supuestas apariciones a una conjunción entre el agotamiento mental de sus científicos y la capacidad de sugestión que ese tipo de historias ejercen sobre las mentes, una vez que empiezan a circular. En su fuero interno, consideraba a Isaac el principal culpable de que aquella epidemia de alucinaciones. Estaba convencido de que su obsesión por el trabajo le había terminado enloqueciendo, y de que su prestigio había contribuido a alterar a los demás, haciéndoles creer que veían las mismas cosas que él. Se proponía aprovechar el período de vacaciones de los muchachos para someter al jefe de sus laboratorios a un exhaustivo examen psicológico y salir de dudas. Además, había puesto en marcha un segundo equipo de investigación para analizar las ondas de radio de procedencia extraterrestre y tratar de descifrar su significado. Con ese objetivo, había traído al Jardín a media docena de prestigiosos expertos en diferentes ramas del saber, a los que se había sumado Berenice, cuyos conocimientos de lógica podían resultar de mucha utilidad para resolver los misterios del código oculto tras los patrones rítmicos de ondas que componían el supuesto mensaje.

Hiden decidió que fuese Clovis quien acompañase a los muchachos en su viaje al Bosque de Yama. El pobre hombre estaba encantado, pues, a su edad, ya no esperaba que se le presentase la oportunidad de visitar un lugar de tan difícil acceso como aquel. Aún recordaba los días lejanos de su infancia, cuando la gente podía ir a donde quisiese sin solicitar permisos especiales que casi siempre resultaban denegados. A veces soñaba todavía con los bosques y las playas adonde solían llevarle sus padres...

Partieron una calurosa mañana de comienzos de mayo. Uno de los aviones privados de Hiden les condujo en poco más de dos horas a su destino, situado en la frontera del antiguo territorio de Camboya. Aterrizaron en la pequeña pista construida un par de décadas atrás junto al Centro de Protección y Seguimiento del Bosque, donde estaba previsto que se alojasen.

Desde el momento en que bajaron del avión, Martín percibió que aquel lugar era diferente de todo cuanto había conocido. El aire tibio y levemente húmedo parecía acariciar su organismo desde el interior cada vez que respiraba; uno se sentía como recién lavado en aquella atmósfera fresca y cargada de aromas de resinas y plantas. Reinaba un imponente silencio compuesto de rumores de hojas mecidas por el viento, de cantos de pájaros y del vibrante chirrido de los grillos. Era la música de la naturaleza, que apaciguaba inmediatamente el espíritu con su envolvente manto de brisas murmurantes y ecos lejanos. El amplio edificio de madera donde se había instalado el Centro parecía perfectamente integrado en aquella misteriosa armonía. Los pocos naturalistas que residían allí caminaban casi siempre descalzos, y se movían con la muda elasticidad de los felinos salvajes. Cuando hablaban lo hacían casi en un susurro, como si temiesen romper el frágil equilibrio de la vasta selva que custodiaban. Martín y las chicas pronto se impregnaron de aquella actitud profundamente respetuosa con el mágico ambiente que les rodeaba, y se acostumbraron a pasar largos ratos caminando juntos o sentados en la amplia terraza del edificio sin decir palabra. Clovis no se separaba de ellos en ningún momento, pero, incluso si lo hubiese hecho, Martín se lo habría pensado dos veces antes de quebrar aquella maravillosa paz con la explicación de los motivos que le habían llevado a elegir el Bosque de Yama como destino para sus vacaciones. Sin embargo, sabía que, antes o después, tendría que afrontar la realidad y contarles a sus amigas la relación de aquel lugar con su misterioso sueño repetitivo. Después de todo, había querido ir allí para buscar respuestas, e iba a necesitar toda la ayuda posible para encontrarlas.

Todas las mañanas, con las primeras luces del alba, los cuatro amigos salían acompañados de Clovis a recorrer una de las numerosas rutas balizadas que se internaban en la murmurante selva. Caminaban durante horas entre árboles milenarios hasta descubrir alguna ruina de la antiquísima cultura jemer, que en un tiempo remoto había dejado su huella civilizadora en aquellos lugares. A veces se trataba de las ruinas de un palacio, cuyos muros de piedra ornada de motivos florales aparecían parcialmente carcomidos por el musgo y las plantas trepadoras. Otras veces era una torre en forma de loto, o un templo medio derruido en cuyos relieves se narraban las titánicas guerras entre los dioses y los hombres, o una gigantesca imagen de Buda con el rostro sonriente y la mirada más serena que un artista haya podido imaginar. Alejandra sentía que le daba un vuelco al corazón cuando, de la intrincada maraña de árboles y lianas que formaba la selva, surgía de pronto ante ellos uno de aquellos sublimes rostros, evocando lo más valioso e imperecedero del espíritu humano. Sin poderlo evitar, notaba que los ojos se le iban llenando de lágrimas y que nada en el mundo podía unirla tanto a sus semejantes como la contemplación de aquellos vestigios de una humanidad que anclaba sus raíces en la noche de los tiempos. Por absurdo que pudiera parecer, sentía que los artistas que habían creado aquellas maravillas eran sus ancestros; aunque no corriese por sus venas ni una sola gota de su sangre, sí había heredado su fe en el destino del hombre y su amor al universo y a su inmensa belleza.

Clovis también estaba deslumbrado por la impresionante riqueza arqueológica del parque, pero sus conclusiones no eran tan optimistas como las de Alejandra. Al contemplar las ruinas de tantos edificios espléndidos engullidas casi completamente por la selva, el viejo científico reflexionaba sobre la vanidad de todas las empresas humanas, y sobre lo efímero de las obras del hombre en comparación con la majestuosa resistencia de la naturaleza. No eran, estos, pensamientos que lo animasen demasiado; de hecho, se mostraba más melancólico y taciturno que nunca, y apenas tenía ganas de hablar. Parecía que todas aquellas ruinas le estaban dando mucho que pensar acerca de su vida y, en particular, de su relación con Hiden en los últimos tiempos. La verdad es que costaba trabajo reconocer en aquel anciano silencioso al profesor simpático y entusiasta del Jardín del Edén.

Sin embargo, no eran Clovis y Alejandra los que más habían cambiado al llegar al Bosque de Yama. La transformación que se había operado en Casandra y Selene resultaba mucho más asombrosa. Ambas aparecían constantemente tristes y asustadas, pero sus reacciones ante las ruinas y la belleza del paisaje eran, si uno se fijaba bien, totalmente diferentes. Selene parecía observarlo todo con un melancólico distanciamiento que a veces habría podido pasar por indiferencia. Se la veía ausente, como abstraída en sus propias reflexiones, las cuales, a juzgar por su gesto grave y asustado, no eran particularmente alegres. Casandra, por el contrario, contemplaba cada palmo del terreno con una atención casi obsesiva. Volvía la cabeza a un lado y a otro presa de un mudo terror, y continuamente elevaba los ojos al cielo y se quedaba largo rato parada, mirándolo con fijeza. En realidad, su comportamiento se iba volviendo más y más extraño a medida que pasaban los días, hasta el punto de que Clovis, muy preocupado, llegó a sugerirle que no acompañase a los demás en sus excursiones.

En cuanto a Martín, trataba de dominar lo mejor que podía sus sentimientos, pero no le resultaba fácil. Desde el momento en que se internó por primera vez en el bosque, tuvo la absoluta certeza de que había encontrado el lugar mágico donde, en sueños, cada noche oía la misma voz misteriosa. Sin embargo, fue en la tercera excursión cuando esta certeza se vio totalmente confirmada. La senda que escogieron aquel día era, justamente, la misma que él recorría dormido cada noche. Podía reconocer cada árbol, cada jirón de cielo entre las altas copas, cada recodo del sendero. Todo se veía ligeramente distinto a la luz del día, pero, aún así, no había confusión posible. A medida que avanzaban hacia las ruinas del templo que él ya conocía, la misma sensación de paz y de armonía con el universo que siempre se apoderaba de él durante el sueño fue invadiéndolo nuevamente, y cuando por fin llegaron al pie de la estatua que tantas veces había visto, casi se sintió decepcionado al no oír la voz que, en sus sueños, le invitaba a buscar la llave del tiempo. Por fortuna, nadie pareció advertir su ansiedad ni su decepción; sus compañeros estaban demasiado turbados por sus propias emociones para darse cuenta de nada.

La ausencia de otros visitantes en el Bosque contribuía a intensificar la sensación de soledad y desamparo que gradualmente se había ido apoderando de los muchachos. Exceptuando a los guardabosques del Centro, que raramente patrullaban por los caminos balizados, no había nadie más en la Reserva. Ni Clovis ni sus pupilos estaban acostumbrados a moverse con tanta libertad, y la sensación de que podían ir adonde quisieran sin que nadie se preocupase por ellos los intimidaba un poco. Solo al quinto día de su estancia, Martín comprendió que estaban desaprovechando una ocasión de oro para hablar entre ellos de los misterios que les preocupaban sin ser vigilados. Lo único que tenían que hacer era esperar a que Clovis se retirase a descansar y aprovechar la noche para reunirse los cuatro en algún lugar del exterior del Centro.

Esa misma noche, en cuanto se cercioró de que todos se habían ido a dormir y de que el edificio estaba tranquilo, el muchacho fue despertando una por una a sus compañeras. Media hora después, los cuatro emprendían de nuevo el recorrido que Martín repetía cada noche en su sueño. Llevaban un par de linternas, pero, a pesar de ello, cuando el sendero se estrechaba bajo los árboles las sombras se volvían tan espesas que apenas veían por dónde iban. La Luna aún no había salido, y entre las copas de los árboles se descubría, de cuando en cuando, un retazo de cielo cuajado de estrellas.

Avanzaron en silencio durante largo rato. Los ruidos de la noche eran muy distintos a los del día, y de cuando en cuando se oía un breve siseo que evocaba el rápido deslizarse de una serpiente, o el lúgubre aullido de un mono, o el gruñido sordo de un felino que había salido de caza. Sin embargo, nada de eso asustaba tanto a los chicos como sus propios pensamientos. Sabían que se habían reunido para expresarlos en voz alta, pero ninguno se decidía a comenzar.

Al llegar a las ruinas del templo donde terminaba el camino, Martín se sentó en silencio sobre el primer escalón de una escalera semiderruida. Sus compañeras se acomodaron a diferentes alturas en esa misma escalera, y apagaron las linternas. Sobre sus cabezas, las estrellas eran tantas que su plateado fulgor resultaba suficiente para distinguir los contornos de las cosas. Era el momento de hablar, y Martín, con un nudo en la garganta, comenzó a narrar suavemente su encuentro con el viejo vagabundo que le había regalado un libro de papel y todos los pormenores del sueño que se le había venido repitiendo a diario a partir de aquella noche.

Las chicas escucharon todo el relato sin decir palabra. Incluso Alejandra, que ya conocía la historia, sintió vértigo al oírla de nuevo en aquel lugar que tantas veces antes se le había aparecido a Martín. Cuando este concluyó su narración mencionando la misteriosa voz que le exigía que buscase la llave del tiempo, resonó en la oscuridad un ahogado sollozo; era Selene, que no había logrado retener por más tiempo su llanto.

—¿Qué te ocurre? ¿Por qué lloras así? —susurró Martín, muy sorprendido.

Pero, antes de que la muchacha se decidiese a responderle, sucedió algo más extraño aún. En el peldaño más alto de la ruinosa escalera, la silueta de Casandra se incorporó bruscamente, recortándose con toda nitidez sobre el cielo estrellado. Casandra había alzado un brazo hacia el cielo con la mano extendida, y permaneció largo rato en esa posición, casi completamente inmóvil, exceptuando el violento temblor que, de cuando en cuando, parecía convulsionar todo su cuerpo.

Por fin, bajando el brazo, se dejó caer de nuevo sobre el escalón donde había estado sentada. Cuando comenzó a hablar, su voz sonó como si se encontrase completamente exhausta.

—Yo también conozco este lugar —murmuró lentamente—. No lo había visto nunca antes de venir aquí, pero, desde el primer momento en que pisé el bosque, comencé a recordar cosas... O, más bien, quizá, a tener visiones. Visiones que me aterran... y que, sin embargo, son de una belleza increíble. Cuando miro al cielo, veo una ciudad suspendida sobre nuestras cabezas. Los edificios flotan en el aire, entre las nubes, y sus tejados brillan a la luz del sol como si fueran de oro puro. Sus muros están hechos de mosaicos azules y nacarados. Hay templos en forma de campana, jardines de plantas ingrávidas que cuelgan de las ventanas, cascadas que brotan de la boca de una especie de monstruo de mármol y que forman un hondo remanso allá arriba, sin caer nunca al suelo. Veo torres redondas rodeadas de frágiles galerías de arcos y columnas que parecen talladas en marfil, cúpulas grandes y pequeñas, doradas y deslumbrantes o transparentes, como de cristal; y hay puentes y pasarelas de oro que comunican entre sí todos los edificios. Eso es lo que veo cada vez que alzo la cabeza. Y aquí abajo, a unos pocos pasos de donde nos encontramos, aparece de pronto, algunas veces, un árbol inmenso, más alto y frondoso que ninguno de los que existen en la realidad, tan alto que su copa casi roza la ciudad celeste. ¿Por qué veo eso, Martín? ¿Por qué sueñas tú con este mismo lugar? ¿Por qué no entendemos nada de lo que nos pasa? Tengo miedo... Hay algo extraño dentro de mí. Algo... terrible.

Alejandra y Martín habían escuchado sobrecogidos las palabras de Casandra. Ni uno ni otro sabían qué decir. En la oscuridad, seguían oyendo los sollozos de Selene, sordos y entrecortados.

Por fin, Martín se aventuró a hablar.

—Tal vez alguien haya querido guiarnos hasta este lugar —murmuró—. Los mismos que introdujeron esas cápsulas en nuestros organismos... Tal vez, de algún modo, hayan sembrado en nuestra mente todas esas imágenes irreales para hacernos venir aquí... aunque no puedo imaginarme con qué fin.

Una violenta carcajada resonó en la noche. Martín sintió un escalofrío al comprobar que procedía de Selene, cuyo llanto, de pronto, se había transformado en una risa incontenible. En silencio, cogió de la mano a Alejandra y la atrajo hacia su pecho. Podía oír su respiración agitada e incluso los violentos latidos de su corazón. Él también estaba asustado...

—¿Es que no entendéis nada? —gritó Selene con voz estridente; luego siguió riendo con una risa que cada vez se parecía más a un llanto histérico y entrecortado, y que se fue calmando lentamente, terminando en una especie de prolongado jadeo que se transformó de pronto en un torrente de palabras—. Esas imágenes... Esas voces... no son visiones, ¡son recuerdos!

Sin comprender, los otros intentaron distinguir en la negrura de la noche los rasgos de la muchacha.

—¿Cómo van a ser recuerdos? —objetó suavemente Martín—. Se trata de cosas irreales, que no hemos vivido...

—¡Claro que no las hemos vivido! Pero las viviremos... Son recuerdos del futuro.

Martín notó que Alejandra se estremecía entre sus brazos. Sintió que la piel se le erizaba debajo de la ropa.

—Eso es imposible —murmuró—. Nadie puede tener recuerdos del futuro...

—A menos que venga de él —dijo Selene, repentinamente tranquila—. Pero ¿cómo es posible que no os deis cuenta? Yo lo supe desde el momento en que encontramos los informes acerca de las cápsulas. Supe lo que eran esas cápsulas. Algo se despertó dentro de mí y me dijo lo que eran. Al principio pensé que se trataba solo de imaginaciones, de disparates que se me pasaban por la cabeza... Pero, desde que llegué aquí, lo vi todo con claridad. Un montón de conocimientos que ni siquiera sospechaba que tenía comenzaron a venirme a la mente. Supongo que estaba programado... Pero no quería creerlo. ¡No quiero creerlo!

En el silencio que siguió a las palabras de Selene, Martín oyó con total nitidez los desordenados latidos de su propio corazón.

—Es posible que te equivoques... —murmuró sin mucha convicción.

—No lo comprendes, Martín; no estoy haciendo suposiciones. Lo sé; algo dentro de mí sabe que venimos de una época lejana en el futuro. Lo que Casandra ha tomado por visiones corresponde, en realidad, al aspecto que tendrá este lugar dentro de... quién sabe cuántos años. Y tu sueño significa lo mismo, ¿no lo ves? *Busca la llave del tiempo...*

—Tiene razón —dijo Casandra con voz apagada—. Además, en mi caso, no es la primera vez que veo... cosas. En Nara, a veces, tenía las más extrañas alucinaciones; veía seres fantásticos e increíbles paseándose como si tal cosa por las calles... En el Jardín, sin embargo, nunca me ha ocurrido.

—Pero no tiene sentido —objetó Martín—. Toda mi vida he vivido con mis padres... y vosotras también. No podemos tener recuerdos de algo que no hemos conocido.

—¿Por qué no? —preguntó Selene—. Hoy en día ya es posible implantar falsos recuerdos en la memoria; se hace con las personas que han sufrido algún trauma irreparable. Es posible que todas esas visiones que tenemos sean implantadas; una falsa memoria del futuro del que procedemos... Además, si venimos del futuro, eso explicaría todas nuestras rarezas; nuestro sistema inmunitario, la imposibilidad de instalarnos una rueda neural, mi capacidad para piratear cualquier sistema informático casi sin darme cuenta de lo que hago...

—Pero yo no tengo esa capacidad, ni Casandra tampoco.

—Quizá cada uno de nosotros esté dotado de unas capacidades distintas; solo es cuestión de ir descubriéndolas.

Martín renunció a seguir planteando objeciones. En realidad, desde el momento en que Selene explicó su descabellada teoría, también él había tenido la certeza de que era verdadera. Y cuanto más trataba de rebelarse contra aquella espeluznante idea, tanto más convencido se sentía.

—Pero, si todo eso fuera cierto, ¿qué sentido tendría? —preguntó Alejandra con voz trémula—. ¿Quién os ha enviado, y para qué? Si ni siquiera vosotros lo sabéis, todo el asunto es un puro disparate...

—Sí; parece absurdo haber enviado a unos bebés para que se criaran así, sin saber absolutamente nada de su origen —admitió Selene, pensativa.

—Bueno, se está demostrando que sabemos bastante más de lo que creíamos —dijo Casandra—. Y es posible que aún descubramos más cosas; cosas que, hasta ahora, nos han pasado inadvertidas...

—Supongo que Hiden os habrá contado lo de que no somos hijos de nuestros padres —recordó Martín—; al parecer, aparecimos como por arte de magia en la Maternidad de Medusa... Eso es, al menos, lo que cree él.

—Quienquiera que nos haya traído a esta época, nos dejó allí para que nos criasen como a niños normales —dedujo Selene—. Supongo que debe de formar parte del plan...

En la oscuridad, Alejandra trató de distinguir los rasgos de sus compañeros. Se daba cuenta de que los tres estaban, ahora, completamente seguros de que la absurda teoría de Selene era cierta, pero no podía comprender por qué. Un intenso escalofrío le recorrió la espalda. No se sentía capaz de aceptar aquello con tanta ecuanimidad como los otros.

—Dijiste que sabías lo que eran las cápsulas... —murmuró, dirigiéndose a Selene.

—Las cápsulas son la clave de todo el asunto —dijo esta con voz queda—. Las cápsulas son... la llave del tiempo; o la contienen, no lo sé. Son nombres diferentes para la misma cosa.

«Sí —se dijo Martín—, sé que tiene razón; aunque no sé por qué lo sé...».

—Si eso es cierto —observó en voz alta—, solo espero que Hiden no lo haya averiguado. ¿Os imagináis qué ocurrirá si descubre nuestra verdadera procedencia? Intentará inmiscuirse; es capaz de abrirnos en canal para saber lo que tenemos dentro...

Todos se quedaron callados, sopesando las últimas palabras del muchacho.

—No sé —murmuró Casandra—; tal vez, después de todo, nos haya hecho un favor. De no ser por él, nunca nos hubiéramos reunido...

—A lo mejor, el hecho de que nos reunamos no es imprescindible para los que nos enviaron —sugirió Selene.

—O tal vez estuviese previsto que llegásemos a conocernos de otra manera. Si dentro de nosotros hay recuerdos y conocimientos que se activan solos, es perfectamente posible...

—Pero eso es terrible, Martín —dijo Casandra con la voz quebrada—. No saber lo que ocurre dentro de nosotros, ni por qué estamos aquí, ni cuál es nuestro destino ni nuestra misión en la vida...

—¿Y creéis que para el resto de la gente es muy diferente? —preguntó Alejandra con suavidad—. Yo tampoco comprendo lo que ocurre dentro de mí, ni sé para qué he venido al mundo... Admito que en vuestro caso la incertidumbre es todavía mayor, pero, al mismo tiempo, tenéis la posibilidad de hacer averiguaciones, y, si lo que decís es cierto, estoy segura de que pronto sabréis más acerca de lo que se espera de vosotros.

En la oscuridad de la noche, Martín apretó con ternura la mano de Alejandra. Ella tenía razón. Fuese cual fuese su origen, no eran tan diferentes del resto de los seres humanos. Tenían una familia, una infancia que recordar, un ansia de felicidad tan inmensa como todos, y también una enorme inseguridad y un profundo miedo a lo desconocido...

Además, estaba aquel bosque. Sus viejísimos árboles parecían protegerlos con un manto de serenidad indestructible, sostenida por raíces tan profundas como la memoria del hombre. Entre aquellos árboles, bajo aquellas estrellas, era imposible sentir angustia. Tal vez él y sus amigas se hallasen separados de su origen por un insalvable abismo de tiempo, pero ese abismo, para los lejanos astros que titilaban en la negrura del cielo y para los lentos seres que crecían a su alrededor, no era más que un lapso insignificante.

Martín se sumergió, con una íntima sensación de consuelo, en la contemplación del cielo estrellado. Cuanto más lo miraba, más amplia y libre se volvía su sonrisa, aunque nadie podía notarlo en la oscuridad de la noche. Ya no sentía angustia ni temor; solo una profunda complicidad con el resto del universo. Él formaba parte de aquello tan hermoso e inmenso, era como una gota de agua en aquel océano infinito. Y una gota de agua no puede tener miedo del mar… Ella es el mar, y el destino del mar es su propio destino.

Martín nunca supo cuánto tiempo había pasado sumido en aquellas reflexiones. Cuando salió de su ensimismamiento, el cielo comenzaba lentamente a palidecer sobre sus cabezas; poco después, las estrellas fueron hundiéndose una a una en la naciente claridad como en un océano de luz dorada. Bajo los árboles, Martín pudo distinguir por fin los rasgos de Alejandra, que había cerrado los ojos sobre su hombro y respiraba con regularidad, como si se hubiese quedado dormida. Pero fue como si su mirada ejerciese un efecto mágico sobre el rostro de la muchacha, porque justo entonces abrió los ojos y sus labios esbozaron una dulce sonrisa. Se miraron largo rato en la luz violácea del alba.

Recostadas sobre sendos troncos, Selene y Casandra contemplaban el cielo con expresión tranquila. Ninguno parecía decidirse a romper el hechizo de aquella primera hora de la mañana, pero había que regresar.

—Nos quedan un par de días para volver al Jardín —murmuró Martín con suavidad—. En cuanto estemos allí, buscaremos el modo de recuperar las cápsulas.

En su voz había tanta calma y, a la vez, tanta firmeza, que las chicas se sintieron reconfortadas. Los cuatro sabían que les aguardaban tiempos difíciles, pero en aquel momento no les importó. Había cosas más importantes en el mundo que sus pequeñas angustias personales, cosas que incluso podían salvarles de aquellas pequeñas angustias: la memoria del pasado, la belleza del universo, la solidaridad con el resto de los seres, el compromiso con el porvenir...

Desde el zócalo del viejo templo en ruinas, una deidad de nombre olvidado parecía verter sobre ellos, a modo de bendición de despedida, la protección de su maravillosa sonrisa.

Capítulo XI

Jacob

A su regreso a la isla, los cuatro amigos encontraron las cosas bastante más tranquilas que en el momento de partir. Al parecer, el segundo equipo de investigación había trasladado su cuartel general a un viejo hotel abandonado de la costa, llevándose con él todo el revuelo y la agitación que su llegada había causado. A pesar de sus nuevas responsabilidades, Berenice no estaba dispuesta a abandonar del todo a sus alumnos, pero el horario de las clases tuvo que modificarse para que la anciana pudiese compatibilizar los dos trabajos, reduciendo a tres las sesiones semanales y trasladándolas a la mañana. También Clovis, después de ciertas vacilaciones, había aceptado colaborar con el nuevo equipo, variando, como Berenice, el horario de sus lecciones. El resultado fue que los chicos disponían ahora de más tiempo libre, pues todas sus actividades obligatorias se realizaban por la mañana, alternando los días dedicados al programa experimental de Isaac con los días de clase.

Alejandra había contado a los demás su conversación con Leo y el ofrecimiento que este le había hecho de eliminar la vigilancia de su cuarto entre las dos y las cuatro de la tarde. Decidieron aprovechar ese intervalo para reunirse en la habitación de Alejandra cada día, con la excusa de comer juntos. Nadie les pidió explicaciones. Hiden había vuelto a ausentarse, y Samantha había hecho una breve aparición el día de su llegada para anunciarles los cambios que se avecinaban, después de lo cual no volvieron a verla en el Palacio. Gozaban, por tanto, de suficiente margen de libertad como para poner en marcha su plan de acción.

—En los archivos de Isaac no se mencionaba el lugar donde se encuentra la caja de seguridad que contiene las cápsulas —dijo Selene, al comienzo de su primera reunión—. Debemos averiguar dónde la tienen...

—Yo me encargo —se ofreció Martín.

—¿Y cómo piensas hacerlo? —preguntó Alejandra con curiosidad.

—Desde que volvimos, he estado pensando mucho sobre lo que hablamos en el Bosque. Si lo que suponemos es verdad, cada uno de nosotros debe poseer distintas habilidades, habilidades que, probablemente, aún no hemos desarrollado del todo. Yo he estado preguntándome cuál puede ser la mía, y creo que tengo la respuesta. Hay algo que puedo hacer desde pequeño, y es adivinar lo que piensa la gente. No lo consigo con todo el mundo, ni siempre que me lo propongo; pero sucede con frecuencia. Y hay un detalle en el que, hasta ahora, no había caído: solo me sale con la gente que lleva injertada una rueda neural.

—¿También conmigo? —preguntó Alejandra, poniéndose roja como la grana.

Martín meneó la cabeza con tristeza.

—No, contigo no me ha salido nunca —dijo, sintiendo que a él también le ardían de rubor las orejas, como le sucedía siempre que se ponía nervioso—; y no es porque no lo haya intentado... Quiero decir... puede que no haya estado bien haberlo intentado... aunque siempre lo he hecho de una forma inconsciente, sin darme cuenta... No sé si me entiendes.

Era evidente que se estaba haciendo un lío.

—Pero puedes estar tranquila —concluyó, ruborizándose todavía más—. No lo conseguiré nunca. Es porque no consigo relajarme, porque me importa demasiado y me invade la ansiedad...

Se detuvo, confuso. Alejandra le lanzó una mirada que pretendía ser severa, aunque se adivinaba en ella una pizca de satisfacción.

—El caso es que voy a tratar de comprobar mi hipótesis —añadió Martín, volviéndose hacia las otras dos chicas—. Si realmente puedo utilizar la rueda neural de los demás para acceder a sus pensamientos, podría sernos de gran ayuda con Isaac. Él debe de saber dónde están esas cápsulas. Mañana, en el laboratorio, intentaré sonsacárselo. Si no funciona, ya se nos ocurrirá algo...

Selene y Casandra no parecían muy convencidas, pero se abstuvieron de expresar en voz alta sus dudas acerca de las capacidades «telepáticas» de Martín. Este estaba tan ansioso por poner a prueba su teoría, que llegó a temer que el nerviosismo le jugase una mala pasada, como le ocurría siempre con Alejandra. Aunque, por supuesto, la situación no se podía comparar...

A la mañana siguiente, cuando Isaac entró por fin en el laboratorio, donde llevaban un rato esperándolo, el muchacho tuvo que hacer un gran esfuerzo para dominar su agitación. Procuró relajarse recordando el Bosque de Yama y las reconfortantes sensaciones que allí le habían invadido. Poco después, Isaac se acercó a él mientras uno de sus ayudantes realizaba los últimos preparativos para someterle a un nuevo encefalograma. Martín le observó con ojos inexpresivos, mientras concentraba toda la energía de su mente en introducir en la rueda neural del científico su pregunta. En seguida advirtió la expresión distraída que súbitamente se había apoderado de las facciones de Isaac, y un instante después, sin esfuerzo alguno, obtuvo la respuesta que había estado buscando. Las cápsulas se encontraban en la biblioteca, en un compartimento secreto oculto tras el estante que contenía las primeras ediciones de la obra de Flaubert.

Había resultado tan sencillo que Martín sintió una especie de vértigo apoderándose simultáneamente de su cabeza y de su estómago. ¡Así pues, sus suposiciones eran ciertas! Con un poco de concentración, podía dominar aquella habilidad que él siempre había creído fruto de la casualidad o, como mucho, de una especial intuición. Las posibilidades que, de repente, se abrían ante él, casi le espantaron...

Pero aún tenía que averiguar algo más antes de que Isaac se alejase. Concentrándose nuevamente, introdujo un segundo interrogante en la mente del científico. De nuevo observó por un momento la mirada abstraída de Isaac, y el dato que deseaba apareció en su cerebro como por arte de magia. Para abrir la caja de seguridad, había que introducir una clave numérica compuesta de quince dígitos que le llevó largo rato memorizar.

Cuando comunicó sus descubrimientos a las chicas, el asombro que se dibujó en sus rostros casi le hizo reír. Se habían reunido una vez más para comer en la habitación de Alejandra, después de una interminable mañana de ensayos clínicos.

—No puede ser tan sencillo —objetó Casandra con desconfianza—; a lo mejor has creído que leías la mente de Isaac cuando en realidad esos datos proceden de tu propia imaginación...

—Estoy seguro de que entré en su rueda neural. En todo caso, pronto lo comprobaremos.

—Pero ¿cómo vamos a introducirnos en la biblioteca sin levantar sospechas? —preguntó Alejandra—. Nos advirtieron que no entrásemos nunca sin avisar a Clovis o a Berenice...

—Tendremos que desactivar los sistemas de vigilancia —dijo Martín—. Podrías hablar de nuevo con Leo y pedirle que nos ayude...

—No me gustaría involucrar a Leo en esto. Él me ofreció desactivar los sistemas porque suponía que quería intimidad para estar... contigo. Proponerle que nos eche una mano para traicionar a Hiden y robarle algo que supuestamente le pertenece me parece un poco arriesgado. Tal vez no le guste...

—Pero entonces, ¿cómo vamos a hacerlo? Nos descubrirán en cuanto pongamos los pies en la biblioteca...

—Yo lo haré —dijo Selene gravemente—. Estoy segura de que puedo hacer lo mismo que ese androide. Ya os he hablado de mi habilidad para piratear sistemas informáticos... Encontraré la forma de acceder al ordenador central desde uno de los nuestros, y anularé la vigilancia sobre la biblioteca.

—Pero lo descubrirán... —objetó Casandra.

—Tal vez sí o tal vez no. El control del sistema debe de estar en manos de Ted y Phil, o de algún tipo parecido. No creo que resulte muy difícil engañarlos...

En cuanto terminaron de comer, Selene se sentó frente al sistema multimedia del cuarto de Alejandra y comenzó a estudiar sus conexiones. Los otros la rodeaban en silencio. Disponían tan solo de una hora hasta que la vigilancia de la habitación se activase de nuevo. No era mucho tiempo...

—Todos los ordenadores del Palacio están comunicados en red —murmuró Selene, pasando con rapidez páginas y páginas de códigos—. Esto no es más que una terminal, y se supone que no puede afectar a los servidores centrales del sistema. A menos que...

Sin terminar la frase, la chica se levantó de su asiento y fue en busca de un destornillador. Un momento después, había abierto el armazón de plástico que contenía todo el cableado y los chips del sistema. Ni Martín ni sus compañeras entendían una palabra de lo que estaba pasando; los tres observaron con estupor cómo Selene manipulaba velozmente las tripas de la máquina y cómo permanecía unos instantes absolutamente inmóvil, sosteniendo varias conexiones en las manos y con los ojos cerrados. Un momento después, se hallaba de nuevo sentada frente al monitor y tecleaba sin la menor vacilación una orden tras otra.

—Lo tengo —dijo sonriendo y sin despegar los ojos de la pantalla—. Todo el sistema de seguridad del Palacio está en nuestras manos. Voy a programarlo para que se desactive completamente durante esta noche. Mañana, al amanecer, todo volverá a la normalidad. Nadie sospechará. Si se dan cuenta, creerán que ha sido un fallo del propio sistema.

Selene tenía razón. ¿Quién iba a sospechar que unos adolescentes fuesen capaces de manipular aquella sofisticada red informática de última generación desde una de las inofensivas terminales instaladas en sus dormitorios?

De todas formas, debían tener cuidado para que su comportamiento no resultase sospechoso. Si se quedaban toda la tarde en el cuarto de Alejandra, alguien podría comenzar a preguntarse qué era lo que se traían entre manos, así que decidieron volver a una de sus playas favoritas para que Ted y Phil pudiesen vigilarlos a placer y todo pareciese tan normal como siempre. Sin embargo, la tarde junto al mar les pareció interminable. Se bañaron varias veces, se tumbaron a la sombra para no dañarse la piel con las peligrosas radiaciones solares y dieron un largo paseo junto a la orilla. Trataron de distraerse comentando las curiosas edificaciones que se veían sobre los acantilados; casi todas correspondían a antiguas casas de vacaciones construidas en los primeros años de existencia de la isla. Algunas estaban en ruinas, pero la mayoría de ellas habían sido reconstruidas por la Corporación y modernizadas con amplias galerías acristaladas y terrazas de madera. Estaban ocupadas, en su mayor parte, por el personal científico de los laboratorios.

—Podríamos buscar, entre todas esas casas, una que estuviese abandonada —sugirió Alejandra—. Sería divertido; y ¿quién sabe? Puede que encontrásemos algo interesante.

Pero Ted y Phil no les habían perdido de vista en toda la tarde, así que decidieron dejar su investigación para otro día. Lentamente, regresaron al Palacio cuando ya comenzaba a oscurecer.

—A las dos de la mañana en la biblioteca —susurró Martín antes de despedirse de las chicas—. Será mejor que vayamos por separado. Si tenemos que andar buscándonos unos a otros, la cosa se alargará, y puede resultar peligroso...

Habían acordado cenar solos en sus respectivas habitaciones, pero Martín apenas pudo probar bocado. Los descubrimientos de la mañana le habían puesto nervioso, y la perspectiva de burlar el dispositivo de vigilancia de Hiden le parecía, por momentos, demasiado disparatada como para que saliera bien. Pero habían llegado demasiado lejos ya para detenerse; tenían que seguir hasta el final. Además, la única forma de comprobar si la teoría de Selene respecto a su origen era cierta consistía en someterla a prueba. Debían explorar sus capacidades; él ya había demostrado que su habilidad telepática podía controlarse, y la proeza que Selene había realizado aquella tarde desde la terminal informática de Alejandra les había dejado a todos sin habla. Sin embargo, solo estaban empezando; probablemente eran capaces de muchas más cosas aún. Si verdaderamente procedían del futuro, ya iba siendo hora de que también ellos, y no solo Hiden, sacasen partido de sus rarezas.

A las dos menos diez de la mañana, Martín cerró sigilosamente la puerta de su cuarto y se dirigió a las escaleras principales a través del corredor. Tratando de hacer el menor ruido posible con sus pies descalzos, descendió con precaución los escalones y, una vez en el patio central, se deslizó pegado a la pared hasta la puerta de la torre. No había previsto que la encontraría cerrada.

«¿Y ahora qué hacemos?», se preguntó lleno de ansiedad.

Justo en ese momento vio que otra sombra se aproximaba pegada al muro. Era Alejandra.

—La puerta está cerrada —le susurró Martín al oído.

—Ya lo suponía —murmuró ella, extrayendo del bolsillo de su pantalón de seda una diminuta tarjeta ovalada y elástica que presionó contra la célula de reconocimiento del picaporte.

La puerta se abrió de inmediato.

—Creí que solo funcionaba con la huella dactilar de los autorizados —dijo Martín en voz baja.

Sus ojos aún no se habían acostumbrado a la oscuridad del interior, y apenas lograba distinguir el contorno de su amiga.

—Esta es la huella dactilar de Leo —explicó Alejandra—. Me la ha prestado sin pedir explicaciones. Fui a verlo después de cenar. A ninguno se nos había ocurrido pensar que la puerta estaría cerrada...

—¡Menos mal que te diste cuenta! Pero Leo debió de sospechar algo... Creía que deseabas mantenerlo al margen.

—No teníamos otra posibilidad. De todas formas, creo que a Leo le tiene sin cuidado lo que hagamos. Y está demasiado resentido con Hiden como para irle con cuentos.

—En todo caso, resulta muy práctico, eso de tener huellas extraíbles.

En ese momento, oyeron pasos sigilosos al otro lado de la puerta. Un momento después, aparecieron Selene y Casandra.

—Será mejor que uno de nosotros se quede en el patio, vigilando —murmuró Casandra—. Lo haré yo, si queréis. Selene puede ser más útil dentro...

A todos les pareció buena idea, de modo que Casandra se quedó ante la puerta de la torre, agazapada entre dos macetas, mientras los otros se encerraban en el interior.

—¿Qué hacemos, encendemos alguna de las lámparas? —preguntó Martín, inseguro.

—Alguien podría ver la luz desde fuera y venir a ver qué ocurre —dijo Alejandra—. Pero no os preocupéis, he traído una linterna...

La muchacha encendió el pequeño aparato, teniendo buen cuidado en dirigir la luz hacia el suelo. Solo quedaba empezar a buscar... Pero ¿por dónde?

Martín sintió de pronto una oleada de calor en el rostro. Incluso comenzó a sudar...

—Somos unos estúpidos —musitó—. Deberíamos haber averiguado dónde se encuentra el maldito estante de Flaubert antes de venir. Aquí hay cientos de miles de libros; no lo encontraremos en toda la noche...

—Tercer piso, estantería número ochenta y cuatro, cuarto estante —recitó suavemente Selene—; lo busqué esta tarde, después de separarme de vosotros. El fichero de la biblioteca no es de acceso restringido, puede consultarse desde cualquier terminal de la red...

Era evidente que las chicas habían empleado bien aquellas horas de espera. Martín se sintió ligeramente avergonzado. La verdad es que él había estado demasiado nervioso como para pensar en los detalles de la operación... De no ser por la previsión de sus compañeras, todo habría salido mal.

Alejandra decidió quedarse abajo para vigilar. Mientras, Selene y Martín, con la linterna, se encaramaron a las empinadas escaleras de madera que conducían al tercer piso. El corredor circular que daba acceso a las estanterías era tan estrecho y estaba suspendido a tal altura que, a pesar de la oscuridad, Martín experimentó una ligera sensación de vértigo.

Los números de las estanterías estaban grabados en placas doradas situadas en el centro del último estante. Selene fue deslizando la luz de la linterna de un número a otro hasta encontrar el que buscaban. Entonces hizo descender el halo de claridad hasta el cuarto estante; comprobaron que, en efecto, contenía varios volúmenes muy antiguos de las obras de Flaubert. Los chicos comenzaron a extraerlos con la máxima precaución para no dañar sus quebradizas páginas, y los depositaron cuidadosamente en el suelo.

—¿Has leído algo de Flaubert? —murmuró Selene hojeando con veneración uno de aquellos viejos ejemplares a la luz de la linterna.

—Yo no... ¿tú sí?

—He leído *Madame Bovary*... Es la historia de Emma, una mujer muy fantasiosa que termina creyéndose sus propios sueños. Desea tanto encontrar el amor verdadero, que se engaña a sí misma, convenciéndose una y otra vez de que lo ha encontrado. Termina fatal...

—¿Y te gustó?

—Sí... Todo el mundo tiene un poco de Emma, en mi opinión. Por eso su historia te hace pensar y hasta llorar. Además, está tan bien escrita...

Martín decidió que leería ese libro en la primera ocasión que tuviera. Siempre que algún amigo le hablaba de un libro que le había gustado, le entraban ganas de leerlo. Aunque la verdad es que no habían elegido el mejor momento para una conversación sobre literatura...

—Ya está vacío —susurró Martín, retirando el último libro del estante—. Ahora, se supone que debemos encontrar un compartimiento secreto. Debe de haber un resorte, un panel deslizante o algo así.

Palpó minuciosamente el fondo del estante, impaciente por encontrar lo que buscaba. Sin embargo, sus esfuerzos, al principio, no dieron ningún resultado; la madera parecía totalmente lisa, y por más que lo intentó no pudo detectar la menor irregularidad. Estaba a punto de darse por vencido cuando, al deslizar los dedos por la arista posterior del estante, sintió que el fondo cedía. De repente, en lugar de la vieja madera, tenía ante sí un espacio vacío. Al enfocar sobre él la linterna, descubrió que unos pocos centímetros más atrás todo el hueco del estante se hallaba ocupado por una puerta de hierro con una rueda metálica en el centro. Martín no había visto jamás una caja de seguridad tan antigua. Durante un buen rato deslizó la luz sobre su superficie con la esperanza de encontrar un dispositivo de marcación donde introducir el largo código que había «robado» de la memoria de Isaac, pero no pudo hallar nada semejante.

—El código se introduce mediante esa rueda —le susurró Selene, que trataba de seguir sus movimientos desde atrás—. ¿Es que no has leído ninguna novela antigua? Este tipo de cajas aparecen constantemente...

Era la tercera vez aquella noche que Martín se sentía un incompetente. Y lo que más rabia le daba era que él también había leído alguna vez algo sobre aquellas viejas cajas; ¿cómo era posible que lo hubiese olvidado justo en el peor momento?

Sin decir palabra, fijó la luz de la linterna sobre la rueda y descubrió los números medio borrados que se hallaban grabados a distancias regulares en el exterior de su circunferencia. Con gran esfuerzo, consiguió mover el rotor de acero hasta que la aguja apuntó al primer dígito del código, que era el siete. El chirrido metálico de la rueda le puso los pelos de punta. Incluso Alejandra pudo oírlo con claridad desde el piso de abajo.

—¿Ocurre algo? —preguntó, lo suficientemente alto como para que la oyesen los de arriba.

—Tranquila, ya casi lo tenemos —fue la respuesta de Selene.

Uno a uno, Martín fue introduciendo mediante la rueda los quince dígitos de la clave. Había que ser muy preciso al girar el rotor y hacerlo de un solo impulso, porque si uno se detenía a la mitad, quedaba registrado el número equivocado, y si se pasaba, sucedía lo mismo. Si uno se equivocaba, no había más remedio que volver a empezar... Claro que el carácter rudimentario del mecanismo tenía, también, sus ventajas. Al no depender de ningún dispositivo electrónico ni informático, no existía forma alguna de manipularlo ni engañarlo. La alta tecnología no siempre supone un avance...

Cuando la rueda giró por decimoquinta vez, la puerta de hierro se abrió espontáneamente. Martín introdujo la mano en la caja y buscó en la oscuridad. Sus dedos se toparon, en primer lugar, con un montón de ásperos papeles. Los apartó con suavidad. Detrás, no tardó en distinguir, al tacto, el contorno de un pequeño huevo metálico. Cogiéndolo con mucha precaución, se lo tendió a Selene. El objeto parecía completamente liso; no había ninguna muesca ni ranura en su superficie.

—¿Hay más? —preguntó quedamente la muchacha.

—Sí, repuso Martín.

Estaba a punto de tenderle el segundo huevo cuando, de pronto, sintió que este cambiaba entre sus dedos. Era como si se estuviese abriendo y desplegando hasta adquirir la forma de un cuadrante de círculo.

—Algo ha ocurrido —murmuró Martín con voz temblorosa—. Esta cápsula se ha abierto en cuanto la he tocado... ¡Qué raro! La otra sigue cerrada, ¿verdad?

—Puede que se abran al detectar sobre su superficie las huellas digitales de la persona que inicialmente portaba la cápsula en su organismo —sugirió Selene—. Una especie de mecanismo de seguridad...

—Entonces, esta debía de ser la mía. Y esta otra tiene que ser la tuya... —añadió Martín, tendiéndole el tercer huevo metálico.

En cuanto la muchacha tocó la cápsula, esta se desplegó del mismo modo que lo había hecho la de Martín, adquiriendo una forma semejante.

—¡Cuadrantes de círculo! —dijo Martín pensativo—. Cuando Casandra abra el suyo, tendremos tres... Nos falta el de Jacob. Apuesto a que lo que hay que hacer es reunir los cuatro y formar un círculo completo. ¿Dónde demonios estará el que falta?

Justo entonces, resonó en la oscuridad un grito ahogado, seguido de una especie de silencioso forcejeo. El ruido venía de abajo...

—¡Alejandra! —gritó Martín, olvidando toda prudencia.

Sin pensárselo dos veces, se precipitó como un loco a través del corredor y descendió a tientas por las peligrosas escaleras. Detrás, Selene trataba de seguirle con la linterna.

Lo vieron desde el corredor del primer piso. Una gigantesca silueta avanzaba torpemente entre las formas oscuras de los muebles. Alejandra corría de un lado a otro despavorida, derribando todo lo que se cruzaba en su camino. Pero la extraña silueta pronto la tuvo acorralada contra una estantería.

Martín sintió que una oleada de furia le electrizaba los músculos. Quienquiera que se propusiese atacar a Alejandra, tendría que vérselas con él. Ni por un momento se le ocurrió que la situación podía resultar peligrosa también para él; únicamente veía que Alejandra estaba en peligro...

—Pero ¿qué haces? —le gritó Selene al verlo lanzarse sobre la negra mole que amenazaba con caer sobre Alejandra—. ¡No le ataques, es Hiden!

La muchacha había dirigido el halo de luz de la linterna hacia la monstruosa aparición, y lo que Martín vio en aquel círculo de claridad casi le hizo retroceder. Una especie de rostro viscoso y cruel lo miraba desde arriba con ojos de fuego y una diabólica sonrisa pintada en la cara. Se parecía mucho a los gigantes de cartón piedra que desfilaban por las calles en las fiestas populares de su país y que le aterrorizaban cuando era niño, con la diferencia de que este estaba vivo. Toda su piel era verde y escamosa, como la de un reptil, aunque, por lo demás, tenía forma humana...

Desde la puerta, Casandra, que había entrado al oír los gritos, contemplaba la escena petrificada.

—¿Qué hace... una pantera en este lugar? —preguntó con voz entrecortada por el terror.

Entonces, de repente, se hizo la luz en el cerebro de Martín. «Aquello» no era real. No era posible que la misma criatura fuese vista como una pantera, como un reptil con forma humana y como el director de los Laboratorios Dédalo a la vez; a menos que se tratase de alguien capaz de hacer surgir en la mente de cada uno la visión de aquello que más le aterrorizaba...

—¡No te asustes, Alejandra! —le gritó—. ¡Esa mujer no puede hacerte daño, no es real!

Había adivinado que la silueta que amenazaba a la muchacha era vista por ella como la siniestra enfermera que, al principio de su estancia en el Jardín, se le había aparecido un par de veces durante la noche.

En cuanto gritó aquello, tuvo la sensación de que la bestia reptiliana se había vuelto, de pronto, sensiblemente más pequeña. Además, ya no se encontraba frente a Alejandra, sino justo al otro lado, ante la puerta.

—¡No es una pantera, Casandra, créeme! —gritó Martín—. ¡No le dejes salir!

La monstruosa forma pareció encoger un poco más todavía. Martín concentró toda la energía de su mente en aquel negro contorno que parecía haber surgido de una pesadilla de su infancia.

—No te vayas —dijo con suavidad—. No queremos hacerte daño...

El pequeño reptil humano se volatilizó en el aire. Pero Martín no estaba dispuesto a dejarlo escapar. Sentía con toda claridad que el fantasma todavía seguía allí, aunque no pudiese verlo.

—¿Aún lo ves, Alejandra? —preguntó, corriendo a abrazar a la chica.

—No; se ha ido... ¿tú también lo has visto?

—Sí, lo he visto... Y todavía sigue aquí. Pero no tengas miedo; es el miedo lo que le hace manifestarse.

Casandra y Selene también se habían acercado. Ambas estaban muy alteradas.

—¿Qué diablos era esa cosa?—preguntó Casandra—. Nunca había pasado tanto miedo en mi vida. Parecía una pantera, la vi con toda claridad...

—Sea lo que sea, está claro que cada uno lo ve bajo un aspecto diferente —murmuró Martín—; el aspecto que más le asusta...

—Tiene que ser un truco de Hiden —dijo Selene con voz trémula—. Algo que produce alucinaciones colectivas...

—No —afirmó Martín con seguridad—. Es un ser real, aunque muy diferente de todo lo que conocemos; un ser con capacidades nunca vistas...

Entonces, de repente, lo comprendió todo.

—Como nosotros —añadió suavemente—; ¿no es así, Jacob?

El silencio que siguió era tan denso que habría podido cortarse con un cuchillo. Selene paseó lentamente la luz de la linterna por todos los rincones de la biblioteca.

Hasta que lo vieron.

En un viejo sillón de cuero, hecho un ovillo, había un muchacho de aspecto débil y enfermizo, que al sentir la luz sobre su rostro se tapó la cara con las manos.

Por fin habían encontrado a Jacob.

En silencio, los chicos se fueron acercando recelosos al pálido adolescente, que los miraba con desconfianza. Estaba muy delgado, y sus finos y rubios cabellos le caían, lacios y apelmazados, a ambos lados de la cara en largas y descuidadas greñas. Llevaba una túnica que a la luz de la linterna parecía gris, aunque en otra época había sido de un atractivo color esmeralda que el tiempo y la suciedad habían ido desluciendo. Por lo demás, sus rasgos eran delicados y asombrosamente simétricos. Podría haber pasado por un aristócrata de los tiempos antiguos, con su recta nariz y sus finos y bien dibujados labios.

—¿Cómo lo haces? —le espetó Martín, lleno de curiosidad.

—Yo no hago nada —repuso el otro, mirándolo fijamente con sus extraños ojos grises.

—Lo de transformarte en algo aterrador —insistió Martín—. Es... alucinante.

—Yo no me transformo —replicó el chico con hosquedad—. La gente ve cosas cuando yo estoy presente; es muy distinto.

La luz de la linterna le había deslumbrado, y por más que se esforzaba en adivinar en la oscuridad la expresión de las chicas, no lo conseguía.

—Al principio lo hacía sin querer —prosiguió, indeciso—. Ocurrió poco después de que me escapara. Anduve vagando por la isla varios días, comiendo los moluscos que encontraba en las rocas. Pero no era suficiente, y un día me atreví a regresar al Palacio en busca de comida. Me sorprendió un ayudante de Isaac cuando estaba a punto de salir de la despensa; nunca he sabido lo que hacía ese tipo allí, normalmente los únicos que entran en ese lugar son los robots. El caso es que, cuando lo vi aparecer, me apreté contra la pared y cerré los ojos, aterrorizado. Fue una reacción estúpida; debería haber tratado de escapar, pero mis músculos se habían quedado paralizados. Sin embargo, salió bien. El tipo no me vio, a pesar de que pasó justo a mi lado. Luego, cuando intenté volver a mi habitación a recoger mis recuerdos, me topé bruscamente con Phil en el pasillo, y sucedió lo mismo. Era como si, de pronto, me hubiese vuelto invisible. Me quedé tan asombrado que decidí repetir el experimento. Una noche, me presenté en el cuarto de Isaac y estuve allí parado, mirándolo un buen rato mientras él leía sin darse cuenta de nada. Pero, de repente, no sé qué sucedió. Yo había estado pensando en todo el daño que me había hecho aquel hombre a lo largo de mi vida, y cuanto más lo miraba más aversión sentía hacia él. Y de repente, él pareció darse cuenta de mi presencia. Me miró directamente a los ojos, y entonces yo me asusté muchísimo y empecé a gritar. Pero Isaac se asustó más; miraba hacia donde yo estaba con ojos desencajados, chillando como una rata. Empezó a gritar frases incoherentes; repetía el nombre de mi padre y suplicaba que le perdonase y que no lo matara. Esa fue la primera vez que me di cuenta de lo que podía llegar a hacer con la gente. Pero lo hice de manera totalmente involuntaria...

—¿Y ahora? —preguntó Selene—. ¿Puedes controlarlo?

—Bueno, hasta cierto punto. Pronto comprendí que lo que ocurría era que, cuando estaba asustado, era capaz de introducirme en la rueda neural de los demás y neutralizar mi imagen, volviéndome invisible para ellos; pero también, si me sentía lo suficientemente amenazado, podía llegar a crear imágenes aterradoras en sus mentes, diferentes para cada uno. Con el tiempo he llegado a dominar bastante el mecanismo, pero no lo controlo del todo. A veces, cuando quiero resultar invisible, provoco visiones; y a veces ocurre a la inversa. Con Alejandra, por ejemplo, las cosas me salieron mal. Me metí en tu habitación solo para curiosear un poco. —dijo mirando alternativamente a las tres chicas, pues, en la penumbra, no podía distinguir quién era cada una—. No quería asustarte. Pero supongo que me puse nervioso...

En la oscuridad, Martín le lanzó una mirada asesina.

—¿Por qué te has quedado en el Palacio? —preguntó Casandra—. Podrías haberte buscado una casa abandonada junto a la playa y vivir tranquilamente...

—¿Tranquilamente? —repitió Jacob con ironía—. ¡No han dejado de buscarme desde que me escapé! No sé cuántas veces han peinado la isla; he perdido la cuenta. Al final, comprendí que aquí estaría más seguro que en ninguna parte. Comenzaron a correr rumores acerca del fantasma, lo que hacía que la gente cada vez anduviese más asustada; en cuanto creían verme, salían corriendo, dejándome el campo libre. Pronto comprobé que podía ir y venir por donde quisiera sin que nadie me molestara, así que volví a instalarme en mi habitación. Empecé a divertirme aterrorizando a Isaac y a Hiden... Ya sé que suena infantil, pero no tenéis ni idea del daño que me han hecho esos tipos. Me alegro de haberles podido devolver al menos una parte. Además, me convenía quedarme en el Palacio para entrar de cuando en cuando en los laboratorios y estar al tanto de lo que se cuece. Y gracias a eso os he conocido...

—¿Y por qué tenías que engañarnos a nosotras también? —preguntó Selene en tono enojado—. Casandra y yo llevamos meses aquí; ¿no crees que has tenido tiempo más que suficiente de revelarnos tu presencia?

—He estado a punto de hacerlo un par de veces, pero me pareció demasiado peligroso. Al principio, pensé que Hiden había adivinado mi juego y que os había traído para tenderme una trampa... ¡Parecíais tan normales! Además, el hecho de que tuvieseis el mismo grupo sanguíneo que yo no significaba nada... No tenía ningún motivo para fiarme de vosotras. De todas formas, decidí experimentar, y me alegré al comprobar que con vosotras no podía representar la comedia del fantasma. Es muy difícil actuar sobre la mente de alguien que no tiene rueda neural... Lo más que había conseguido hasta hoy era que no me vieseis, pero nunca provocaros visiones. Todo ha sido por culpa de Alejandra; yo solo pretendía espiar, pero ella siempre me detecta... El caso es que me habéis asustado de verdad, y gracias a eso, supongo, yo también he logrado asustaros... a los cuatro.

—Bueno, ha sido mejor así —declaró Martín con cierta hostilidad—. Si hubiésemos tenido que esperar a que te presentases por propia voluntad, podrías haber tardado años... Y no tenemos tanto tiempo. Nos quedan muchas cosas que averiguar...

—¡Si ya lo sabéis casi todo! —dijo Jacob—. En tres semanas habéis reunido más información que yo en diez años...

—¿Cómo lo sabes? ¿Has estado espiándonos?

—Por supuesto —admitió Jacob con una torpe sonrisa—. Lo hago siempre que puedo. Incluso os he seguido varias veces hasta la playa... El único problema era Alejandra; sabía que no debía acercarme mucho a ella, o terminaría delatándome...

—Entonces, ¿lo sabes todo? —preguntó la aludida—. ¿También lo que descubrimos en el Bosque de Yama?

—Creo que sí, aunque no sé si lo he comprendido bien... ¡Habláis siempre tan bajo! La verdad es que no me atreví a seguiros al Bosque, y ahora veo que fue un error. Pero el avión era demasiado pequeño, y tú, Alejandra, podrías haberme detectado... De todas formas, os he oído hablar después. Lo de que procedemos del futuro... Jamás lo habría imaginado. Aunque, después de pensarlo detenidamente, es cierto que todo encaja.

—¿Nunca se te había ocurrido pensar en ello? —preguntó Martín, interesado.

—Pues no... Aunque luego, después de oíros a vosotros, he recordado algo que sucedió hace mucho tiempo, cuando yo tenía siete u ocho años... Un día apareció en el laboratorio un científico nuevo. Supuse que era un miembro más del equipo de Isaac, aunque nunca los vi juntos. Estuvo trabajando aquí unas semanas, no sabría decir exactamente cuántas... El caso es que una noche se presentó en mi habitación. Me pegó un susto de muerte... Tenía ojos de loco, y era muy alto, con barba. Empezó a hablarme de una manera muy misteriosa, y yo no entendí nada de lo que me dijo, pero creo que mencionó la llave del tiempo. Y también me habló de ese libro de *La máquina del tiempo,* insistiendo en que tenía que leerlo en cuanto fuese lo suficientemente mayor... Recuerdo que lo repitió tantas veces que llegué a pensar que estaba chiflado. Pocas semanas más tarde, dejó de trabajar en los laboratorios, y ya no volví a verlo...

—¡El vagabundo! —dijo Martín, asombrado—. No puede ser una coincidencia, tiene que tratarse de la misma persona...

Jacob lo miró sin comprender.

—Yo también le conozco —dijo Casandra con voz apagada—. Se llama Saúl... Vino a ver a mis padres una vez, hace muchos años; creo que fue poco después de que nos instalásemos en Nara. Insistía en llevarme con él, no sé adónde. Yo era muy pequeña, y recuerdo que estaba aterrorizada... Mis padres lo trataron con cortesía; al parecer, era un viejo compañero de la ciudad de Medusa... Pero cuando se fue, me pareció que también ellos estaban asustados. No sé lo que les diría, yo era muy pequeña. Pero sí recuerdo que mi madre dijo que se había vuelto loco... y mencionó algo acerca de *La máquina del tiempo* y de que había gente que terminaba confundiendo la realidad con la ficción. Cuando nos hablaste por primera vez del vagabundo, no lo relacioné con aquel individuo; pero ahora pienso que podría tratarse de la misma persona...

—¿Y tú, Selene? ¿También has visto a ese tipo? —preguntó Martín.

—Que yo recuerde no; la descripción que hacéis de él no me dice nada, y nadie, en mi vida, me ha perseguido para que lea *La máquina del tiempo...*

Los cuatro amigos se habían sentado en diferentes sillones y butacas alrededor de Jacob, colocando la linterna, a modo de lámpara, sobre una pequeña mesita de centro. La aparición del muchacho les había conmocionado de tal manera que ninguno de ellos parecía consciente del peligro que suponía celebrar semejante reunión en la biblioteca de Hiden.

—¿Por qué decidiste escaparte? —preguntó Alejandra suavemente.

—Llevaba mucho tiempo planeándolo, pero nunca me decidía a hacerlo. Supongo que me daba miedo... Tenéis que comprender que vine aquí con cuatro años; este lugar ha sido mi hogar durante la mayor parte de mi vida. Incluso, en cierta época, llegué a pensar que Hiden se había convertido en mi padre adoptivo... Yo le admiraba, y deseaba por encima de todo estar con él; me costó mucho trabajo aceptar la verdad... Pero, a medida que fui creciendo, empecé a descubrir cosas. Lo cierto es que ellos nunca se tomaron demasiado trabajo en ocultármelas; mi opinión les traía completamente sin cuidado. Con vosotros han sido más precavidos...

—Supongo que, al desaparecer tú, debieron de analizar sus errores, y con nosotros han tratado de no repetirlos —murmuró Casandra.

—Lo primero que averigüé fue lo de los virus —siguió contando Jacob—. Sabía que me sometían continuamente a diferentes cepas de virus infecciosos, pero tenía ya once años cuando descubrí que la mayor parte de esos virus eran transgénicos de alta peligrosidad creados artificialmente por Dédalo. Al principio no comprendí lo que eso significaba; supuse que se trataba, simplemente, de ensayos para prevenir futuras mutaciones de los virus ya existentes... Me llevó algún tiempo asimilar la verdad. Lo que están haciendo es reunir un monstruoso arsenal biológico para una guerra futura. Pero eso ya lo sabéis...

Los otros asintieron.

—No podéis imaginar el drama que aquel descubrimiento supuso para mí. Dédalo había sido durante años mi única familia, yo quería a Hiden y a Samantha, incluso a Isaac... Hasta entonces había estado convencido de que mi colaboración con ellos servía para ayudar a la humanidad; jamás había imaginado que pudiera estar haciendo todo lo contrario... Fue entonces cuando empecé a plantearme lo de la huida. Yo gozaba de más libertad que vosotros en la isla; iba y venía por donde quería sin llamar la atención de nadie. Supongo que se habían acostumbrado a considerarme como una pieza más del mobiliario del Jardín... De modo que empecé a hacer excursiones por ahí y a investigar en las casas en ruinas. En una de ellas, junto a la playa, encontré una especie de hangar con un barco bastante bien conservado. Yo no sabía nada de barcos, pero me propuse aprender. A veces acompañaba a los científicos en sus veleros de recreo, y me fijaba en todas sus acciones y maniobras. Conseguí un par de mapas marinos de la zona, y aprendí a orientarme en el mar y a manejar distintos tipos de timones...

—¿Y nadie sospechó? —preguntó Martín.

—No, no creo. Supongo que, en cierto modo, y a pesar de lo que estaban haciendo conmigo, ellos también me consideraban uno más de la familia. No se daban cuenta de que estaba creciendo... De todas formas, tenían razón, hasta cierto punto. Lo del barco no dejaba de ser, en el fondo, una excusa para seguir como siempre, posponiendo cualquier decisión. Y creo que jamás habría llegado a escaparme de verdad de no haber sido por lo que descubrí después.

—¿Y qué descubriste? —preguntaron varias voces al unísono.

—Lo que Hiden había hecho con mis padres —repuso Jacob sombríamente—. En realidad, con toda la colonia de Endymion... Y lo más curioso es que la información siempre había estado ahí; resulta increíble que no me diese cuenta antes. Un día, por pura casualidad, estaba repasando la historia de la colonia de Endymion y su trágico final cuando reparé en las fechas; vi que lo más duro de la enfermedad se había producido en una época en la que yo ya estaba aquí, en el Jardín. Entonces empecé a sospechar: si Hiden ya me tenía, ¿por qué tardó tanto en desarrollar el suero curativo? ¿Cómo era posible que no hubiese llegado a tiempo de salvar la colonia? Después de todo lo que yo sabía ya acerca de las actividades secretas de Dédalo, la conclusión no podía ser más lógica: no era que Hiden no hubiese podido salvar Endymion, sino que no había querido...

Me propuse comprobar si tenía razón a través de los archivos personales de Isaac. Él también procedía de la colonia lunar, y debía de estar al tanto de todo lo sucedido desde el principio... Me llevó algún tiempo conseguirlo, pero al final logré entrar en su ordenador personal, el que guarda en su cuarto. Y lo que descubrí era aún peor de lo que yo había imaginado.

—¿Peor? —preguntó Alejandra, incrédula—. ¿Es que aún podía ser peor?

—Yo no recordaba apenas a mis padres —prosiguió Jacob, haciendo caso omiso de la interrupción—. Me habían dicho que estaban muertos cuando Dédalo me recogió, y yo nunca lo había puesto en duda. Sin embargo, las cosas no sucedieron exactamente así. A mí me habían hospitalizado junto con mi hermano mayor, que estaba gravemente enfermo. Se suponía que yo también había estado expuesto al virus, así que me mantuvieron en cuarentena en un hospital. Isaac fue el médico que nos atendió, a mi hermano Konstantin y a mí... Una semana después de ingresarme en el hospital, me anunció que mi hermano había muerto. Yo ni siquiera tenía cuatro años; no comprendía el significado «definitivo» de aquellas palabras... La cuarentena se prolongó más de lo previsto, y pasados dos meses me embarcaron en una nave hacia la Tierra y me trajeron aquí. Tardaron todavía algún tiempo en comunicarme que mis padres también habían muerto... Pero ahora sé que me engañaron. Cuando me sacaron de la colonia, mis padres todavía estaban vivos, y no habían contraído la enfermedad. Obtuvieron su permiso con engaños, asegurándoles que era la única forma de salvarme. Lo encontré todo en los archivos de Isaac...

—Tal vez aún no hubiesen obtenido un suero fiable a partir de tu sangre, y necesitasen proseguir sus investigaciones aquí, en el Jardín —sugirió Selene.

—Nada de eso —le contradijo Jacob con una desconocida dureza en la voz—. Isaac estuvo enfermo de gripe lunar antes de abandonar conmigo la colonia de Endymion. Lo tiene todo escrito en un ridículo diario electrónico que ocupa ya varias gigas y que esconde debajo de su cama, como si fuese un tesoro. Contrajo el virus y sanó en una semana, gracias al suero obtenido a partir de mis anticuerpos... Y eso ocurrió antes de que mis padres hubiesen enfermado. Yo le salvé la vida a ese tipo... Y él me pagó dejando morir a mis padres y a toda la colonia. ¿Creéis que se puede perdonar algo así?

—Es espantoso —murmuró Selene—. ¿Estás completamente seguro de que fue así como ocurrió?

—Isaac, en el fondo, es un sentimental —repuso Jacob con desprecio—. Describió en su diario todas las luchas internas que la decisión de abandonar Endymion a su suerte le habían provocado. Dice que sufrió lo indecible, y que aún sufre por lo ocurrido; pero Hiden le convenció de que el sacrificio de la colonia entera era necesario para proteger a la humanidad. Según él, incluso si lograba controlarse la epidemia, constantemente surgirían rebrotes... La atmósfera aislada de Endymion, en su opinión, era un caldo de cultivo extraordinario para los virus. Aunque, en el fondo, no fue eso lo que le persuadió para secundar los planes de Hiden. Este le ofreció ponerlo a la cabeza de su programa de investigación... Crear un centro científico idílico donde podría tenerme siempre a su disposición para estudiar mi sistema inmunitario... Isaac se quedó deslumbrado; y aceptó.

—¿Has podido comprobar los registros de ingresos y defunciones en el hospital de Endymion? —preguntó Martín.

—Lo he hecho —confirmó Jacob—. Mi padre falleció siete meses después de que a mí me sacasen de la colonia; mi madre, dos meses más tarde que mi padre. Jamás podré perdonar a los culpables...

Un leve chirrido procedente de la entrada hizo que todos se volviesen sobresaltados a mirar en aquella dirección. En pie, ante la puerta, la silueta de Leo se recortaba mágicamente iluminada por un frío fulgor plateado que parecía brotar de su interior.

—No deberíais estar aquí —dijo en un tono neutro e inexpresivo que los chicos nunca le habían oído emplear antes—. Habéis hecho suficiente ruido como para despertar a toda la isla. Tenéis suerte de que todos teman al fantasma, si no, hace rato que os habrían descubierto.

Algo asustados por la inusitada frialdad del androide, los chicos se levantaron rápidamente y, después de poner en orden los muebles que antes habían derribado, se dirigieron cabizbajos a la puerta.

—Es una suerte que no hayamos roto nada —murmuró Alejandra, mirando con insistencia a Leo.

Pero el anciano no parecía dispuesto a decir una palabra más. Con un gesto, les indicó la puerta. El resplandor que emanaba de sus ropas contrastaba de modo singular con el tinte ceniciento de su rostro. En aquel momento, parecía evidente que lo que animaba a aquel ser era algo muy distinto de la vida.

—No nos delatarás, ¿verdad? —preguntó Alejandra, plantándose frente a él con firmeza mientras los demás salían.

La mirada de Leo se ablandó lentamente, volviéndose poco a poco más humana.

—Sabes que no lo haré —musitó—. Los demás me tienen sin cuidado, pero tú me caes bien. Nunca te traicionaría.

Alejandra le dedicó una sonrisa llena de gratitud antes de unirse a los otros, que ya habían cruzado el patio y la esperaban en silencio al otro lado, junto a las escaleras.

—¿No es un poco raro que Leo no se haya mostrado sorprendido al ver a Jacob? —preguntó Martín en un susurro.

—Quizá no —repuso Jacob—. Siempre he tenido la sospecha de que él, a diferencia de los otros, sí me veía...

Se separaron al llegar al piso de arriba. Todos se ofrecieron a esconder a Jacob en sus respectivos cuartos, pero él prefirió retirarse a su propia habitación, donde estaba seguro de que nadie le molestaría.

—Supongo que ya no hay ninguna razón para que siga durmiendo en tu dormitorio —murmuró Martín al llegar a la puerta del cuarto de Alejandra.

—No —murmuró ella—; supongo que no...

Se notaba cierta tristeza en su voz, o al menos eso le pareció a Martín; aunque lo cierto es que había hablado tan bajo, y el pasillo estaba tan oscuro, que habría resultado muy fácil equivocarse...

En cualquier caso, cuando Martín cerró su propia puerta tras de sí, no pudo evitar emitir un hondo suspiro. Era una suerte que Jacob hubiese aparecido por fin, pero... ¡iba a echar mucho de menos al fantasma!

Capítulo XII

La rosa de los vientos

Al ir a ponerse la camisa de dormir, Martín descubrió que aún seguía llevando en el bolsillo del pantalón su cápsula, ya abierta, y la de Casandra, que aún seguía cerrada. Con todo el ajetreo que había provocado Jacob, se había olvidado por completo de ellas. Esperó a encontrarse entre las sábanas, tras las amplias mosquiteras de su lecho, para examinarlas con detenimiento. La que estaba abierta emitía una débil luz fluorescente de color verdoso en los bordes, de modo que ni siquiera necesitó encender la linterna que había ocultado bajo la almohada.

Era un objeto muy raro; tenía la forma de un cuarto de disco, y el tamaño aproximado de un reloj de bolsillo, lo bastante pequeño como para ocultarlo en uno de sus puños. Estaba hecho de un material liso y frío al tacto, que podía parecer un grueso vidrio iluminado desde dentro o una delicada porcelana esmaltada. Sin embargo, después de apretarlo un rato en la mano se calentaba como un trozo de metal. Su parte curva era perfectamente regular, pero las dos aristas, si uno se fijaba bien, estaban llenas de salientes y melladuras. La fluorescencia solo aparecía en el borde curvo; el resto del objeto tenía el aspecto de un agua oscura y profunda con reflejos de estrellas en su cambiante superficie, levemente rizada por la brisa. La verdad es que era algo precioso, aunque resultaba difícil encontrarle alguna utilidad. Tal vez al unirlo con los otros tres...

Martín se dio cuenta entonces de que había olvidado preguntarle a Jacob por su cápsula. Se sintió un estúpido; ahora tendría que esperar a que surgiese una nueva oportunidad para hablar con Jacob sin que los descubrieran, y era posible que la ocasión tardase en presentarse. Después de lo ocurrido con Leo aquella noche, tendrían que extremar las precauciones. No creía que el androide los delatase, pero, a pesar de todo, debían evitar seguir involucrándolo en sus asuntos. Le habían colocado en una situación más que incómoda, obligándolo a actuar a espaldas de Hiden; y ni el propio Leo, probablemente, sabía cómo podía llegar a comportarse bajo presión.

De todas formas, había que confiar en que Jacob sabría actuar con discreción. Después de todo, llevaba meses escondiéndose, y conocía las costumbres y las personalidades de cuantos habitaban en el Palacio mucho mejor que los demás. Él mismo se presentaría en el momento que juzgase más oportuno, sin necesidad de trazar complicados planes... Con ese pensamiento más o menos tranquilizador, Martín, finalmente, se quedó dormido.

Cuando se despertó, el sol ya estaba alto sobre el mar, y uno de los robots permanecía impasible junto a su cama, probablemente un poco desorientado, pues era la primera vez que se despertaba tan tarde. Ni siquiera le dio tiempo a desayunar antes de presentarse en clase de Berenice. Como no sabía dónde dejar las dos cápsulas, eligió al vestirse un complicado pantalón de raso dorado adornado con múltiples bolsillos, lo suficientemente amplio como para que, entre sus pliegues, no se notase la deformación provocada por el peso de los dos objetos. Tuvo la previsión de colocarlos en dos compartimentos diferentes, para que no entrechocasen provocando ruidos sospechosos. Pero el tejido del pantalón era muy fino, y las dos cápsulas le iban golpeando en los muslos al caminar, de manera que, cuando por fin pudo sentarse en el aula, junto a Alejandra, dejó escapar un suspiro de alivio.

Mientras Berenice comenzaba su lección, centrada en las corrientes filosóficas de la época helenística, Martín desvió varias veces la mirada hacia los cuatro rincones de la estancia, temiendo toparse en alguno de ellos con la figura esbelta y desgarbada de Jacob acechando en la penumbra. Pero el chico no estaba allí, lógicamente. Habría sido una insensatez arriesgarse a que la anciana filósofa lo descubriera, aunque fuese bajo la apariencia inhumana y aterradora a través de la cual ella le había percibido siempre. Ahora, más que nunca, convenía evitar los escándalos. Pero Martín no podía ocultar su impaciencia por resolver el asunto de las cápsulas, y le costó mucho trabajo centrarse en las explicaciones de Berenice. La buena mujer parecía un poco desconcertada por su falta de atención...

Después de la clase, Alejandra le propuso que la acompañase a darse un baño en su piscina. Había enviado a los robots para invitar a las chicas, que estaban con Clovis, a comer en su cuarto. Esperaban que Jacob se las hubiese ingeniado para estar al tanto de lo que hacían y que también acudiese a la cita...

La espera hasta las dos se les hizo interminable. Selene y Casandra tardaron bastante rato en presentarse, y Jacob seguía sin dar señales de vida. Ya estaban terminando el segundo plato cuando lo vieron aparecer detrás de la cristalera del jardín.

—¿Queda algo para mí? —preguntó sonriendo.

A la luz del día, parecía menos demacrado y pálido que la noche anterior. Incluso tenía mejor aspecto que los demás, que apenas habían dormido. En realidad, era un chico muy guapo, a pesar de su evidente fragilidad.

—¿Cómo te las arreglas para comer, normalmente? —preguntó Alejandra, sirviéndole una porción de budín de pescado con ciruelas.

—Entro y salgo de la despensa cuando quiero; pero hoy me he quedado dormido y no me ha dado tiempo a desayunar.

—¿No temes que los robots te detecten? —preguntó Martín con interés.

—Evito cruzarme con ellos; no es nada difícil. Os habréis dado cuenta de que son bastante estúpidos... Además, la mayoría no tienen cámaras ni registran sus encuentros con humanos en la memoria. Son máquinas de limpiar, preparar baños y hacer comidas, nada más...

Jacob se sentó a la mesa y devoró con ansiedad la porción de budín que Alejandra le había servido. Después, atacó la ensalada de medusa con vegetales, que era su plato favorito. Los otros estaban tan fascinados observándolo, que casi dejaron de comer.

—¿Y cómo haces para dormir? —preguntó Selene—. Dormido no puedes provocarles visiones, ni siquiera provocarles la ilusión de que eres invisible. ¿No te da miedo que te descubran?

—Al principio, eso me preocupaba mucho —contestó Jacob sin dejar de masticar—. Por eso, solía esconderme en alguna de las casas abandonadas de la playa, suponiendo que allí no me encontrarían. Pero las registraron todas; una noche, incluso, entraron en la que yo había ocupado, pero hicieron tanto ruido que me despertaron y tuve tiempo de escabullirme. Después de eso, decidí volver aquí. Si había un sitio donde no se les ocurriría buscarme, era mi propio cuarto... De todas formas, siempre coloco un montón de objetos delante de la puerta para que, si intentan entrar, el ruido me despierte. Todo esto ha llegado a convertirse en una rutina para mí, y últimamente duermo bastante tranquilo.

Después de tan larga explicación, Jacob juzgó que se había ganado el derecho a engullir con tranquilidad el pastel de mango que Alejandra le había ofrecido como postre. Se concentró de tal manera en la tarea, que los otros no se atrevieron a molestarle con más preguntas hasta que hubo dado cuenta de las últimas migas.

—Anoche se nos olvidó preguntarte por la cápsula —dijo entonces Martín—. La que te extrajeron del esternón, como a nosotros. En el informe del laboratorio, leímos que había desaparecido...

—Siempre la llevo conmigo —dijo Jacob, extrayéndola de uno de los bolsillos de su desgastada túnica—. Me he pasado horas mirándola, pero sigo sin saber para qué demonios sirve...

—Casandra, anoche olvidé entregarte la tuya —dijo Martín, tendiéndole la pequeña esfera a la muchacha.

En cuanto esta la tomó en sus manos, la cápsula se abrió como una flor; a la luz del día, su modo de desplegarse los dejó boquiabiertos; en un instante, adquirió la misma forma de cuarto de disco que las otras.

—Parece evidente que hay que juntarlas —murmuró Selene—. Dadme las vuestras.

Con gran destreza, Selene fue haciendo encajar las muescas y salientes de las cuatro piezas hasta formar un círculo perfecto, que depositó en el centro de la mesa. En cuanto los cuatro objetos quedaron ensamblados, desaparecieron las ranuras que los separaban unos de otros. Era como si siempre hubiesen estado unidos.

—Fijaos en eso —dijo Casandra en un susurro—. Está comenzando a cambiar...

En efecto, la superficie levemente abombada del disco comenzó a agitarse como un lago oscuro erizado por la brisa. Si verdaderamente estaba hecha de vidrio, se trataba de un vidrio muy extraño. Después de un rato, la agitación del curioso material cesó, mostrando un aspecto negro y hondo, semejante a una pequeña porción de cielo nocturno. Y en aquel cielo en miniatura, fueron surgiendo, poco a poco, cientos de puntitos rutilantes. Temblaban con un fulgor de plata que recordaba mucho a las estrellas.

—¿Qué diablos significa esto? —preguntó Jacob, muy agitado.

También los bordes del disco habían empezado a cambiar. Poco a poco, comenzaron a adquirir la apariencia de un perfecto anillo de metal dorado; pero, cuando la superficie abombada del centro dejó de transformarse, el anillo se puso a girar y le salieron largos picos que se alternaban con otros más pequeños, formando una especie de estrella.

—Parece una rosa de los vientos, de esas que se dibujaban en los mapas antiguos —observó Alejandra.

Selene acarició lentamente las puntas estrelladas del objeto.

—Es precioso... —murmuró.

—Desde luego que es precioso, pero me gustaría saber para qué demonios sirve —declaró Martín, malhumorado.

Había esperado que, al ensamblar los cuatro pedazos, surgiese algo semejante a una llave. Después de todo, se suponía que las cápsulas contenían la llave del tiempo... Pero aquella cosa no parecía capaz de abrir nada, y mucho menos el tiempo. No podía ocultar su desencanto.

—Todavía no ha terminado de cambiar —musitó Alejandra, poniéndose en cuclillas para observar el objeto de canto—. ¿Veis lo que está apareciendo sobre el borde?

Martín creyó percibir por un instante una inscripción numérica flotando sobre el aro dorado del objeto, pero un momento después la perdió de vista.

—Es un holograma —murmuró Casandra, que, imitando a Alejandra, también se había puesto en cuclillas y observaba el objeto desde el lado opuesto de la mesa—. Aunque nunca había visto ninguno tan bonito...

Sonaba absurdo, pero la verdad es que aquellos números fantasmales resultaban fascinantes. Según el ángulo desde el que se los mirase, ofrecían un aspecto distinto: tan pronto parecían grabados en viejo marfil, como compuestos a base de incrustaciones de nácar y rubíes, o pintados en oro sobre una finísima seda amarilla; en realidad, su aspecto cambiaba continuamente, mostrando siempre nuevas variedades: rugosa madera, esmalte verde sobre un fondo de plata, vidrios multicolores, incluso guirnaldas de flores diminutas...

Los cinco se quedaron mirándolo largo rato, embobados. Inclinaban lentamente el torso a un lado y a otro, en una especie de silenciosa y enigmática danza, para lograr nuevas perspectivas de aquellas cifras mágicas.

Por fin, Martín levantó la cabeza, algo mareado.

—Estamos haciendo el tonto —afirmó—. Ni siquiera sabemos lo que significan esos números...

—Cuarenta y ocho, cincuenta y uno, coma cuatro ocho siete nueve; y después del guión vienen más: dos, veinte, coma nueve cinco uno dos —recitó Selene—. A saber lo que significa eso...

—A lo mejor es una fecha —sugirió Casandra—. Si esta cosa es una llave del tiempo, tendría sentido, ¿no?

—Pues si es una fecha, no se refiere a ningún calendario que yo conozca —repuso Martín con escepticismo—. Además, tiene demasiadas cifras...

—Bueno, tanto en Nur como en la Ciudad Roja de Ki se emplean calendarios distintos del oficial, calendarios basados en viejas tradiciones —dijo Selene pensativa.

—O tal vez se trate de una forma de fechar los acontecimientos utilizada en el futuro —propuso Jacob—. Es lo más lógico, si realmente procedemos... de allí.

—No es una fecha, sino un lugar —sostuvo Alejandra sin apartar los ojos del aro exterior del objeto—. ¿No os dais cuenta? Dos cifras para la latitud y dos para la longitud... Grados y minutos... los minutos con cuatro decimales; es una forma bastante corriente de indicar las coordenadas geográficas.

Todos la miraron con admiración.

—Pues claro, ¿cómo no se nos había ocurrido? —murmuró Casandra, muy excitada—. Tiene que ser eso. Latitud y longitud medidas en grados y minutos con decimales. Eso explica todas las cifras...

—Entonces, esta cosa nos está indicando un lugar concreto, ¿pero cuál? Tú eres la única que tiene rueda neural, Alejandra —dijo Selene—; ¿no podrías mirarlo?

—Pero ¿cómo sabemos qué cifras corresponden a la latitud y cuáles a la longitud? —objetó Martín, que no recordaba demasiado bien el uso de las coordenadas terrestres—. Los números pueden indicar grados y minutos, pero no nos dicen si hay que medirlos hacia el norte o hacia el sur, hacia el este o hacia el oeste...

—Sí nos lo dicen —repuso Alejandra, que siempre había sido aficionada a la geografía—. El convenio, actualmente, consiste en dar primero la latitud y luego la longitud. Para las latitudes, los números positivos indican el norte, y los negativos el sur, y respecto a las longitudes, los positivos corresponden al este y los negativos al oeste; eso significa que la rosa de los vientos nos está indicando un lugar situado a 48 grados, 51,4879 minutos de latitud norte; y a 2 grados, 20,9512 minutos de longitud este. ¿Qué os parece?

—Que eso no nos dice gran cosa, mientras no comprobemos adónde pertenecen esas coordenadas...

Jacob se calló al comprobar que Alejandra se había concentrado para obtener, a través de su rueda neural, el dato que necesitaban. Apenas tardó un par de minutos en dar con él.

—Ya lo tengo —anunció triunfalmente—. Me parece que hemos dado en el clavo. El lugar está en Nueva Alejandría; en realidad, señala un punto muy concreto del Viejo París...

—¿Qué punto? —preguntaron varias voces a coro.

—Es una torre —contestó Alejandra, bastante sorprendida—. La torre de Saint-Jacques... Se trata de una construcción de estilo gótico; en realidad, es todo lo que queda de un edificio mucho más grande. Se levantó en el siglo XVI, en un lugar donde, ya desde la Edad Media, solían reunirse los peregrinos que emprendían el Camino de Santiago... Eso es, al menos, lo que decía el archivo que acabo de descargar.

—¿Y para qué diablos se supone que tenemos que ir allí? —preguntó Jacob, alarmado—. Supongo que nuestros padres del futuro no nos habrán enviado a hacer una peregrinación medieval al 2121...

—A lo mejor se equivocaron de fecha —sugirió Selene en tono burlón—. Cuando programaron el viaje, se confundieron, y en lugar de introducir un uno en primer lugar, marcaron un dos... Si lo hubieran hecho bien, habríamos caído en 1121, o sea, en pleno siglo XII, cuando las peregrinaciones estaban en auge...

—¿Y eso te parece divertido? —preguntó Casandra, visiblemente alarmada—. ¡Toda nuestra vida sería fruto de un error!

—Dejad de decir tonterías —exigió Martín, irritado—. Nadie montaría un tinglado como este con fines puramente folclóricos, y nadie se equivocaría al marcar la fecha de destino, suponiendo que haya que marcar algo... Vete a saber cómo lo habrán hecho para enviarnos aquí. En cualquier caso, no estamos aquí por error, de eso estoy seguro. Tiene que haber algún motivo para que la rosa de los vientos señale la torre de Saint-Jacques... ¿A quién pertenece ese edificio en la actualidad?

Alejandra volvió a cerrar los ojos para utilizar el buscador de su rueda neural.

—Es curioso —dijo después de un rato—; creí que pertenecería al Municipio de Nueva Alejandría, pero no es así... George Herbert la compró para la corporación Prometeo hace diez años. No sé por qué lo haría, ni para qué. En los archivos no figura el uso que actualmente se le está dando al edificio...

—Lo compraría para desgravar impuestos —dijo Selene—. La restauración y preservación del Patrimonio Artístico desgrava mucho, y todas las corporaciones recurren a eso para cuadrar sus cuentas... Aunque luego no restauren nada.

—Sí, es la explicación más probable —reconoció Martín—. De todas formas, lo vamos a tener muy difícil para llegar hasta allí.

—Podríamos pedirle unas nuevas vacaciones a Hiden... —dijo Casandra sin mucha convicción.

—El último que debe enterarse de todo esto es Hiden —sostuvo Jacob con firmeza—. Cualquier cosa que planeemos, tiene que hacerse sin la ayuda de Dédalo.

—Pero, dada nuestra situación, hacer algo sin la ayuda de Dédalo, significa...

—Significa escapar de la isla —dijo Martín, concluyendo la frase de Casandra.

Los chicos se miraron entre sí, atemorizados. Ni siquiera decirlo había resultado fácil..., ¿cómo iban a arreglárselas para hacerlo?

—Lo mejor es que vayamos por partes —propuso Selene, tratando de conservar la calma—. Antes de hacer nada, debemos tener claro lo que nos está diciendo este objeto. Parece una rosa de los vientos de un mapa antiguo, y todo hace pensar que señala a un punto muy concreto del planeta. Pero ¿qué conseguiríamos yendo allí?

—A lo mejor debemos esperar a que suceda algo —dijo Jacob—; o a que alguien se ponga en contacto con nosotros...

—¿Y si ese algo ha sucedido ya? ¿Y si tenemos que esperar años a que suceda, o a que ese alguien que tú dices se decida a presentarse? Los que nos enviaron no podían saber cuándo lograríamos reunir todas las cápsulas y formar la rosa. En realidad, si no hubiera sido por Dédalo y por la operación a la que nos sometieron, podríamos haber tardado años en averiguar que teníamos eso dentro... O no haberlo averiguado jamás. Incluso ahora que hemos ensamblado la rosa, no tenemos ni idea de cómo llegar a París, y mucho menos del tiempo que tardaremos en hacerlo... Para mí, nada de esto tiene mucho sentido.

—Bueno, si nos han enviado del futuro, puede que ellos ya supieran todo lo que iba a hacer Dédalo y en qué momento —sugirió Jacob—. Tendrán archivos y cosas parecidas...

—No sé; sigue sin convencerme —insistió Selene—. Sea como sea, no vamos a ir a esa torre y tirarnos años y años esperando...

—Un momento —la interrumpió Alejandra—; ¿cómo podemos ser tan idiotas? Tenemos la solución delante de nuestras narices...

Todos se volvieron hacia ella sin comprender.

—Los datos que necesitamos no se encuentran solo en el aro exterior —aclaró la muchacha con los ojos brillantes—. ¿No lo veis? Ese vidrio oscuro de dentro, tan extraño... ¡es un mapa del cielo!

Jacob y Selene seguían mirándola con expresión interrogante, pero los otros captaron en seguida a qué se refería.

—Es verdad... —murmuró Martín—; ¿cómo hemos podido estar tan ciegos? Es un mapa celeste... que, necesariamente, tiene que corresponder a una fecha...

—¡Es el cielo tal y como se verá desde París en una noche concreta! —concluyó Casandra con los ojos brillantes—. La rosa nos está indicando un momento y un lugar... ¡Nos está dando una cita!

—¡Vayamos al planetario de mi cuarto! —propuso Martín, entusiasmado—. Allí encontraremos toda la información que necesitamos... Podemos fotografiar el centro de la rosa e introducir la imagen en el ordenador, junto con las coordenadas geográficas. ¡Así sabremos la fecha que nos está indicando!

Desde el jardín de Alejandra, los chicos fueron pasando de uno en uno al de Martín, donde un par de diminutos pavos reales desplegaron sus colas de plumas azules y nacaradas al verlos aparecer. Para decepción de los dos animalitos, que eran muy sociables, pasaron a su lado sin detenerse y se refugiaron bajo la cúpula del planetario, encerrándose por dentro.

—Nos estamos arriesgando mucho —murmuró Selene, preocupada—. Espero que no nos hayan visto...

—Y si nos han visto, no pasa nada —la tranquilizó Jacob—. Los policías de la Central de Vigilancia pasan mucho de nosotros… quiero decir, de vosotros; a mí ya ni siquiera me buscan. El caso es que, a pesar de las advertencias de Hiden, no logran veros como una amenaza. Cuando hacéis algo inesperado, o estáis en un lugar que no os corresponde, casi siempre hacen la vista gorda. No están dispuestos a trabajar el doble por vuestra causa...

Martín había encendido todos los sistemas del planetario y se disponía a introducir en su ordenador una copia digital de la superficie de la rosa de los vientos.

—Fijaos... —murmuró—; ha cambiado... Ahora muestra más puntos de luz que antes. Si esto corresponde al cielo de una noche concreta, no es un cielo que pueda verse a simple vista, eso es seguro. Aquí hay miles de estrellas...

—Será mejor que introduzcas una imagen dinámica, una película o algo así —sugirió Alejandra—; ¿no os habían regalado unos intercomunicadores capaces de grabar secuencias breves?

—Sí, pero no llevo el mío encima —se excusó Martín—. Al fin y al cabo, no sirven para llamar al exterior de la isla, y para hablar con la gente de aquí..., la verdad es que nunca lo utilizo.

—Yo sí tengo el mío —dijo Casandra, tendiéndole el pequeño objeto cilíndrico al muchacho—. Espero que grabe con la suficiente calidad... Sería importante que las imágenes conservasen con exactitud las relaciones de intensidad lumínica entre las diferentes estrellas. Es un dato muy importante en Astronomía...

—Ahora lo comprobaremos —repuso Martín, enfocando el objetivo de la diminuta cámara del comunicador hacia el objeto y manteniendo el pulso firme mientras grababa—. Creo que ya es suficiente. Ahora, al ordenador...

Les llevó un buen rato encontrar el modo de abrir el fichero de imagen dinámica con el programa de reconocimiento de estrellas y otros objetos celestes. En realidad, Martín no lo había utilizado nunca hasta aquel día. En las raras ocasiones en que iba al planetario, se contentaba con elegir una de las películas de cielos lunares o marcianos que almacenaba el sistema y contemplarla proyectada sobre la cúpula mientras pensaba en otra cosa. En cuanto a los dos grandes telescopios, todavía no los había puesto nunca en funcionamiento. Pensaba hacerlo cuando Clovis empezase con las lecciones de Astronomía... Pero tal vez no permaneciesen en la isla tanto tiempo como para llegar a esa parte del temario.

—¿Has introducido las coordenadas terrestres? —preguntó Alejandra, mirando el monitor por encima de su hombro.

—Aún no; espera... Ya está. ¡Tenías razón! El programa ha reconocido la imagen de inmediato. Es un cielo nocturno visto desde el centro de París a través de un potente telescopio, y corresponde a la noche del veinticuatro de junio de... ¡este año!

—Falta aproximadamente un mes... —murmuró Selene—. No lo conseguiremos.

Casandra se la quedó mirando con aire meditativo.

—O sea, que das por sentado que se trata de una cita... —concluyó.

—¿Y qué otra cosa podría ser?

—En todo caso, la única forma de comprobarlo es estar allí en la fecha señalada —terció Jacob—. Y yo creo que sí podemos conseguirlo.

—¿Cómo? —preguntó Martín—. Estamos en medio del océano, al otro lado del mundo, y, por si fuera poco, vigilados por los mejores sistemas de seguridad que la tecnología humana haya diseñado nunca. No entiendo cómo puedes ser tan optimista...

—Llevo años pensando en la forma de escapar de aquí —replicó Jacob con los ojos brillantes—; en los últimos meses, he dedicado a ese proyecto casi todo mi tiempo. Creo que puede hacerse.

—Si tú lo dices... —Martín se encogió de hombros—. En todo caso, deberíamos ir por partes. Lo primero que necesitaríamos es un vehículo. Un avión, o un barco...

—Tenemos un barco —afirmó Jacob con orgullo—. Todavía no he podido restaurarlo, pero se encuentra en muy buenas condiciones, y con unas cuantas reparaciones mínimas estará listo para zarpar. Lo encontré hace algún tiempo en una casa abandonada, junto a una pequeña cala...

—¿Sabrías manejarlo? —preguntó Alejandra con cierta desconfianza.

—Por supuesto. También he estado aprendiendo a navegar, como os conté... Lo único que necesitaríamos es una buena cantidad de combustible de petróleo. Es un barco muy antiguo; no funcionará con otra cosa. A menos que le cambiemos el motor, pero eso podría llevarnos mucho tiempo...

—¿Y cómo vamos a conseguir ese combustible? —objetó Casandra apesadumbrada—. Ya no se utiliza para casi nada...

—Los aviones privados sí lo utilizan, y también algunos barcos de recreo —recordó Martín con los ojos brillantes—. Hay aviones y barcos en la isla...

—Ya... Solo tenemos que asaltar el avión de Hiden, robarle el combustible y arrastrarlo hasta el barco —dijo Alejandra con ironía—. Casi nada...

—Bueno, esos pequeños detalles ya los iremos solucionando cuando llegue el momento —le interrumpió Martín, que comenzaba a entusiasmarse con el proyecto de la huida—. Por ahora, lo mejor será que nos limitemos a trazar las líneas generales del plan... Vamos a ver. Suponiendo que consiguiésemos el combustible y lográsemos burlar los sistemas de vigilancia de la isla y poner el barco a flote, ¿adónde iríamos? Jacob, tú dijiste que tenías cartas de navegación...

—Bueno, las costas de Birmania están bastante cerca —repuso el aludido—. Sin embargo, no creo que debamos dirigirnos allí... Casi todo el litoral pertenece a los hoteles y centros vacacionales de Dédalo y de la compañía Ki. Turismo de alto nivel para sus propios ejecutivos; ya me entendéis... Eso significa poca gente y mucha vigilancia. No es un buen sitio para pasar inadvertido...

—¿Y qué otras opciones tenemos?

—Las Islas Andamán fueron convertidas en Reservas de la Biosfera después de la última guerra —prosiguió Jacob—. No nos interesan... Podríamos escondernos con facilidad, pero resultaría muy difícil salir de allí. Se supone que lo que queremos es llegar lo antes posible a Nueva Alejandría, y para eso no nos sirve nuestro barco. Necesitamos colarnos en un dirigible o en uno de los trenes transcontinentales. Y las terminales de unos y de otros solo se encuentran en las ciudades más pobladas, así que debemos encontrar la manera de llegar a una gran ciudad.

Todos esperaron en silencio a que Jacob se decidiese a continuar. Era obvio que había pensado mucho en el asunto, y sus compañeros le escuchaban con respeto y admiración. Poco a poco, había ido contagiándoles su propia confianza.

—Únicamente hay dos grandes ciudades que podamos alcanzar con nuestro barco —continuó el muchacho, visiblemente satisfecho por el interés que había logrado suscitar—: La megalópolis de Calcuta-Madrás y la ciudad científica de Nara. Yo me inclinaría por la primera. Es la más cercana, y mucho más grande que la otra. Además, los padres de Casandra viven en Nara... Sería uno de los primeros lugares donde Hiden nos buscaría.

—Es cierto —suspiró Casandra—. Y no me gustaría ponerles en un aprieto...

—Además, Calcuta-Madrás tiene otras ventajas para nosotros. Es una de las ciudades más peligrosas del mundo, donde operan varias mafias enfrentadas entre sí...

—¿Y eso te parece una ventaja? —preguntó Alejandra, alarmada.

—Pensad un poco. No nos será fácil colarnos en un dirigible o en un tren que se dirija a Europa; para cuando lleguemos allí, Dédalo ya habrá extendido sus tentáculos... Nos estarán buscando por todas partes. Si estáis pensando en comprar un billete y pasar los controles de seguridad enseñando el pasaporte, podéis olvidaros de ello. Jamás lo conseguiremos por los cauces... legales.

—¿Y crees que las mafias nos facilitarán las cosas? —preguntó Martín con escepticismo—. No creo que sea tan sencillo. En cuanto nos echen la vista encima, nos entregarán a Hiden. Les saldrá mucho más rentable...

—Tendremos que ofrecerles algo —replicó Jacob, sin dejarse impresionar—; algo lo suficientemente valioso como para que se decidan a ayudarnos, aunque para ello tengan que enfrentarse a una de las todopoderosas corporaciones... Y que les será entregado al final del viaje, por supuesto. Si no, cualquiera se fía...

—Estás loco —dijo Selene, malhumorada—. No poseemos nada semejante. Las mafias pueden conseguir cualquier cosa que pueda comprarse sin necesidad de recurrir a nosotros. Y si pretendes venderles algo que no tienes, te juegas el cuello. Esa gente no se deja engañar fácilmente, y no se anda con tonterías.

—Pues yo creo que sí tenemos algo que puede interesarles —insistió Jacob—. ¿Os imagináis lo que darían algunos de esos tipos por volverse invisibles?

Todos lo miraron intrigados.

—Pero... no puedes venderles «eso» —dijo Alejandra con cara de susto.

—¿Por qué no? —preguntó Jacob sonriendo como si se lo estuviese pasado en grande.

—Pues... Porque eso es algo que solo puedes hacer tú. No puedes enseñárselo a otros. Ni tú mismo lo controlas del todo, según nos has dicho...

—Ellos no tienen por qué saberlo. Bastará con que les haga una pequeña demostración y se quedarán fascinados. Nos darán lo que pidamos a cambio de esa supuesta «tecnología». Ni en sueños se les ocurriría pensar que lo que han visto pueda depender de algo que está en mi cerebro desde siempre.

—Espero que no se les ocurra, porque si no, no quiero ni pensar lo que harían con tu cerebro... —dijo Selene estremeciéndose.

—No sospecharán nada —sostuvo Jacob con firmeza—. Colará, ya lo veréis. Es la única forma de lograr que nos lleven a Nueva Alejandría. Tendremos que arriesgarnos.

—Pero ¿cómo vamos a saber a quién dirigirnos? —preguntó Martín—. Ninguno de nosotros ha estado jamás en Calcuta-Madrás, y no tenemos ni idea de lo que ocurre en los bajos fondos. Nos matarán antes de que tengamos oportunidad de hacerle a nadie nuestra oferta...

—Bueno, tendremos que documentarnos. Mientras ponemos a punto el barco, alguien puede ocuparse de recopilar información de los archivos multimedia acerca del mundo del crimen en Calcuta-Madrás. Además, Martín tiene en su habitación un juego de maquetas holográficas. Puedes pedir que te descarguen la maqueta de Calcuta-Madrás; nos será muy útil. Esas maquetas son magníficas, y cada uno de sus personajes corresponde a un habitante real de la ciudad. Es como un archivo animado...

—¿Y no les extrañará que solicite esa maqueta en particular? —objetó Martín con desconfianza.

—¿Por qué habría de extrañarles? —preguntó Jacob arqueando las cejas—. Los juegos de rol sobre maqueta son muy entretenidos; casi todos los compañeros de Isaac juegan; incluso organizan partidas colectivas los días de descanso, y cruzan apuestas... Lo que les habrá extrañado, seguramente, es que, hasta ahora, no le hayas prestado más atención al juego. Se suponía que tenías que invitar a las chicas a participar...

Habéis desaprovechado un montón de ocasiones para reuniros durante horas en tu cuarto sin levantar sospechas.

Nadie se atrevió a plantear más objeciones. Lo que Jacob proponía tenía sentido, aunque fuese extremadamente peligroso. Era evidente que tendrían que recurrir a las mafias para burlar la vigilancia de Dédalo, si es que alguna vez lograban llegar a escaparse de la isla.

Pero se estaban adelantando a los acontecimientos. Y meterse todos juntos en el planetario no había sido, precisamente, un ejemplo de prudencia... Lo más importante, por el momento, era ocultar lo que se traían entre manos, y no lo estaban haciendo nada bien. La noche anterior habían armado un escándalo increíble en la biblioteca, y si se habían librado de ser descubiertos, había sido únicamente gracias a la complicidad de Leo y al miedo que los demás le tenían al fantasma. En cualquier caso, no podían permitirse el lujo de seguir cometiendo equivocaciones... Se estaban arriesgando demasiado.

—No es prudente que sigamos todos aquí —dijo Martín—. Lo mejor es que nos separemos, y que no nos vean a todos juntos antes de la cena. Así tendremos tiempo de pensar en todo esto; esta noche seguiremos concretando...

Cuando los otros se fueron, Martín se acostó un rato en la tumbona flotante de la piscina, pero no pudo dormir. Pensaba en el misterioso objeto formado a partir de las cápsulas y en la fecha y el lugar que les había indicado. ¿Se trataría, realmente, de una cita? ¿Qué otra cosa podía ser, si no? En todo caso, tenían que intentar por todos los medios acudir a ella, aunque ninguno tenía ni la menor idea de lo que podía estar esperándolos allí. ¿Habría otras personas citadas, otra gente... como ellos? ¿Encontrarían, por fin, a alguien que supiese de qué iba todo aquello y que estuviese dispuesto a explicarles su historia? ¿Les pedirían que hicieran algo? ¿Les encargarían alguna misión? Parecía poco probable; al fin y al cabo, no eran más que unos adolescentes...

Al pensar en lo que estaban a punto de hacer, Martín sintió un estremecimiento que le recorría toda la espina dorsal, erizándole la piel. Escapar del Jardín... a escondidas... Eso suponía burlarse de Hiden, uno de los hombres más poderosos del mundo. Significaba, también, romper el contrato que habían firmado con Dédalo. Podrían ser perseguidos legalmente... Incluso era posible que sus familias se viesen perjudicadas. ¿Y todo para qué? Para escapar de un sitio donde eran felices, donde tenían todo lo que podían desear, donde se les ofrecía, incluso, un futuro dorado que, sin la ayuda de Dédalo, era poco más que un sueño inalcanzable... Y lo único que tenían que hacer a cambio era cerrar los ojos, fingir que no sabían lo que Dédalo se traía entre manos, seguir colaborando en los experimentos sin hacer preguntas; ver, quizá, cómo, gracias a ellos, Dédalo iba aumentando día a día su poder y acumulando potencial bélico... Parecía poco, y, sin embargo, era demasiado. No podían prestarse a aquella infamia.

Con un suspiro, Martín salió de la piscina y contempló tristemente el apacible jardín, con sus maravillosos rosales siempre cuajados de aromáticas flores. Iba a echar mucho de menos todo aquello, pero no tenía elección... Aquella vida era fantástica, pero se asentaba sobre una gran mentira: Hiden no era el gran benefactor de la humanidad que les habían intentado hacer creer; la Corporación no desarrollaba medicamentos para salvar vidas, sino armas capaces de destruirlas. ¿Cómo seguir allí sabiendo lo que sabían? Incluso sin la rosa de los vientos y la supuesta cita que les había señalado, habrían tenido que huir. De lo contrario, terminarían convirtiéndose en cómplices de Hiden, y no podía haber nada peor que eso.

Antes de entrar en su cuarto, Martín dejó que su mirada vagase por la lejana superficie rizada del mar, que extendía su manto turquesa hasta la línea del horizonte. Aquello también era hermoso, y no le pertenecía a la Corporación. Resultaba, eso sí, demasiado grande, desconocido y salvaje como para adentrarse en él alegremente, pero era preferible al cómodo refugio de la isla, con su tentadora protección y su belleza podrida por dentro. Además, significaba la libertad. Y eso bastaba para justificar cualquier aventura, incluso si se trataba de una tan alocada y peligrosa como la que estaban a punto de emprender ellos.

Capítulo XIII

La huida

A la mañana siguiente, en los laboratorios, Martín tuvo la impresión de que Isaac estaba más amable que de costumbre. Después de someterle a una resonancia magnética, le hizo pasar a su pequeño despacho privado y le estuvo preguntando por su estado de salud y por su adaptación a la vida del Jardín. Las preguntas sonaban forzadas y torpes, y se notaba que no tenían nada de espontáneo. Todo aquello era mala señal: significaba que el director de los laboratorios había sido nuevamente aleccionado por Hiden acerca del modo en que debía tratar a los chicos, y eso, a su vez, implicaba dos cosas: que Hiden estaba nuevamente en el Jardín y que sospechaba de ellos.

Antes de abandonar los dominios de Isaac, Martín vio un momento, desde el corredor, a Samantha inclinada sobre un microscopio, muy concentrada en la observación de algo que, a juzgar por el interés que le dispensaba, debía de ser sumamente importante. Con Samantha y Hiden en el Palacio, se hacía imprescindible extremar las precauciones. No obstante, tampoco podían esperar a que ambos se fueran; el plan de evasión estaba en marcha, y no podían perder un solo día, si querían tener alguna oportunidad de llegar a tiempo a Nueva Alejandría. La noche anterior se habían distribuido el trabajo, y habían acordado que Casandra y Jacob se encargasen de terminar la reparación del barco, mientras Selene se introducía en el sistema informático del Palacio para averiguar de qué modo podían obtener el combustible de petróleo que necesitaban y la mejor forma de transportarlo hasta la costa. Por su parte, Alejandra y él se ocuparían de estudiar a conciencia las maquetas del Jardín y de Calcuta-Madrás, empezando por la primera. Debían aprenderse de memoria el plano y las posibles rutas ocultas que podían utilizarse para transportar el combustible hasta el barco sin ser vistos. Habían decidido reducir los encuentros de todo el grupo a un par de reuniones a la semana que se celebrarían en el cuarto de Alejandra, a la hora de la comida. De ese modo, nadie sospecharía lo que se traían entre manos. Por otro lado, había que seguir ocultando a Jacob, y para ello, lo más práctico era hacer reaparecer al fantasma. Así, además, se aseguraban de que nadie tuviese ganas de andar merodeando por ahí durante la noche, lo que les procuraría un cierto margen de maniobra adicional.

Había un par de cosas que preocupaban seriamente a los muchachos: por un lado, no sabían cómo actuar con Leo, que conocía parte de su secreto y en cualquier momento podía revelarlo. No esperaban que el androide los traicionase, pero, a pesar de todo, parecía más sensato mantenerlo al margen de sus planes. Sin embargo, él les había ayudado, y, en cierto modo, le debían cierta lealtad... Como no se ponían de acuerdo acerca de la actitud que debían mostrar hacia él, decidieron que lo más prudente sería evitarlo, al menos hasta que tuviesen las cosas más claras.

El otro problema eran Clovis y Berenice. A los chicos les caían bien, y se resistían a huir sin haberse sincerado con ellos. La más preocupada en ese aspecto era Alejandra. Ella creía que los dos ancianos ignoraban las verdaderas actividades de Hiden y el modo en que este los estaba utilizando. En su opinión, lo que debían hacer era informarles de lo que habían descubierto; estaba segura de que ambos se quedarían tan horrorizados que abandonarían de inmediato el Jardín. Pero Martín se opuso en redondo.

—No podemos involucrar a más gente en esto —dijo con firmeza—. Además, tus suposiciones carecen de base. Yo también quiero creer que esos dos no saben nada de lo que está pasando aquí, pero no hay que confundir los deseos con la realidad. No podemos arriesgarnos. Además, suponiendo que tengas razón y que Clovis y Berenice desconozcan el avispero en el que se han metido, ¿crees que les haríamos un favor diciéndoselo? Probablemente tendrán un contrato, y si deciden incumplirlo se verán obligados a huir, como nosotros. Pero ellos no tienen nuestra edad..., no sé si podrían afrontar la clandestinidad y las fugas permanentes. No tardarían en darse por vencidos, y el resultado sería la cárcel... ¿De verdad quieres obligarlos a emprender un camino tan peligroso? Todo eso, suponiendo que nos creyeran... ¿Has pensado en qué pasaría si no se tomasen en serio nuestras explicaciones? Acudirían a Hiden y le pedirían que nos sacase de nuestro error. ¿Te lo imaginas? Es lo que nos faltaba... No; ya tenemos suficientes problemas tal y como estamos, así que no nos arriesgaremos.

La discusión había tenido lugar la noche anterior, después de que Casandra y Selene se hubiesen retirado a sus respectivas habitaciones. Jacob estaba con ellos y, mediante monosílabos, había apoyado cada uno de los argumentos de Martín.

Alejandra tuvo que admitir que su idea resultaba demasiado peligrosa, pero no le gustó que Martín le llevase la contraria de aquella manera. El torrente de objeciones que le había soltado le parecía excesivo; en lugar de convencerla, lo que había logrado era humillarla, y se sentía dolida. Hizo lo posible por que no se le notara, pero Martín la conocía demasiado como para no darse cuenta de su estado de ánimo. Al darle las buenas noches, había hecho un torpe intento por estrecharla entre sus brazos, en señal de reconciliación; pero ella se había apartado con brusquedad y había corrido a refugiarse en su cuarto.

Cuando fue a verla después de la comida, tuvo la impresión de que el enfado aún no se le había pasado del todo, a pesar de sus intentos por actuar de un modo normal.

—Se suponía que eras tú la que debías venir a mi cuarto —dijo él, esforzándose por que su voz sonase alegre—. Tengo la maqueta montada, y hay que ponerse a trabajar...

En silencio, Alejandra se dirigió a la puerta de comunicación de las dos habitaciones y la abrió apoyando el dedo índice sobre la célula de reconocimiento. Pasó al otro lado sin volver una sola vez la cabeza. Martín la siguió, algo acobardado.

Alejandra se inclinó sobre la maqueta y estuvo un rato observando las idas y venidas de los personajes que aparecían en ella. La verdad es que aquel modelo a escala de la isla era tan perfecto que casi daba miedo. La recortada costa en forma de estrella aparecía detallada hasta en su última roca, y los bosques y jardines contenían hologramas de cada uno de los árboles existentes en la realidad. Todos los edificios estaban representados: no solo el Palacio y los laboratorios, sino también las viviendas rehabilitadas por los científicos de la isla e incluso las viejas casas de vacaciones abandonadas. Pero lo más desconcertante era la capacidad de la maqueta para simular la vida cotidiana del Jardín. Todos los habitantes de la isla vagaban por aquel pequeño mundo de tres dimensiones convertidos en pequeños fantasmas de vivos colores que, según el ángulo de incidencia de la luz, a veces se volvían medio transparentes. Ellos mismos aparecían representados en el aula de estudio, escuchando las explicaciones de una diminuta réplica de Berenice. El reloj de la maqueta señalaba las once de la mañana.

—La otra ya está encargada —dijo Martín rápidamente—. La de Calcuta-Madrás, quiero decir. Al parecer, una bióloga de los laboratorios la tiene. Van a actualizarla y me la pasarán dentro de un par de días. También he pedido algunas otras, para disimular...

—¿Incluida la de Nueva Alejandría? —preguntó Alejandra.

—Pues no; no se me ocurrió... Pero aún estamos a tiempo.

—Déjalo. Podrían sospechar... Bueno, ¿qué se supone que debemos buscar aquí?

—No estoy muy seguro —murmuró Martín, tratando de concentrarse en la maqueta—. Por las indicaciones que nos dio Jacob, la casa del barco debe de ser esa de ahí...

—¿Justo en el ángulo que separa esos dos brazos de la estrella? Bueno, eso podría convenirnos. Parece un lugar bastante resguardado y difícil de vigilar.

—No estoy tan seguro de eso. Además, tiene el inconveniente de estar muy lejos de las pistas de aterrizaje para aviones y del puerto deportivo. ¿Ves? Exactamente en el lado opuesto. Eso significa que tendremos que atravesar toda la isla con el combustible...

—Sí, no va a ser fácil —reconoció Alejandra—. ¿Dónde crees que lo guardan?

Ambos concentraron su atención en el brazo de la estrella que albergaba el puerto deportivo. Martín aún estaba poco familiarizado con el funcionamiento de las maquetas, pero, después de repasar un segundo los cuadros de ayuda, logró obtener una imagen aumentada de aquella zona. Los cuidados muelles se veían mucho más grandes, y los edificios y dependencias que los rodeaban también.

—Eso debe de ser el club náutico —dijo el muchacho, señalando la construcción más elevada—. Y esos los talleres de reparación... fíjate, ¡hay por lo menos treinta o treinta y cinco yates! Desde luego, Hiden sabe mimar a su personal...

—Esos cilindros deben de ser los depósitos —dijo Alejandra—. Están muy altos... No sé cómo vamos a sacar de ahí el combustible. Apuesto a que están vigilados por un montón de cámaras. Es una lástima que eso no aparezca en la maqueta...

—Fíjate en ese individuo. Por su aspecto, yo diría que es un policía...

—¿El que está asomado a esa ventana? Sí, tienes razón. No les quita ojo a los depósitos.

—Bueno, eso solo significa que, cuando se hizo esta maqueta, había un vigilante que solía situarse en esa posición a las once —aseguró Martín tratando de restarle importancia—. Pero las cosas han podido cambiar mucho desde entonces... Por muy actualizado que esté el modelo, me figuro que no habrá incorporado los cambios en los horarios de la isla que se introdujeron cuando llegó el segundo grupo científico, después de la captación del mensaje extraterrestre...

—De todas formas, yo no me fiaría. Por muchos cambios que hayan introducido, el depósito seguirá vigilado, y ese individuo debe de existir en realidad... ¿Te has fijado en que lleva un arma de largo alcance?

Los dos intercambiaron una mirada de consternación.

—No lo conseguiremos —murmuró Alejandra con desaliento.

—Los policías me preocupan menos que las cámaras —observó Martín—. No te olvides de que tenemos a Jacob... Puede aterrorizarlos en cuanto se lo proponga. Pero si nos graban...

—Esperemos que Selene sea capaz de desactivar todo el sistema.

Ambos se concentraron de nuevo en la maqueta.

—Bueno, supongamos que, de una manera o de otra, hemos conseguido distraer al policía, desactivar las cámaras, trepar a esos cilindros y sacar el combustible. ¿Dónde lo metemos y cómo lo llevamos? Necesitaremos bastante cantidad...

—Un camión cisterna —propuso Alejandra, como si fuese la cosa más sencilla del mundo.

Martín la miró con asombro.

—¿Y de dónde se supone que vamos a sacarlo? —preguntó en tono escéptico.

—Del puerto de mercancías. Toda la isla se abastece desde allí. Continuamente llegan barcos cargados de todo tipo de cosas, incluyendo alimentos, e incluso agua. Hay una desaladora ahí, junto al viejo hotel abandonado, pero a Hiden no le gusta el agua que produce, y hace que le envíen grandes cantidades de agua dulce de manantial.

Martín parecía impresionado.

—¿De verdad? —preguntó, esta vez sin ironía—. ¿Cómo has conseguido enterarte de eso?

—Leo me lo contó —repuso la muchacha, sin levantar los ojos de la maqueta—. Y una vez, mientras estabais en el laboratorio, me acerqué al puerto y estuve viendo descargar los barcos. Había camiones cisterna, te lo puedo asegurar... ¿Ves? Estos de aquí —añadió, señalando a una especie de garaje situado junto a los almacenes del puerto—. Dentro había cuatro camiones alineados, con cintas rodantes en lugar de neumáticos para poder circular por cualquier terreno y grandes contenedores cilíndricos transparentes acoplados a la carrocería.

—¡Un momento! —dijo Martín con los ojos brillantes—. No hará falta robar el combustible del puerto deportivo. Supongo que de cuando en cuando tendrán que reponerlo... y el nuevo llegará en petroleros y será trasladado hasta los depósitos en camiones cisterna. Solo tenemos que esperar a que llegue otro envío e interceptarlo. Será mucho más fácil...

—Salvo que, quizá, tengamos que esperar mucho tiempo a que llegue un petrolero —objetó Alejandra, que no parecía compartir en absoluto su entusiasmo.

—Eso es algo que tendremos que averiguar —admitió Martín, bastante menos eufórico—. Y otra cosa que debemos hacer es encontrar un camino seguro para ir del Palacio a la casa del barco sin que nadie nos descubra. Tendremos que llevar y traer un montón de cosas de un lado a otro, hacer muchos viajes... Pero los caminos son poco seguros, y si nos salimos de ellos... fíjate; por ese lado hay demasiadas edificaciones.

—¿Qué son estas cosas? —preguntó Alejandra, señalando unos discos de metal oxidado que aparecían por toda la maqueta.

—Los hemos visto yendo a la playa, ¿no te acuerdas? Son las bocas de residuos que van a dar a las antiguas cloacas... Una especie de túneles que llevaban las aguas residuales hasta el mar.

—¡Qué asco! ¿De verdad hacían eso?

—Claro... La isla se construyó mucho antes de que se generalizase el uso de las depuradoras domésticas. Por lo visto, esos túneles eran algo asqueroso. Tenían un olor repugnante que a veces llegaba hasta la superficie, y estaban plagados de ratas...

—Por lo menos hará cincuenta años que no se utilizan, ¿no? —preguntó Alejandra sonriendo.

Martín adivinó por su expresión lo que estaba pensando.

—¡Tienes razón! —exclamó entusiasmado—. Tenemos a nuestra disposición una red de túneles vacíos que comunican entre sí todos los rincones del Jardín... ¡Sólo tenemos que averiguar si están o no vigilados!

—No creo que lo estén, pero tendremos que asegurarnos. Selene nos lo dirá...

La primera sesión de trabajo con la maqueta había resultado más que provechosa. Martín decidió darla por terminada, pues se sentía muy cansado y comenzaba a dolerle la cabeza.

—Lo dejaremos para mañana —decidió el muchacho—. Ahora, nos vendría bien relajarnos... ¿Te apetece un baño?

Alejandra se había olvidado por completo de su enfado, de modo que aceptó en seguida.

—Voy a por mi bañador —dijo en tono alegre—. Ahora mismo vuelvo...

Martín corrió a ponerse el suyo y la esperó en el agua, jugando distraídamente con sus delfines enanos.

«Voy a echar mucho de menos a estos bichos», se dijo con súbita tristeza.

Le parecía imposible que todo aquello estuviese a punto de terminar, que fueran a abandonar aquel paraíso por propia voluntad...

—Es algo de locos —murmuró en voz alta.

Alejandra estaba tardando mucho. Después de dar una docena de vueltas a la piscina compitiendo en velocidad con las dos mascotas, Martín se detuvo y empezó a mirar con ansiedad hacia la zona del jardín por donde se suponía que debía aparecer su amiga. Empezaba a preocuparse…

Por fin la vio salir de su cuarto. Había regresado por la puerta de comunicación interior... A juzgar por su aspecto, no le había sucedido nada malo, sino todo lo contrario. Parecía muy contenta.

—He estado hablando con Selene —anunció con despreocupación, justo antes de arrojarse al agua.

—¿Cómo? Habíamos dicho que evitaríamos las comunicaciones...

—Se ha puesto en contacto conmigo a través de la rueda neural. No te preocupes, podemos estar tranquilos. Ha manipulado todo el sistema interno de vigilancia, sustituyendo las grabaciones actuales por otras antiguas y qué se yo cuántas cosas más. El caso es que, a partir de ahora, podemos hablar con total libertad en cualquier dependencia del Palacio. Bastará con que evitemos a los policías y con que no llamemos demasiado la atención de los demás...

—¿Le has contado lo que hemos averiguado nosotros?

—Sí... Va a buscar el plano subterráneo de las cloacas en los ordenadores centrales, y también le pedí que se enterase de cuándo tendrá lugar la próxima descarga de combustible en el puerto. De todas formas, creo que mañana, cuando estéis en el laboratorio, me daré una vuelta por allí. Intentaré ver de cerca esos camiones y enterarme de cómo funcionan.

—Habrá que informar de todo a Casandra y a Jacob. Como no tienen ruedas neurales, supongo que Selene no podrá contarles las novedades...

—¡Claro que puede! Ella se comunicó conmigo desde la terminal de red de su habitación, y también ha enviado un mensaje a la terminal de Casandra. A partir de ahora, podréis usar vuestros ordenadores con total libertad. Nadie va a espiaros...

—¿Y tu rueda neural? ¿Estás segura de que no está vigilada?

—Selene lo ha comprobado. Nada... Únicamente tengo interceptadas las comunicaciones con el exterior de la isla, tal y como me dijeron al principio. Supongo que no deben de considerarme lo bastante importante como para tomarse tantas molestias conmigo. Después de todo, yo no produzco anticuerpos raros ni nada que a ellos les pueda interesar.

—Tienes razón —murmuró Martín flotando a su lado, pensativo—. En realidad, ahora que lo pienso, tú no tendrías por qué involucrarte en todo esto. Somos nosotros los que tenemos que acudir a ese lugar señalado por la rosa de los vientos en la fecha indicada, los que tenemos que averiguar qué demonios hacemos aquí... Tú... no tienes por qué correr tantos peligros por ayudarnos. La cosa no va contigo.

Alejandra le lanzó una mirada llena de indignación.

—¿La cosa no va conmigo? ¿Es que has olvidado cómo he llegado aquí? ¿Qué me estás proponiendo, que me quede en el Jardín mientras vosotros os fugáis? ¿Sabes lo que pasaría a continuación? Me interrogarían, me harían la vida imposible para que les revelase lo que supiera, y luego me devolverían al Centro de Internamiento. Una perspectiva de lo más tentadora...

Martín no sabía cómo disculparse. La verdad es que no había pensado en ello, pero Alejandra tenía razón: estaba tan involucrada en el asunto como los demás. Ojalá nunca hubiesen intercambiado los análisis de sangre... ¿Por qué había tenido que ocurrir? Ahora, por su culpa, la chica a la que quería se hallaba a su lado, metida en una aventura más que peligrosa, y que podía terminar muy mal...

Alejandra pareció darse cuenta de lo que pasaba por la mente de su amigo. Comprendió que él no había querido marginarla; únicamente deseaba apartarla del peligro mientras aún fuera posible. Se sentía culpable por haberla arrastrado a aquel lugar, y no sabía qué hacer para evitarle nuevos problemas...

—No te atormentes tanto —le dijo suavemente—. Tú no eres responsable de esta situación. La verdad es que me alegro muchísimo de haber venido contigo al Jardín. Ha sido estupendo... Y si crees que estoy asustada por lo que vamos a hacer, te equivocas. No lo estoy; al menos, no más que tú. A pesar de ser una persona normal y corriente y no un fenómeno capaz de manipular sistemas informáticos o producir visiones aterradoras en los demás, en la mayoría de las cosas puedo ser tan buena como vosotros. Y en algunas, hasta mejor...

—Ya lo sé —murmuró Martín, sintiendo que el corazón le latía con violencia—. Lo sé de sobra, pero, aún así, no puedo evitar querer protegerte.

—Bueno, tú me protegerás a mí y yo a ti. ¿Te parece bien? Es un buen pacto...

Martín asintió con los ojos brillantes. Estaba demasiado emocionado para decir nada. Se sentía tan feliz...

Pero había que volver a la realidad.

—Lo que ha hecho Selene va a facilitarnos mucho las cosas —dijo, procurando concentrarse en el asunto del barco—; así podremos estar en contacto sin necesidad de que nos vean juntos... ¿Puedes usar tu rueda neural para convocar un chat por videoconferencia con los demás, mañana por la noche?

—Pues claro... Se lo comunicaré a Selene, y ella se lo dirá a los otros.

—Dile también que le pida a Jacob que se dé una vuelta por las cocinas y que piense en la manera de llevar provisiones suficientes para un mes desde la despensa hasta el barco.

La reunión quedó fijada para las once de la noche, hora en que casi todos los científicos de la isla se habían retirado a dormir. Martín se despidió de Alejandra recomendándole que tuviese mucho cuidado al día siguiente, durante su visita al puerto. Por encima de todo, debía procurar que sus movimientos no despertasen sospechas...

En cuanto a él, no era mucho lo que podría hacer por la mañana, dado que Isaac le había citado para una sesión especial de ecografías en la que Selene y Casandra no debían intervenir. Después tenía un entrenamiento con la doctora Ling, así que no estaría libre hasta el mediodía...

Isaac le recibió con una sonrisa.

—Los chicos me han comentado que te estás aficionando al juego de las maquetas —comentó mirándole de soslayo mientras analizaba una ecografía de sus órganos internos en el pequeño monitor situado junto a la camilla—. Es muy divertido; una vez que te enganchas, ya no hay manera de dejarlo. Yo juego una partida todas las noches... Casi siempre contra la propia máquina. Ahora mismo tengo montada la ciudad de Medusa. Un día, si quieres darte una vuelta por mi apartamento, te la mostraré... Soy un buen jugador, y puedo enseñarte algunos trucos.

Martín le dio las gracias cortésmente y le aseguró que se pasaría a ver la maqueta en cualquier momento. Había hecho un gran esfuerzo por introducirse en los pensamientos de Isaac mientras él hablaba de su maqueta, y lo que había descubierto no resultaba precisamente tranquilizador. Isaac sospechaba de aquella nueva afición suya. Intuía que había algo oscuro detrás... y lo más intrigante de todo era que lo relacionaba con Jacob, aunque no tenía ni idea de por qué. Las razones de aquella conexión no ocupaban, en aquel momento, la mente del científico... Solo había, por lo tanto, una manera de descubrirlas: preguntando. Después de un instante de duda, el muchacho decidió arriesgarse.

—Ese otro chico, Jacob... ¿también es aficionado a las maquetas? —preguntó con expresión inocente.

La sonrisa de Isaac se contrajo en una especie de mueca que le deformaba la cara.

—No lo sé, no me acuerdo —repuso intentando que su voz sonase indiferente—. En realidad, nunca le conocí muy bien...

—¿Por qué habla de él en pasado? —preguntó Martín—. Sigue en contacto con él, ¿no? Aunque esté en aislamiento...

La confusión del científico se hizo tan evidente que incluso una persona sin las dotes telepáticas de Martín habría podido deducir fácilmente que se disponía a mentir.

—Los experimentos en los que está participando ahora no los llevo yo personalmente, así que hace mucho que no sé nada de él. Supongo que por eso he empleado el pasado...

«Probablemente tú sabes más que yo acerca del paradero de Jacob», fue el pensamiento que leyó Martín en la mente de Isaac mientras escuchaba sus torpes explicaciones.

Así pues, Isaac sospechaba. Creía que Jacob se las había ingeniado para ponerse en contacto con él, lo que significaba que estaba convencido de que el joven fugado estaba vivo y de que aún seguía en la isla. Sin embargo, no parecía haber establecido ninguna conexión entre Jacob y el fantasma. En realidad, sus sospechas se basaban en meras suposiciones, y no tenían nada sólido en lo que fundarse. Martín decidió aprovechar el momento para introducir nuevas dudas en su cerebro. «Este chico no sabe nada», fue la frase que acudió de pronto a la mente de Isaac. «Estoy viendo conspiraciones donde no las hay... Soy un paranoico. Esta forma de sacar conclusiones es absurda... va en contra del método científico».

Cuando, terminadas las pruebas, se dirigió al pequeño gimnasio donde se entrenaba con la doctora Ling, Martín apenas podía ocultar su satisfacción. Estaba seguro de haber logrado influir en la mente de Isaac del modo exacto en que se lo había propuesto, y el hecho de haberlo conseguido con tanta facilidad casi le producía vértigo. La propia Ling pareció notar aquella nueva confianza que había comenzado a florecer en su interior.

—Nunca habías manejado la espada tan bien como hoy —le dijo al acabar la sesión—. Es como si, de pronto, hubieses empezado a creer en tus posibilidades... Todo lo que has intentado te ha salido a la perfección. Si sigues así, dentro de poco ya no tendré nada que enseñarte.

Martín regresó muy contento a su cuarto después de aquello. En el jardín estaba esperándole Alejandra.

—He ordenado a los robots que nos preparen la comida —se justificó ella—. En realidad, es preferible que no rompamos del todo con nuestras costumbres; en ese caso, sí que empezarían a sospechar... ¿Qué te pasa? —añadió, fijándose en la expresión satisfecha de su amigo—. ¿Es que Isaac ha estado ensayando contigo una droga de la felicidad?

Martín le explicó brevemente lo que había averiguado en el laboratorio.

—Bueno, el hecho de que Isaac haya empezado a sospechar no es como para alegrarse —observó Alejandra después de escucharle—. La buena noticia, supongo, es que todavía no tiene ninguna prueba que justifique sus sospechas...

—Y, sobre todo, que podremos seguir día a día sus pensamientos —dijo Martín con orgullo—. Y no solo eso; incluso podremos modificarlos... Cada vez controlo mejor esta especie de «don». ¿Te das cuenta de las posibilidades que puede tener todo esto?

—Sí, y espero que no se te suba a la cabeza —repuso Alejandra de mal humor—. Estás tan satisfecho de ti mismo, que ni siquiera me has preguntado cómo me ha ido en el puerto...

—Es verdad, perdona —se disculpó el muchacho—. ¿Has averiguado algo?

Sin contestar, Alejandra invitó a su amigo a que se acercara con ella a la maqueta de la isla, que ella misma había cargado.

—Bueno, cuando llegué, acababa de atracar un barco de esos que traen agua para Hiden. Uno como ese que está ahí, ¿lo ves? Vi cómo descargaban el agua en un depósito, y también vi cómo, desde el depósito, llenaban un camión cisterna y lo destinaban aquí. La carga y descarga del líquido la realizan los robots del puerto. El camión no lleva conductor; es teledirigido, como todos los vehículos terrestres de la isla. En cuanto estuvo listo, se puso en marcha de forma automática y vino aquí, al Palacio.

—Qué raro... Nunca he visto a ninguno de esos camiones cargando y descargando.

—Eso es porque se detienen a unos cien metros, detrás de ese palmeral de ahí. ¿Ves esas placas ovaladas? Son las bocas de descarga. Comunican con los depósitos de agua dulce del Palacio... Esta de aquí es la del primer depósito, el que abastece los baños y las cocinas. Se rellena con agua de la desaladora. Y esta es la del segundo depósito, que contiene el agua que bebemos. Hiden es muy generoso; comparte su valioso manantial con nosotros.

—¿Cómo te has enterado de todo eso? ¿Has venido corriendo todo el trayecto detrás del camión?

—En bicicleta. Ayer solicité una para hacer ejercicio. Esta mañana me la trajeron; es estupenda...

Martín arqueó las cejas con asombro.

—No sabía que supieses montar en bicicleta. Es un deporte para ricos...

—Mi padre se endeudó hasta las cejas para comprarme una. Según él, era una buena inversión. Se suponía que el ciclismo iba a permitirme codearme con gente de las clases altas... Formaba parte de su plan para hacerme salir de la barriada y conseguirme amigos influyentes.

—¿Y no es difícil? Parece imposible mantener el equilibrio sobre dos ruedas...

—Al contrario, es facilísimo. Puedes pedir una tú también; yo te enseñaré a usarla. Antes de que nos vayamos, serás todo un experto. Nunca se sabe; a lo mejor alguna vez te resulta útil...

Martín se apresuró a seguir el consejo de Alejandra y llamó a uno de los robots para solicitar el costoso artilugio. Era una buena idea; si comenzaban a practicar un deporte nuevo, todos darían por sentado que se disponían a permanecer mucho tiempo en la isla.

—Se lo diremos a los otros esta noche —propuso—. Puede que quieran apuntarse... Aunque será difícil obtener una bicicleta para Jacob.

Pero Alejandra parecía estar pensando en otra cosa.

—¿Sabes? Antes de llegar al puerto vi algo muy curioso —dijo, como si no hubiese oído la última afirmación de Martín—. Era una especie de invernadero gigante lleno de unos extraños insectos parecidos a mariposas. Tenían las alas de unos colores maravillosos, que iban desde el granate hasta el fucsia intenso y el rosa más delicado, y en sus alas brillaban unos puntos dorados...

—Será una nueva especie transgénica adquirida por Hiden para aumentar el prestigio del Jardín —la interrumpió Martín—. ¿Qué tiene de raro?

—No lo sé... Quizá la masa viscosa de orugas que bullía debajo, entre las plantas... En mi vida he visto un espectáculo más repugnante. Eran diminutas y casi transparentes, pero, todas juntas, formaban una especie de gelatina que cubría cada rincón del suelo. Y lo más curioso es que en la puerta del invernadero figuraba un cartel de «peligro mortal» con una calavera dibujada. Había algo maligno en esos insectos...

Martín se encogió de hombros. En otro momento, aquella historia de las mariposas podría haberle parecido interesante, pero ahora tenía otras cosas en las que pensar. Estaba impaciente por que llegase la noche para seguir perfilando con los demás el plan de huida. La tarde le pareció larguísima; no hacía más que darle vueltas al asunto de los camiones cisterna. No podía concentrarse en nada más...

A la hora fijada para el chat, todos estaban delante de sus ordenadores salvo Alejandra, que se había instalado junto a Martín. En cuanto conectaron el monitor, vieron el rostro sonriente de Selene saludándoles desde su habitación.

—¡Ya era hora! —dijo guiñándoles un ojo—. Estaba impaciente. Los otros ya llevan un rato en sus puestos. Dadme un momento y os conecto a todos en red. A ver... ya está.

Martín y Alejandra vieron aparecer en dos pequeños recuadros las imágenes de Jacob y de Casandra, cada uno sentado frente al ordenador de su cuarto.

—¿No será peligroso utilizar el ordenador de Jacob? —preguntó Martín preocupado—. Si alguien oye ruidos en su cuarto...

—Si alguien pasa cerca de su cuarto, su ordenador lo detectará y se desconectará automáticamente —explicó Selene—. ¿Es que no confías en mí? Domino toda la red del Palacio, te lo aseguro... Estamos completamente a salvo.

Martín se encogió de hombros y esbozó una sonrisa de disculpa.

—¿Has conseguido los planos de las antiguas cloacas? —preguntó Alejandra.

—Por supuesto que sí —y, junto con la respuesta afirmativa de Selene, vieron abrirse en la pantalla un nuevo recuadro que mostraba un complicado laberinto donde se mezclaban líneas de distintos colores—. Las azules son las canalizaciones de aguas residuales, es decir, las auténticas cloacas. Como veis, en algunos lugares son tan anchas como calles. Las líneas rojas corresponden a los vertederos de residuos sólidos. Lo tiraban todo junto: basura orgánica y no orgánica...

—¡Qué asco! —dijo la imagen de Casandra con una mueca de lo más elocuente.

—Sí... Lo trituraban todo junto... Era una porquería. El caso es que, cuando Hiden decidió reconstruir la isla, hubo que obturarlos. Al parecer, eran todavía un nido de ratas.

—Así que no podemos utilizarlos —concluyó Martín—. ¿Y los verdes, para qué servían?

—Creo que ni siquiera Hiden lo tiene muy claro. Son túneles que intercomunican algunas de las viejas casas entre sí, y con el mar... Se sospecha que se utilizaban para el contrabando. Muchas de las antiguas villas de lujo pertenecían a traficantes internacionales. Se supone que venían aquí a descansar, pero algunos, por lo visto, se traían parte del trabajo a casa. En todo caso, ya veis que no es una red generalizada, como las otras dos. Solo se encuentra en algunas zonas...

—¡La casa del barco tiene uno de esos túneles! —observó Jacob alborozado—. Todavía no sé para qué puede servirnos, pero seguro que es útil.

—Ese túnel estaba conectado con otras tres casas de la isla —indicó Selene—. Dos de ellas aún existen; una es la que les han asignado a Clovis y Berenice, y la otra está ocupada por un epidemiólogo del grupo de Isaac. En cuanto a la tercera, estaba justo donde ahora se encuentra la pradera multicolor que hay frente al Palacio. Hiden la mandó derruir para plantar su jardín, y la entrada del túnel quedó tapada.

—Entonces, no nos sirve —comentó Alejandra con un suspiro de desaliento.

—Pero las cloacas sí —prosiguió Selene—. Se conservan intactas, limpias y vacías. Y hay un montón de bocas, aunque algunas no se vean a simple vista... Una en tu propio jardín, Alejandra.

—¿No están vigiladas? —preguntó Martín.

—No he detectado nada en el sistema de vigilancia central del Palacio. Aunque, después de la desaparición de Jacob, me figuro que habrán pensado en buscar en ellas...

—¿Qué pasa con el barco? —preguntó Martín, dirigiéndose a Casandra y a Jacob.

—Lo hemos revisado a conciencia —repuso este último—. Creo que no será difícil hacerlo navegar. El timón está intacto, y los motores también. El depósito del combustible necesita una buena limpieza, y el sistema de encendido automático no funciona. Es un mecanismo muy antiguo, lleno de cables, sin dispositivos inalámbricos. Una pieza de museo... Hay mucha información sobre esa clase de cosas en internet. Encontraremos la manera de repararlo.

—¿Qué hay de lo de las provisiones? —siguió preguntando Martín—. ¿Habéis pensado en algo?

—Lo que está claro es que no podemos sacarlas de una sola vez —intervino Casandra—. En las cocinas se darían cuenta, y, además pesarían demasiado para acarrearlas hasta el otro lado de la isla. Habrá que ir guardando comida poco a poco, y aprovechar luego cada oportunidad que tengamos para llevarla hasta el barco. Lo mejor será hacerse con una buena cantidad de latas y de alimentos envasados en atmósfera protectora. Hay mucho de todo eso en las despensas...

—¿Y nadie lo notará? —preguntó Alejandra.

—Modificaré los inventarios semanales de las cocinas —dijo Selene—. Puede hacerse, toda la información está en el ordenador central... Las actualizaciones del inventario están a cargo de los robots. Ellos no se hacen preguntas; resultará fácil engañarlos.

—¿Habéis pensado en el agua potable? —preguntó Jacob con gravedad—. En alta mar, puede convertirse en nuestro mayor problema. Los barcos grandes están equipados con desaladoras, pero una embarcación como la nuestra no puede llevar a bordo esa tecnología tan pesada; además, no disponemos de ella... Tenemos que encontrar el modo de hacernos con una buena provisión de agua dulce.

—¡El agua de manantial de Hiden! —exclamó Alejandra—. Solo tenemos que desviar uno de esos camiones cisterna que vi esta mañana. Seguro que Selene puede hacerlo desde la red informática del Palacio.

—Necesitamos al menos un camión de agua y otro de combustible —resumió Martín—. Tendremos que desviarlos el mismo día, y huir inmediatamente después... Son robos que no pueden pasar inadvertidos. Selene, ¿has averiguado cuándo llegará el próximo cargamento de combustible al puerto?

—Del sábado en dos semanas.

—Estamos a miércoles... Eso significa que tenemos dieciocho días para prepararlo todo. Cuando llegue el próximo cargamento, desviaremos el último camión de combustible que se dirija al puerto deportivo. Ese mismo día robaremos el agua de los depósitos del Palacio y la transportaremos hasta el barco en otro camión. Para entonces, las provisiones ya tendrán que estar cargadas y el barco listo para zarpar.

Lo cierto es que el plan parecía sencillo. La capacidad de Selene para manipular todos los sistemas informáticos del Palacio simplificaba al máximo su proyecto. Todo lo que tenían que hacer era ir acumulando provisiones y transportarlas en pequeñas cantidades al barco. Se decidió que Jacob aprovecharía su facultad de volverse invisible para colarse en las cocinas sin ser visto e ir sacando poco a poco la comida. Durante el día, trataría de ultimar las reparaciones del barco mientras los otros continuaban con su vida normal en el Palacio. Por las noches, se turnarían para transportar hasta el barco la comida robada por Jacob utilizando la red subterránea de las antiguas cloacas. Ni siquiera parecía totalmente necesario extremar las precauciones a la hora de comunicarse; Selene podía borrar toda la información registrada por los robots, de manera que ningún ser humano llegaría a enterarse de sus conversaciones...

Al principio, todo salió según lo planeado. Cada día, Jacob se colaba varias veces en las cocinas y robaba alimentos que luego escondía en las habitaciones de sus compañeros. Inmediatamente después, Selene modificaba el inventario informático de la despensa. Habían establecido que el transporte de la comida hasta el barco se realizaría por parejas, de modo que una noche les tocaba realizarlo a Casandra y a Selene y a la noche siguiente lo hacían Martín y Alejandra. Tardaron algún tiempo en acostumbrarse al estrecho pasadizo que daba acceso a los viejos túneles, cuya húmeda oscuridad no resultaba precisamente acogedora; sin embargo, los planos y linternas con que iban equipados bastaban para caminar por aquel intrincado laberinto con una cierta seguridad. La primera vez que Martín sacó la cabeza por la boca de alcantarilla más próxima a la casa del barco y respiró de nuevo la brisa fresca de la noche, después de caminar más de una hora en medio de la atmósfera recalentada y opresiva de las estrechas galerías, sintió que un gran peso se le quitaba de encima. Por un momento, había llegado a temer que se quedaría allí atrapado, con Alejandra, sin encontrar jamás una salida... Pero a la noche siguiente todo resultó más sencillo, y llegó un momento en que las expediciones nocturnas por las cloacas se convirtieron en una rutina sin emoción. Al menos, hasta la noche en que los descubrió Clovis...

Faltaban únicamente dos días para la partida, y aquella era la última expedición nocturna al barco de Martín y Alejandra. Habían acarreado dos pesados fardos llenos de conservas y cajas de galletas a través de los túneles, y, después de cargarlos en el barco, se tomaron media hora de descanso junto al pequeño puerto natural que había frente a la casa. Jacob ya había preparado la rampa de madera que debía conducir la embarcación desde el hangar donde la mantenían oculta hasta el agua, aunque la había disimulado bajo una fina capa de arena para que nadie pudiera verla desde lejos. Martín estuvo inspeccionando la pequeña obra de ingeniería y quedó más que satisfecho. Verdaderamente, Jacob había hecho un espléndido trabajo...

Todavía faltaba más de una hora para el amanecer cuando emprendieron el regreso a través de las cloacas. No se dieron demasiada prisa, pues esa mañana no había sesión en los laboratorios y las clases de Berenice no daban comienzo hasta las diez. Al levantar el pesado disco metálico que cerraba la boca de la alcantarilla del jardín, a Martín le sorprendió comprobar que ya era completamente de día; pero la sorpresa que le aguardaba en su cuarto era aún mayor: cuando entró en él seguido de Alejandra, que había adquirido la costumbre de pasar a su habitación a través de la de su amigo, ambos se encontraron a Clovis de pie junto a su cama y con una expresión que jamás habían visto antes en su rostro. El viejo temblaba de pies a cabeza, en parte de miedo y en parte debido a la indignación que sentía. Ni siquiera esperó a que Alejandra cerrase la puerta de la estancia tras de sí para iniciar su reprimenda.

—¿No os da vergüenza? —exclamó con voz ahogada—. ¡Traicionar así a la Corporación que lo está dando todo por vosotros! Anoche, cuando por casualidad vi a las otras dos deslizarse por el pasillo cargadas como mulas con bolsas de las cocinas, pensé que se trataba únicamente de una travesura, pero ahora ya sé lo que pasa. Esta mañana estuve revisando la despensa y, a pesar de la estupidez de esos robots, me di cuenta de que habíais estado robando. Comparando los inventarios de las últimas dos semanas, comprobé que los datos de consumo de latas de conserva y paquetes de galletas habían aumentado de una manera exagerada... ¿Cómo os las habéis arreglado? Manipular el inventario no es sencillo; hay que introducirse en el ordenador central...

Martín y Alejandra guardaban un obstinado silencio. Estaban demasiado nerviosos y apenados para intentar explicarse. Además, ¿de qué habría servido? Clovis ya se había formado una opinión acerca de ellos...

—Reconozco que, al principio, me quedé asombrado —siguió diciendo Clovis, cada vez más rojo de excitación—; incluso pensé que habíamos subestimado vuestro apetito de adolescentes, y que habíais tramado todo esto para conseguir un suplemento de comida... Pero ¿cuándo se os ha negado en el Jardín algo que hayáis pedido? No había ninguna necesidad de robar... A menos, claro está, que el objeto de esa acumulación de provisiones fuese algo prohibido, algo que debía permanecer oculto a cualquier precio. Entonces lo vi claro: solo hay una cosa que vosotros tenéis prohibida en esta isla, y es abandonarla... ¿Vais a negar que ese era vuestro plan?

Ni Martín ni Alejandra se sentían con fuerzas para negar nada, de modo que siguieron callados.

—Estáis locos si creéis que podéis conseguirlo —murmuró Clovis exasperado—. Hiden jamás lo permitirá...

—De todas formas, vamos a intentarlo —dijo Martín con firmeza.

Mientras el viejo profesor hablaba, había estado indagando en sus pensamientos, pero su propia angustia le impedía establecer un contacto tan limpio y directo como el que había logrado con la mente de Isaac. Por más que lo intentó, no pudo averiguar las intenciones del viejo científico, ni lo que se proponía hacer para tratar de evitar que se fugasen... Lo único que Martín pudo ver con claridad fue que el anciano trataría por todos los medios de impedir la huida; pero, hasta dónde estaba dispuesto a llegar para frustrar sus planes, era algo que probablemente ni él mismo sabía...

—Pensamos en decírtelo, Clovis —comenzó a explicar Alejandra con voz serena—. Tal vez hicimos mal en ocultártelo, pero, créeme, tenemos buenas razones para querer huir de la isla. Aquí están sucediendo muchas cosas terribles, y no queremos ser cómplices de todo esto.

La expresión atemorizada de Clovis indicaba bien a las claras que no quería enterarse de lo que había detrás de las palabras de Alejandra. Martín sintió que se le hacía un nudo en la garganta al descubrir la secreta cobardía del científico. Clovis estaba al tanto de las actividades ilícitas de la compañía, o al menos las sospechaba, pero su cerebro no quería enfrentarse directamente a aquella verdad, y prefería engañarse a sí mismo en nombre de una lealtad ciega hacia la corporación que le había salvado de la miseria tras la desaparición de las universidades. En aquel momento, Martín habría preferido no leer en la mente de su profesor; eso le habría permitido seguir teniendo buena opinión de él... Pero, a diferencia de Clovis, él no podía engañarse acerca de las intenciones de los demás, por mucho que lo deseara; sus capacidades telepáticas no dejaban ni un resquicio para la duda...

De todas formas, estaba decidido a pronunciar en voz alta las verdades que tanto temía escuchar el anciano.

—Aquí se están fabricando armas microbiológicas de destrucción masiva —dijo, tratando de dominar el temblor de su voz—. Hiden nos utiliza como conejillos de Indias para obtener antídotos contra los virus y bacterias que él mismo ha desarrollado. Pudo impedir el desastre de la gripe lunar, pero no lo hizo... ¿De verdad crees que debemos seguir colaborando con Dédalo después de averiguar todo eso?

—¡Fantasías, puras fantasías! —exclamó Clovis, furioso consigo mismo por haber propiciado aquel torrente de acusaciones que tanto temía escuchar—. ¡Las locuras de tu padre te han ablandado el cerebro, haciéndote ver conspiraciones por todas partes! Créeme, si no estuviese tan seguro de que no conseguiréis huir, ahora mismo daría parte a Hiden de lo sucedido. Aunque solo fuese por vuestra propia seguridad...

—Entonces, ¿no crees que podamos conseguirlo? —preguntó Alejandra, exagerando a propósito su tono de aprensión.

—Admito que habéis demostrado mucha habilidad para trucar los inventarios y agenciaros provisiones, pero eso no significa que vayáis a tener la misma suerte cuando os enfrentéis a otros problemas de mayor envergadura. ¿Pensáis que os va a ser tan fácil colaros como polizones en algún barco o avión de los que vienen a la isla? Dédalo es muy cuidadoso con sus secretos científicos, y somete todos los transportes del Jardín a una estrecha vigilancia. Eso sin contar conmigo, por supuesto. No pensaréis que voy a quedarme de brazos cruzados sabiendo lo que sé... Creedme; no tenéis ni la más mínima oportunidad de saliros con la vuestra.

Martín comprendió que no valía la pena seguir insistiendo en sus argumentos; Clovis no iba a cambiar de opinión, y, si continuaban llevándole la contraria, era capaz de contarle a Hiden cuanto creía saber… La única manera de salvar toda la operación consistía, por lo tanto, en engañarlo. Tenían que hacerle creer que les había convencido con su discurso acerca de la imposibilidad de abandonar la isla. Debían lograr persuadirle de que estaban dispuestos a renunciar a su plan.

—Supongo que tienes razón, Clovis —dijo con tristeza—. En el fondo lo hemos sabido siempre, pero necesitábamos creer que la huida era posible para tener la sensación de que podíamos hacer algo. Cada uno se consuela como puede, y nosotros queríamos mantener esa ilusión, jugar a que no había obstáculos... Puede que haya sido una estupidez, pero no le hemos hecho daño a nadie. Por eso, lo único que te pido es que no nos delates. Tú sabes que no somos ningún peligro para Dédalo... Hazlo por nosotros. Vigílanos cuanto quieras, pero no informes a Hiden. Sabes muy bien lo despiadado que puede llegar a ser cuando alguien infringe sus normas...

Durante unos instantes, Clovis pareció indeciso.

—Está bien, haré lo que me pides —musitó al fin—. Pero tened presente que, a partir de ahora, os estaré vigilando muy de cerca, y que sería una locura intentar nada...

El viejo se alejó lentamente hacia el interior del edificio mientras Alejandra y Martín contemplaban apenados los torpes andares y la espalda encorvada de aquel hombre con el que tanto habían llegado a encariñarse.

—No sé —dijo Martín en voz baja—. Creo que no ha sido del todo sincero...

—¿A qué te refieres? —preguntó Alejandra volviéndose hacia él con sorpresa.

—Me ha parecido captar cierta duda en el momento en que se alejaba —murmuró Martín tristemente—. Es probable que no nos denuncie ni hoy ni mañana, pero algo me dice que terminará hablando con Hiden.

—¿Y por qué iba a hacerlo? —preguntó Alejandra horrorizada.

—En teoría, para protegernos; cree que nos arriesgamos demasiado, al menos es lo que se dice a sí mismo... En realidad, porque tiene miedo. No quiere que Hiden le culpe de encubrirnos si todo esto llega a saberse.

—Entonces..., ¿todo ha terminado? —preguntó Alejandra con voz trémula.

Martín clavó en ella una de aquellas miradas inteligentes y serenas que constituían su principal atractivo.

—¡Claro que no! —dijo sonriendo—. El plan sigue adelante. Clovis no sabe nada del barco ni de la forma en que pensamos obtener el combustible, de modo que no tiene ninguna razón para avisar inmediatamente a Hiden. Seguramente, querrá investigar antes por su cuenta... Pero, incluso si decide contar lo que sabe, no tendrán tiempo de reaccionar. Cuando quieran darse cuenta de lo que Selene ha estado haciendo con sus ordenadores, ya nos habremos ido.

Alejandra suspiró.

—Ojalá tengas razón —dijo tratando, a su vez, de sonreír—. Si Hiden averigua lo que vamos a hacer con los camiones cisterna y nos lo impide, estamos perdidos...

—No puede impedirlo —repuso Martín con convicción—. Ni siquiera sabe lo que nos proponemos hacer, e incluso si a Clovis le da por buscar pistas en el ordenador central, no averiguará nada... Selene es mejor con los sistemas informáticos que todos los ingenieros de Dédalo juntos. Tardarán años en deshacer el embrollo que ella ha introducido en sus computadoras.

—De todas formas, las cosas ya han ido demasiado lejos como para abandonar ahora —concluyó Alejandra mirando a Martín con gravedad—. ¡No tenemos más remedio que seguir adelante!

Al separarse de Alejandra, Martín pensó que era una suerte no poder acceder a los pensamientos de su amiga como lo hacía con los de los demás. Temía no haber logrado disipar del todo sus temores, pero, en aquellos momentos, necesitaba creer que la mirada animosa que la muchacha le había dirigido al despedirse no era un intento heroico por ocultar su miedo, sino una verdadera prueba de valentía...

Capítulo XIV

El laberinto

Al terminar las clases de la mañana, Alejandra invitó a todos a comer en su cuarto. Estaba claro que se trataba de una reunión de emergencia, así que nadie hizo preguntas. En cuanto se encontraron a solas, Martín les contó a los demás el encuentro con Clovis y las reacciones de este. Tanto Jacob como Selene se mostraron muy preocupados.

—Si crees que existe alguna posibilidad de que Clovis nos delate, ¿por qué no introdujiste en su mente un pensamiento que le impida hacerlo? —preguntó Selene con una mueca de disgusto.

—Esta mañana, durante la clase, lo estuve intentando, pero sin resultado. Supongo que no se puede influir en la mente de otra persona si esa persona no quiere enfrentarse a lo que piensa... No puedo cambiar la intención de Clovis de delatarnos porque ni él mismo la conoce. Eso, al menos, es lo que yo creo, aunque puedo estar equivocado.

—Quizá deberíamos suspender toda la operación —dijo Jacob, pensativo—. En cuanto Hiden se entere de lo que está pasando, tomará cartas en el asunto y hará que nos vigilen más de cerca. Si eso ocurre antes de pasado mañana, estamos perdidos...

—Lo más importante es que no descubran la existencia del barco —intervino Alejandra—. Si lo descubren, lo destruirán, y puede que tardemos años en encontrar otra manera de fugarnos...

—Podríamos intentar esconder el barco —sugirió Selene sin mucho entusiasmo.

—No nos quitarán el barco —dijo Casandra, que había permanecido callada hasta entonces—. De verdad... Eso es algo que no ocurrirá.

Todos la miraron con asombro.

—¿Por qué dices eso? —preguntó Martín—. ¿Cómo puedes estar tan segura?

La muchacha esbozó una mueca de impaciencia.

—Hay cosas que sé con toda seguridad, y esta es una de ellas. —contestó mirando alternativamente a cada uno de sus compañeros—. No me preguntéis por qué, pero es así... Y creo que deberíais confiar en mí, lo mismo que confiáis en la habilidad de Selene con los ordenadores o en la de Jacob para volverse invisible. Creedme, es una tontería perder el tiempo ahora con todas esas dudas... Lo que debemos hacer es seguir adelante.

—Yo creo en lo que dice Casandra —afirmó Selene en tono convencido—. A fin de cuentas, todo está ya preparado...

—Lo que sí podríamos hacer, para evitar problemas, es evitar acercarnos al barco hasta el día de la huida —sugirió

Casandra con los ojos brillantes—. No hace falta que hagamos más viajes con provisiones, tenemos ya suficientes...

—¡Es cierto! —la apoyó Martín, muy excitado—. ¿Para qué vamos a correr más riesgos, si todo está ya listo? Esperaremos sin hacer nada sospechoso hasta pasado mañana, tal y como estaba previsto. Ese día, de madrugada, nos escaparemos por última vez, pondremos el barco a flote y esperaremos a que lleguen las cisternas de agua y combustible, una vez que Selene las haya desviado. No podemos fallar... Por mucho que lo intenten, los programadores de Dédalo no lograrán derrotarla.

—De todas formas, aún faltan mucho para eso —murmuró Alejandra—. ¿Cómo vamos a estar sin hacer nada todo este tiempo, esperando a ver qué sucede?

—Bueno, hay algo que sí podemos hacer —observó Martín—. Ayer mismo estuve cargando la maqueta de Calcuta-Madrás, pero aún no he tenido tiempo de examinarla. A lo mejor convendría que le echásemos un vistazo. Después de todo, tenemos que encontrar a alguien allí que nos ayude, si no, estamos perdidos.

A todos les pareció una buena idea, y, en cuanto se levantaron de la mesa, pasaron del cuarto de Alejandra al de Martín para estudiar la maqueta de la gigantesca ciudad.

Lo cierto es que se trataba de un espectáculo impresionante. La maqueta ocupaba el triple de espacio que la del Jardín del Edén, y se extendía sobre varias mesas adyacentes, invadiendo buena parte de la habitación. Lo primero que llamaba la atención en aquella abigarrada mezcolanza de edificios y calles en miniatura era el colorido de las vestimentas que llevaban los diminutos personajes que pululaban por la ciudad; los tonos rojos, violetas y anaranjados de los saris de las mujeres ofrecían un agradable contraste con el verde esmeralda de las colinas que emergían de la pálida bruma matinal. Había animales en libertad y pequeñas hogueras por todas partes; incluso se percibía un desagradable olor a basura y a humo, mezclado con la humedad salitrosa del ambiente.

Los barrios más sórdidos parecían concentrarse alrededor del puerto, donde aparecían atracados más de un centenar de cargueros de casco herrumbroso sobre los que se atareaba una pequeña multitud de estibadores con el torso desnudo. Más allá, entre míseras chabolas de latón y madera, destacaban las formas masivas y oscuras de los almacenes donde se guardaban las mercancías descargadas de los barcos. Detrás, en las laderas de las colinas, se hacinaban millares de casuchas alineadas en sinuosas calles llenas de fango donde chapoteaban y jugaban los niños. Parecía un lugar bastante deprimente.

—¿Y aquí es donde se supone que vamos a encontrar ayuda? —murmuró Alejandra en tono desalentado—. ¿Cómo vamos a hacerlo?

—No va a ser fácil —concedió Selene con una mueca de pesimismo—. He estado intentando informarme, a través de la red, de las actividades mafiosas del puerto y de los posibles transportes clandestinos a los que podríamos recurrir, pero no he encontrado nada que me inspire confianza. No me he atrevido a hacer ninguna oferta, por el momento; aunque podría emitirla de tal modo que su procedencia no pudiese ser rastreada, me pareció arriesgado.

Todos se quedaron un rato mirando la maqueta con creciente preocupación. La perspectiva de desembarcar en aquel lugar tan peligroso sin conocer a nadie ni tener adónde ir no resultaba precisamente tranquilizadora.

—Aquí —dijo de pronto Casandra, señalando un pequeño montículo situado junto al muelle de los pescadores, aunque sus ojos permanecían fijos en la pared—. La cabaña situada sobre el antiguo vertedero. Ellos nos ayudarán.

Sus palabras sonaron extrañas y distantes, como si fuesen el eco de otra voz.

—¿Ahí? —preguntó Martín con incredulidad—. Pero, si no es más que una choza...

—Sobre el antiguo vertedero —repitió Casandra sin escucharle—. Dos hermanos. Dos guías. Ellos nos conducirán a nuestro destino. Ellos nos llevarán a la verdad, pero... la luz... de la verdad... es cegadora, y no todos pueden soportarla... ¡Ayyy!

Con un estridente chillido, Casandra cayó desmayada al suelo. Selene y Jacob se precipitaron en su ayuda mientras Martín detenía la simulación de la maqueta. Alejandra corrió a por un vaso de agua para humedecer con el líquido los labios de su compañera, que poco a poco fue recuperando el conocimiento. Todos se quedaron más tranquilos cuando la vieron esbozar algo parecido a una sonrisa.

—¿Lo tienes, Selene? —murmuró débilmente—. Creo que es importante...

Selene comprendió de inmediato el significado de aquella pregunta. Sin perder un instante, se acomodó frente a la pantalla del ordenador de la estancia para introducir en él las coordenadas geográficas del lugar señalado por Casandra.

—Lo tengo —anunció muy excitada—. He encontrado una terminal receptora en las coordenadas del satélite correspondientes a esa choza del vertedero... Solo tenemos que enviarles un mensaje. ¿Qué les digo?

Casandra ya se encontraba mejor, y bebía con avidez del vaso de agua que sostenía Alejandra.

—Diles únicamente que un barco espera ser rescatado pasado mañana al atardecer en el golfo de Bengala, latitud veinte grados norte y longitud noventa grados este —propuso Jacob con decisión—. Diles que sus ocupantes están dispuestos a pagar un alto precio si se les lleva sanos y salvos a Nueva Alejandría. Ya pensaremos después en la forma de pagarles...

Selene emitió el mensaje hacia la misteriosa cabaña del vertedero, y luego se ocupó de borrar todas las huellas de la operación en los registros del ordenador.

—¿Estás seguro de que podremos encontrarnos en ese lugar pasado mañana por la tarde? —preguntó Martín con cierta desconfianza.

—El punto que he señalado no está demasiado lejos de aquí —repuso Jacob muy tranquilo—. Tendremos tiempo más que suficiente para llegar hasta él, si partimos temprano... Y si llegamos antes de tiempo, todo lo que tenemos que hacer es parar los motores y esperar a que vengan a buscarnos. Es una posibilidad que ya se me había ocurrido; ¡llevo tanto tiempo dándole vueltas a esto de la fuga!

—Acabo de introducir el cambio en el itinerario de los camiones cisterna para pasado mañana a las ocho de la mañana —intervino Selene volviéndose hacia sus compañeros—. No creo que noten nada, he tenido bastante cuidado... En todo caso, la suerte está echada.

Casandra, completamente repuesta, aunque más pálida de lo habitual, se había incorporado y miraba con curiosidad al punto de la maqueta que ella misma les había indicado a sus compañeros minutos antes.

—No lo comprendo... —murmuró—. ¿Por qué sé... esas cosas? Es horrible... Yo no las he vivido, y sin embargo, están ahí... ¡escritas en mi memoria!

—Si verdaderamente nos han enviado del futuro, lo que todavía no ha ocurrido para nosotros formaba parte del pasado para quienes nos enviaron —reflexionó Martín—. Tal vez eso explique muchas cosas...

Jacob asintió con aire ausente.

—Sí... —murmuró—. Y puede que algún día lleguemos a comprenderlas...

—¡No sé si quiero comprenderlas! —estalló Casandra.

Y, cubriéndose el rostro con las manos, rompió a llorar.

✧ ✧ ✧

—¡Todo va bien! ¡El barco sigue aquí! —anunció Jacob con voz ahogada.

Había emergido el primero de la boca de alcantarilla más próxima a la casa de la playa, y, sin esperar a que los otros lo siguieran, había corrido hacia el hangar donde, apenas una semana antes, él mismo había dado los últimos toques a la vieja nave, comprobando que todo estuviera en orden y dispuesto para la partida. Era el día fijado para huir de la isla. Aún no había amanecido, y la oscuridad del viejo garaje apenas era más densa que la del exterior, donde solo el rumor de las olas permitía adivinar el límite entre la tierra y el mar. Detrás de Jacob, los cuatro amigos fueron saliendo uno a uno del viejo túnel del alcantarillado. Martín respiró con fruición el aire fresco y cargado de salitre.

—Todo parece tranquilo —murmuró—. Pero no debemos bajar la guardia, ahora que estamos a punto de conseguirlo. Estad atentos, por si acaso...

Todos escudriñaron la oscuridad buscando algún signo de presencia humana, pero el entorno de la casa estaba completamente desierto; después de todo, parecía que Clovis no se había decidido a comunicar sus temores a Hiden...

Tardaron casi una hora en lograr poner el barco a flote. A pesar de sus pequeñas dimensiones y del ingenioso mecanismo que Jacob había ideado para deslizarlo hasta el mar, hacía falta mucha fuerza y tenacidad para vencer la inercia inicial de la motora e iniciar su movimiento. Fue necesario coordinar las energías de los cinco para vencer aquella resistencia, y, cuando por fin la embarcación comenzó a resbalar con gran estruendo por la rampa de madera hasta precipitarse entre chasquidos de espuma en las aguas poco profundas de la bahía, ya clareaban en el horizonte las primeras luces del alba.

Un instante después, los chicos fueron encaramándose uno a uno a la cubierta del viejo barco mientras Jacob, desde el muelle cercano, anudaba en torno a un poste las gruesas amarras que había dispuesto de antemano.

—Todo listo —anunció sin molestarse en bajar la voz.

—Ahora solo tenemos que esperar a que lleguen los dos camiones cisterna —dijo Selene mirando su reloj—. Los he programado para que estén aquí dentro de, aproximadamente, media hora. Es demasiado temprano para que alguien los detecte, y, si lo hacen, pensarán que han sido desviados por algún motivo...

—Espero que tengas razón —murmuró Martín—. Sin combustible ni agua, no podemos ir a ninguna parte... En cualquier caso, solo tenemos que esperar.

No era tan sencillo, sin embargo. Los minutos parecían transcurrir con interminable lentitud sin que nada sucediera. El disco anaranjado del sol comenzó a asomarse tímidamente sobre el mar, y Martín tenía la impresión de percibir con toda claridad su lento e inexorable movimiento a medida que ascendía, cada vez más deslumbrante, sobre el horizonte. No se oía más ruido que el tímido chirrido de algunos insectos madrugadores. Por más que los muchachos aguzaban el oído, tratando de distinguir en la distancia el monótono ronroneo de los camiones cisterna aproximándose, todo a su alrededor seguía sumido en una desesperante calma. La media hora de espera pronosticada por Selene había concluido hacía mucho rato. Algo, sin duda, había salido mal...

—No lo entiendo —murmuró Selene, atreviéndose por fin a romper el tenso silencio que se prolongaba desde hacía varios minutos—. ¿Qué es lo que ha podido fallar? Es imposible que hayan logrado desviar los camiones. Estaban perfectamente programados...

—¿Cómo puedes estar tan segura? —preguntó Jacob de mal humor—. Después de todo, si tú pudiste introducir modificaciones en el programa, ellos pueden devolverlo a su forma original. No veo por qué no habían de lograrlo...

—Tú no lo entiendes —replicó la muchacha con una sonrisa ligeramente desdeñosa—. Yo me he introducido en ese ordenador, conozco al dedillo su forma de operar... No pueden ganarme en ese terreno. Sus mentes no pueden fusionarse con la máquina como la mía... De eso estoy segura.

De repente, Martín sintió que un escalofrío le recorría la espalda. Comenzaba a intuir lo que había ocurrido...

—Hay una cosa que sí pueden hacer —dijo en voz baja—. Supongamos que Hiden y sus hombres hayan estado examinando el ordenador central y se hayan dado cuenta de lo que has hecho... Seguramente hayan intentado neutralizar las modificaciones que has introducido, pero sin resultado; es probable que ni siquiera entiendan lo que significan... De repente, Hiden comprende que la cosa le va a llevar mucho más tiempo de lo previsto y que, mientras tanto, es posible que logremos escaparnos; no sabe exactamente lo que nos traemos entre manos, pero sabe que está relacionado con el ordenador y que, en cierto modo, dependemos de él... Pensadlo; solo puede ocurrírsele una forma de detenernos...

—¡Desconectando el ordenador central! —exclamó Alejandra con voz ahogada.

Todos se miraron desconcertados.

—No se atreverá a hacer eso —murmuró Selene—. El suministro de energía de los laboratorios y de las viviendas se regula desde la central... Con el ordenador apagado, todo dejaría de funcionar. Sería como tirar a la basura meses de trabajo en los laboratorios...

—Tal vez esté dispuesto a pagar ese precio —dijo lentamente Casandra—. En todo caso, solo hay un modo de averiguarlo... Alejandra, ¿puedes intentar establecer contacto con el ordenador de tu cuarto a través de la rueda neural?

—Lo estoy intentando —repuso Alejandra, que se había puesto muy pálida—. No responde... Todas sus señales se han interrumpido.

Jacob se dejó caer de rodillas sobre la vieja cubierta de madera. Parecía que un rayo le hubiese fulminado. Casandra y Selene le imitaron. Solo Alejandra y Martín permanecían en pie.

—Hemos fracasado —murmuró Jacob—. En cualquier momento, veremos aparecer a Hiden con sus secuaces, riéndose de nosotros a mandíbula batiente. Me pregunto qué pensará hacer... Vosotros todavía no sabéis de lo que es capaz cuando está furioso. Yo sí... Podría matarnos.

—No lo hará —dijo Martín con firmeza—. Somos demasiado valiosos para él, no lo olvidéis. Seguimos teniendo el control de la situación... Además, no es el momento de darse por vencidos. Podemos regresar al Palacio a través de los túneles y volver a conectar el ordenador. Es nuestra única oportunidad...

—Pero ¿qué pasará si nos cogen? —murmuró Selene—. Es demasiado peligroso...

—No más que permanecer aquí. En todo caso, es un riesgo que tenemos que correr. Pero no podemos ir todos... Alguien tiene que quedarse a vigilar el barco. Os quedaréis vosotras dos —añadió Martín, mirando alternativamente a Casandra y Alejandra—. Lo siento, Selene, pero tú tienes que venir con Jacob y conmigo. Sin ti no podríamos conseguirlo... Y tú, Jacob, si la cosa se pone fea, puedes asustar a Hiden materializando una de sus pesadillas. ¿Qué decís?

—Voy contigo —dijo Selene con decisión, aunque sus manos temblaban visiblemente.

—Yo también —afirmó Jacob en un susurro.

—Entonces, deprisa; no hay tiempo que perder —dijo Martín, saltando ágilmente por la borda del barco—. Vamos, a los túneles. Y vosotras —añadió volviéndose a mirar a Alejandra—, tened mucho cuidado...

El recorrido por el oscuro laberinto de las alcantarillas se les hizo más largo que nunca. Martín había temido encontrarse en el camino con algún vigilante de Dédalo, pero no se toparon con nadie. El último tramo del trayecto lo hicieron corriendo. El halo luminoso de la linterna de Martín avanzaba a trompicones delante de ellos, oscilando arriba y abajo según el ritmo de las zancadas del muchacho.

—Es aquí —dijo Selene de repente.

Habían estado a punto de pasar de largo la boca de alcantarilla que daba acceso al jardín privado de Alejandra. Era el lugar más seguro para entrar al Palacio...

Al levantar el disco de hierro oxidado, la luz del día cegó por un momento a Martín. Un brazo se adelantó para ayudarle a salir...

—Estábamos esperándoos —dijo la voz agradable y ligeramente metálica de Samantha—. Aunque, la verdad, nunca pensé que tuvierais el atrevimiento de volver aquí por vuestro propio pie. Hiden está furioso... Os espera en la biblioteca.

Selene y Jacob emergieron del túnel detrás de Martín. Este, después de un instante de vacilación, había decidido que lo más prudente era seguirle la corriente a Samantha. La mujer no pareció sorprendida en absoluto al ver a Jacob.

—Vaya, por fin apareces —dijo frunciendo ligeramente el ceño—. Sabíamos que ocurriría un día u otro. Hiden se va a alegrar mucho de verte...

—¿Puedo pedirte una cosa, Samantha? —preguntó Martín, mientras cruzaban la habitación de Alejandra en dirección al corredor que daba al patio—. Déjanos hablar a solas con Hiden. Los tres...

Sin detenerse, Samantha volvió hacia él su hermoso rostro, lleno de curiosidad.

—¿De verdad crees que tenéis alguna posibilidad de ablandarle? —preguntó con ironía—. Yo que tú, no me aferraría a esa idea...

—Solo queremos hablar con él —insistió Martín—. Ya sé que no estamos en la mejor posición para negociar, pero, después de todo, a Hiden le interesamos más vivos que muertos. Son muchos los beneficios que está obteniendo de nosotros, y no le conviene hacernos daño... así que tal vez le interese escucharnos.

Acababan de atravesar el patio principal del Palacio y Samantha esperaba, delante de la puerta cerrada de la biblioteca, a que Hiden acudiera a abrir. Había llamado golpeando con los nudillos en la valiosa plancha de caoba de la puerta. La desconexión del ordenador central había dejado inutilizados el interfono y los timbres.

Oyeron unos pasos inseguros que avanzaban hacia ellos desde el otro lado. Eran los pasos de un anciano, pensó Martín estremeciéndose. Parecía imposible que correspondiesen a la figura de aspecto joven y atlético que, un instante después, apareció ante ellos...

—Insisten en hablar contigo a solas —anunció Samantha en tono desabrido—. Es posible que estén tramando algo...

Una fría e irónica sonrisa se dibujó en la perfecta máscara virtual que cubría el rostro de Hiden.

—¿Qué ocurre, te preocupa mi seguridad? —preguntó con afectación—. Eso es algo nuevo para mí... Déjame con ellos. Yo también quiero hacerles algunas preguntas antes de tomar una decisión.

Antes de que Samantha pudiera reaccionar, Hiden había cerrado de nuevo la puerta, dejándola fuera. Durante un momento, deslizó su mirada alternativamente sobre los rostros de los tres chicos.

—Jacob, me alegro de volver a verte —dijo en tono cálido—. Nos tenías muy preocupados... Venid por aquí, chicos; sentaos ahí, en ese sofá.

Él también tomó asiento en una butaca de cuero, frente a ellos. Antes de decidirse a hablar, se tomó un rato para observar con tranquilidad a los muchachos. La expresión de su falso rostro era, en aquel momento, más enigmática que nunca. Más que un rostro, parecía una coraza impenetrable...

—Admito que os había subestimado —dijo por fin, esbozando una especie de sonrisa—. Me tenéis impresionado, de veras. Es evidente que, en nuestras investigaciones, hemos pasado por alto algunas de vuestras capacidades más interesantes... ¿Quién es el genio de la informática que se ha colado en nuestro ordenador y lo ha puesto todo patas arriba? ¿Lo habéis hecho entre todos? Tenéis que explicarme cómo lo habéis logrado, me interesa mucho. Y a vosotros también, podéis creerme. Necesito argumentos muy poderosos para no enviaros a pudriros en un correccional para menores. Sí, sí, no me miréis de esa forma. Puedo hacerlo, y no me faltan las ganas. Después de todo, con las muestras de tejido que os hemos extraído, Dédalo tiene material suficiente para trabajar durante años. No os necesitamos tanto como vosotros creéis. A menos, claro está, que podáis ofrecernos algo distinto; algo nuevo...

A pesar del tono neutro y uniforme que había empleado, no resultaba difícil advertir la intensa cólera que Hiden se esforzaba por dominar, mezclada, eso sí, con una curiosidad no menos intensa acerca del modo en que los chicos habían logrado manipular el ordenador...

Era el momento de intentarlo. Martín lo había planeado mientras corrían casi a oscuras por los túneles de las alcantarillas; la única posibilidad de éxito que les quedaba dependía de él. Si lograba conectar con la mente de Hiden e influir en sus pensamientos, tal vez no todo estuviese perdido. Lo había logrado con otras personas... Sin embargo, había algo en los pensamientos de Hiden que le producía una invencible repugnancia. Por dos veces logró comunicarse con ellos, pero un intenso deseo de vomitar le obligó a retroceder en ambas ocasiones. Sin embargo, no debía desistir...

—Por ejemplo, Jacob, tienes que contarnos cómo te las has arreglado para pasar desapercibido todos estos meses —prosiguió Hiden en el mismo tono—. Es algo asombroso... Hemos peinado la isla de arriba abajo y no te hemos encontrado. ¿Dónde te habías metido?

—He estado por ahí. —murmuró Jacob evasivamente.

Por un instante, toda la ira que Hiden había estado tratando de contener afloró en su juvenil máscara; sus rasgos se descompusieron en una horrible mueca de rabia.

—¡Basta! —gritó—. Si creéis que podéis burlaros de mí impunemente, estáis muy equivocados... ¡Quiero respuestas concretas, y las quiero ahora! De otro modo..., os aplastaré como a hormigas, que es lo que verdaderamente sois. ¡Hablad!

—He sido yo —dijo Selene en un susurro, antes de que Martín tuviese tiempo de reaccionar.

Hiden la miró con una desdeñosa sonrisa de desconfianza.

—¿Has sido tú? ¿A qué te refieres? —preguntó—. Te advierto que, si estás intentando ganar tiempo...

—Lo del ordenador —aclaró la muchacha con voz temblorosa—. Lo he hecho yo. Los otros no pueden hacerlo.

—No te creo —la interrumpió Hiden con frialdad—. Estáis intentando envolverme en otro de vuestros tejemanejes...

—Puedo demostrarlo —insistió Selene—. Llévame al ordenador central y le mostraré cómo lo hice.

Era un truco demasiado burdo para que saliera bien. Hiden no se lo tragaría... A menos que Martín le obligase a tragárselo. Haciendo un nuevo esfuerzo, Martín logró vencer la resistencia que le mantenía apartado de la mente del viejo científico. Nunca, hasta entonces, había concentrado sus energías en el pensamiento de otra persona con tanta intensidad... Y, de repente, supo que lo había logrado. Había introducido en el tortuoso cerebro de Hiden la idea que podía despejarles el camino hacia la libertad...

—De acuerdo —dijo el director de Dédalo, como sorprendido de sus propias palabras—. Después de todo, si estás mintiendo, lo sabremos en seguida. Nada se pierde con intentarlo...

Con expresión pensativa, Hiden se levantó del sillón que ocupaba y atravesó la biblioteca en dirección al puente de madera que comunicaba con los laboratorios. Era evidente que se dirigía al ordenador central. Martín se apresuró a seguirle; sabía que no debía bajar la guardia, pues, en el momento en que desapareciese su influencia sobre Hiden, todo se iría al traste...

Cuando estuvieron en el laboratorio, Hiden pareció vacilar un momento antes de apretar el interruptor de encendido del ordenador. Martín volvió a concentrar toda su energía mental sobre los pensamientos de Hiden hasta que sus dedos indecisos presionaron el botón de arranque. Tuvo que hacer un gran esfuerzo para no lanzar un hondo suspiro de alivio... Pero el combate no había hecho más que empezar. Necesitaban que el ordenador permaneciese encendido el tiempo suficiente como para que Selene pudiese reprogramar los camiones cisterna y dirigirlos hacia el barco; y todo ello, sin despertar las sospechas de Hiden...

—Si quiere, puede hacer que aparezcan en pantalla los códigos digitales del programa que controla el funcionamiento de todo el edificio —sugirió Selene con voz serena—. Así podré mostrarle cómo me las arreglé para desactivar los sistemas de espionaje de las habitaciones y reprogramar los ordenadores domésticos de la despensa, a fin de robar provisiones sin que nadie lo advirtiera.

—¿Hiciste eso? —preguntó Hiden arqueando las cejas—. Perdona, pero me resulta un poco difícil creerlo. Ese programa es la última creación de nuestro equipo informático, está diseñado a prueba de piratas...

—No es tan perfecto como usted cree —afirmó Selene con gran convicción—. Haga que aparezcan los códigos y se lo demostraré...

Con un gesto de desconfianza, Hiden hizo lo que le pedía la muchacha. Al momento, el monitor central del ordenador se llenó de ceros y unos alineados en interminables filas conforme a un orden que, a primera vista, habría podido parecer aleatorio... Hiden se quedó mirando la pantalla con expresión embobada.

—Tal vez debería llamar a uno de mis ingenieros —murmuró—. La programación informática no es mi especialidad, aunque también puedo defenderme en ese terreno... Veamos, ¿qué es lo que querías mostrarme?

—Aquí, por ejemplo —dijo Selene, apuntando con el dedo a una región en particular del laberinto de ceros y unos que llenaba el monitor—. ¿Ve a qué me refiero? Aquí el programa original era diferente; cero, cero, uno, uno, cero... Puedo devolverlo a su forma inicial, si quiere. Es la programación de los robots de la despensa. Si cambio estos códigos, los robots se pondrán a hacer inventario de inmediato...

Con el alma en un hilo, Martín esperó la respuesta de Hiden mientras mantenía toda la energía de su pensamiento concentrada en la mente del científico. Este parecía perplejo y ausente. Como tardaba mucho en responder, Selene tomó la iniciativa y modificó los códigos que había señalado.

—¿Ve? Ya está —dijo sonriendo—. Pero si quiere, le haré una demostración más directa de lo que puedo hacer.

La iluminación de este laboratorio, por ejemplo... Veamos, ¿dónde estaba? —dijo, pasando rápidamente pantallas y pantallas de códigos—. Ah, sí, aquí lo tenemos. Esto está un poco oscuro, ¿no le parece? ¿Qué tal si encendemos un par de lámparas?

Sin esperar respuesta, la muchacha tecleó rápidamente varias decenas de ceros y unos. Las dos lámparas de pie que había en la estancia se encendieron simultáneamente.

—Impresionante —observó Hiden, sonriendo extasiado—. Nunca creí que un ser humano fuese capaz de algo así... Suponiendo que lo seas, claro —añadió, mirando a la chica con malicia.

Haciendo como que no le había oído, Selene siguió pasando páginas de códigos en la pantalla y produciendo, de cuando en cuando, algún golpe de efecto: unos cuantos ceros y unos, y el acuario del laboratorio empezó a burbujear; otros cuantos cambios en los códigos, y se presentó un robot doméstico trayendo una bandeja de dulces...

—Maravilloso —repetía Hiden una y otra vez, entusiasmado como un niño—. Es increíble... Con ese potencial, podríamos hacer... grandes cosas...

Mientras Selene seguía modificando la programación del ordenador, Martín sintió que entraba en conexión con la mente de la chica. Era como si una puerta se hubiese abierto de pronto entre su pensamiento y el de ella, dejando entrar un aire puro y limpio... En seguida oyó la voz de Selene resonando en su cerebro con toda claridad. «Aguanta un poco más», le decía. «Ya he reprogramado los camiones, y en este momento se dirigen al barco. Pero, si el ordenador vuelve a apagarse... Tienes que impedirlo. Yo, mientras, seguiré distrayéndole. Necesitamos tiempo...».

Redoblando sus esfuerzos, Martín intensificó su presión sobre el cerebro de Hiden. Por un momento, al observar la expresión obnubilada del científico, temió incluso haberse excedido. La máscara virtual del presidente de Dédalo miraba fijamente la pantalla, como hipnotizada. Ya no emitía expresiones de admiración y entusiasmo; se limitaba a contemplar los códigos que desfilaban ante sus ojos sin permitirse un solo parpadeo. El tiempo transcurría con desesperante lentitud, y el cerebro de Martín, fatigado por el esfuerzo, apenas era ya capaz de mantener la férrea vigilancia que ejercía sobre su adversario. Si aquello se prolongaba mucho, no sería capaz de resistirlo...

—Volvamos a la biblioteca —dijo de pronto Selene—. Estoy muy cansada. La programación me deja siempre exhausta, no se por qué...

Se levantó del asiento que ocupaba ante la pantalla, mirando a Hiden con una sonrisa llena de tranquilidad.

—¿Descansamos un poco? —preguntó bostezando—. Luego, si quiere, podemos seguir...

Hiden la siguió como un zombi hasta la puerta del laboratorio y desapareció tras ella. Ni siquiera se volvió a ver qué hacían los dos chicos. Martín y Jacob se miraron asombrados.

—Será mejor que vayamos con ellos —dijo Martín, reaccionando rápidamente—. No debo alejarme de Hiden...

Ambos se precipitaron en el corredor justo a tiempo de ver cómo el científico seguía a Selene hacia la biblioteca. Martín sintió que un sudor frío le perlaba la frente. Estaban demasiado lejos; no podía mantener la presión sobre el cerebro del científico...

Y entonces sucedió lo que tanto había temido. Hiden se detuvo en seco, como si hubiese sido víctima de una descarga eléctrica.

—Un momento, ¿qué es todo esto? —dijo con voz ronca—. ¿Qué diablos estoy haciendo?

Jacob y Martín se habían detenido a unos cuantos metros del científico y contemplaban, aturdidos, su reacción. Hiden estaba intentando conectarse a su rueda neural para, a través de ella, desconectar de nuevo el ordenador central, pero sin resultado. Selene había bloqueado las conexiones externas de la máquina.

—¡Maldita muchacha! —rugió Hiden con los rasgos descompuestos de ira—. ¿Qué me has hecho? Te voy a...

Estaba a punto de agarrar a Selene por el cuello cuando Martín se interpuso. El brazo de Hiden se dispuso a descargar sobre su rostro una violenta bofetada, pero Martín lo detuvo al vuelo. A pesar de su juvenil máscara, Hiden era un anciano de setenta y cinco años y no tenía demasiada fuerza. Además, ellos eran tres... El científico pareció comprender al instante que se encontraba en inferioridad de condiciones, porque no repitió su intento de agresión. Aparentemente, pensaba con rapidez... Antes de que Martín pudiera impedirlo, se había lanzado a la carrera por el pasillo para regresar a los laboratorios. Era evidente que se proponía desconectar el ordenador central manualmente, y lo antes posible...

Pero no había contado con Jacob. Este, al comprender lo que Hiden pretendía, se había interpuesto en su camino y, concentrando toda su energía, había logrado materializar, una vez más, la pesadilla más recurrente de su adversario. El científico retrocedió, espantado. Un ser cadavérico de inmensas proporciones se erguía ante él, amenazándole con una especie de guadaña oxidada. Bajo la negra capucha, su semblante se reducía a una calavera con jirones de piel colgando de las mejillas, pero en lo más profundo de sus oscuras cuencas brillaban unas malignas pupilas que parecían burlarse de cuanto había a su alrededor. Martín apenas podía creer lo que estaba viendo... Jacob debía de haber alcanzado un nivel de concentración desconocido hasta entonces; solo así podía explicarse que la pesadilla de Hiden hubiese llegado a materializarse también ante los ojos de sus amigos.

Tambaleándose, Hiden volvió sobre sus pasos. El terror que sentía parecía haber producido interferencias en su máscara virtual, porque esta se había vuelto de pronto semitransparente, dejando entrever, bajo sus bellas facciones, un rostro demacrado y esquelético de rasgos casi tan espantosos como los de la personificación de la Muerte materializada por Jacob. Martín y Selene lo contemplaron aterrorizados.

—Un momento... ¿Dónde está el otro chico? —dijo Hiden mirándolos fijamente—. Jacob... ¡Ahora lo entiendo! Es él, ¿verdad? Él era el fantasma... Justo después de su huida, comenzaron las apariciones... ¡Ahora lo entiendo todo! ¡Y pensar que me he dejado asustar por un mocoso! ¡Me las vas a pagar!

Como una exhalación, el director de Dédalo se precipitó sobre el fantasma de la Muerte, que, mientras tanto, se había difuminado hasta volverse casi invisible. Justo en ese momento, aparecieron en la puerta del corredor varios hombres con aspecto de guardaespaldas. Debían de haber oído el ruido desde fuera... Detrás de ellos venía Clovis, que se detuvo a contemplar la escena con expresión desencajada.

Entonces sucedió algo inexplicable. Las blancas paredes del corredor se transformaron, como por arte de magia, en enormes espejos que multiplicaban mil veces la imagen de los presentes en aquel pasillo. Pero no se trataba de espejos estáticos, sino de grandes paneles que continuamente cambiaban de lugar, abriendo corredores secundarios aquí y allá para cerrarlos un instante después y producir otros nuevos. Todo había adquirido una tonalidad verdosa y turbia, y, al mirar hacia arriba, Martín comprobó que el techo había desaparecido y que sobre su cabeza se agitaba un océano salvaje y encrespado. De pronto, las embravecidas aguas comenzaron a girar en un inmenso remolino, y Martín tuvo la sensación de que aquel giro rápido y violento terminaría por arrastrarlo y engullirlo también a él en su vertiginosa locura. Incapaz de mantenerse en pie, cayó de rodillas en el suelo, que, al igual que las paredes, reflejaba las verdes olas de arriba; se sentía incapaz de pensar y de moverse, y un sudor frío comenzó a resbalarle por la frente. De pronto, sintió que también los muros reflectantes comenzaban a girar a su alrededor dejando entrever, entre ellos, los negros intersticios de un inmenso laberinto. El océano parecía haber retrocedido y los espejos se prolongaban infinitamente hacia la altura, produciendo una agobiante sensación de estrechez; solo al final, muy lejos, podían observarse pequeños retazos de espumas estrellándose contra una invisible costa...

Cuando estaba a punto de cerrar los ojos y acostarse en el suelo, dándolo todo por perdido, sintió de pronto que una mano delgada y firme aferraba la suya y tiraba de él. En seguida supo que se trataba de la mano de Jacob. Haciendo un gran esfuerzo, consiguió ponerse en pie y avanzar a trompicones unos cuantos pasos, guiado por aquella mano salvadora. Pero el vertiginoso movimiento de los altísimos espejos en la luz densa y verdosa volvió a hacerle perder el equilibrio, y una vez más cayó al suelo. La mano de Jacob tiró de él con fuerza, y Martín comprendió que solo había un medio de seguir adelante: manteniendo los ojos cerrados y avanzando a tientas detrás de Jacob. Sin duda, era el cerebro de su amigo el que había creado aquel gigantesco laberinto ilusorio, con el fin de facilitarles la huida. Aquella especie de pesadilla era su única oportunidad de alcanzar la libertad...

Sin embargo, los amenazadores sonidos que continuamente le sobresaltaban le obligaban a despegar los párpados una y otra vez para enfrentarse con el infierno que le rodeaba. Primero le pareció que algo se desplomaba justo delante de él, y, temiendo encontrarse un obstáculo en su camino, cedió a la tentación de mirar, pero todo lo que vio fue una densa nube de polvo que parecía elevarse hacia el infinito y en la cual creyó distinguir, girando, una sombra cadavérica que por un instante se multiplicó mil veces en la pared de espejos. Tratando de dejar atrás aquella pesadilla, siguió corriendo detrás de Jacob, cuya mano era su única guía; pero un momento después oyó muy cerca, a su espalda, la voz imperiosa de Hiden lanzando horribles imprecaciones mezcladas con extraños gemidos. Cuando se volvió a ver qué sucedía, le pareció distinguir, en efecto, la silueta de Hiden corriendo tras él, pero un instante después comprobó con horror que aquella imagen resbalaba por el suelo hasta situarse a su altura. De repente, sin saber cómo, se vio rodeado de innumerables Hidens que le amenazaban con el puño sin dejar de gritar y que cambiaban continuamente de sitio, aunque manteniéndose a muy escasa distancia de donde se encontraba. Cuando todas aquellas siluetas se precipitaron simultáneamente sobre él, creyó que había llegado su última hora, pero un instante después las amenazadoras sombras se disolvieron en el aire, y en su lugar vio fugazmente la imagen de Samantha horriblemente deformada por el terror y la ira...

Cerrando de nuevo los ojos, siguió corriendo detrás de Jacob; un par de veces sintió que tropezaba, y, al mirar a su alrededor, creyó ver, en la confusión de reflejos que lo rodeaba por todas partes, la silueta de Selene avanzando muy cerca de él; era posible que Jacob la estuviese guiando con la otra mano, y que ambos hubiesen tropezado... En otra ocasión sintió que alguien tiraba de él hacia atrás, pero un instante después las garras que le impedían avanzar lo liberaron; ni siquiera pudo comprobar quién era su perseguidor... La carrera hacia delante parecía prolongarse interminablemente, pero, cada vez que Martín se atrevía a abrir los ojos, comprobaba que el laberinto de espejos seguía rodeándolo. Detrás de él, en la lejanía, resonaba un rumor confuso de voces y gritos. A veces, las voces se acercaban, pero luego volvían a alejarse sin que Martín lograse distinguir entre ellas ningún timbre conocido. Un intenso olor a quemado se había propagado por los túneles, seguido de un humo que apenas le dejaba respirar. Si no salían pronto de allí, corrían el riesgo de asfixiarse... Atreviéndose una vez más a abrir los ojos, el muchacho observó en los espejos que le rodeaban los reflejos del fuego que avanzaba hacia ellos. Con un escalofrío, comprendió que aquel fuego, a diferencia de todo lo demás, no formaba parte de la alucinación materializada por Jacob, sino que era real. La mano que tiraba de él lo hacía cada vez con mayor urgencia, obligándole a acelerar su carrera. No era posible que fuesen a perecer allí, en medio de aquel falso laberinto sin salida...

De repente, todo cesó. La mano de Jacob soltó la suya, y, al mirar ante sí, Martín solo vio la oxidada escalerilla que conducía hasta la boca de alcantarilla cercana a la casa del barco. Detrás seguían resonando los gritos e imprecaciones de sus perseguidores, aunque ahora, de pronto, parecían muy lejanos. Un resplandor vacilante anunciaba el avance del fuego por el túnel que habían dejado atrás, y la sensación de asfixia era más intensa que nunca. Asiéndose con fuerza a la escalera, Martín ascendió con dificultad por sus resbaladizos peldaños.

Un par de minutos después, estaba fuera, deslumbrado por la luz dorada y apacible del sol.

Sabía que debía continuar avanzando, pero de pronto sus fuerzas parecían haberle abandonado. Extenuado, se dejó caer sobre lo que resultó ser un blando suelo de arena.

—¡Vamos! ¡No podemos detenernos ahora! —dijo Selene, inclinada sobre él—. ¡Estamos muy cerca del barco!

Sus pupilas tardaron cierto tiempo en adaptarse a la intensidad de la luz. Cuando por fin lo lograron, Martín vio, desde el suelo, el inmóvil horizonte marino. Sin saber cómo, se puso en pie de un salto. Era cierto: el barco se hallaba ante ellos, y a su lado, en el viejo muelle de madera carcomido de salitre, se veían dos camiones cisterna detenidos. Alejandra le hacía señales desde la cubierta, mientras Jacob y Selene corrían dando salvajes gritos de alegría por la playa. Martín, ebrio de felicidad, corrió como loco hasta la orilla del mar, dejando que las olas empapasen su ropa...

—Yo que vosotros, dejaría de jugar —dijo una voz a sus espaldas—. Después de la que habéis armado, no sé de lo que sería capaz Hiden, si llega a encontraros.

Volviéndose, Martín vio a algunos metros de él, en pie sobre la arena, la figura tranquila y venerable de Leo. Detrás, a cierta distancia en dirección al bosque, el incendio parecía haber encontrado una salida al exterior. Las llamas carcomían algunos árboles distantes, y el humo ascendía tan denso que ocultaba por completo los edificios más lejanos. Pero eso no era todo. En el confín de la playa, junto a unas rocas, había dos personas atadas y amordazadas; eran Ted y Phil, los dos policías encargados de vigilarlos.

—¿Qué ha sucedido? —preguntó Martín, encaramándose a la escalerilla del barco—. ¿Qué hacen esos ahí? Y Leo...

—De no ser por él, esos dos habrían hundido el barco —dijo Alejandra, ayudándole a subir los últimos escalones—. Al parecer, enviaron a Leo a buscarnos... Pero él...

—Estoy empeñado en demostrar que los androides estamos dotados de libre albedrío —explicó Leo filosóficamente—. Como es lógico, eso me obliga a desobedecer algunas veces... por pura necesidad teórica, claro. No vayáis a pensar...

Selene, sin poder contener su entusiasmo, se lanzó sobre el androide y, rodeándole el cuello con ambos brazos, le estampó un sonoro beso en la cara. A pesar de la distancia que le separaba de aquella escena, Martín creyó percibir un tenue rubor en las mejillas de Leo...

—Vamos, hombre, deja de fingir —dijo riendo Alejandra—. Sabemos que, en el fondo, eres un sentimental...

—¡Hombre y sentimental! —repitió el androide con ironía, fingiendo que se secaba una lágrima de emoción—. Nunca me habían dicho nada tan bonito...

Todos se echaron a reír.

—Ahora en serio, muchachos —añadió Leo con gravedad—. Deberíais iros cuanto antes. Gracias a la confusión del incendio, habéis ganado algún tiempo, pero Hiden sabe que estáis aquí y no tardará en aparecer...

—Eso, suponiendo que esté vivo —dijo Martín con dureza—. Ahí abajo, los túneles deben de haberse convertido en un infierno...

Mientras tanto, Selene había subido también al barco, y Jacob, después de soltar las amarras, se encaramó a la cubierta con agilidad y puso en marcha los motores. El ronroneo del viejo ingenio mecánico alimentado con gasóleo les pareció, en aquel momento, más dulce que la más melodiosa música.

Manejando con destreza el timón, Jacob logró que el barco se apartase del muelle y dirigiese su proa hacia el horizonte. Lentamente, fueron alejándose de la playa, mientras Leo esbozaba un vago gesto de adiós con la mano.

—Tendrá problemas por nuestra culpa —observó Alejandra con expresión pensativa cuando el androide ya no era más que una pequeña forma alargada en el horizonte—. Ted y Phil hablarán, y cuando Hiden se entere de lo que ha hecho para ayudarnos...

Nadie dijo nada. Martín observó que sus compañeros tenían la vista puesta en la lejana silueta de la isla, donde una densa nube de humo indicaba bien a las claras que el incendio aún no había sido extinguido.

—En el fondo, ese lugar me gustaba —dijo Casandra con cierta melancolía—. Los viejos libros, los jazmines que florecían todo el año, mis delfines...

—En realidad, es el único hogar que he conocido —observó en voz baja Jacob.

—Y Clovis y Berenice eran tan encantadores... —murmuró Selene con expresión soñadora—. Lástima que Clovis esté tan equivocado con Hiden.

—Espero que no le haya ocurrido nada —dijo Martín—. Le vi un momento, en el túnel...

—Estoy convencida de que, a estas alturas, debe de sentirse muy arrepentido por haber avisado a Hiden —intervino Alejandra—. Estoy segura de que nos tenía cariño. En el fondo, lo único que intentaba era protegernos...

—¡Ojalá hubiese venido Leo con nosotros! —suspiró Selene—. Ahora me sentiría mucho más segura. Me pregunto por qué no lo habrá hecho... Después de todo, en la isla solo le esperan problemas.

—En el fondo, ninguno de nosotros ha llegado a conocerle bien —dijo Jacob—. Quién sabe lo que se propone, qué planes tendrá...

Todos se quedaron en silencio. Resultaba más fácil hablar de lo que habían dejado atrás que del incierto futuro que les esperaba. Martín apartó sus ojos de la isla y, dirigiéndose a la proa del barco, se sentó a contemplar el vasto y desierto horizonte. El océano parecía prolongarse infinitamente en todas direcciones, azul y sereno, rodeándolos por todas partes con el monótono rumor de las olas... No se veía ningún barco en la lejanía. Allí, en mitad del mar, la historia de los dos hermanos que vivían en la casa del vertedero y que estarían dispuestos a ayudarles parecía, de pronto, absurda e inverosímil. ¿Qué ocurriría si nadie venía a recatarlos? Apenas contaban con agua y comida para una semana; eso, suponiendo que Hiden no enviase una escuadra de aviones para perseguirlos...

Pero era maravillosa aquella nueva sensación de libertad. En realidad, Martín nunca había experimentado nada parecido. Era como si, al abandonar la isla, hubiese dejado atrás el mundo que conocía; un mundo que, si uno se ponía a pensarlo, se había mostrado siempre tan desagradable y hostil que resultaba imposible echarlo de menos...

A no ser por Sofía Lem, su madre. Y por el abuelo. Y por su padre, preso en algún lugar infernal que ni siquiera se podía ubicar en un mapa. Ellos eran los que le habían dado sentido a aquel mundo frío y amenazador en el que había crecido. Pero ellos ya no estaban; tal vez no volvería a verlos nunca...

Por primera vez en su vida, a Martín no le importó que le vieran llorar.

BREVE HISTORIA DE DÉDALO

Extractos de la Enciclopedia Virtual *de Medusa con los acontecimientos más influyentes en la historia reciente de la Corporación Dédalo. (Actualización de 2121).*

La *Enciclopedia Virtual* de Medusa
es de libre acceso a través de la red;
pero no puede ser consultada en los territorios
dominados por las federaciones.

Acuerdos de Langley Conjunto de tratados firmados por las nueve grandes corporaciones multinacionales entre abril y mayo de 2074 y que precipitaron el final de la Gran Guerra, estableciendo las bases de un nuevo orden mundial.

La primera reunión tuvo lugar el 15 de abril de 2074 en Langley (Virginia), por iniciativa de Ray Shann, presidente del grupo multinacional de comunicación *Hermes* y conocido ideólogo pacifista. En dicha reunión estuvieron presentes los principales consorcios económicos del mundo, y en el curso de la misma se acordó la fundación de nueve grandes corporaciones capaces de hacer frente, mediante su influencia mediática y su altísima concentración de capital, a las siete federaciones transnacionales involucradas en la guerra. Cada una de las corporaciones agrupaba a las principales multinacionales de un determinado sector industrial, siguiendo el modelo de la compañía Atmán, fundada algunos años antes y presente en la reunión. Mediante esta iniciativa, Ray Shann se proponía sentar las bases de un contrapoder capaz de forzar a las grandes federaciones a una paz inmediata.

El *Primer Acuerdo de Langley* permanece en secreto hasta el 2 de mayo, fecha en que Ray Shann se entrevista con los líderes de la Comunidad Virtual para pactar una estrategia común de cara al final de la guerra. Como fruto de ese encuentro, se convoca la segunda reunión de Langley, celebrada el 7 de mayo de 2074. En dicha reunión participan representantes de las siete federaciones transnacionales, así como los presidentes de las recién creadas corporaciones y los líderes de la Comunidad Virtual. La cumbre se prolonga durante veintisiete horas y su resultado es la firma por parte de todos los presentes del *Segundo Acuerdo de Langley,* que establece las condiciones del cese de las hostilidades. Dicho acuerdo supone, en realidad, una capitulación por parte de las siete federaciones, que ven considerablemente recortadas sus competencias políticas y económicas como consecuencia del tratado. Entre los puntos más relevantes del Segundo Acuerdo, destaca la derogación de todas las leyes antimonopolio, así como la cesión, por parte de las federaciones, de sus competencias educativas, urbanísticas y tecnológicas a las corporaciones, y la desmilitarización de todas las zonas fronterizas, que pasan a ser gestionadas directamente por las corporaciones. Con estas medidas, Ray Shann (desde el 15 de abril presidente de la corporación Silva) consigue, por fin, llevar a la práctica su utopía política, que preconizaba la existencia de grandes conglomerados económicos con esferas de influencia claramente delimitadas para equilibrar los seculares conflictos territoriales del planeta.

Alianza Asiática Federación de países que incluye China (junto con una parte de Siberia) y algunas zonas del Sudeste

Asiático (Vietnam, Tailandia, Laos y Camboya). Durante la Gran Guerra, esta federación perdió Birmania e Indonesia, que pasaron a formar parte de los territorios desmilitarizados gestionados por las corporaciones.

Andrómeda Nombre por el que se conoce la región habitada de Marte, donde se encuentran las principales infraestructuras industriales de las corporaciones asentadas en el Planeta Rojo, así como el edificio de las Naciones Unidas (la famosa torre de la *Doble Hélice)* y las ciudades más importantes de la colonia, entre las que destaca Arendel.

En 2076 Andrómeda se rediseñó prácticamente entera, abandonándose los antiguos asentamientos cercanos al Círculo de Piedra para crear una colonia modelo sin los defectos de Endymion, la colonia lunar controlada por las federaciones. Durante la posguerra, la competencia entre Endymion y Andrómeda alcanzó tintes de guerra fría, enfrentando a los gobiernos federales con las corporaciones. Endymion fue un último y desesperado intento de las grandes potencias transnacionales por recuperar el prestigio perdido durante la Gran Guerra, pero la gripe lunar acabó con el proyecto y, de paso, con los últimos vestigios del poder de los gobiernos federales.

En la actualidad, Andrómeda no se rige por ninguna constitución federal, y las grandes naciones no tienen presencia militar en su suelo. Son las corporaciones las que controlan el territorio, imponiendo sus leyes y manteniendo pequeños ejércitos para proteger sus respectivas ciudades. La colonia tiene unas normas comunes recogidas en lo que se conoce como *Regla de comercio,* una de cuyas cláusulas fundamentales es el *Protocolo para la protección del monopolio multinacional,* que impide a las pocas empresas legales que aún subsisten en la Tierra al margen de las grandes corporaciones vender sus productos en suelo marciano.

Arena, juego de Juego de rol virtual que debe su nombre a la peculiar arquitectura de los estadios donde, en un principio, se celebraban sus encuentros, semejante a la de los primitivos anfiteatros romanos. En la actualidad, no obstante, las principales competiciones de este deporte tienen lugar en escenarios mucho más amplios, como el Castillo Mágico de Titania, creado por Kokoro con motivo de los últimos juegos interanuales. Se rumorea, asimismo, que el señor Yang, presidente de la corporación Ki, está transformando la Ciudad Roja en un gigantesco macroestadio para los mundiales de 2124.

Arendel También conocida como la *Ciudad Infinita,* debido a su peculiar estructura. Es la capital de la corporación Uriel en Marte. Se caracteriza por los efectos ópticos que multiplican, en apariencia, su superficie, y a los que debe su sobrenombre.

Arrecife Capital de la corporación Rainbow, es una ciudad costera cuyas arquitecturas imitan las formas y colores de un arrecife coralino. Se encuentra en la costa sur de Australia y es la única del mundo en haber conseguido un microclima artificial perfecto.

Atmán Una de las nueve grandes corporaciones que rigen los destinos del planeta. Se fundó en el período justo anterior a la Gran Guerra por la fusión de cuatro grandes multinacionales de capital indio dedicadas a la investigación agrícola y biotecnológica. Está especializada en la producción de transgénicos, sobre todo para uso agrícola y ganadero. Su ciudad principal es Nara y se sitúa en las costas del golfo de Bengala.

Azur Ciudad que se extiende por toda la cornisa mediterránea francesa. Se caracteriza por la moderna arquitectura de sus edificios de cristal integrados en el paisaje y por el alto nivel económico de sus habitantes.

Calcuta-Madrás Gigantesco conglomerado urbano que ocupa buena parte de la costa oriental de la India. Durante la Gran Guerra sufrió un bombardeo que destruyó prácticamente la ciudad; sin embargo, después del conflicto consiguió recuperar en poco tiempo su importancia económica. En su territorio operan algunas de las mafias más peligrosas del planeta.

Chernograd En ruso, «Ciudad negra». Metrópolis construida por la Corporación Dédalo en el territorio desmilitarizado de Siberia. Su ubicación exacta constituye uno de los secretos mejor guardados de dicha corporación.

Ciudad roja de Ki Capital de la corporación Ki, situada en el sudoeste de China. Fue diseñada conforme a los cánones arquitectónicos de los juegos de rol, por lo que parece una ciudad más virtual que real. En ella se mezclan armónicamente los elementos de la arquitectura tradicional china (puertas redondas, pagodas, etc.) con los fantásticos edificios de las novelas de Reuel S. Yue (a vista de pájaro su silueta recuerda la de un dragón). Dominada, como su nombre indica, por el color rojo, su edificio principal es el anfiteatro Ki, sede internacional de las finales de los juegos de Arena de 2124.

Colonias lunares La primera colonia lunar permanente se establece en 2030, después de dos décadas de viajes tripulados financiados por las grandes potencias mundiales. Diez años más tarde, comienza la emigración a gran escala; pero no será hasta después de la Gran Guerra cuando se funde la ciudad de Endymion, con una población de varios cientos de miles de personas. Tras el conflicto global, todas las federaciones de países se unen para impulsar la colonización de nuestro satélite, en un intento por no perder la carrera espacial en su competencia con las grandes corporaciones privadas, que han emprendido la colonización de Marte. En esos años, además de erigirse la ciudad de Endymion, se construye el Superacelerador Ecuatorial de Partículas y la Red de Radiotelescopios de la Cara Oscura. Ambas infraestructuras permanecen bajo el control de las Naciones Unidas, al igual que sucederá, veinte años más tarde, con la Red Transecuatorial de Telescopios de Baja Interferencia.

En la década de los noventa se pone en marcha un proyecto de terraformación de la Luna, pero en 2112, a consecuencia de la epidemia de gripe lunar en Endymion, toda la colonia queda clausurada y el proceso de terraformación se interrumpe. A partir de ese momento, las grandes federaciones terrestres irán vendiendo progresivamente sus territorios lunares a la Corporación Dédalo, que finalmente llega a hacerse con el control de todo el satélite. Sólo algunas empresas secundarias, transformadas en redes ilegales de contrabando, mantendrán sus bases en la Luna, comerciando clandestinamente con Dédalo y explotando parte de los recursos lunares.

Colonias marcianas La primera colonia permanente en Marte se establece en 2052. Desde el principio, la colonización marciana se lleva a cabo por iniciativa privada, y pronto caerá bajo el control de las nueve grandes corporaciones, con especial protagonismo de las compañías Prometeo y Uriel. En la década de los sesenta comienza el proyecto de terraformación de Marte, destinado a moderar las temperaturas del planeta y a aumentar la densidad de su atmósfera para que pueda existir agua líquida en su superficie. A diferencia de lo ocurrido con la Luna, la terraformación de Marte no se interrumpe en ningún momento, y en la actualidad ha progresado lo suficiente como para permitir la existencia de cultivos exteriores y la supervivencia de los seres humanos en la superficie marciana sin trajes espaciales, haciendo uso, únicamente, de botellas de oxígeno y ligeras mascarillas.

Después de la Gran Guerra, las corporaciones impulsan el crecimiento de sus colonias marcianas con la fundación de ciudades como Arendel, e inician la explotación a gran escala de los recursos minerales del Cinturón de Asteroides a partir de sus bases en el Planeta Rojo.

Comunidad Virtual Asociación que controla los juegos informáticos más populares del siglo XXII, especialmente los juegos de Arena y de Matriz. Se creó durante la Gran Guerra gracias a la iniciativa de jugadores de todo el mundo interesados en preservar los servidores de juegos de cualquier ataque terrorista durante el conflicto. Su influencia en la población resultó enorme desde sus comienzos. Gracias a sus foros y comunidades de internautas, y a su red informática, independiente de internet (controlada en aquel momento por los gobiernos federales), se pudo convocar a millones de personas a la huelga general de mayo de 2074, que condujo al final de la guerra.

Conciencia artificial Programa tecnológico desarrollado por la Corporación Dédalo para obtener máquinas autoconscientes. El principal impulsor de este proyecto fue Néstor Moebius, responsable también de la invención de la rueda neural. El mayor logro del programa «Conciencia artificial» consistió en la creación de un prototipo autoconsciente capaz de experimentar sentimientos muy similares a los de los seres humanos e, incluso, de superar a estos en sensibilidad. Tras el ingreso en prisión de Moebius por su militancia antiglobalización, las Naciones Unidas promulgaron leyes federales para prohibir cualquier investigación subsiguiente en el campo de la conciencia artificial, y la Corporación Dédalo se comprometió en firme a abandonar los peligrosos descubrimientos realizados por el científico rebelde y a destruir todas sus creaciones.

Confederación Transamericana Federación de países que incluye toda América Central, así como la totalidad del continente sudamericano, salvo aquellos territorios declarados Reservas de la Biosfera, que se encuentran bajo el control directo de las Naciones Unidas (como es el caso de la Amazonia).

Corporación Dédalo Multinacional especializada en productos farmacéuticos perteneciente al grupo de las nueve grandes corporaciones. Fundada oficialmente en 2075 para hacer frente a la crisis del sector tras la Gran Guerra, fue la última de las grandes corporaciones en desarrollarse. Durante la posguerra, la limitación en la producción de armas químicas y biológicas provocó una reducción drástica de los beneficios de la compañía, y sus principales accionistas amenazaron con desmembrarla en varias ocasiones. Sin embargo, el ingenio y la audacia de Joseph Hiden, nombrado presidente de la Corporación en 2109, logró frenar la decadencia de la multinacional, colocándola de nuevo en una posición dominante que se consolidaría definitivamente con la producción, por parte de la empresa, de la vacuna contra el virus de la gripe lunar en 2111.

En la actualidad, Dédalo está intentando ampliar su esfera de influencia al dominio de las tecnologías virtuales, por un lado, y al de las nuevas energías, por otro. Esta ruptura de los *Convenios de Monopolio* establecidos al final de la Gran Guerra está conduciendo a la compañía a un enfrentamiento directo con otras corporaciones.

Corporaciones Se conoce con este nombre a las nueve grandes multinacionales que monopolizan los productos y servicios claves para la economía del planeta. Las nueve grandes corporaciones son Nur, Uriel, Dédalo, Ki, Silva, Rainbow, Kokoro, Atmán y Prometeo. Todas, excepto Atmán y Dédalo, se crearon a raíz de la Primera Reunión de Langley, celebrada en 2074, durante los útimos días de la Gran Guerra. El objetivo de dicha reunión, en la que estaban presentes las principales empresas de todo el mundo, era acabar con el brutal conflicto, estableciendo las bases de un nuevo orden mundial. Los convenios firmados entre las distintas multinacionales durante la Reunión de Langley delimitan de modo explícito las esferas de influencia de las recién creadas corporaciones con el objeto de mantener un equilibrio de poder entre las mismas.

Drogas ilegales Dícese de cualquier sustancia o medicamento comercializado o distribuido al margen de la *Ley para la protección de patentes,* promulgada por la ONU en 2111. Dicha ley, impuesta a las Naciones Unidas por la corporación Dédalo a cambio de una rebaja sustancial en el precio de la vacuna contra el virus *moonlight,* eliminó los fármacos genéricos del mercado, permitiendo que las patentes durasen indefinidamente. En los meses anteriores a su entrada en vigor, la corporación Dédalo adquirió los derechos de los mejores medicamentos de sus competidoras, asegurándose el dominio de todo el mercado farmacéutico mundial. En los años siguientes, la compañía presidida por Joseph Hiden continuó esta política absorbiendo o arruinando al resto de las farmacéuticas, hasta lograr que solo sus productos fuesen considerados legales.

Aunque el consumo de drogas no está penalizado en las leyes federales, solo los productos farmacéuticos de la Corporación Dédalo están permitidos, y se castiga con penas muy severas a todo aquel que consuma sustancias de otras compañías. Por extensión, cualquier fármaco que no sea de Dédalo recibe el calificativo de *droga ilegal.*

Jardín del Edén Centro experimental perteneciente a la Corporación Dédalo y situado en una isla artificial con forma de estrella próxima a las costas de la India. Alberga los principales laboratorios farmacéuticos de la compañía, así como el Palacio Antiguo, una lujosa residencia llena de antigüedades y objetos de valor.

Endymion Principal ciudad de la Luna, fundada con la colaboración de todas las federaciones transnacionales terrestres. Se caracteriza por sus grandes cúpulas transparentes y su magnífica Catedral, aunque la mayor parte de su infraestructura es subterránea. En 2110 sufrió una terrible epidemia provocada por el virus *moonlight,* agente transmisor de una enfermedad hasta entonces desconocida y bautizada como *gripe lunar.* Como consecuencia de la epidemia, la población de Endymion se vio diezmada en poco menos de un año, lo que condujo a su evacuación definitiva a principios de 2112. Cinco años más tarde, la ciudad fue adquirida por la Corporación Dédalo, que desde entonces se encarga del mantenimiento de su atmósfera interna y de sus principales infraestructuras a cambio de utilizarla para alojar a una parte de los trabajadores de sus explotaciones lunares.

Federación del Pacífico Norte Federación de países que incluye a los Estados Unidos, Canadá, México, Japón y Corea. Antes de la Gran Guerra, constituía la primera potencia económica del planeta, aunque el ascenso fulgurante de las corporaciones ha debilitado, posteriormente, su influencia.

Federaciones transnacionales Conglomerados de países agrupados en torno a una legislación federal común que permite, entre otras cosas, la libre circulación de personas y mercancías dentro de sus territorios. En el presente, existen siete de estos grandes conglomerados la Unión Europea, la Confederación Transamericana, la Federación del Pacífico Norte, los Nuevos Emiratos, India, la Alianza Asiática y la Liga Oceánica del Hemisferio Sur.

A lo largo del siglo XXI, los pequeños países surgidos de la Segunda Guerra Mundial comenzaron a unir sus mercados, derribando las fronteras comerciales para afrontar los retos de la globalización. Las principales potencias de la época intentaron inicialmente liderar este proceso ejerciendo presiones sobre sus territorios limítrofes, pero pronto tuvieron que ceder el protagonismo a los países en vías de desarrollo, que decidieron hacerles frente uniendo sus fuerzas y creando federaciones capaces de competir económicamente con las naciones más poderosas. Finalmente, las grandes potencias no tuvieron más remedio que amoldarse a la nueva situación, uniéndose a alguna de las grandes federaciones transnacionales ya existentes. Como resultado de esta evolución, durante el último tercio del siglo XXI las federaciones, ya fuesen de tipo económico o político, llegaron a dominar el planeta, alcanzando la cúspide de su poder. No todas las federaciones se constituyeron al mismo tiempo ni presentan, en la actualidad, el mismo grado de cohesión política. Las siete, sin embargo, se vertebran en torno a un mercado común, una fuerte alianza militar (que en ocasiones se concreta en la formación de un ejército único) y, sobre todo, algún tipo de organismo transnacional, como puede ser un parlamento, un tribunal internacional o un gobierno federal. La dinámica interna de cada una de estas federaciones, con sus complejas leyes, sus juegos de poder y el frágil equilibrio entre los países que las integran, resulta a menudo difícil de comprender para un profano en la materia. Es cierto que ninguna de ellas ha conseguido el grado de unidad política que se había propuesto en el momento de su fundación, pero, pese a todo, el mero hecho de su existencia constituye uno de los mayores logros de la Historia, especialmente si se tiene en cuenta que su objetivo final era lograr un Estado que agrupase a toda la humanidad, proyecto que se vio definitivamente truncado por la Gran Guerra.

Gran Guerra También denominada *Última Guerra,* es el tercero de los grandes conflictos mundiales de la Historia, y se desarrolla entre 2070 y 2074, enfrentando entre sí a todas las potencias del planeta.

El preámbulo de la guerra se puede situar durante la reunión de urgencia del Consejo Federal de las Naciones Unidas celebrada el 9 de marzo de 2070 con el objetivo de reducir las tensiones fronterizas entre las distintas potencias mundiales. En el curso de dicha reunión, el Presidente del Consejo, Lloyd Gore, trata de poner fin al conflicto regional que enfrenta a la Alianza Asiática con la Unión Europea por el control de Siberia, recurriendo para ello a la mediación del resto de las federaciones. Los cónsules federales, sin embargo, no logran llegar a un acuerdo, concluyendo la reunión sin ningún resultado positivo. El 3 de mayo de ese mismo año se produce una cadena de atentados terroristas que asola las principales capitales del mundo. Las federaciones se acusan mutuamente de haberlos perpetrado, rompiendo con ello el *Protocolo para el conflicto limitado* firmado en la década precedente. Una semana después, se disuelve el Consejo Federal de las Naciones Unidas y da comienzo el mayor conflicto bélico de la humanidad. A estas alturas, los expertos aún no han conseguido ponerse de acuerdo acerca de las causas que desencadenaron el conflicto. Se desconoce, incluso, cuál de las siete federaciones fue la responsable del primer ataque terrorista de la guerra, aunque, de hecho, los distintos atentados del 3 de mayo se sucedieron con tan poca diferencia de tiempo entre sí que el dato resulta comparativamente irrelevante. En la práctica, lo único cierto es que todas las federaciones se precipitaron a responder a la supuesta agresión inicial atacando a las potencias que consideraban sus enemigas y tratando de enmascarar su actuación bajo la apariencia de atentados terroristas aislados.

La Gran Guerra, como ya ocurriera en los dos conflictos mundiales precedentes, pronto se revela como una contienda completamente diferente de las anteriores, y tan novedosa en su desarrollo que deja completamente obsoletas la mayoría de las estrategias militares válidas hasta ese momento. Si bien es cierto que los enfrentamientos entre ejércitos convencionales se prolongan durante los cuatro años de duración del conflicto, los efectos más catastróficos del mismo se producen como consecuencia de las nuevas tácticas terroristas. Nunca antes, ni siquiera durante la Segunda Guerra Mundial, se habían producido tantas bajas entre la población civil; y es que el empleo indiscriminado de todo tipo de armas prohibidas, especialmente químicas y biológicas, en este tipo de ataques, arroja un saldo terrible treinta y seis millones de víctimas solo durante el primer año de conflicto. En 2074, la guerra, que hasta entonces no tiene un claro vencedor, entra en su última fase. Se generalizan los atentados de uno y otro lado, y comienzan a extenderse rumores en todas las federaciones acerca del desarrollo, por parte del enemigo, de un arma definitiva, tan rápida y demoledora que no dejará tiempo a la nación atacada para poder defenderse. Los distintos servicios de inteligencia confirman dichas sospechas, y en los ámbitos científicos se corrobora la posibilidad de que el enemigo haya desarrollado un arma extremadamente poderosa relacionada con el control del clima. El temor al arma definitiva provoca una segunda reunión del Consejo Federal de la ONU durante la cual los cónsules de las naciones en liza, tras culparse unos a otros de la nueva amenaza, ponen sobre la mesa la utilización de armas nucleares para impedir al enemigo el desarrollo de las terroríficas armas climáticas.

En ese momento es cuando aparecen por primera vez una serie de mensajes en la red global que bloquean todos los servidores del planeta, llamando a la desobediencia civil ante la manifiesta incompetencia de los gobiernos federales para llegar a un acuerdo de paz permanente. El mensaje, que aparece firmado por un grupo desconocido denominado Comunidad Virtual, conmina, además, a cada uno de los ciudadanos del mundo a participar en una huelga general convocada para el 1 de mayo de ese mismo año. El 15 de abril, pocos días después de este primer comunicado, se reúne en Langley, Virginia, un nutrido grupo de representantes de los principales consorcios económicos del mundo. Su objetivo es precipitar el fin de la guerra, y para ello unen sus esfuerzos fundando las famosas nueve corporaciones mundiales, en un intento de aglutinar el poder suficiente como para poder plantar cara a las federaciones transnacionales. Asimismo, deciden apoyar con su dinero y prestigio la huelga de mayo.

El paro tiene un seguimiento masivo en todo el mundo, las fábricas de producción de armas se detienen y el planeta entero se paraliza. Tras una semana de huelga, los distintos contendientes, reunidos en Minsk bajo el auspicio de las grandes corporaciones y de la Comunidad Virtual, firman el cese total de las hostilidades. La guerra se da por terminada el día 8 de mayo de 2074.

Gripe lunar Enfermedad del aparato respiratorio causada por el virus *moonlight,* un agente patógeno de origen desconocido. La enfermedad se transmite a través del aire, y sus síntomas iniciales son fiebre elevada, dolor agudo en el pecho y las extremidades y dificultad para respirar. En sus fases más avanzadas, el paciente infectado sufre un edema pulmonar generalizado que conduce, en más del noventa por ciento de los casos, a la muerte por asfixia.

El primer caso de gripe lunar se registra en la ciudad lunar de Endymion durante el mes de octubre de 2109. En un principio, todos los infectados resultan ser niños de corta edad que han convivido en una misma guardería, y la capacidad de contagio del virus se considera escasa. En los meses siguientes, sin embargo, se produce una mutación del agente patógeno que favorece su dispersión entre la población. El virus *moonlight* se manifiesta resistente a todos los agentes antivirales conocidos, así como a los sistemas de filtración antivírica que controlan la calidad de la atmósfera artificial de Endymion. La epidemia se extiende con creciente rapidez a lo largo de 2110, afectando a personas de todas las edades y entornos. Los habitantes sanos de Endymion abandonan masivamente la colonia, después de soportar una angustiosa cuarentena. En el mes de diciembre de 2110, el balance de víctimas de la epidemia se eleva a treinta y cuatro mil, y se hacen públicos los primeros casos de gripe lunar en la Tierra. El 12 de enero de 2111, un consejo extraordinario de las Naciones Unidas decide la clausura inmediata de la colonia de Endymion y la puesta en marcha de la estación orbital Hesperia para acoger a los enfermos con posibilidades de curación. Los enfermos más graves permanecen en las instalaciones hospitalarias de Endymion hasta su muerte. El veintiocho de marzo de 2111, Joseph Hiden, presidente de la Corporación Dédalo, anuncia la obtención por parte de su empresa de un suero curativo capaz de terminar con la enfermedad. El suero, desarrollado a partir de los anticuerpos naturales producidos por Jacob Seferis, se ensaya con éxito en los pacientes de la estación Hesperia, y logra atajar la propagación de la epidemia en la Tierra. No obstante, el programa de colonización lunar nunca se recupera del golpe asestado por el virus *moonlight,* y queda definitivamente suspendido por decreto de las Naciones Unidas en febrero de 2112.

Guerra del 68 Conflicto bélico que enfrenta a la Alianza Asiática con la Unión Europea por el control de Siberia. Si bien la ruptura de hostilidades se produce en 2068, el conflicto se gesta mucho antes, con la avalancha de inmigrantes chinos que se introducen masivamente en Europa a través de su frontera oriental a partir de mediados del siglo XXI. Alentados por el gobierno asiático, los recién llegados establecen colonias ilegales en toda Siberia y se enfrentan abiertamente a los escasos habitantes de la región. A pesar de las repetidas protestas de la Unión y de las promesas de la Alianza Asiática, el problema no se soluciona, desencadenando un conflicto armado entre ambas federaciones que da comienzo el 3 de febrero de 2068. Este conflicto, conocido como Guerra del 68, es considerado por muchos historiadores como la primera fase de la Gran Guerra, ya que, en su opinión, constituye el detonante que conduce a la Tercera Guerra Mundial.

Durante los primeros compases de la conflagración, las otras cinco federaciones no querrán verse implicadas en la guerra, ya que deben ocuparse de sus propios conflictos fronterizos. Sin embargo, las alianzas comerciales y el miedo a que la federación ganadora quiebre el frágil equilibrio mundial obligan a las distintas potencias a tomar partido, antes o después, por uno u otro bando. Decididas, no obstante, a no violar abiertamente el *Protocolo del 65*, las federaciones optan por el sabotaje más o menos encubierto, la ayuda económica a los aliados y el bloqueo comercial del enemigo. La escalada de actos terroristas desembocará, dos años más tarde, en el conflicto generalizado de la Gran Guerra.

Iberia Centro Gran conglomerado urbano situado en el centro de la península Ibérica y que engloba algunas ciudades históricas como Madrid, Toledo y Alcalá de Henares.

Identidad digital (ID) Personalidad virtual que puede adquirirse a través del mercado digital para sustituir a la imagen real del individuo en todas sus comparecencias a través de la red. Comercializadas a partir de 2112 por la corporación Kokoro, las ID han experimentado un notable avance tecnológico en el curso de la última década. Se trata de un producto individualizado e intransferible que, en su gama más alta, evoluciona junto con su propietario mediante actualizaciones trimestrales o mensuales pactadas entre este y la corporación productora.

India Estado que incluye todo el subcontinente indio. Antes de la Gran Guerra se constituye como una de las grandes potencias económicas del planeta, y aún después del ascenso de las nueve corporaciones conserva buena parte de su influencia en el panorama político mundial.

Ki Corporación de origen asiático especializada en las tecnologías informáticas y en los implantes cerebrales electrónicos conocidos como *ruedas neurales,* unos dispositivos que permiten a los seres humanos acceder directamente a los contenidos de la red desde su cerebro, sin tener que recurrir a aparatos externos. Su director es el señor Yang, un hábil economista apasionado de los juegos de rol. La capital de esta corporación es la Ciudad Roja de Ki.

Kokoro Corporación multinacional de capital nipón y norteamericano. Fundada durante la Gran Guerra como resultado de la fusión de varias empresas productoras de armamento, su mediación resultó clave para conseguir el acuerdo de las corporaciones que puso fin al conflicto. Después de esa fecha, la Corporación ha seguido ampliándose e incrementando su poder a través de la anexión de otras compañías del sector. Los Acuerdos de Langley le otorgan el monopolio sobre las tecnologías armamentísticas y los productos para el ocio (videojuegos, películas interactivas, *software* para juegos de rol, etc.). Su capital es Titania.

Kukulkán Capital de la corporación Silva. Se trata de una ciudad construida en forma de gigantesco zigurat con siete niveles de distintos colores (que desde la base a la cima son rojo, negro, blanco, morado, azul, plateado y dorado). Está situada en una zona próxima al océano Pacífico, frente a las costas de Baja California. Es la más conflictiva de las ciudades de las corporaciones, por estar ubicada en un territorio relativamente hostil. En sus barrios

Rojo y Negro operan algunas mafias y redes de contrabandistas, con la connivencia de las propias autoridades de la ciudad.

Liga Oceánica del Hemisferio Sur Federación de países que incluye Australia, Nueva Zelanda, Polinesia y buena parte África (que no se ha industrializado, pero se ha convertido en el destino turístico por excelencia dentro del mercado global).

Máscara virtual Dispositivo tecnológico capaz de generar, a través de una red de microchips integrados en los músculos faciales, un rostro artificial que se superpone al verdadero transformando sus facciones y conservando, al mismo tiempo, un alto grado de expresividad. Se trata de una tecnología desarrollada por la Corporación Dédalo en cooperación con Ki, y que ha obtenido una gran aceptación por parte de los consumidores de todo el mundo, a pesar de los efectos secundarios que, en opinión de algunos expertos, podría producir a largo plazo una utilización abusiva e indiscriminada de la misma.

Medusa Capital de la corporación Prometeo, se trata de una ciudad científica parcialmente sumergida bajo las aguas del Mediterráneo. En ella se han desarrollado algunos de los grandes descubrimientos científicos de nuestro tiempo.

Movimiento de Resistencia Antiglobalización Movimiento político radical fundado en 2083 bajo la influencia del ideólogo Oscar Sampras y que preconiza, entre otras cosas, la división del poder político y económico en pequeñas células locales de funcionamiento escrupulosamente democrático. Surgido como reacción al nuevo orden mundial instituido por los Acuerdos de Langley, este movimiento trata de hacer frente a las transformaciones políticas emprendidas por las federaciones transnacionales que, después de la Gran Guerra, deciden adoptar progresivamente los modelos de gestión de las corporaciones. Pese a la fuerza inicial del movimiento, su estrategia propagandística pronto se revela infructuosa frente al nuevo modelo de república empresarial, apoyado incondicionalmente por las comunidades virtuales y favorecido económicamente por las corporaciones. A pesar de sus fracasos iniciales, a mediados de los 90 el movimiento conoce una nueva era de esplendor gracias a la incorporación de una nueva generación de militantes que no ha participado directamente en la guerra y que está decidida a emplear cualquier medio a su alcance en su esfuerzo por recuperar el antiguo sistema democrático.

Durante más de diez años, el Movimiento de Resistencia Antiglobalización continúa aumentando su influencia hasta poner en jaque el actual orden político mundial; sin embargo, su estrategia de boicot permanente a los intereses económicos de las grandes corporaciones y su alianza ocasional con grupos terroristas provoca un desprestigio gradual del movimiento que acaba precipitando su caída. Acusados por el Tribunal Internacional de Ilión de conspiración contra la paz mundial, sus principales líderes son procesados en 2113, y en la actualidad cumplen condena indefinida en la cárcel de Caershid, el satélite-prisión de la ONU. Privado de sus más eminentes cabecillas, el movimiento se disuelve oficialmente en la primavera de 2114. Desde entonces, han surgido en todo el mundo varias asociaciones que reivindican su herencia ideológica, aunque desde presupuestos teóricos más moderados.

Nara Capital de la corporación Atmán situada al nordeste de la India, en las costas del golfo de Bengala. Se trata de una ciudad surcada de canales por los que circulan pequeñas y gráciles embarcaciones. Muchos de sus edificios están construidos con una especie de adobe moderno, de aspecto terroso y dorado, que les confiere una apariencia tradicional. Destacan, asimismo, sus cúpulas de porcelana verde, sus grandes frisos llenos de inscripciones en sánscrito y sus maravillosos jardines, repletos de flores nunca vistas (no olvidemos que la especialidad de Atmán son los transgénicos). También se la conoce con el nombre de la Venecia de Oriente.

Nueva Alejandría Capital de Europa, se trata de un gran conglomerado urbano que incluye los cascos históricos de las ciudades de París, Londres y Ámsterdam. Una parte de su territorio se encuentra construido sobre el mar, atravesando el canal de la Mancha.

Nuevos Emiratos Federación de países que incluye todo Oriente Medio y el Norte de África, así como las Repúblicas Caucásicas. Su capital es Nuweiba, una megalópolis que ocupa toda la costa de la península del Sinaí.

Nur Corporación que monopoliza los escasos recursos petrolíferos y de gas natural que aún quedan sobre el planeta. Su capital es El Templo, una ciudad de reciente fundación situada a orillas del golfo Pérsico.

Organización de las Naciones Unidas (ONU) Organismo Internacional encargado de coordinar la acción política de las distintas federaciones de países y de las nueve grandes corporaciones. Controla directamente la gestión de las Reservas de la Biosfera (amplios territorios despoblados y sometidos a intensos programas de reforestación y protección ecológica), así como una pequeña parte del territorio habitado de Marte. Su capital es Torre Ilión.

Prometeo Corporación especializada en el desarrollo de vehículos para los viajes espaciales y en todo tipo de tecnologías relacionadas con el espacio. Controla, asimismo, las inmensas instalaciones de Argos, un vasto territorio cubierto de radiotelescopios para rastrear posibles mensajes extraterrestres (el denominado programa SETI). Su presidente es George Herbert, y su capital Medusa, una bellísima ciudad submarina situada en el Mediterráneo.

Protocolo para el conflicto limitado Tratado firmado en 1065 por las siete federaciones transnacionales del planeta con el fin de conjurar el peligro de un conflicto nuclear. Constituye la reacción diplomática a la oleada de pequeños conflictos fronterizos que surgen entre las distintas federaciones a partir de 2060, como consecuencia de la creciente escasez de recursos energéticos y del vertiginoso desgaste ecológico de las zonas más densamente pobladas del globo. El protocolo recoge una serie de «reglas para el juego de la guerra» que impiden a los contendientes el empleo de armas de destrucción masiva, imponiendo la limitación del conflicto a la zona en litigio y la exclusión de la población civil como posible objetivo de operaciones militares.

Rainbow También conocida como Iris, es una corporación de capital Australiano especializada en control climático e investigación ecológica, aunque también domina otros campos como la producción de especies animales transgénicas para el ocio (mascotas bellas y extrañas) y el mercado turístico mundial, cuyos principales destinos se encuentran en África. Su ciudad principal es Arrecife.

Reservas de la Biosfera Amplias zonas del planeta sometidas a un riguroso control ecológico que impide su explotación económica y regula los programas de recuperación de flora y fauna autóctonas. Se encuentran prácticamente deshabitadas, y son gestionadas de modo directo por las Naciones Unidas. Algunas de las más importantes abarcan la Amazonia, Groenlandia, Alaska, buena parte de los bosques Indonesios y de las costas del mar Rojo y amplios territorios de Kenia, Ruanda, El Congo y Sudáfrica. En la práctica, muchas de estas áreas han ido cayendo bajo la influencia más o menos directa de las corporaciones que financian sus programas de conservación.

Rueda Neural Prótesis microelectrónica que se inserta en el cerebro de una persona para permitirle el acceso directo a los contenidos de internet, así como la emisión y recepción de llamadas telefónicas y la participación en todo tipo de entretenimientos virtuales. En la actualidad se trata de una tecnología en desarrollo, y no todos los seres humanos la llevan implantada.

Silva Corporación de capital centroamericano y sudamericano. Está especializada en nuevos materiales (aleaciones ultraligeras, superconductores, etc.), así como en la producción de satélites de telecomunicaciones. Se encuentra en permanente conflicto con la Federación del Pacífico Norte, en cuyo territorio posee algunos enclaves estratégicos, incluida su capital, Kukulkán.

Templo, El Capital de la corporación Nur, situada a orillas del golfo Pérsico. Se trata de una bellísima ciudad que parece surgida de una fantasía de las *Mil y una noches,* llena de cúpulas y minaretes, pero dotada, en realidad, de los últimos avances tecnológicos.

Territorios desmilitarizados Amplias zonas del planeta gestionadas directamente por las corporaciones y totalmente desprovistas de infraestructuras militares, conforme a lo establecido por los Acuerdos de Minsk, firmados por las siete federaciones transnacionales al final de la Gran Guerra.

Titania Capital de la corporación Kokoro, es una ciudad situada sobre una gigantesca membrana transparente, en forma de ala de libélula, tendida sobre el Pacífico, y cuyos edificios, construidos con aleaciones ultraligeras, logran una esbeltez y gracilidad nunca vistas, lo que confiere a la ciudad un aspecto feérico.

Torre Ilión Capital internacional de la Organización de las Naciones Unidas, situada en el estrecho de los Dardanelos, a orillas del mar de Mármara. Fundada en 2062, es la única ciudad vertical del planeta, y su original diseño se debe a la arquitecta japonesa Noriko Shikibu. Cuenta con diecisiete distritos verticales, de los cuales nueve pertenecen a las grandes corporaciones y siete a las grandes federaciones transnacionales. El distrito superior alberga la sede planetaria de las Naciones Unidas.

Unión Europea Federación de países que engloba lo que comúnmente se conoce como continente europeo, un extenso territorio que comprende desde el Mediterráneo hasta Rusia. También incluye Turquía y algunas repúblicas centroasiáticas. Su capital es Nueva Alejandría, y cuenta con otras ciudades importantes como Azur, Iberia Centro, Estambul y Moscú.

Uriel Corporación especializada en *nuevas energías*. Su principal cerebro es la directora de su programa científico, Diana Scholem. En la actualidad, esta corporación está trabajando en un nuevo tipo de energía cuya tecnología se mantiene, por el momento, totalmente en secreto. La capital de Uriel se encuentra en Marte y se llama Arendel, aunque popularmente se la conoce como la *Ciudad Infinita* debido a sus murallas virtuales, que parecen multiplicar miles de veces su superficie, confiriéndole el mágico aspecto de una inabarcable fortaleza de cristal.

Próxima entrega de
LA LLAVE DEL TIEMPO

La esfera de Medusa

Nuestros protagonistas conocerán a dos misteriosos hermanos que les facilitarán los medios para viajar a Nueva Alejandría y acudir así a la cita fijada por la rosa de los vientos...

¿Quién los está esperando en la torre de Saint-Jacques, el emblemático edificio de unos de los viejos barrios de Nueva Alejandría? ¿Por qué se les abre la puerta de inmediato cuando mencionan la *llave del tiempo?* La respuesta está en Medusa, la fascinante ciudad sumergida donde nacieron nuestros protagonistas... y donde los esperan las nuevas aventuras que los aproximarán a la verdad sobre el misterio de su existencia.

Este libro se terminó de imprimir
el día 28 de abril de 2006,
festividad de san Prudencio, poeta latino,
profesor de retórica y abogado.